金州

大结局

JIN ZHOU

狼牙瘦龙◎著

中国华侨出版社

图书在版编目（CIP）数据

　　金咒：大结局 / 狼牙瘦龙著. —北京：中国华侨
出版社，2012.7
　　ISBN 978-7-5113-2653-9

　　Ⅰ.①金…　Ⅱ.①狼…　Ⅲ.①长篇小说 – 中国 – 当代
Ⅳ.①I247.5

　　中国版本图书馆CIP数据核字（2012）第159261号

金咒：大结局

著　　者 /	狼牙瘦龙
出 版 人 /	方　鸣
选题策划 /	刘连生
责任编辑 /	若　兰
特约编辑 /	刘鹏飞
封面设计 /	茕　茕
版式设计 /	新兴工作室
经　　销 /	新华书店
开　　本 /	720mm×1000mm　1 / 16　印张 / 17　字数 / 250千字
印　　刷 /	三河市国源印刷厂
版　　次 /	2012年10月第1版　2012年10月第1次印刷
书　　号 /	ISBN 978-7-5113-2653-9
定　　价 /	29.80元

中国华侨出版社　北京市朝阳区静安里26号通成达大厦三层　邮编：100028
法律顾问：陈鹰律师事务所
发 行 部：（010）82605959　传真：（010）82605930
网　　址：www.oveaschin.com
E – mail：oveaschin@sina.com
如果发现印装质量问题，影响阅读，请与印刷厂联系调换。

目 录

【前情提示】

　　1938年冬天，日本军队占领了亚洲最大的金矿--山东招远罗山的玲珑金矿，20年前被勘探出又隐藏起来黄金矿脉图--"龙脉图"至今仍是各方力量争夺的对象，刘家和武家为了这个共同保守的秘密，付出了血的代价。

　　然而争夺还在继续，刘家最后的传人刘牧之在与日本武士的对决中惨败，从此一蹶不振，日本人除掉了看似最大的绊脚石，但共产党却在悄悄兴起，渐渐成为对抗日本人最有力的力量。

　　"龙脉图"的秘密在一个个线索的牵引下，开始浮出水面，终极的较量近在眼前……

第1章
刘牧之丧失斗志

金龙刀的哀伤

日本刀，高高地悬挂在鬼怒川公司的大堂里。

柳生高高在上地端坐着。酒井、佐滕山木分别向他敬酒。酒井小声地问佐滕山木："虽然日本刀已经战胜，但我们不可大意，一定乘胜追击。"

佐滕山木得意地说："我们成功在望，我会按照计划一步步落实，把龙脉图拿到手里。金龙刀已经彻底完蛋了，刘家嘛，我们可以适当地采取安抚政策，晚上我们可以去拜访刘牧之这位大英雄。"佐滕山木畅快地大笑，他的笑声在夜色里传出很远，而此时的刘家大院，却被一片哀伤之气笼罩。

那把刀，是金龙刀，摆放在桌子上，它的刀刃闪着暗淡的光。

那个人，是刘牧之，仰卧在床榻上，他的脸色极度灰暗。

一个郎中，把住刘牧之的手腕，号脉之后，为难地低下头，痛苦地摇晃，然后，起身作揖告辞。武冬梅让下人端上银钱，郎中难为情地拒绝，退出房间。

刘牧之依然闭着双眼，如同噩梦缠身。

突然一阵风，刮开了房间的门。那风，极度地冷，掠过金龙刀的刀刃，嗡地发出一声低吟，如同对主人的召唤。

刘牧之没有醒来，他更不愿意醒来，两行泪顺着面颊滑下。

武冬梅侧身坐在床榻边，用手绢抹去了刘牧之的泪水。她长长地叹一口气，说："牧之，记住你爹的话，活下去。"刘牧之把头扭向一边。突然，门被推开了，一个下人跑进来，慌张地说："二少奶奶，老爷在前面找你。"

现在被称作"老爷"的人，是刘爱冬，他已经做了刘家的当家人。

武冬梅看到下人惊恐的表情，小声问："出什么事情了？"

下人咽了一口气说："刚才街上粮店里的伙计来报，有人抢了咱们刘家的粮店。"武冬梅一听，大为惊骇，谁有这么大的胆子，敢抢刘家的粮店，且不说刘家在招远城的地位，光说武举武天浩带过的徒弟，少说也有百十号人，哪一个不是硬朗的汉子，这里面一定有蹊跷。

武冬梅对下人说："如果有人问二少爷的情况，你就说他好着呢。"下人向里面探探头，没有看到什么，点点头。武冬梅又对一个丫头嘱咐了几句，不能随便对人说刘牧之的伤情，随后，理了一下头发，向堂屋走去。

刘爱冬正在堂屋里来回踱步，看到武冬梅进来，急忙上前说："哎呀，二少奶奶，你可过来了，刚才街上粮店里的掌柜派来伙计说，有人抢咱们家的粮店！"

武冬梅冷静地说："来者不善，善者不来。你快快派一个人前去粮店问个清楚，看看是谁有这么大的能耐。"

刘爱冬按她的吩咐办理，然后，局促不安地坐在中堂前的椅子上，说："少奶奶，我怕管不好咱们刘家的这片产业，辜负了你爹的一片心意。"

武冬梅淡淡地一笑，说："我公公那是什么人呀，见多识广，他可能早就算计到了这一天，估摸着只有你才能撑起这片家业，我和牧之，被龙脉图紧紧地缠住，肯定是没有精力照顾这片产业。总之，还得靠你。"

刘爱冬无奈地点点头。这时，派出的那个下人跑回来汇报："老爷，是几个日本武士带着巡防营的几个黄皮子，抢了咱们的粮店，一些个不懂事的老百姓也跟着起哄。"武冬梅问："那么，后面的粮仓呢？"

那人答："门店里的散粮被抢了之后，咱们的人把店门关了，都守在后面的仓库里，那些人也知道咱们刘家的家底，哪里敢胡来。"

武冬梅点点头，让那人下去，然后跟刘爱冬说："让大院这里的护院，带上几把枪，去那边帮一下手。"刘爱冬点点头叫来两个护院，他们一身短打，这两人都曾经跟武天浩学过功夫，算是刘家的贴心人，刘爱冬交代了一番，让他们去粮店看护一下，武冬梅叮嘱："千万不能出手伤人，如果有人抢粮，让他们拿点儿就得了。"

两个护院记住使命，结伴出去。武冬梅心中暗暗叫苦，这金龙刀一战败，马云龙便嚣张得不得了，她神情凝重，只有把无边的苦痛咽到胸间，恐怕难熬的日子还在后头。

武冬梅正在思索，刘爱冬小心地说："二少奶奶，我有件事情不知当说不当说。"武冬梅说："尽管说。"刘爱冬说："恐怕我们要考虑开源节流了，老爷和老太太过世开销一大笔，乡下的田地收成又不是很好。"武冬梅想了想说："二叔，老爷生前留有一些积蓄，可以使用。其实，以前刘家大院大量的花销也是靠老爷想办法弄到的一些收入来补贴的，比如黄金。老爷留下的一些金子，可以兑换成现钱贴补家用。刘家大院这个摊子，必须撑下去，是不能倒的。"

刘爱冬说："那就去钱庄周胖子那里，变现一些现钱。"

两人正在商量，跑进来一个下人，"老爷，少奶奶，日本人又来了。"惊得武冬梅拍桌子站起来，刘爱冬急忙劝道："二少奶奶，别急，看看他们要干什么？"武冬梅按捺着性子坐下来，琢磨着对策。

一会儿，听到脚步声，只见酒井、佐滕山木和马云龙几个人进来，刘爱冬吩咐下人看座上茶。

佐滕山木笑嘻嘻地说："刘先生，这次刘牧之与柳生比武输了，也许是偶然失手，如果刘牧之有心再比呢，可以再向我们的日本武士挑战，我们的擂台会长期摆下去的。"

刘爱冬没有料到佐滕山木会如此说，正在纳闷，不知如何开口，武冬梅却在心里盘算："以刘牧之的身体状态，恐怕不行，如果再次战败，那是彻底输了。"

马云龙搭话："刘家的二公子不会从此一蹶不振吧，那也太不堪一击了，这不像你们武举武天浩的徒弟呀。"

武冬梅生气地瞪一眼马云龙，心想这个土匪真是狗仗人势，猛地一挥手把桌子上的茶盏扫向马云龙，马云龙躲闪不及，那水泼到下腹部，仿佛尿了裤裆。马云龙刚要发作，酒井示意他坐好。

佐滕山木笑容满面，容光四射，笑道："刘夫人好功夫，我说您不要这么生气，咱们比武是友谊第一，比赛第二，我们是合作伙伴，不是敌人。"

武冬梅气呼呼地瞪他一眼。

酒井哈哈大笑，今天他没有穿军装，穿着和服，有礼貌地说："刘夫人，看来刘牧之先生受了重伤，没有办法出来比武，不怕，我们带了医术高超的军医，可以为刘先生看病，还有，我为刘先生带来了大量的补品和药品……总之，我是十分敬重英雄的。"

酒井拍拍手掌，把军医唤进来，又有两个士兵把补品和药品送进来，佐滕山木说："最好还是请我们的军医为刘牧之治疗一下。"

武冬梅冷冷地说："刘牧之并没有受伤，只是有些不舒服，正在休息，不方便见客。请大家喝茶……"

佐滕山木得意地笑了，说："刘夫人，您真的不必记恨于我，我是真诚地与你们刘家交朋友的，我希望咱们能够联手，共同开发这里的财富。"

武冬梅冷笑一声，说："你就死了这条心吧，你应该知道我们刘家是什么样的身份，我们刘家上一辈子不会与你们日本人合作，下一辈子也不会，送客。"

佐藤山木微笑着起身，把茶端起来喝掉，品了一下，说："好茶，刘家到底是家大业大，这茶也是上等的。刘夫人，我诚恳地要求你，请息怒，为了你们刘家的几百号人，我希望您能与我们合作。我呢，当然清楚你们刘家的身份，名门望族，此地的标榜，所以，我会耐心地等待你回心转意，你想呀，二十年我都等了，还差这一年半载的吗？"

酒井也站了起来，冷笑道："刘夫人，还是早做决断的好，我们的军队要想摧毁你们刘家大院，那是易如反掌，如果这座院子经受炮火，那是可惜啦。"酒井甩了一下手，走出去。

马云龙来到武冬梅跟前，嬉笑道："刘夫人，你泼了我一身水，我不会有意见的，刘牧之那是咱本地的英雄豪杰，不管怎么说，我也算个绿林好汉，我与他那是惺惺相惜。这日本人看重你们刘家、武家的英名，才以礼相待。如若日本人不高兴了，那就是咔嚓（他手做了一个砍头的手势）。你看，听人劝，吃饱饭，跟日本人混，不会亏了你们刘家的。哈哈，我还等着刘牧之康复了切磋刀法呢。"

武冬梅笑了一下，说："马司令，你可真是鼠目寸光呀，如果我们刘家跟着日本人混了，在日本人面前你算个什么，只配给刘家提鞋，所以呀，我们刘家就把这个好机会让给你了。马司令，我劝告你一句，你爹当年活着的时候，虽然是个土匪，但他还是个堂堂正正的中国人，那是绿林好汉，还没有人叫他汉奸。"

马云龙气得脸通红，恨恨地走出去。

武冬梅看他们走远了，刚才的事情把她气得翻江倒海，先是轻轻地吁了一口气，说："二叔，让人把大门关了，所有的人，都从侧门出入。"刘爱冬无奈地叹气，喊来一个人，吩咐下去，片刻，门外传来关闭大门的声音，吱吱呀呀地响了一阵。

那声音，在这种情况下，显得如此揪心。武冬梅跟刘爱冬说："二叔，牧之的身体状态很不好，恐怕没有能力再与日本武士比武，咱们一定要跟下人嘱咐好，出去办事，不可招惹是非。"

刘爱冬点点头，这时，听见砰砰跑进来一个人，原来是那个疯丫头刘牧栋，看到武冬梅坐在大堂里，大声质问："二嫂，我二哥这是怎么回事，打输就打输了，还要钻人家的裤裆。钻了就钻了呗，还窝在家里当缩头乌龟。"

武冬梅气愤地说："三妹，你怎么能够这样评论你二哥，他已经尽心尽力了，而且，他付出的牺牲远远大于任何人，你要理解他。"

刘牧栋哼了一下鼻子，说："他就是窝里横，跟我比是个英雄好汉，跟日本武士比那是个脓包软蛋。打输了怕什么，爬起来接着打。"

武冬梅轻蔑地说："三妹，你还是个学生，不懂那么多的江湖规矩，既然是武林中人，就要讲武林规矩，你二哥比武输了，就要认罚，那是应该的，我们不能让人家耻笑。"

刘牧栋冷笑道："我看你们是中了日本人的奸计，日本人跟咱们中国人比武的时候，就跟你们讲武林规矩，他们若是输了，早就几枪把我二哥打死了；况且，这次日本人比武，那是违规的，人家用了不少暗器，我虽然不懂武功，但也看得出来。"

武冬梅惊愕地看着刘牧栋，想不到这个疯疯癫癫的丫头学生有如此高见。刘牧栋已经觉察到二嫂对她的感情变化，立刻挺着胸脯在大堂里踱步，她一脸正色地说："为什么把日本人叫做日本鬼子，因为他们把持着两种规则，表面以人的准则要求我们为他们做事，背面却以魔鬼的准则来迫害我们中国人。你们冷静地想一想，日本人侵略我们东北时，抢占我们的玲珑背金矿时，根本不讲任何江湖道义，凡是违背他们利益的人，格杀勿论。"

武冬梅轻轻地叹一口气，说："三妹，你说的这些我们都懂，但是，世道把我们逼到了这种境地，我们只有这样被动地应付。"

刘牧栋尖声叫道："你们的所作所为，根本就不像我们刘家人的做事风格，谋事在人，成事在天。我就不相信，一个大清朝堂堂的文举和武举的后代，甘于接受这种耻辱。这一切的后果，都是因为你们缺乏谋略，缺乏政治远见。"

武冬梅有些气恼，想不到这个老三念了几天书，越发不成体统，呼地站起来，说："三妹，你别说了，先回去休息吧。"

这个刘牧栋说来兴起，拦住武冬梅说："二嫂，你别回避，话虽然难听，但是，我说得肯定在理，还有二叔，你也想一想，你以为你接管了刘家大院，能把它经营得红红火火吗？不可能。你看看青岛、烟台，日本人猖獗到什么程度，凡是跟日本人合作的商号，就活得好，只要跟日本人做对的，就没有活路。咱们刘家武家是什么情况，注定了不可能与日本人合作，武天浩死在日本人手里，我爹娘死在日本人手里，还有，二十年前的杨忠山，也把我们搅了进来……总之，我们必定与日本人作对。"

刘爱冬终于忍不住问："老三，你到底要说什么，这些我们心里都有数。"

刘牧栋说："与其苟延残喘，不如奋起反抗。"

"三妹，你这是疯话，你这话千万不能传出去。"武冬梅看一眼下人，命令："你们都下去。"几个下人低着头走出去。

刘爱冬也站起来说："老三，你这话可不能乱说，刘家这里几百号人呢。"

刘牧栋扬着脸说："我看你们根本就看不清事实，我说过，你们是中了日本人的奸计，咱们武家和刘家合在一起，就好比一头老虎，日本人就是一群狼，在此之前，日本人这群狼想打败我们这头老虎，绝非易事。所以，他们就使用奸计，一点点地折磨，打伤老虎的腿，再打伤老虎的牙齿……你们看，他们先把武举杀死，又把我爹娘逼死，现在他们的目标是我二哥，以后说不定就是你二嫂，而且，日本人的每一步行动都是经过深谋远虑的，我敢说，这次比武，不管你们准备如何充分，都必然输掉。"

武冬梅无奈地叹口气。

刘牧栋接着说："如果我们一味地委曲求全，那么日本人会不停地变本加厉，给我们这头老虎不停地上刑，最后就变成一头毫无战斗力的病虎，任人宰割，反正都是一死，我们不如趁着还有战斗力的时候，与日本人一搏，还有胜算的机会。"

武冬梅摇摇头说："三妹，你在外面接触的思想太先进了，不要太脱离实际，咱们刘家大院这么多人，有一半人是手无缚鸡之力，怎么能够跟日本人的长枪火炮来比拼？"

刘牧栋哼了一下鼻子说："咱们这百十号人，至少有几十人是有血性的，他们也有胆量拿起枪与日本人拼一把。总不像我二哥，躺在床上像个废物，人家大牛不是什么武林高手，照样把日本人打得屁滚尿流，倒是堂堂正正的金龙刀传人，被人家打得钻裤裆，还躲在床上装病。这像什么，不如一个种地的农民，还敢拿着锄头与人拼命。"

"够了，你懂什么，不要在这里疯言疯语！"武冬梅终于愤怒了。

刘牧栋摇摇头说："二嫂，趁着二哥还是金龙刀传人，还有感召力，只要他振臂一呼，有血气的青年就会跟随他去战斗，可是，如果他躲在床上装病，用不着几天，咱们刘家大院的名声就会败落，那些有血气的中国人就会离我们而去，到了那时，我们再把他们招回来，可就难了，到了那时，我二哥就真的是废物一个。"

武冬梅长吁一口气，说："你不懂，你二哥不仅是受了内伤，更重要的是他身上背负的压力太大，你不要再给他施加压力，他已经垮了。"武冬梅说完一转身走了。

武冬梅知道无法说服这个小姑子，只有负气地返回自己的房间。

刘牧之依然躺在床上，床边的案几上搁着饭碗，莲子粥已经凉了。武冬梅叹口气说："牧之呀，难道你真的不想醒过来？二十年前，我们俩的性命已经不是自己的了，你我得接受这个现实。"

刘牧之纹丝不动。

武冬梅说："今天日本人和马云龙又来了，我把他们骂走了。"

刘牧之依然纹丝不动。

武冬梅说："牧之，你我都不是贪生怕死之徒……你要是再这样躺下去，就连老三牧栋都看不起你了……"

刘牧之还是纹丝不动。

武冬梅说："这次与日本人比武，我觉得老三说得对，我们必然要输，因为我们准备不充分。日本人虽然赢了，但是赢得不光彩，他们用暗器了，总之，咱们的金龙刀法并没有输。"

没有想到这话一出，突然刘牧之抽搐一下，一声长咳，人一下子从床上折了起来，扑地从嘴里喷出血沫，脸色苍白，身体哆嗦着坐稳了，说："武林中人都知道金龙刀法天下第一，金龙刀不会败，是我刘牧之技不如人，枉学金龙刀法，玷污了金龙刀，有辱师父一世英名……日本人真应该把我打死，他们让我落下苟且偷生的罪名。"

"不，牧之，你错了，你如此灰心丧气，正中日本人的圈套，你必须活下去，这是老爷留下的遗训。"武冬梅见到刘牧之说话，心中大喜。

"老爷的遗训，让我苟且偷生，不让我跟日本人比武，结果我跟日本人比武了，输成这个样子……总之，是师父选错人了，是我爹选错人了，我根本就不应该活在这个世上，我活在这个世上，也是为了那个害死人的龙脉图……"

武冬梅无法接受刘牧之的哭诉，她伸手点了刘牧之胸前的穴位，刘牧之安静下来，闭上眼睛，片刻，沉沉地睡着了。

武冬梅侧身躺在他的身边，搂住刘牧之，喃喃地说："如果没有日本人，如果没有龙脉图，如果这里没有遍地黄金，我们一家三口，该有多么幸福呀，我真想跟着你，带着孩子，找个陌生的地方住下来，不要什么荣华富贵，只要有吃的就行……唉呀，可怜我们的小虎，还寄养在别人家里……"

马云龙哼着小曲回到巡防营，毛驴儿点头哈腰地跟上来，问："司令，这次去刘家，情况怎么样？"

马云龙嬉笑着脸对毛驴儿说："你看，这儿……"

毛驴儿看着马云龙湿乎乎的裤裆，不明事理地问："怎么，司令，您尿裤裆了？看您那高兴劲儿，不像呀？"马云龙呸地吐了毛驴儿一脸，骂道："你这个下流胚子，我像尿裤裆的人吗？"毛驴儿打着自己的耳光，说："司令宽宏大亮，不计小人嘴臭，那您这是怎么了？"

马云龙笑着说："这是刘牧之的老婆武冬梅给我泼的。"马云龙饶有兴趣地回味："这娘们……"

毛驴儿做饥渴状艳羡，搓着手，又伸出手，做了一个"摸"的手势，说："司令，您是不是摸上了。那娘们是有点儿味道，那是小辣椒……"马云龙不屑地瞪一眼毛驴儿，斥责道："马云龙我是什么人，我看上的女人，她要乖乖地送上嘴边，还用我偷偷摸摸？"

毛驴儿嬉笑地说："司令，不是俗话说得好么，送的不如偷的……您看，她都泼您那儿去了，她可真会挑地方呀，司令，我给您擦一下。"

马云龙乐滋滋地说："你知道我为什么高兴吗，不是这些男盗女娼的事情，我是司令，你毛驴儿就是毛驴儿，你是牲口，而我想到的是刘家的气数已尽。这武冬梅用这种下作的手法对付我，你猜说明什么？"

毛驴儿愣住了，想了一下反问："司令，难道她勾搭您……难道这娘们对您有意思，您看，您这身材，这么魁梧……"

马云龙一巴掌拍在毛驴儿脑门上，骂道："你这脑门被骚娘们的尿浇了，全是男盗女娼的事情，像刘家这种名门望族的少奶奶如此对待我，说明她失态，说明她忍不住了，那么刘牧之一定是快不行了，日后，整个罗山，整个半岛那就是我马云龙的天下……"

"哇，司令真是有眼光呀，俺毛驴儿那是跟您跟对了，真到了那时，我也娶几房姨太太，像刘家二少奶奶这样的，您就让给我。"

马云龙得意地笑："那个时候，刘家大院就要改门换第了，改姓马。"马云龙揪着毛驴儿的耳朵说："那刘家的女眷，随你挑！"

毛驴儿笑得直淌口水，马云龙坐到椅子上，毛驴儿上前给他敲腿，说："您看，日后马家大院里的房子，您拣几间柴房给我住……"

马云龙胸有成竹地说："日本人对刘家的宅院不感兴趣，只要我们稍微用点心思，日后刘家大院就变成马府了，不进去看不知道，那真是一片好产业呀。"

马云龙美美地回味一会儿，又问："那个少川一郎，最近有消息吗？"

毛驴儿回答："最近他在道观那儿转悠，不知道发现什么了。"

马云龙笑眯眯地说："倒要看看那些道士们如何收拾他。"

两人正在说话，忽然跑进一个通信兵喊："报告，司令，有人来闹事。"

马云龙吃惊地问："谁这么胆大包天，敢跑到这里闹事，不想活了。"于是安排毛驴儿去看看。

毛驴儿领了圣旨，拔出手枪，蹦跳着跑到巡防营的大门口，嘿，一看，他乐了，是谁呢，是刘牧栋！

刘牧栋大闹巡防营

毛驴儿心中暗乐，这么漂亮的一个大美人送上门来了。

再看那刘牧栋，穿了一身猎装，腰里挂了一把小手枪，猛一看，像个军人，毛驴儿笑眯眯地说："刘家三小姐，您这身打扮好俊呀。"

毛驴儿说着向前靠，他脑子里全是马云龙戏弄武冬梅的画面，他现在是色胆包天，想象自己也摸一下刘牧栋。几个黄皮子给毛驴儿让开路，毛驴儿吐着口水说："三小姐，您可比二少奶奶水灵多了。"

刘牧栋身后跟着十几个壮汉子，有人拿着刀，有人拿着枪，个个摩拳擦掌。刘牧栋大声质问："你算哪棵葱，把马云龙叫出来，我有话问他。"

毛驴儿勾着腰，正了一下帽子，掂着手枪，笑嘻嘻地说："我也是巡防营的一个副队长，相当于连长，哎呀，三小姐长得就是俊，到底是大户人家出来的。"毛驴儿手里晃着手枪，突然一伸手来摸刘牧栋的脸蛋，可他万万没有想到刘牧栋飞起一脚踢飞了毛驴手中的枪，快速地掏出手枪，顶住了毛驴儿的脑门，训道："你这个土匪，赶快去叫马云龙这个王八蛋，姑奶奶有话问他。"

毛驴儿求饶："姑奶奶饶命，你松手，我去叫。"

刘牧栋松了手，围观的那些黄皮子张大的嘴又合上了。

没有想到毛驴儿一获得自由，立刻抓起地上的手枪，指着刘牧栋大喊："你个黄毛丫头，敢在马司令的门前闹事，看我收拾你！兄弟们，给我上！"

几个黄皮子举起枪，指着刘牧栋。毛驴儿缩到一个黄皮子身后，狠狠踹一脚那个黄皮子的屁股，骂道："刚才你怎么不上前救我，你是不是咒我，盼着我早死？我还看不出你们这帮人的心思？"

那个黄皮子叫嚷："毛驴二爷，别踹，会走火的。"

毛驴儿用枪顶着那个黄皮子的腰说："往前，往前……"他们两人向前靠，毛驴儿恶狠狠地说："刘家三小姐，你可真够胆大，跑到这里来闹事，我只要一声令下，就把你打成筛子。来人，把她给我抓起来。"

"你敢！"刘牧栋用枪指着毛驴儿，毛驴儿躲在黄皮子身后喊叫："我们的人多，兄弟，再去叫几个人过来。"

有一个黄皮子跑出去叫人了，一会儿传来跑步声，一队黄皮子吵闹着围上来，还轻声议论：怎么是刘家的人呢。毛驴儿一看援兵已到，人多势众，便下命令："兄弟们，把枪都给我举起来，我看这刘家想造反。"那些士兵把枪举着，对着刘牧栋一伙人。

这些当兵的都是本地人，与刘家的人都很熟识，平时见了面都要打招呼问好的，关系密切的还要称呼师兄师弟的，为什么呢，因为，但凡在这里当兵的人，都要学些拳脚功夫，不免盘根错节地要与武举武天浩拉上某种关联，比如某招某式是从武天浩的某个徒弟学来的。

刘家的人一看黄皮子们举起了枪，他们也纷纷举起手里的家伙。黄皮子那边有人跟刘家的人很熟，举着枪打招呼："老兄，你们有什么事情吗，跑到这里闹腾个啥，我的枪可没有压子弹，你的也不准压。"

另一个黄皮子对着刘家的壮汉讲："别走火，晚上我请你喝酒。"看起来这些人更像小孩子过家家。

毛驴儿又大胆地钻到前面，笑着说："三小姐，你看，我们人多，你还是老老实实地滚吧。"刘牧栋冷笑说："你一个畜生，是不是欺负我们刘家没人了，今天非得教训你一下。"说着，她冲身边的一个壮汉点头，那人身手利索，一下子蹿到毛驴儿身后，用的是四象步，毛驴儿只觉得眼前一晃，就被人家控制住了，脖子被人狠狠地卡住了。

毛驴儿慌乱之极朝天放了一枪，但是，第二枪还没有放出，已经被人把枪夺走了。

有人放枪了。这下子可热闹了，马云龙的贴身警卫排冲了出来，端着枪对着刘牧栋，这些人，是马云龙从土匪窝里带出来的，上过刀山，下过火海，敢于真正动手杀人的。毛驴儿大声嚷着："你识相的，赶快放了我。要不，我们的人把你崩了。"

刘牧栋此时尖声叫道："马云龙，你这个缩头乌龟，滚出来姑奶奶有话问你。"

没有人答话，只有一些士兵举着枪，刘牧栋破口大骂："你这个吃人饭不拉人屎的畜生，你敢派人去抢我们刘家的粮店，我要跟你讨个说法。"

刘牧栋正骂得欢，突然啊地叫了一声，捂着肚子蹲下去，刚才那个袭击毛驴儿的壮汉，也惨叫一声，松了手，僵硬地站在那里一动不动，只见一个匪兵站在墙头哈哈大笑："你们刘家除了刘牧之，个个都是草包，咋呼个球劲，谁要是不老实，可别怪我的飞镖不长眼。"

"哈哈哈……"又听见有人大笑，马云龙拨开人群，走到刘牧栋跟前，刘牧栋捂着肚子，痛苦地呻吟，抬起头，脸已经变形了，怒瞪着马云龙，马云龙腆着肚子，得意地说："看来你们刘家的男人都死光了，一个黄毛丫头出来顶门户，让人笑掉大牙。"刘牧栋疼得脸上已经出汗，恶狠狠地骂："马云龙，你是土匪得志，我刘牧栋不会善罢甘休。"

马云龙一挥手，命令："把他们的家伙都下了！"

刘家的人哗啦啦拉响了枪栓，马云龙哈哈大笑，又一挥手，突然一个身手利索的土匪跳到前面，飞快地扭住刘牧栋的胳膊，一把枪顶住刘牧栋的腰，命令："让你们的人把家伙扔下！"

刘牧栋咬牙骂："我们刘家的人个个都是硬汉子，宁死也要拼一把。"

马云龙哈哈大笑："真看不出来，你们刘家就你还是块硬骨头，佩服，佩服。"马云龙上前摸了一下刘牧栋的脸蛋，吸了一下鼻子，奸淫地笑："真香，三小姐，给我当个司令夫人如何？把你送给日本人，岂不是可惜了。"

刘牧栋突然飞起一脚踢中马云龙的裆部，马云龙捂着下身弯下腰，所有的匪兵都伸过头来看马云龙，他们似乎不关心眼前的角斗，更关注马云龙是否被踢成了太监。马云龙疼得脸色铁青，用手指着刘牧栋，说不出话。毛驴儿喜欢凑热闹，此时探过头问："司令，不会踢得绝种吧，你不是跟我说过，你练过铁裆功？"

马云龙一巴掌抽在毛驴儿的脸上，算是出了恶气，又转过脸来恶狠狠地说："老子今天非得干了你，不能让你白踢了。"

刘牧栋被人扭住了，又挣扎着踢来一脚，扭她的那个土匪嬉皮笑脸地说："司令，她的劲还挺大。"他趁机摸了刘牧栋的胸部，奸邪地朝着马云龙笑。

刘牧栋喊道："你要是敢动我一根毫毛，我大哥、我二哥肯定饶不了你，我今天敢来找你，就是警告你的，你再敢对我们刘家不恭敬，立刻给你点厉害瞧瞧。"

由于刘牧栋被匪兵勒着脖子，她挣扎起来像一只被拴住的猴子。马云龙听了刘牧栋的话，笑得浑身发颤，阴森森的恐怖，他说："不是我小瞧了你们刘家，日本人干掉了两个老家伙，你们连屁都不敢放一下，我要是把你娶了，你们刘家算是沾我光，烧高香了。哈哈。"

刘牧栋反唇相讥："我们刘家打不过日本人，但是对付你还是绰绰有余，你识相点儿赶快放开我，给我们刘家认错。"

马云龙听了更加得意，"倒是三小姐提醒了我，嘿，我改主意了，我先把你送给日本人，让他们玩腻了，让大狼狗咬你，那个时候，说不定你被日本人糟蹋了，我还不稀罕你了。"

刘牧栋呸地吐了一口马云龙，马云龙搓搓脸上的唾液，说："再来一口，要不我亲你一口。"刘牧栋狠命蹬腿要踢马云龙，马云龙命令："把她捆起来，我看她能折腾到什么时候？"

立刻有两个士兵拿着绳索要来绑刘牧栋，刘家的人上前要救人，匪兵架着枪顶住刘家的人，所有的人乱作了一团，但是没有人敢开枪。

正在这时，突然一声枪响，勒住刘牧栋脖子的那个土匪肩膀中了一枪，他身子向后一缩，躲在一边，刘牧栋趁机跳到一边，马云龙大吃一惊，"谁开枪了？"他转过身去，大吼一声，不过，他立刻泄气了。因为，一个穿着军装的汉子双手持枪，又飞手一枪，刚才站在墙头那个土匪栽了下来。

马云龙飞快地掏出手枪，指住了军人，但是他并不敢开枪。马云龙压住怒火问："这位军爷，是哪来的，敢在我们巡防营闹事？"

他语音未落，又冲进来七个士兵，有持卡宾枪的，有持狙击枪的，还有一个端着轻机枪，明显，这是一个装备精良的小分队。这些人一看就是身经百战，很快占据了有利地形，枪口对着马云龙的人。

这个穿军装的军官大声喊："你们都给我听好了，谁要是敢动刘家人的一根毫毛，我立刻让他吃枪子。"刘家的人一看援兵到了，个个振奋起来，大声叫道："把枪放下，给我们认错。"

马云龙毕竟是闯荡江湖多年，把枪收了，抱拳问："好汉报个姓名，看样子是国军的人，我马云龙与国军的人向来是井水不犯河水。今天，不知为何你们替刘家出头？"

刘牧栋用手捂着肚子，来到刚才的那个军官跟前，大声说："温连长，是你来了，太好了，教训一下马云龙。"原来这个军官是温玉，正是刘牧国每次回刘家大院时带的那个随从。他的连队就驻扎在莱西地界，离招远城只有三个小时的路程。

那个军官轻蔑地看一眼马云龙，说："马云龙，你平时作恶多端，我们都给你记账呢，我劝你收敛点儿，尤其是对待刘家的人，否则，对你不客气。"

刘牧栋借机质问马云龙："马云龙，你凭什么让你的人哄抢我们刘家的粮店？"

马云龙看着温玉连长的手枪，故作惊讶地问："有这种事情？"

温玉挥了一下手枪，劝刘牧栋："你带人回刘家大院吧，今天给他们点颜色看看就行了。"刘牧栋只得见好就收，她带来了一帮人，有一个已经受伤，自己也被飞镖打中，心中不免有些恼恨，只好跟着温玉连长回刘家大院。路上刘牧栋忍不住问温玉："你怎么来了，你们的武器真好，要是能给我们留下就好了。"

温玉笑了一下，说："是你哥让我来看看的，正好碰上你到巡防营兴师问罪。"这时一个士兵说："连长，有一个人跟踪咱们。"温玉说："教训他一下。"

隔一会儿，听见有人噢噢地叫了几声，跑远了。

马云龙正丧气地坐在屋里，毛驴儿弓着腰站在一边，一会儿，派出去的那个匪兵回来，报："司令，他们都去刘家大院了。"匪兵一边汇报一边揉脸，那已经肿了，马云龙一看就明白怎么回事了，喊道："过来，靠近点儿。"那个匪兵靠近了，马云龙坐在椅子上抬起一条腿把他踹出去，骂："笨得跟猪一样，挨几次揍才能学聪明呀。"那匪兵叫着冤跑出去。

马云龙思索了一会儿，叫道："想不到刘家的人跟国军的正规军有联络呢，难道他们家的老大……我说，毛驴儿，你不是消息灵通吗？怎么以前你不知道呀？"

毛驴儿讨好地说："司令，我以前听人说过刘家的老大刘牧国在青岛做买卖，跟国军的人关系比较好，但是，没有见过他穿军装回来呀。"马云龙骂："你就知道打听那些男盗女娼的事情，赶快派人打听刘家老大的情况。"

毛驴儿开导马云龙："司令，刘家老大就是当兵的咱们也不怕，咱们不是有日本人撑腰吗？那国民政府的军队，不是也被日本皇军打得到处跑吗？"

马云龙瞪了一眼毛驴儿，骂："你懂个球，那日本人，靠得住吗？"

毛驴儿疑惑地看着马云龙，又扯着自己身上的黄皮子，反问："司令，咱这身衣服，咱们手里的家伙，不都是日本人给的吗？"

马云龙拍拍毛驴儿的脑袋，说："日本人给咱们这些东西，那是让咱们当炮灰的。日本军队为什么不住在城里，让咱们住在城里，他们住在城东，知道为什么吗？"

毛驴儿摇晃着头。马云龙说："日本人来这里，就是为了抢黄金的，他们驻扎在城东，守着大马路，只要国民党的军队打过来，有咱们在城里挡着路呢，只要情况不好，他们就带着黄金跑了，用最快的速度到达龙口港。"

毛驴儿点点头，马云龙叮嘱毛驴："今天的事情，不能传到日本人耳朵里。"之后，他又暗暗地笑，说："要是日本人和国军打起来，那就好看了。我们可以从中大捞一笔。"

毛驴儿心领神会，说："还是司令您有主意。"

温玉带着士兵来到刘家大院，可把武冬梅吓住了，想不到这些兵个个荷枪实弹，再看刘牧栋一副狼狈不堪的样子，便询问了一下，这才知道这个小姑子胆大包天，竟然大闹巡防营。她又看了看刘牧栋的伤势，带刘牧栋去里屋，给她敷药，劝她好生休息，不要出去闹事。

武冬梅回到堂屋的时候，刘爱冬正陪着温玉说话，几个士兵已经被安排到客房休息。温玉起来对着武冬梅示意了一下，又坐下，说："你大哥已经知道比武失败的事情了，怕出现大乱子，特意派我回来看看。"

武冬梅抱歉地说："比武失败，还是因为我们准备不充分。"

温玉摇摇头说："通过这种方式，还是不能解决问题的，你大哥有要事缠身，不能回来，他让我告诉你们，这龙脉图的秘密，事关国家，应该依靠国民政府的力量来解决问题，而不能单纯依靠刘家的力量。"

武冬梅欠欠地一笑，说："我们十分明白大哥的意思，但是，我和牧之确实不清楚龙脉图的秘密到底是什么，根本就没有办法请国民政府来保护。"

温玉点点头，不好再说什么，他喝了一口茶，说："你大哥派我回来看看，如果没有其他事情，我得抓紧时间归队复命，你们在这里，轻易不要与日本人有摩擦，否则，事情不好处理，即使你大哥有权力调兵，也不敢派兵出战，否则就是破坏国民政府跟日本人之间的关系。"

武冬梅挖苦地说："日本人都欺负到自己家里来了，还担心两个国家的关系？"

温玉笑了一下，说："这是政治，不说这些事情了，我带来一些子弹和枪支，你们可以留下。"

武冬梅急忙说谢谢。她暗中琢磨，一定把这些枪支弹药放好，千万不能让刘牧栋知道，否则，她又要捅马蜂窝。

金刀令复出江湖

活人怎么会让尿憋死？夜色降临，刘牧之终于要下床了。

刘牧之已经在床上躺了三天三夜，胸口闷得慌，稍微一喘气，隐隐约约地疼，看来必须找郎中来治疗。刘牧之是扶着墙根，躲着人去厕所的。如果不是傍晚天色暗，他确实没有勇气出屋。

刘牧之返回房间的时候，却见杨少川来到刘家大院，一个下人领着他来见武冬梅。刘牧之进了寝室，侧耳细听，杨少川在外屋打听刘牧之的身体情况，武冬梅反问："您是替日本人打听的吗？"

杨少川尴尬地说："不是，我确实是关心刘先生的身体健康，您看，这是我带的药。"

武冬梅冷冷地一笑，看着杨少川把药放在桌子上，说："我们刘家武家经历的这些事情，都与您有无法开脱的关系，我想，我们之间还是少走动的好。尤其您给鬼怒川公司的佐藤山木做事情，我们刘家武家与佐藤有不共戴天之仇。"

杨少川为难地说："冬梅姐，我心里十分清楚，我与你们刘家武家之间，一定关系到一个十分巨大的阴谋，我必须证明我自己以及我父亲的清白……我之所以傍晚到您这里来，就是怕被别人看到。"

武冬梅没有说话，杨少川接着说："我来呢，其一是想问候一下刘先生，其二是想了解一下道观那里的事情，我父亲失踪以前，他的勘测地点，集中在道观附近，而且，我发现，道观那里也有人冶炼黄金。"

武冬梅扭过脸冷眼看看杨少川，说："我劝你不要去那里瞎转悠。送客。"

武冬梅表现出很不待客的样子，杨少川有些尴尬，只好站起来，走了出去。正巧，孟德和刘牧栋走了过来，孟德看到杨少川，吃惊地问："你来这里干什么？"

杨少川回道："孟德师父，我来看一下刘先生。"孟德点点头，进了屋子，武冬梅站起来，问："大师兄，你来了？"孟德笑笑，找个椅子坐下，而刘牧栋则站在他的旁边，直冲孟德挤眼。

武冬梅看出来了，这两人一定是有什么事情，不然不会如此神秘。

孟德没有说话，似乎下了决心，一下子站起来，搓着手说："我去看望一下师弟。"武冬梅说："你去里边看看吧，你不是外人。"孟德迈开步子。

刘牧之正在里面侧耳细听，急忙回身去床上，由于动作仓促，胸部疼了一下，他压抑着自己的咳嗽，勾着腰，很痛苦的样子。

孟德敲了一下门，并没有人应答，他迟疑了一下，还是进来了，看到刘牧之侧身躺在床上，面向里。孟德走到床边，说："师弟，你不能老是躺在床上，起来活动一下，咱们练武之人，如此消沉下去，恐怕要荒废的。"

刘牧之没有回应孟德，孟德说："师弟，要不你请郎中看看，受了内伤，恐怕需要好好地调理。"

刘牧之没有搭理孟德，孟德站了一会儿，只好退出房间。

刘牧栋看到孟德垂头丧气地退出来，急忙迎上来问："可以吗，他同意了吗？"孟德咳了一下嗓子说："没有提，他不肯起床。"刘牧栋着急地说："你这个人就是磨叽，平时的痛快劲哪去了，关键时刻你就使不上劲。"

孟德抽噎了下喉结，说："师弟此时身体状态不是很好，现在说这事，恐怕会伤害了他的自尊心。"

武冬梅在一边看着，终于无法忍耐，问道："师兄，你们俩偷偷摸摸地干什么呢？"孟德看了看武冬梅，说："师妹，我想借师弟的金刀令用一下。"

武冬梅听后，脸色陡然一变，站了起来，厉声问道："金刀令岂是平常之物，怎能轻易借人？那是我爹谪传给牧之的。"孟德脸色羞红，又为自己辩解："师妹，我的金龙刀法也是师父谪传，并且，我也是师父养大的，我借用一下金刀令也不算是非分之想。"

武冬梅正义凛然地说："手持金刀令，便可以号令武林，你要是图谋不轨，岂不是毁了师父一世英名。再说，金刀令与金龙刀只能由一个人把持，二者不可分开，你是知道的，只有刘牧之才是金龙刀的传人，也只有他有资格持有金刀令。"

孟德立刻反驳："师妹，我的为人你是清楚的，我为人光明正大，今天我提出借用金刀令，绝非乘人之危妄图占有金龙刀，这金龙刀还是属于师弟，我借用金刀令，也正是为了挽回师父及金龙刀的英名！"

刘牧栋也随声附和，说："对，我们是为了挽回武师父的英名。"

武冬梅怀疑地看着孟德。孟德犹豫了一下说："师妹，你也看到了，金龙刀战败之后，师弟从此一蹶不振，他不能如此颓废，他这样浑浑噩噩下去，金龙刀就会在江湖上失去威信，就再也没有人会相信金龙刀了。"

说到这里，武冬梅也沉不住气了，说："这些我懂，可是牧之他承担的压力实在是过大。"

刘牧栋抢着说："所以嘛，让孟德大师兄分担一部分压力……"

孟德接着说："我想了几个晚上，不能让武林中人看不起金龙刀，我决定借用金刀令，号令大刀会的兄弟，袭击鬼怒川，用我们的大刀，教训佐滕山木那帮日本人一顿。"

武冬梅犹豫了，不知如何答复孟德。

刘牧栋插口说："二嫂，你就去屋里把二哥的金刀令拿出来，借给大师兄用一下，等用完了再还给二哥。"

武冬梅反唇相讥，说："老三，你不懂这些事情，怎么老是跟着掺和。"

刘牧栋撅着嘴说："二哥也是，自己被日本人打得趴在床上装病，就不能把金刀令借给大师兄用一下，真是占着茅房不拉屎……"

武冬梅生气地骂："老三，你是越来越不像话，事情哪有那么简单？"

刘牧栋反问："就借用一下，还有多么复杂，又有哪些不简单？"

武冬梅叹口气说："如果把金刀令借给大师兄使用，并且由大师兄带领大刀会的人去袭击鬼怒川的日本人，那么，就意味着大师兄是领头人，你二哥将会永远失去统领的地位。"

刘牧栋撇开嘴说："原来如此呀，你功夫好本事大人家自然认为你有地位，天天躺在床上当缩头乌龟，没有人把你当人看。"

孟德立即阻止刘牧栋说："三妹，不能这样评价你二哥，你二哥已经做的很多了。"然后，他又转脸对着武冬梅说："借用金刀令事关重大，要想挽回金龙刀在江湖中的地位，要想维护师父一世的英名，没有更好的办法，只有想办法召集大刀会的好汉，一同抗击日本人，如果师弟继续躲避下去，那么我们结果必然是自取亡路。"

武冬梅为难地说："我……让我想想……"

孟德继续开导："师妹，我不会抢师弟的风头，而且我也不用金龙刀，我就用普通的大刀去跟日本人打，金龙刀还是属于师弟。"

武冬梅摇摇头说："这件事情，我做不了主……"

这时，刘牧之拉开门，扶着门说："师兄，金刀令我转给你了。"他解开衣襟，摘下一个小金牌丢给孟德，然后又冷冷地说："师兄，金龙刀你也拿走吧，我不配拥有金龙刀。"

孟德急忙解释："师弟，请你相信我，我就用一下，再还给你。"

刘牧之冷笑了一声，说："师兄，我已经没有脸面再混下去了，以后江湖中没有刘牧之，以后，不准任何人在我跟前提起金龙刀，武天浩也没有我这个不肖之徒。"刘牧之说着，咳嗽几声，武冬梅前来扶他，他推了一把，慢慢地向屋外走去。

武冬梅转回身，冷冷地看着孟德，孟德尴尬地说："师妹，要不把金刀令还给师弟？"

武冬梅气得眼泪直流，说："你们为什么非要在这个时候来伤害他，你们根本不知道他现在多么难过！"

没有想到刘牧栋尖刻地说："他是自己无法超越自己，咱们的爹娘都被日本人杀了，他还这样麻木，他忍，我看他能忍到什么时候？人家孟德是来分担他的压力，他应该感谢才对！"

武冬梅大声斥责："你不懂事，就知道疯闹，你非要把刘家大院闹个天翻地覆才算了事？"刘牧栋此刻极度清醒，压低了声音说："二嫂，我心里清清楚楚，一点儿都不疯，要把刘家大院毁掉的不是我，是日本人！"

刘牧之已经走到了门外的台阶处。

突然，门外有人被绊了一下，扑通一声，武冬梅此时正在火头上，一个箭步蹿出去，只听有人哀叫着，狼狈地被武冬梅押进来，大家一看，竟然是杨少川。

"你怎么还在这里，不是让你走了么？"武冬梅厉声问。

杨少川说："我在院子里转了几圈，本来打算要走的，看到有个人影，跑到这里，我也跟过来了。"

孟德瞪了一眼，问："你听到什么？"

"我听到你们要报复鬼怒川的日本人。"孟德伸手捏住杨少川的肩膀，杨少川啊啊地惨叫，说："我不会告诉佐藤山木的，你们愿意打架是你们的事情。"

武冬梅生气地说："看来我们必须把你杀了，否则你会去告密的。"

杨少川突然求饶："你们不能杀我，我绝对不去告密，我现在还不能死，我的事情还没有办完，等我的事情办完了，你们再杀我也不迟。再说了，告密的人肯定不会是我，刚才有个黑影，你们不去抓，却来抓我。"

武冬梅急忙来到外面看了一番，没有发现什么人影，就连刘牧之的人影也不见了，急忙叫来一个丫头，让她去看看刘牧之跑哪去了。

武冬梅被刚才的事情气得胸脯鼓鼓的，索性把皮球踢给了孟德，说："大师兄，反正杨少川已经听到了你们的秘密，要杀要剐由你做主，你们的事情我不参与。"说着，她抽出宝剑扔给了孟德。孟德搓着手不知如何处理。

杨少川立刻向孟德讨饶，说："孟德师父，咱们在山里是有过合作的，我绝对不会告密的，这个你要相信，要告的话，早就告了，用不着今天。"

孟德理解地说："我说杨少川，你喜欢溜达，你别在刘家大院呀，你到山里去。"

杨少川说："真的，刚才我是看到一个黑影。"

孟德把剑还给武冬梅，双手抱在胸前，思考了一番说："师妹，杨少川不是我们要抓的人，应该另有奸细。放他走吧。"杨少川立刻脚底抹油，溜了。

武冬梅冷笑，说："那么说，你们的计划取消了？"

孟德说："不取消，我们必须与日本人决斗，用我们的大刀。师妹，金刀令我借定了，几日之后，我一定奉还，我承诺，金龙刀的传人，还是师弟刘牧之。"孟德一抱拳，握着金刀令大踏步走出去，刘牧栋像跟屁虫一样追着，喊道："等等我。"

武冬梅无可奈何目送他们，心中暗想："恐怕又要出大事了。"这时，刚才去找刘牧之的那个丫头喘着气跑回来了，武冬梅问："少爷怎么没有回来？"丫头说："他去的那地方，我进不去……"

武冬梅说："你怎么进不去，除了上天入地，你哪去不了？"

丫头说："他去了李三的澡堂子……"

武冬梅一屁股坐在椅子上，恶狠狠地瞪着丫头，说："你怎么不想办法把他拉出来？"她怒气之下，失手打了丫头一巴掌，小丫头嘤嘤地哭起来。

武冬梅气急败坏地说："那我今天晚上，就等他一晚上，看他什么时间回来。"

武冬梅坐在那里是越想越气，前几天，马云龙和日本人来此造访的时候，她刚刚出了口恶气，还泼马云龙一身茶水，可是她万万没有想到，刘牧之竟然跑到马云龙的澡堂子里消遣去了，他怎么能够堕落成这个样子，岂不让马云龙笑掉大牙？

第2章
大刀再次战败

英雄变泼皮

马云龙确实乐不可支。他坐在巡防营的司令部，一个丫头正在给他洗脚。毛驴儿喜颠颠地跑进来，说："司令，刚才，李三派人送信，说刘牧之进了咱们的澡堂子。"

马云龙听了之后，起先不信，说："刘牧之是什么人，怎么会去咱们那地？平时请都请不来。"

毛驴儿继续补充："司令，千真万确，伙计怕你不相信，还偷了他的一件衣服给你看。我让伙计拿上来。"

马云龙猛地一挥手，说："不用。"然后，他把后头靠在椅子背上，使劲地蹭了几下，让自己的大脑更加清醒，最后他总结道："看来，他确实变了，已经变成一条没有用处的癞皮狗，我们要让他变得更糟糕。传我的令，让李三好好招待他，上最好的窑姐，上最好的烟土，一定让他进了这个门，出不了这个门。"

毛驴儿笑嘻嘻扭着自己的身体，仿佛他一身的肉痒得要掉下来，羡慕地说："司令，啥时候你也赏咱去消受几天？"

马云龙带着笑容瞪了他一眼，说："你以为那是享福，那是吸你的精，抽你的血，我看你活得不自在了。快去传令。"毛驴自然是善于察言观色，知道马云龙此时心情好，上来敲马云龙的肩膀，说："司令，要不我亲自去送信，顺便在那里洗个澡，您看，我这一身骚臭骚臭的。"

那个丫头正在给马云龙搓脚，马云龙用脚大拇指撩起一点水，蹭着丫头的脸腮，丫头红着脸噗笑，马云龙嬉笑着问："多大啦？"丫头躲着马云龙的脚大拇指说："你天天问，不告诉你了。"马云龙高兴地说："你看这丫头，还跟我犯小脾气，你说十八了，我就喜欢十八。"

毛驴儿敲着马云龙的肩膀，说："您可真会享受。"马云龙故意厉声问："怎么还不去传令，快滚。"

毛驴儿乐滋滋地说："司令，那我就滚了。"马云龙不搭理毛驴儿，伸手捏了一下丫头的脸蛋儿，哈哈地大笑了，感慨道："这世道真的要变了，刘牧之可真不争气呀。"

已经是第三天了，刘牧之还没有返回刘家大院，武冬梅已经派出了三拨人去叫刘牧之，都无功而返。武冬梅决定亲自去李三的澡堂子找刘牧之。

武冬梅在出发之前，做了最坏的打算，让四个健壮的家丁带上了绳索，而她则带上了宝剑。

一路上，武冬梅板着脸，虽然已经是初春，看起来，她的脸比三九天还要寒。她们走出刘家大院，路过县城的小广场，野村正带着几个日本武士表演功夫。

"刘夫人，您好，您这么匆匆忙忙地，要去做什么呢？"野村自命不凡地站在武冬梅的前面，挡住了她的去路。

"让开，姑奶奶没有时间跟你逗着玩。"武冬梅用剑一推野村，野村借力一顶，两人绞在一起。武冬梅实在是忍无可忍，身体一蹲，来了一招顺手牵羊，野村一个趔趄冲了出去，这可惹恼了他，哗地抽出日本刀，腾空而起，在空中一个倒翻，那刀直奔武冬梅的头部砍来。

武冬梅没有想到野村会下如此毒手，就地一滚，向着刀锋的相反方向滑出去，野村的刀砍在地上，接着他又一个鲤鱼打挺从地上弹起来，身体斜着冲出去，像一个雪橇从冰面上驶过，只见一闪的亮光，日本刀直奔武冬梅的腰部。

欺人太甚，难道野村要取武冬梅的性命？

眨眼间，日本刀已经逼近了武冬梅的腰部，哗地砍了过来。武冬梅的身体忽地飘了起来，腰部一弓，妄图躲过刀刃，但是，那刀太快了，只听嘶的一声，衣服已经划破了。

好险！再也不能忍了，这个杀父的仇人。

武冬梅一声冷笑，忽然见她一声鹤唳，剑锋一指上空，看似十分简单的一招。

野村禁不住洋洋自得，刘牧之的老婆，原来不过如此，剑法稀松平常，哈哈，刘牧之已经完蛋了，武冬梅也扑腾不几天了。

野村首战小胜，更加放肆，也不再讲究技巧，正面冲了上来，双手持刀，用足了力气，猛地劈下来，那刀风已经扫到了武冬梅的面颊。

武冬梅依然没有躲，看到那刀锋，已经快速接近了她的头顶，她轻轻向后一滑，她的步伐是那么准确，刚好让过了野村的刀锋。

野村惊讶地瞪大了眼，武冬梅拿捏得太准了，只差一厘米，刀就会伤着她。

惊讶之际，野村的刀已经向下砍去……

却见武冬梅的剑尖，猛地向下一击，准确地压住野村的刀背，野村再向后回抽刀的片刻，武冬梅的剑已经攻出，一招梅花十弄，忽然，野村的面前四五朵剑花，他不知道哪一朵是虚哪一朵是实……

野村大呼不好，身体急忙后撤，如同一阵风刮来，他的身体就像疾风中的叶子，迅速飘曳。哪知，武冬梅的剑锋，咻的刺中了他的左肩头，幸亏他撤得及时，只是刺伤了皮肤。

野村的刀猛地去磕武冬梅的宝剑，突然，他产生幻觉了，似乎武冬梅手里有两把剑，总有一把剑挡住了野村的刀，总有一把剑刺向野村的咽喉……

只听叮叮当当响成一片，野村的刀不停地去拦截武冬梅的宝剑，似乎每一招都落在武冬梅的后面，他看见一支剑始终逼着他的咽喉……

武冬梅招式一旦攻出，便是招招相连，剑中藏剑，野村疲于应付，他必须找到破解的方法，他不知道为什么总是有剑指着自己的咽喉。

野村终于使出巨大的力量，在他的印象里，他挡住了武冬梅的一剑，然后，全身向后退去，这一退，使出了全身的力量，只听的耳边的声音呼呼响……

可是，武冬梅的剑与身体成了一条直线，野村根本就没有看出她是如何出招的，在野村的眼里，一支剑始终指着自己的咽喉，只要稍有迟缓，他就会死于剑下。

野村只有向后退，因为，退已经成了一种惯势，他甚至于不敢向侧方闪过去，因为他不敢保证向侧方能够闪过武冬梅的剑。

只有退，只有更快地退，但是那剑，追得更快，瞬间，野村忽地一头冷汗，他感觉自己正在目睹自己被逼死。

武冬梅的剑无数次地刺出，野村的刀无数次条件反射地格挡，宝剑每次都成功地指向野村的咽喉，武冬梅看到了野村绝望的眼神……她的剑突然更快了。

一道黑影，嗖地闪过，一道白光飘过，武冬梅的剑向侧方一偏，砰地钉在旗杆上，野村猛地一闪，抱住了旗杆，长长地喘一口气，他已经魂飞魄散。

那道黑影，再一刀，只听啾地一声，砍向武冬梅。武冬梅的身子一缩，如同一只狡兔，双腿一蹬旗杆，把宝剑拨了出来，听见咯吱吱一声，她的剑与日本刀咬在一起，但是，她不敢硬拼，因为那黑影正是柳生。武冬梅噌地向后一跳，三米开外，用剑指着柳生，她的左手，已经捏了一根针，准备随时袭击。

野村松开抱着的旗杆，一挥手，七八个日本武士围上来，把日本刀举在前面。

柳生笑笑说："刘夫人，果然好功夫，你刚才的追魂三招，只用了两招，第三招还没有使出来，如若有机会，我倒想看看第三招。"

武冬梅两眼紧盯着柳生的手，她知道这个日本人很擅长使用暗器，她不冷不热地说："您好见识，我给您纠正一下，那叫追魂三剑，不过在下确实佩服，你竟然知道追魂三剑，天下还没有人见过第三剑，我想你也没有机会一睹第三剑。"

柳生走了几步，琢磨了一下说："你的第一剑，是一个虚招，是为了引诱对手进攻，然后你找到机会，攻出第二剑，在对手进攻的情况下，你比对手进攻的速度更快，这样，对手永远只有招架之功，没有还手之力，但若是对手不进攻呢？"

柳生哈哈大笑……似乎明白了，又说："中国的剑术博大精深，没有假设，只有进攻呀……但是，第三剑呢？"

这时，七八个日本武士围上来，柳生拦住野村说："请对刘夫人尊重，我们都是习武之人，让他们走。"

武冬梅抱了一下拳，带着四个壮汉迅速离开，直奔李三的澡堂。

武冬梅的到来，惊动了澡堂的看护。上来了一个男子，拦住武冬梅，嬉皮笑脸地说："您是哪家的俊媳妇，我们这地儿，只来男客，从来没有女客，您走错地了，您后边的四个爷们倒是可以进去。"

"给我让开，我要找刘牧之！"武冬梅用胳膊肘一推那汉子，向前一步。立刻有四个汉子围上来。有一个人说："快点去叫毛驴儿。"

围上来的四个汉子，挡住了武冬梅的去路，一个人大声叫："你知道这是谁的地盘吗，这是马司令的。"

武冬梅大声问："你们难道不认识刘家的人？"

又有一人回道："我们当然知道，你是刘家的二奶奶，二少爷不是被日本人打得钻裤裆么，有什么神气的。"

武冬梅气得，一脚飞出去，那个人翻着滚儿摔出去，正好过来两三个男子，赤着身子来凑热闹，他们还抱着窑姐，挨打的看护撞在他们身上，立刻酸酸的、尖尖的、娇滴滴的叫声响了起来。好一番混乱。

"谁敢砸场子，胆大包天了！"毛驴儿高声喊着，只穿了上衣，赤着腿，敞着怀，拎着手枪跑过来，他看到了武冬梅，气焰下去一半："怎么又是你们刘家的人？"

不过，上次刘牧栋大闹巡防营他吃了亏，这回他长记性了，收了枪，一挺腰，结果他的大裤衩显了出来，毛驴一点儿不感觉害羞，倒是武冬梅很难堪，扭过脸去。毛驴儿笑着说："二少奶奶，这是什么地儿，您也来，不成体统呀？"

武冬梅大喊："少罗嗦，快点把刘牧之叫出来！"

毛驴儿笑道："二少爷来这里消遣，那是正常的，都是男人嘛，您也用不着太苛刻。"

武冬梅一脚踹在毛驴儿的肚子上，毛驴捂着肚子叫哎哟哎哟……冲一个伙计说："快点去找，没有看到二少奶奶发火了。"

另外的一个看护提醒毛驴儿："毛驴儿二爷，您不是有枪吗？"

毛驴儿生气地骂："给你枪，你敢打？你不要命了。"

几个伙计带着武冬梅上楼，进了一个包间，看到刘牧之和老九正在吃大烟，他们躺在铺上，身边各有一个窑姐侍候。屋里弥漫着令人头晕的大烟味，老九首先坐了起来，看到武冬梅，愣住了不敢说话，用脚蹬了一下身边的窑姐，那个女人灰溜溜地跑了。

刘牧之正在犯迷糊，眯着眼说："老九，吃烟呀，我没有你吃得好，真舒服，再睡一觉。"

刘牧之不想睁开眼，发现老九没有回应，骂："老九你死哪去了，跟伙计说一下，给我换个窑姐。"

老九压低声音说："二少爷，你醒醒，你看谁来了？"

刘牧之朦胧地看着眼前一个女人，笑着说："新来的，过来，侍候本少爷吃大烟。"

眼前的女人不动弹，刘牧之眯着眼，脸色苍白，坐起来要招呼眼前的女人，武冬梅气得实在是忍无可忍，扬起手一巴掌打在刘牧之的脸上。刘牧之晃了一下头，看……

"二少爷，她是少奶奶……"老九凑上来说。

刘牧之努力地睁开眼。老九急忙跟武冬梅解释："二少奶奶，他刚学会吃大烟，不会吃，吃得有点多，犯迷糊。"

武冬梅从旁边抄起一桶水，喊道："我就当一回窑姐，侍候你一下。"她哗地从头上浇了刘牧之一身，看热闹的人，哈哈大笑。

刘牧之稍微清醒了，看着眼前的武冬梅，垂头丧气地说："你不应该来这里，这是我们男人来的地方，我来这里，你用不着大惊小怪的。"

"回家！"武冬梅说。

刘牧之没有动，水已经浇透了衬衣，沾在身上。

"回家！"武冬梅再次命令。

刘牧之摆了下手说："我在这里放松一下。"他扭过身去，不想搭理武冬梅。

武冬梅转到他眼前，语气变得缓和了，说："牧之，咱们回家吧，就算吃大烟，也别在这里吃。"

刘牧之抬起头看着武冬梅，羞恼地说："我也不想吃大烟，但是不吃不行，我心里只有这样才安静。"他痛苦地流泪，鼻涕都出来了。武冬梅上前来，扶住他的头，手伸进他的头发，一股大烟味飘上来，她有些恶心。

刘牧之睁开眼，看到武冬梅的衣服被刀划开的口子，问："谁跟你动手了？"

上来一个汉子说："是野村，找茬儿欺负我们。"

刘牧之想了想，缓慢地点一下头，说："知道了，给我换件衣服。"

上来一个伙计，给刘牧之换上一身干净的白衬衣，刘牧之慢慢地把鞋穿上，对着武冬梅伸手："把剑给我！"

武冬梅把剑递给刘牧之。刘牧之接过宝剑，突然，像换了一个人，噌地站起来，大骂一声："野村，老子要是不教训你，枉学武功。"他呼地跑出去，其他人都跟着，有人喊："快点，有好戏看了，刘牧之要去教训日本人。"

澡堂里的人，大都是闲人，且多为好事之徒，来不及换衣服，就跟着跑出去看热闹。

一会儿，大街上出来一队人，衣衫不整，他们有用浴巾裹着上身的，有没有穿裤子的，他们欢叫着涌动，更热闹的是，在他们之间，有穿着鲜艳的窑姐，尖声嬉笑着。

刘牧之的速度极快，噌噌地来到小广场，野村还正在生闷气，他看见刘牧之穿着一身衬衣衬裤站在眼前。刘牧之说："我刘牧之还没有死。你敢欺负我媳妇！"

野村瞪着眼，挥了一下手，七八个武士抽出刀。

刘牧之忽然大呵一声，竟然用的是金龙刀法中的一招龙出海，只不过手中的是一把剑。那剑气虽然没有金龙刀浑厚，却轻盈灵动。野村曾经与武天浩交过手，当然知道金龙刀法的厉害，急忙挥刀一挡，只听轰地一声，两人撞击在一起，刀剑相撞之处火花四溅。

片刻，围观的好事之徒已经凑上来，听到这声音，他们大喊："好，打得好。"

武冬梅冷静地看着刘牧之的攻势，有些担忧。

这一撞击，野村冷笑了。因为，他没有被刘牧之击得后退，他晓得武天浩的刀法与功力，根本不敢硬接，否则会被震得吐血。

此时的刘牧之，并不知道自己的功力减退到何种地步，这几日花天酒地的糜烂生活，大大损伤了他的元气。那把剑，确实不如金龙刀有威力，刘牧之应该清楚，但是，他现在不清楚，因为，他处于一种混沌状态，鸦片的麻醉效果使他无法评估自己的能力。

野村并没有后退，他使劲向前推刘牧之，刀与剑再次相咬，吱吱响。

刘牧之的剑法不如武冬梅，武冬梅在一边叫道："彩云追月！"

刘牧之明白这一招是纵跳的虚招，他一推剑，猛地刺向野村的眼睛，野村一躲，他纵身一跃，离开野村两米多远，因为他的金龙刀法适合远距离的进攻，紧接着，他一招潜龙入海，一运气，剑身一声鸣叫，看那时进攻之势，果真如一条龙扑出去，野村急忙来挡，哪知这一剑的功力无比巨大，虽然他格住了来剑，但是依然力不可挡，那剑锋竟然向下一偏，刺中了他的大腿，只见一道血光扑了出来……

围观的人都张大了嘴，他们想不到，刘牧之不用金龙刀，照样打败了日本人。但是没有一个人敢高呼，他们低声地说："真厉害。"

野村急忙向后退，他的左腿已经受伤了，他双手握着刀，冷静地看着刘牧之。

刘牧之哈哈大笑，总算出了一口恶气，转念一想，还不敢置这个日本人于死地，他正在犹豫，柳生拍着手走出来，刘牧之的脸色变得难看。

柳生笑道："刘先生果然是高手，虽然不是炉火纯青，但也算是活学活用，上乘的武功，可以不要求兵器，因为兵器只是进攻的辅助，您已经做到了刀与剑的活用。"

刘牧之说："我没有你想的那么高深，今天实在是不凑手，没有带刀。"

柳生有礼貌地说："对于你来讲，刀与剑的区别不大，只不过是如何进攻的区别。"

刘牧之不懂柳生为何如此讲，淡淡地问："有何指教？"

柳生讲："刘先生，今天你已经打伤了我们的人，看来我们势必要交手了。"刘牧之咬咬牙，瞪着柳生。

柳生抱着胸，慢慢地说："你已经是我的手下败将，且又受了内伤，如果我这样跟你交手，别人会说我占你便宜，况且今天你也没有带刀，你是用剑当刀使，为了显示公平，我也用日本刀当你们的中国剑来使用。"

刘牧之愣了，想不到这个柳生如此狂妄自大。日本刀是单刃，中国剑是双刃，刀法与剑法肯定相差甚远。他反问："你觉得你有必胜的把握？"

柳生淡淡一笑，说："刘先生，我敬重你的为人，同样，我也希望你能敬重我。为了得到你的尊敬，我希望做到让你心服口服。"

刘牧之摇头，说："我不可能尊敬你，你我来自不同国家，而且，你们侵略我们的国土，践踏我们的土地，欺凌我们的同胞。"

柳生听了之后，哈哈大笑，说："刘先生，历史上远远不止我们大日本帝国来到此片土地上，你看，蒙古人、满人，都曾经在这里统治过，这是人类发展的必然过程，好了，暂且不说这些，为了让你心服口服，我决定用你们中国的剑法与你的金龙刀法比试。"

在场的人都嘘了一声。

刘牧之问："你会中国剑法？"

柳生答道："自然不会，只不过是现学现卖，我想用刘夫人的追魂三剑。"

刘牧之大吃一惊，武冬梅更为吃惊，她知道，刚才，柳生只是见过武冬梅用追魂三剑打败了野村，难道柳生有过目不忘的本领？

柳生说完，已经抽出了日本刀，一招仙人指路指向刘牧之，说："请刘先生赐招。"

刘牧之看来已经没有退路，调理了气息，双手握剑，慢慢地举起，剑锋刚刚高于胸前，他的双眼神情凝重，盯着柳生的日本刀，他在计划采用哪一招制服柳生。

柳生的刀尖依然指着刘牧之，他轻轻地踱步，观察刘牧之每一个细微的动作，要知道，高手比试，某一个细微的失误，就会失去性命。

刘牧之的身体轻轻地一蹲，身上的衣服一涨，他的宝剑猛地向前砍出，这是一招龙在野，只见一道剑墙直奔柳生。

柳生没有躲，而是用他的日本刀刺向刘牧之，这正是追魂三剑中的第二剑，他根本就没有使用第一剑。在他的挥舞之下，第二剑变得简洁直接，省去了过多的花样，径直刺向刘牧之的胸部，只听见叮叮当当一阵响，无法知道刘牧之砍出多少剑，更无法知道柳生刺出多少刀，两人绞杀在一起又突然分开，又恢复了初始的样子。

这次，柳生首先进攻，他竟然使用的还是第二剑，只不过他刺向刘牧之的腹部。

刘牧之冷笑了，看来柳生只会使用这一招。他突然大喝一声，一招龙卷风，剑光形成一个喇叭口扑向柳生。柳生向前扑的过程中，突然变换了姿势，身体与刀成一条直线，让刀锋为身体打开通道，刺向刘牧之的大腿。

说来也怪，日本刀竟然穿透了宝剑编织的网，刺中了刘牧之大腿前的衣服，刘牧之大叫不好，肌肉一缩，同时一掌拍了出去，正击中柳生的胸口，两人再次分开。

柳生挨了一掌，滚在地上逃出几米远，又站了起来，再次攻来，他使用的还是追魂第二剑，这次，刺向刘牧之的胸部。

这时，武冬梅大声喊："他根本就没有见过第三剑！"

看来，柳生只会用第二剑。刘牧之一招龙在天，宝剑砍向柳生。柳生不管那么多，只是简单一格，又是连续的，雨点般地刺向刘牧之，又听见叮叮当当一阵响，宝剑与日本刀相击火花四溅，正当刘牧之习惯于柳生模式化的第二剑进攻之时，突然听到柳生得意地大喊："这是第三剑。"

只见，他最快速度地变换了刀路，斜着一举，只听嗖地一声，砍过刘牧之的胸前，刘牧之的衬衣被扑地划开，胸脯上留下一道血印。

刚才的这一招是第三剑吗？肯定不是！这明明是日本刀法。

但是，刘牧之已经中刀了。刘牧之正在纳闷，柳生一掌击中了他的前胸，刘牧之身体向后倒去，接着，他再一刀，刺中了刘牧之的大腿，说："这是替野村还你的一剑。"

柳生掌握的分寸恰到好处，并没有伤到刘牧之的骨头，只是刺伤了他的肌肉。

野村蹒跚地跑过来，拿着日本刀要再刺一下刘牧之的腿，他的刀刚刚伸出，武冬梅一抬手一根银针射中了他的手腕，他尖叫着护着自己的伤处。

武冬梅走向前，从刘牧之手里拿过宝剑，看着柳生说："你刚才最后的一刀，不是追魂三剑中的第三剑，你这是欺骗！违背了比武之前的约定！"

柳生淡淡地一笑，说："所有的人都不会相信你的，没有人知道那不是追魂三剑的第三剑，但是，所有围观的人都知道我用追魂三剑打败了金龙刀法。"

柳生微笑着对围观的人做着手势，示意他们散去。可是那些人还不愿意散去，野村走过来大声喊："走吧，你们中国人的金龙刀法根本不值得一提。"

突然，刘牧之的身体从地上弹起来，一拳击向野村的后心，野村已经感觉到了，运力相抵，但也被打出两米多远。

柳生一看野村挨了打，噌地跳过来，抓住刘牧之的胳膊一扭，便使他的胳膊脱了臼，又一脚，将刘牧之踩在脚下，刘牧之羞恼地骂："你这个用心险恶的家伙，你有本事杀了我，士可杀不可辱！"

武冬梅突然弹射空中，身子与剑化成一线，笔直地刺向柳生，柳生哈哈大笑，用脚踩着刘牧之，左手握着日本刀，大呵一声，向着挥来的宝剑挥去，砰地一声，武冬梅被弹了出去。

武冬梅落地又要挥剑来拼，柳生用日本刀指着刘牧之的胸口，问："你想让他死吗？"

刘牧之大喊："你让他杀了我吧，我死也不让他们得到龙脉图！"

武冬梅停下了进攻，看着柳生。

柳生用奸邪地口气说："我是轻易不会让你死的，但是我会让你活着比死更难。我现在就放了你。"柳生一脚将刘牧之踢到武冬梅跟前。

武冬梅扶起刘牧之，说："走吧，咱们回家。"

刘牧之猛地推开了武冬梅，有气无力地说："我不回家，我宁可去澡堂也不回家，你自己走吧。"

武冬梅生气地说："刘牧之，你这个浑蛋……我算是看扁你了。"

刘牧之跌跌撞撞地向着那些看热闹的人走去，还顺手把一个窑姐搂在怀里，可能他使劲地捏了那个窑姐的某个部位，立刻听到一声软绵绵地尖叫，她还骂："你真是个坏蛋。"

武冬梅大声骂："刘牧之，你给我滚回来！"

刘牧之说："以后武林中再也没有刘牧之，你把金龙刀转给大师兄吧，金龙刀法的传人不是刘牧之，刘牧之已经死了。"

武冬梅气得直跺脚，柳生饶有兴趣地观看。

这时，来了一个人，跑到武冬梅跟前，悄声说："二少奶奶，你快快回家，孟德大师兄把三小姐绑起来了。"

群英会战鬼怒川

武冬梅急忙带着人往回赶，有人回头看了一眼，那些日本武士也在收拾场地，准备返回。

到了刘家大院，刚进自己的院落，看到孟德迎了出来，冲武冬梅抱拳："师妹，我把老三送回来了。"进了屋子，看到两个年轻的壮汉守着刘牧栋，刘牧栋已经被绑住胳膊。

看到刘牧栋被绑，武冬梅已经见怪不怪，倒是那两个壮汉，武冬梅有些好奇，禁不住多看了几眼。那两个壮汉分别向武冬梅抱拳。

武冬梅问："老三这又是怎么了？"

孟德说："我用金刀令已经把大刀会的各路英雄召集起来了，我决定今天晚上袭击佐藤山木的鬼怒川公司。"孟德又指着两位壮汉说："这两位是大刀会的英雄，仰慕师父武天浩的英名前来助拳。"两位英雄点了点头。

武冬梅说谢谢。

孟德继续说："我今天晚上会行动，但是这三妹是万万不能跟着我们行动的，万一有个闪失，我是没有办法跟刘家交代的。"

武冬梅吁口气说："三妹，你就不要去了，你不会武功，要吃亏的。"

刘牧栋骂孟德："你手里的金刀令还是我帮你要来的。你这个家伙没有良心。"

一提金刀令，正揭了孟德的短处，他的脸色羞红，看看两位英雄，冲武冬梅眨眨眼。武冬梅急忙说："老三不要乱说，你跟我到里屋来。"

刘牧栋求饶道："你就让我跟着去吧，我不出手，我给你们望风不行吗？"

武冬梅带着刘牧栋和孟德到里屋，孟德给刘牧栋解开绳索，道歉地说："三妹，不要老是跟人说我借金刀令的事情，大战之前，说这些事情，会影响我的威信，万一各路英雄不听我的指挥，那就麻烦了。"

刘牧栋埋怨道："你是死要面子。"

武冬梅说服刘牧栋："这件事情，刘家的人是不能出面的，那是江湖上的事情。咱们在家等消息吧。"

刘牧栋这才勉强同意。孟德搓搓手说："把老三安排好，我才能放心大胆干，师妹，师弟情况如何？"

武冬梅叹口气说："唉，这个柳生不仅武功高强，而且为人奸邪，他借用追魂三剑的招式，用日本刀打败了金龙刀法，借机来羞辱牧之和金龙刀法。"

孟德听了，说："以牧之的身体状态，无法挥舞金龙刀……"

武冬梅无奈地说："牧之用我的剑……"

孟德愤怒地说："你的青锋剑重量不到金龙刀的二十分之一，根本无法发挥金龙刀法的威力……"

武冬梅说："我们习武之人自然是明白，但是那些老百姓哪里晓得，柳生把牧之羞辱了，他们就认为金龙刀法不好，这些日本人真是用心险恶，牧之一时想不开，又回澡堂了。"

孟德开导她说："牧之如此不自重，也是被日本人逼的，等今天晚上，我教训了日本武士，我去把牧之请回来，把金刀令还给牧之，我一定规劝他好好练习金龙刀法。一定要把这口气争回来。"

武冬梅点点头，表情木然地说："谢谢大师兄了，你多保重。我觉得你们此行凶多吉少，柳生及佐滕山木不是那么好对付的。"

孟德想了一下说："师妹我明白，但是我必须出战，否则日后江湖上再也没有金龙刀法的地位了。时间不多，我这就走。"

孟德出了里屋，来到客厅，带上两个汉子，急急忙忙地走了。

武冬梅看了一下天色，安排一个人去李三的澡堂子，注意刘牧之的行踪。因为担心刘牧栋跑出去惹事，就让她在屋里陪着自己。

孟德出了刘家大院，迅速往山里走。大刀会的各路英雄聚合的地点在山里。孟德的手下已经布置了场地，迎接大刀会的英雄。已经来了四五个大刀会的好汉，他们拿着大刀等待孟德的到来。王迎春正在矿洞里，穿着一件羊皮袄来回踱步，他也在等孟德回来。

一会儿，王迎春听到外面有人喊："大师兄回来了。"喊这话的人，是大刀会的一个汉子。他继续喊："大师兄，咱们掰个腕子。"孟德笑嘻嘻地说："你是手下败将。"又有一个好汉问："大师兄，你用金龙刀？"孟德答道："不用，会暴露身份的。"

有一个护矿队的队员过来对孟德悄悄地说："孟德队长，王政委找你。"

孟德跟几个好汉打了招呼，来到里面的山洞里，王春迎走过来拍拍孟德的肩膀说："孟德，原则上我还是不同意你们今天晚上的行动，因为风险太大，如果你有什么不测，将关系到日后整个护矿队的成长。"

孟德说："王政委，毕竟我首先是金龙刀法的传人，是武天浩的真传弟子，并且我又是大师兄，不管胜与负，我必须出战，否则，日后我无法面对江湖。您看，今天晚上，我请假行不？"

王迎春说："我们的实力，还不能跟日本人硬拼。"

孟德仗义地说："今天晚上，我是江湖中人，我只带领大刀会的英雄与佐滕山木的日本武士过招，我不带领护矿队的队员。"

王迎春摇摇头说："你是护矿队的队长，我需要考虑你的安危，这样，我看还是让李红江跟随着你们，随时掌握情况。"王迎春把李红江叫进来，安排了一下，孟德想了想，觉得这样也可以。

约摸晚上八点左右，前来助拳的大刀会的好汉陆续到了，总共来了有十几个人，每人带着一把大刀。孟德取来火把，丢在柴火堆上，一会儿，火堆亮起来。

大家围着火堆站好。

孟德拿来一碗酒，用自己的刀在大拇指上划了一下，将血滴进碗里，又传给下一个人，大家轮流用自己的刀划开自己的皮肤，将血滴进碗里，一圈过后，又转回孟德手里，孟德喝了第一口，大家轮流把酒喝完。

那酒是高度的地瓜干酒，又辣又苦，瞬间，这些人浑身有一股火烧了起来。

孟德掏出了金刀令，在火光之下让众人观看，有一个人接过金刀令，仔细端详了一会儿，然后朝众人点点头，意味着他已经验证了金刀令。

孟德把金刀令收好，说："师父在世之时，曾是大刀会的首领，对大刀会的成员多有照顾，他老人家不幸遭受日本人的暗算，且我师弟与日本人比武时遭了算计，总之，这口恶气必出不可，不能让日本人小瞧了中国人，更不能小瞧了大刀会。"

有一位好汉说："请大师兄吩咐。"

孟德问："家伙都带了吧！"

众英雄把刀抽出来，在火苗下闪着光。

孟德也把自己的大刀抽出来，众人把刀架在一起，孟德吩咐："今晚，我们去日本人的鬼怒川公司报仇，他们那里有日本武士，我们能够杀几个算几个，我们的人千万不能受损失，大家三人一组，互相照应。我带的那个小组负责放火，只要大火一起，我们就撤，目的就是教训日本人一下。"

所有的人都嗯一声。

孟德继续吩咐："大家必须把脸蒙上，不能让日本人知道我们是谁。"

所有的人又都嗯一声。

"出发！"孟德命令道。所有的人把脸蒙上，由孟德带着，快速地下山。这些人，个个功夫了得，蹿跳有力，翻了一个山头，很快到了鬼怒川公司的外面。

李红江已经跟在孟德的身后，他不仅背了一把刀，还带了手枪。

孟德让所有的人先躲起来，他仔细地观察地形，李红江跟在他的身后，两人商量着在哪放火。李红江看了一会儿，说："先去厨房，那里有油，可以点着，再不行，就去他们的卧室。"

孟德点点头，继续观察。鬼怒川公司的门口，有两个日本武士在上哨，来了一阵风，吹着门前的灯笼直晃。这时，出来了一个人，竟然是杨少川，他跟日本武士说了几句话，快速地跑了，看那方向，是去山里。

孟德心想：黑灯瞎火的，这小子出来干什么？

现在的时间，日本人刚刚吃过晚饭，正在精神头上，不利于袭击，最好是等到他们上床了。

从外面看，鬼怒川公司的许多屋子都亮着灯，看来不能着急下手。

孟德让大刀会的每一个好汉熟悉地形，告诉他们，一旦发生意外，千万不能恋战，迅速向回撤，跑到鬼怒川公司附近的小山上。

有几个日本人在院子里走动。

佐滕山木的房间里，一个瘦削的黑衣人正在坐着，低着头。佐滕山木正在给日本军营的酒井打电话，说："酒井君，我的情况应该是可靠的，请你的人调配一下。"

之后，佐滕山木对着黑衣人说："我已经安排了，你继续调查。"

黑衣人低声说："下午，孟德把刘牧栋送回刘家大院，如此看来，应该是有什么行动不让她参加。"

佐滕山木沉吟一下说："我知道了，关于龙脉图的线索，我希望你尽快查，我的耐心是有限的。"黑衣人惭愧地低下头。佐滕山木命令："回去执行命令吧。"

黑衣人离开佐滕山木的房间，从院子的侧门，悄悄地走出去。

片刻，柳生来到佐滕山木的房间，佐滕山木问："你都准备好了吗？"

柳生答："佐滕君请放心，已经准备好，不过，几个中国人不值得担心，刘牧之已经被我们打得失去斗志，我想金龙刀及金龙刀法并没有什么可怕的。"

佐藤山木嘲笑道："我当然知道金龙刀及金龙刀法不值得担心，它再厉害也打不过我们大日本帝国的飞机大炮。但是，它的威信可怕，它在中国人心中的地位可怕！"

柳生笑道："佐藤君，我完全理解您的意思，这些愚昧的中国人把金龙刀及金龙刀法当作神，我要让我们大日本帝国的武士，用我们的战刀，彻底地打败这些中国人手里的大刀，让他们手里的金龙刀变成废铁，我们要毁掉他们的神。"

佐藤山木点头，说："这就对了。不过，为了防止不测发生，还是要山岛从玲珑背金矿撤下一个小分队的人马，必要的时候，让我们的军队把这些中国人一网打尽。"

柳生说："佐藤君不必操之过急，我相信这里的中国人再没有人比刘牧之武功高，武天浩已经死了，刘牧之已经沦落成地痞，还剩下孟德以及武冬梅，我们要像猫捉老鼠一样，慢慢地把他们玩够了，让他们俩失去战斗力，让那些中国人彻底地失去精神上的支柱，这样，我们就可以大功告成。"

佐藤山木点点头，说："对，我们的目的不是战胜一两个武林高手，而是战胜这个民族……那是最大的财富，只有这样，这里的黄金，这里的一切才会都由我们支配。"

柳生借机说："所以，我想，今天晚上，让我们的武士，痛痛快快地与中国人的大刀会打一番，让这些无知的中国人，知道我们日本刀法的厉害。"

佐藤山木点点头说："为了安全，酒井同意山岛调集一个小分队的兵力，随时听候我们的调遣。"

柳生低下头，说："感谢佐藤君的信任与支持。"之后，他离开了佐藤山本的房间。

孟德带着大刀会的众好汉在外面的小山坡向院子里观察，他们数着从屋子里走出来上厕所的人，这样计算了一下，大约有十几个日本人在这个院子里。

时间已经接近晚上十点，孟德决定开始行动。第一小组，由三个身手利索的刀手组成，他们的刀比较短，可以藏在身后。第二小组由孟德带领，这里面一个外号叫滚地龙的刀客，会使祖传的地趟刀，武天浩在世的时候，曾经救过他的命，这次行动，愿意跟着孟德充当先锋。另外两组人员，分别从鬼怒川公司的两边的院墙进入，随时准备机动，担负断后和迎接的工作。大家商量好了，只要李红江放完火，众人用最快的速度撤退。

第一组的三个好汉，收拾一下，将刀藏在身后，下了山坡，首先朝鬼怒川公司的大门走去。两个日本武士立刻迎上来问："干什么的？"其中一个好汉说："给佐滕山木先生送信的。"

一个日本武士向前几步过来取信，其中的一个好汉向自己的衣服掏，表示要取东西的样子。其他的两个好汉借机向后包抄了另一个日本武士，突然，一个好汉猛地抱住了那个日本武士的脖子，而他的同伴用最快的速度抽出刀狠狠地插进日本武士的胸口，只听见日本武士沉闷地嘶哑一声，身体就发软了。

正在索要信件的日本武士，猛地回头看去，哗地抽出日本刀，用日本话大声地呼喊，立刻听见门内有人跑步的声音。原来门房内还有一个日本武士。

门外的日本武士一边喊叫一边向中国人砍过来，但是，他面前的中国汉子，是大刀会的高手，他从容地从背后抽出大刀，一刀劈下去，吓得日本武士用刀来挡，却见中国大刀一招秋风扫落叶，极快地抹过日本武士的脖子，日本武士只喊了半声，便瘫软在地上。

这时前面的两个好汉，已经把大门推开了。

孟德带着第二组好汉大步走进去。有两个好汉把住了门。

这时，鬼怒川公司的门打开了，唰唰跑出两队人，他们是日本武士，第一排日本武士背后插着刀，半蹲着，第二排日本武士双手持刀站着。看来，日本武士比中国大刀会的好汉更加训练有素，动作整齐划一。

野村的身后跟着两个日本武士，他拍着巴掌走出来，用不流利的中国话说："稀客，稀客。"

野村挥了一下手，他身边的日本武士吹了一声口哨，这时第二排的日本武士挥舞着日本刀一个前滚翻，他们踩着第一队日本武士的肩膀跳到前面，同时大叫一声，向着孟德及好汉们砍过来，只听哐郎郎一阵响，大刀会的英雄们向后退了几步。

因为日本武士的刀法整齐划一，看似招数简单，但是他们同时出击，威力无比，并且，第二排进攻之时，第一排的武士则蹲在地上，负责下三路的守卫，此阵法有攻有守，要想快速破掉此阵法绝非易事。

孟德虽然刀法得到武天浩的真传，但是阵法却没有过多研究，更重要的是他没有太多的实战经验。但是，他是这次行动的召集人，必须得冲在前面。

孟德示意众好汉向后退几步，给他留出空间，便于他施展金龙刀法。

此时，日本武士再次扑上来，他们改变了打法，有两人同时自上向下砍，有四五个人从不同的角度刺向孟德。孟德大声叫好，看来正适合发挥金龙刀法的威力，他大叫一声，一招龙出海，只见大刀划了一个圆弧迎向进攻而来的日本刀，只听轰地一声，前来进攻的几个日本武士被大刀的威力所震，同时向后退去。

但是，这些日本武士并没有如孟德想象的那样狼狈，而是有章法地退回去，即使是武功稍微差一点儿的，也强忍着大刀的攻击力，又退回规定的位置。

下一梯队的日本武士，并不着急跳起来进攻，而是蹲着身子向壁虎一般同时向孟德移动，看起来他们的速度并不快，但是，这对孟德的威胁巨大，因为孟德的个子高大，要想让大刀的力量攻击地面的物体，他必须弯下腰，要知道，金龙刀法中多为大开大合的招式，适合在开阔的地方施展。

孟德身后的几个好汉一看情况不妙，急忙上前，踩住准确的方位，要挡住这些趴在地上的武士的进攻。但是，这些日本武士一定是受了指挥，他们并不关注其他好汉的进攻，而是全力以赴地进攻孟德。有两个日本武士被大刀会的好汉砍中，他们只是简单地招架了一下，依然保护同伴进攻孟德。

看来，日本武士的进攻得力，有一个日本武士翻着滚竟然冲破了防线，一刀砍向孟德的后小腿，幸亏有一个好汉冲过来，一刀架住了砍来的日本刀，这才救了急，但是那个日本武士趁机一滚，又回到了自己的阵列。

野村哈哈大笑，又挥一下手，身边的日本武士再吹一下口哨。

突然，负责进攻上三路的十几个日本武士同时跳起来，在空中分成了三组，有四五个日本武士一起砍向孟德，孟德一招龙卷风，只听呕呕的一声响，大刀发出了咆哮，同时把四五个日本武士的刀绞在一起。那些日本武士被甩了出去。

负责下三路进攻的日本武士再次出动，有两个日本武士像蝎子一样爬过来，突然一个人扔出飞虎爪，一下子缠在孟德的左腿上，孟德大叫一声，那飞虎爪已经咬住了孟德的小腿肌肉。

这时，被叫做滚地龙的好汉一个箭步蹿到孟德跟前，他的身材相对矮小，猛地一刀砍断了飞虎爪的绳索，他对孟德说："大师兄，你大胆进攻，下三路我负责。"

孟德点点头，弯下腰，忍着痛从小腿肚上摘下飞虎爪，一扬手甩在那个日本武士身上，算是出了一口恶气。滚地龙站在孟德的身边，小声说："大师兄，这些日本武士看来专门练过对付金龙刀法的阵法，不好对付，咱们也要配合起来。"

于是，孟德用力砍出几刀，把几个日本武士逼退，滚地龙把第一组和第二组的好汉叫到跟前，大家脸朝外围成一个半圆，滚地龙进行简单分工，他带领三个人负责下三路的防守与进攻，孟德与其他人负责上三路的进攻。

野村再次打了一个手势，几个日本武士点亮了院子角落的灯。

屋子里又出来四五个日本武士，他们加入攻击的队伍中。

又听见一声口哨，第一排的日本武士有七八个人，他们伏在地上翻滚着围向中国人。

滚地龙哈哈大笑，说："大师兄，你看我的地趟刀。"

他身子一蹲伏在地上，一条腿跪着，身子突然像一个陀螺旋转起来，他手里的刀，也被抡圆了，像一个轮锯，旋转着锯向滚在地下的七八个日本武士。

滚地龙的速度飞快，没有人看清楚他是如何进攻的，只听见一阵刀剑的撞击之声，那七八个日本武士退了回去，竟然有两个受了伤，他们看着自己的腿，不知道被什么兵器扎伤了。

滚地龙这一组快速的地趟刀打完，他跪着伏在地上，挡在孟德的前面，此时，他的左手已经握了一把小匕首，原来刚才他利用身体在旋转的罅隙之间，抽出匕首刺中了日本武士的腿部。

日本武士的进攻并没有结束，第二轮开始了，七八个日本武士，连砍带刺，从不同的方向跳起来，向孟德及众好汉进攻。

孟德已经给众好汉调整了战术，大家统一举刀，模仿金龙刀法中的那招龙卷风，只见大刀裹挟着呐喊，同时袭击跳起来的日本武士，两三个日本武士主要进攻孟德，没有想到孟德有了众好汉的协助，威力大增，立刻将这几个日本武士震出去。

看来，这一个回合，中国人大刀会的英雄们占了上风。

野村一挥手，出来四个精干的日本武士与野村形成一个进攻的三角，前面的两个日本武士给野村劈开一条路，野村突然大叫一声，一道光影劈向孟德。

孟德大叫一声，一挥刀格打出去，只听哐地一声，两人的撞击力如同放了一个震天雷。毕竟，孟德的力量比野村的大，野村身体向后弹去，却见身后的四个武士飞扑上来，他们伸出了双臂抵住了野村的后背，同时向前一送，立刻五个人的力量合到一起，野村再次从空中猛劈下来，只听轰的一声，孟德仓皇招架，被逼得后退几步。

四个武士同时大叫，只见他们把刀锋朝向孟德，采用刺的招式，同时扑向孟德。

滚地龙一看，蹲在孟德前面，突然像鳄鱼一样，扑在地上，只见他手里的刀如同鳄鱼的头迅速地晃动，砍向四个日本武士。四个日本武士只得停下，同时向后腾空翻滚。

野村打了一个手势，跑过来四个日本武士，拖着一张网，使劲朝滚地龙身上一罩。滚地龙正躺在地上，他快速地向旁边滚，但还是被网粘住了。

气急败坏的野村，一个旱地拔葱跳了起来，他的刀尖朝下，猛地刺向滚地龙的胸部。

孟德一看，身体向前一探，一招龙出海，刀光一闪拦腰砍向野村，只听哐地一声，野村被震得向旁边飘去。

但是，滚地龙已经被网粘住了，日本武士加力拖动网。

孟德挥舞着大刀要上前去救滚地龙，野村再次挥刀劈过来。

孟德突然一招亢龙有悔，是金龙刀法中最拼命的打法，只见刀光四溅，扑向野村，这一招，孟德没有任何防守，只有进攻。

野村没有地方可躲，如果这刀砍下来，他必死无疑。

刀已经劈到了野村的头部。

突然，啾地一声，一道细细的亮光，细如麻绳，它准确无误地刺向大刀的刀身，刀砍偏了，野村躲过一刀，迅速地再刺向孟德。

刚才的那一刀，是柳生刺出的。

孟德定睛看看柳生，他轻轻地走向前，手里的日本刀，刀锋微微向下，两眼冒着蓝幽幽的光。

野村有人壮胆，刀上的力度加大，拦腰砍向孟德。

孟德心有余悸，再向退，一个好汉挥刀上来招架。

滚地龙将刀从网中伸出来，猛地向野村的身后一滚，他的力量很大，拉扯着四个日本武士跟上来。

滚地龙的刀，砍向野村的小腿时，由于被日本武士拉扯着，力度已经很弱，野村啊地叫了一声，回头来看，看到了滚地龙，他突然转变了想法，一刀刺向滚地龙。

滚地龙自知不可能再躲，借日本武士拉扯的力量，飞速地滚向日本武士的阵营。野村的刀，砰地钉在地上。他再刺，再钉在地上。

滚地龙的身体，翻滚着扑到日本武士身边，他的胳膊已经从网中伸出来，挥舞着刀，一刀扎下去，一个日本武士中刀。他又翻滚，再一刀，又有一个日本武士中刀。

野村终于贴近滚地龙，猛地一刀扎下去，滚地龙狠狠地抓住刺进胸膛的刀，一只手猛地挥刀砍向野村，一个日本武士上来架住了滚地龙的胳膊。

滚地龙扔了大刀，另一只手把匕首握在手里，一刀刺中野村的大腿，野村啊地大叫。滚地龙接着一阵乱划，几个日本武士离开他，很快，日本武士用长刀来刺他。

孟德再次砍来。柳生刀尖一晃，用中国话说："追魂三剑。"只见刀锋闪闪，每一刀都刺向孟德的喉咙。

野村看到孟德向后退，再次飞扑上来，一刀刺出。

突然，听见砰地一声枪响，野村像木偶一样停了动作，龇牙咧嘴地向后看。

枪声，也惊动了柳生。柳生被迫停下手中的进攻，只见他的手一扬，一把飞刀射出，听见一声哎哟。再一声枪响，什么也没有打中。柳生一个飞跃，只见他的刀刺中了一个黑影，他恶狠狠地说："中国人不守信用，比刀竟然开枪。"孟德听见一声惨叫，那是李红江的声音，原来，开枪的人是李红江。

接着听见滚地龙大声惨叫，他喊："快点跑，我不会留下活口。"几个日本武士朝他一阵乱刺。

孟德说："撤。"

日本武士呼拉拉扑上来。埋伏在墙头的其他大刀会的成员跳到院子里，一阵猛砍，几个日本武士倒在地上。

这时，有人喊："起火啦。"几个日本武士朝厨房跑去，慌乱地救火。

孟德急忙喊："快撤！"大家收了刀，噌噌地向外跑。柳生一个箭步追上来，一刀刺向孟德。又听见砰地一声枪响，原来是李红江又开了一枪。

柳生气急败坏地一躲。

孟德已经跑出了院子。但是，他看见一队摩托车向这边开来，摩托车的大灯照向他们。

柳生提着刀，得意地向孟德和大刀会的人逼近。

看来，今天晚上要想活着出去是不容易的。孟德一挥手，所有的人又做好准备……"轰……轰……"几声巨响，那是火药的爆炸声，山里的天空突然被照亮了，红红的一片。声音来自玲珑背金矿。

紧接着，是一阵紧密的枪声。

所有的人都震惊了。远处的摩托车也停下了。片刻，摩托车调转方向，朝着玲珑背金矿方向飞驰而去。

"快跑！"孟德一扬手，大家朝着山里跑去。

第3章
接近天机

杨少川透露天机

且说杨少川，在两三个时辰之前离开了鬼怒川公司，他是去哪里了？他进山了。他直接奔向孟德的护矿队住的那个山洞。

杨少川很快来到了那个山洞，有几个游击队员出来把他绑起来，蒙上脸，带到山洞里面。

杨少川喊："我要见孟德，他们的人不要去鬼怒川。"

游击队员告诉他，孟德不在。

杨少川又要求见王政委。游击队员告诉他，王政委也不在。

杨少川被绑了三个多小时，后来，他听到了火药爆炸的声音，他猜想一定出大事情了。杨少川让人给他松绑，并承诺不会跑，但是没有人理他。他正在央求，听到一阵急促的脚步声，是孟德带着两个人回来了，立刻有人向他汇报情况。孟德三步并作两步冲过来，一把揪起来杨少川，杨少川在空中挥舞着手，乱蹬着腿。孟德问："是不是你给日本人报的信？"

杨少川急忙说："不是。"

孟德一把将杨少川扔在地上，恶狠狠地说："只有你一个外人知道我们要去袭击鬼怒川公司。"

杨少川着急地大喊："我不是说了吗，有一个黑影人也偷听了你们的谈话。"

孟德气愤地说："那个黑影人是你编出来的，我琢磨了一路，只有你听的情况最细，我今天一定宰了你，替我的兄弟报仇。"

孟德想到滚地龙和李红江的遭遇，已经失去了理智，一把拎着杨少川走出山洞，大声质问："你说，到底是不是你干的？"

杨少川翻滚着身子，突然挣脱了孟德的手，甩腿就跑。孟德一个箭步追上去，却见前面有几个黑影拦住了杨少川，孟德松了一口气，喊道："快抓住他。"

那几个人把杨少川扭住，只听见王迎春问："孟队长，你这是干什么？"

孟德喘着气说："王政委，是你们回来了，这小子给日本人通风报信，我们今天晚上的行动遭了暗算！"

杨少川挣扎着喊："他冤枉人，不是我告的密！"

王迎春问："你怎么跑我们这里来了，是孟德把你抓来的？"

杨少川生气地喊："是我自己来的，本来是通知他不要去鬼怒川公司的，没有想到他们已经出发了。"

孟德摇晃着头说："你别听他瞎说，谁知道他来这里有什么目的，说不定是先替日本人摸摸情况的。"王迎春一时难以分辨谁真谁假，让他们进了山洞，之后问孟德："李红江呢？"

孟德负罪地低下头，难过地说："他被日本人抓住了。"

王迎春听了，蹿起来大叫："孟德，你这个浑蛋，我是怎么交代你的，我让他去是替你们放风的，你怎么把他给弄丢了？"

孟德为自己辩护："我安排他不要跟日本人交手，他负责放火，但是谁也想不到他开枪了！"王迎春急得直跺脚，来回走，说："这个李红江就是不老练，每次执行任务总是他沉不住气，首先开枪，好像子弹不花钱似的。"

之后，王迎春又站住，问："其他人呢？"

孟德哭丧着脸说："滚地龙牺牲了，还有几个人受了轻伤。"

王迎春无奈地叹口气，说："啊呀老孟呀老孟呀，你是空有一身武功，但是你没有头脑。"他说着指着自己的脑门。孟德低着头说："王政委，这次是我的错，我高估了自己的能力。"王迎春转过身来，猛地抓住孟德的肩头问："老孟，有没有办法把李红江救出来，你武功高强，实在不行，找你师弟刘牧之帮忙。"

孟德为难地喘口气。

这时，杨少川说："我觉得你们救不出来，佐滕山木早有准备。"

孟德怒目圆瞪，骂："都是你告的密。"

杨少川心平气和地说："你让王政委评一下理，如果是我告的密，我哪里还敢来这里。我本来是通知你不要去的，没有想到你们早就出动了。"

王迎春心乱如麻，努力让自己安静下来，说："一定要想办法把李红江救出来。"

孟德说："先把这个杨少川宰了，出口气再说。"

杨少川冷静地说："你不能杀我，因为我跟佐滕山木不是一伙的。而且，我有自己的使命。并且，你们今天晚上必须及时放我走。"

王迎春不耐烦地说："既然你跟佐滕山木不是一伙的，那么你到我们护矿队来，我们正需要像你这样有才识的人，你帮助我们找黄金。"

杨少川摇摇头，说："不可以，现在我不能投奔你们，我的事情还没有做完，你们必须及时把我放走，如果你们不放我走，日本人会搜山的，到时候，受损失的还是中国人。"

孟德反问："你凭什么证明你跟佐腾山木不是一伙的。"杨少川想了想说："我可以把一些龙脉图的秘密告诉你。这些，佐滕山木都不知道。"

王迎春反问："你为什么要告诉我们？"

杨少川说："因为，凡是知道龙脉图秘密的人，很快会死掉，我想我查清楚我父亲的真正死因之时，日本人很快会杀了我。"

孟德反问："你不是日本人？你肯定。"

杨少川想了想说："我应该不是日本人。"

孟德反问："那你为什么要告诉我，你可以告诉王迎春王政委。"

杨少川说："你知道了秘密，有能力保护自己。"

孟德似乎恍然大悟说："你是陷害我，好让人来杀我。"

杨少川摇摇头说："我没有那个意思，我告诉你这些秘密，我希望你能够活下去，并告诉其他中国人，我父亲杨忠山不是日本人，是中国人，他是爱国的，他的儿子杨少川，也是中国人，杨少川也是爱国的，不是叛国贼。"

杨少川停顿了一下说："对了，如果我真是杨忠山的儿子，那么，我的名字应该叫杨炼石，杨少川是日本人给我起的名字。"

孟德不耐烦地说："行了，我不关心你知道的秘密，你有办法将李红江救出来也行，这也可以证明你不是告密者。"

王迎春一拉孟德的手，说："让他说说看。"

杨少川说："秘密包括两方面，第一，是矿脉图，就是传说的龙脉图；第二，是关于道家冶炼的黄金藏宝地。"

这话一出口，王迎春和孟德都张大了嘴。

杨少川继续说："龙脉图，确有其物，我父亲杨忠山应该交给了刘家。龙脉图被一分为二，其一是矿脉的走向线条，其二是那张地图，武家武天浩的那张地图，就是我父亲当年用来标绘的地图，也就是说原图我父亲交给了武天浩，因为那张图，有我父亲的签名。"

孟德小心地问："那么龙脉图会不会隐藏在武家的那幅山水画里？"

杨少川说："完全有可能。"

王迎春立刻问孟德："要不，我们跟你师弟商量一下，把那幅山水画要来，千万不能被日本人拿走。"

杨少川继续说："从佐滕山木掌握的情报来看，龙脉图的信息，可能保存在三个方面，其一是那幅山水画，其二是刘牧之后背的龙刺青，其三是刘家卧龙居的房屋施工图。"

孟德丧气地说："我也能猜到！"

杨少川继续说："即使有了那张地图，有了龙脉图，也需要把两张图合在一起，这样，才是完整的，那么，至少需要有两个点作为固定点，这样两幅图才能重合地一起，这两个点已经在标绘的地图上有了，一个点是卧龙居，另外的一个点是道观。"

王迎春吃惊地问："为什么是道观？"

杨少川说："道观那里，也在冶炼黄金，而且，道家炼丹的历史很长，他们掌握完整的冶炼黄金的技术，最重要的是，在罗山里，道家炼丹的历史上千年。"

孟德点点头表示同意。

杨少川说："也就是说，我父亲提供的龙脉图，不仅蕴含了矿脉图，还隐藏了道家的一些秘密，肯定与黄金有关系。"

王迎春拍拍杨少川的肩膀，说："目前可以看出，你跟日本人不是一伙的。"

杨少川说："道家的秘密，肯定与黄金关系密切。这里，就涉及到金蛇谷。"

孟德又大吃一惊，问："你连这个都能打听到？"

杨少川说："从地形上看，金蛇谷是一个谷地，只要夏天雨水充沛，就会出现洪水冲积山坡，明金，就是所谓的狗头金出现在这个山谷里，实属正常现象。"

孟德点点头，说："我经常听人说有福气的小孩，可以在雨水冲过的山坡下捡到明金。"

杨少川说："这种情况比较少见，这种事情可遇不可求，但是，有一个现象就不同了，那就是老九经常到金蛇谷里捡明金，就是狗头金。"

王迎春和孟德又来了精神头。

杨少川说："我到钱庄打听了，老九捡到的金子，并非狗头金，那是经过冶炼的。"

"真的？"孟德大声问。

杨少川说："这些金子来自金蛇谷，除非是有人故意丢到那里；还有一个原因，那就是有什么动物把黄金搬到这里来了。"

"野狗？"王迎春说完之后毛骨悚然。

杨少川说："也许有可能，但是，听老九说，他捡到黄金的地方，会碰上大蟒蛇。"

王迎春听了，大叫："天呀，我说杨少川，你真会编神话，难道是大蟒蛇衔着黄金，你是不是神话故事看多了？"

杨少川说："任何神话故事都是有渊源的，这座山里，本来就有大蛇。"

孟德听了，说："闹了半天，我们没有得到什么秘密，被你吓得半死。"

杨少川又说："很有可能，大蟒蛇用口衔了道家冶炼的黄金来到金蛇谷。"

大家都不敢说话。

杨少川说："我把这些事情都告诉你们了，如果我死了，这些秘密也不至于被埋在地底下，你们好有机会继续调查。现在，你们把我放了，我回鬼怒川公司，打听一下，李红江到底关在哪里。"

孟德想了想，说："行，我再相信你一回。"于是，他解开杨少川身上的绳子，杨少川一边揉着胳膊，一边问："我听到玲珑背那里有爆炸声，你们是不是采取了什么行动？"

王迎春说："孟德带领大刀会的人袭击鬼怒川公司的时候，我带领护矿队袭击了日本人的金矿，把他们的开采设备都炸了，恐怕他们在两个月之内没有办法开工，只有进新的设备！"

孟德听了，说："老王，你真有一套，幸亏有你的行动，不然，我的老命说不定就丢在鬼怒川公司了。"

杨少川听了，锁紧了眉头，他知道，此事一定会惹怒佐滕山木，他一定会报复。

天眼看就要亮了，不能再耽搁了，还需要让杨少川返回鬼怒川公司。孟德急忙派出两个人将杨少川送出去。

折腾了一夜，孟德想抓紧时间打个盹，天亮之后，还有一大堆事情要办理。没有想到王迎春此刻兴奋无比，拍拍孟德的肩膀，说："老孟，跟你商量件事情，这件事情，咱们已经成功了一半！"

孟德反问："什么事情？"

王迎春说："龙脉图！"

孟德不解地问："我们成功了一半？这话怎么讲？"

王迎春按捺不住兴奋，说："事实上，我们几乎接近成功，目前，天时地利人和我们都占了，刚才杨少川说的那张标绘的地图，我们已经有了，起码我们见过了；现在就差那张矿脉的走向图，再说，与龙脉图有关的几个人，都与我们关系好，比如，刘牧之，是你的师弟，再比如，杨少川，他也主动向我们靠拢，你只要说服刘牧之，把龙脉图给我们就行了，你看，杨少川如果投奔我们，他懂地质，我们可以用最快的速度找到黄金，并将这些黄金送往延安。"

孟德听了，把头摇得眼看拧断了脖子，说："老王，你真是把我往坏里教，这么做我会让师弟师妹看不起的。"

王迎春突然正义凛然地说："孟德，你仔细地想想，如果我们得到龙脉图，可以减少我们的牺牲，你可以挽救很多人的生命，那你就立大功了。"

孟德听后，一琢磨，这个杨少川不安好心，把这么多秘密透露给王迎春和自己，这不是鼓捣他去揭开龙脉图的秘密吗？可不能上这个当。

孟德灵光一闪，他笑着对王迎春说："王政委，这事情不能操之过急，我先打个盹，天亮之后，我还需要进城，摸摸情况，另外，咱们把佐滕山木的开矿设备给炸了，他肯定要报复咱们，你在山里一定小心。"

孟德说完，伸了一个懒腰，抱了羊皮，身子一歪，故意打呼噜。

王迎春无奈地说："你这个人，如此关键时刻，你还睡得着。"

孟德故意来了一声更大的呼噜，以表示自己的态度。

李红江殉难

昨晚的爆炸声，同样惊动了马云龙。

半夜，来了一个人给马云龙报信，那人说："司令，玲珑背那里发生了爆炸。"马云龙一边穿衣服一边听，又问是什么人干的。送信的小土匪不知道更多的情况，马云龙只好让他返回。马云龙无法再入睡，索性穿戴整齐了，来到客厅里，前来侍候他的丫头一边揉眼一边打着哈欠。

马云龙吩咐她，找人去把毛驴儿叫来。

毛驴儿赶到巡防营的时候，马云龙正坐在椅子上思考，毛驴儿哈着腰靠上来，"司令，您有事儿？"

马云龙问："去哪了，一晚上？"

毛驴儿答："找了几个兄弟吃酒。"马云龙怒道："胡说。"毛驴儿再回答："我在李三的澡堂里。"马云龙问："刘家老二还在那里鬼混？"毛驴儿立刻眉眼皱成一片，喜滋滋地说："俗话说知人知面不知心，这刘家的老二可会玩儿了，还要两个窑姐陪着吃大烟呢。"

马云龙用手敲敲自己的脑门，毛驴儿立刻看出马云龙睡得不好，贴在马云龙的身后给他揉肩膀。马云龙叹口气说："这刘家的老二，看来算是完蛋了，以后刘家就要靠老大刘牧国了，这个家伙隐藏得很深。"

毛驴儿在他身后附和着。马云龙又问："晚上的爆炸声音听到了吧？"

毛驴说："澡堂里听不清，我以为是谁家放鞭炮呢。"

马云龙说："恐怕佐滕山木的金矿要出大事情，估计今天天一亮酒井就会找咱们。"

毛驴儿说："司令您料事如神。"

马云龙说："你悄悄地安排一个排的兵力，去咱们的矿田守护着，那些人，敢炸佐滕山木的矿田，也敢炸咱们的。"

毛驴儿立刻要出去安排，马云龙嘱咐："必须安排咱们可靠的兄弟，然后，你抓紧时间回来，不知道日本人会有什么行动，千万不能误了日本人的行动。"

毛驴儿走出去，一会儿听见他在院子里招呼那些士兵起床，半天才听见几个士兵抱怨着骂："毛驴儿，你穷疯什么呀，还让不让人睡觉，天还不亮呢。"

"你再他妈的屁话多，老子踹你。"毛驴儿吆喝着。过了有二十多分钟，有一个排的兵力集合起来了，马云龙从屋里出来，站在队列前讲话："兄弟们，都给我打起精神，山里送来情报，有人袭击了日本人的玲珑背金矿，日本人他们都敢袭击，何况咱们的矿田呢，所以，你们这些人，得回山里看护咱们的金矿。你们都是跟我刀尖上舔血混出来的，应该怎么做你们都明白，眼睛都给我瞪圆了，弦都给我绷紧了。"

这些士兵不敢说话了。马云龙继续说："现在就出发，快点，争取天亮赶到咱们的矿田。"马云龙挥了一下手，一个值班的排长带着队伍出发了。

看着那些士兵出发了，马云龙回屋喘了一口气，此时天已经快亮了，电话响了，马云龙早有思想准备，不紧不慢地拿起电话，打电话的是酒井，马云龙毕恭毕敬地站起来，拿起电话认真地听，接着说："嘿，马上到。"

马云龙系上腰带，挎上手枪，来到院子里对毛驴儿喊："都给我起床，有紧急任务。"

毛驴儿跑过来问："司令，怎么安排？"

马云龙大声说："你让所有的人都准备好，不要乱跑，我去酒井那里开会。"

酒井、佐滕山木已经在兵营的司令部等待马云龙的到来，同时列席的还有山岛、柳生和野村。酒井满脸怒气，对马云龙说："昨天晚上，共产党的游击队袭击了玲珑背金矿，同时，中国人的大刀会夜闯鬼怒川公司，有两名刀客被我们抓住。"

马云龙认真地听着酒井分派任务。

酒井说："今天，安排给你们巡防营两项任务，第一项，负责全城的警戒，将两名大刀会的成员游街；第二项任务是在全城范围内搜查，抓出大刀会的成员。"

马云龙站起来嘿地一声，表示领走任务。酒井对其他人说："大家都分头准备。"马云龙正在起身，酒井叫道："马司令，我有事情找你。"

马云龙跟随着酒井来到办公室，酒井笑嘻嘻地说："马司令，我知道你们马家一直在山里开采黄金，家底应该很厚实呀，所以我想从你手里采购一批黄金。"

马云龙脸色一变，说："酒井大佐，哪里的话呀，我手里哪里有那么多的黄金呀，我的矿田一直都是贫矿，哪能跟佐滕山木的矿田相比呀。"

酒井又笑了，这次是冷笑，说："马司令，看来你是不给我这个面子了。"

马云龙不说话，想了半天，说："酒井大佐，我手里的货确实不多。"

酒井哼了一声，说："我的人员，一直在统计你们的矿田的产量，最近一年，你们的矿田没有对外出卖黄金。"

马云龙白了一眼酒井，酒井继续说："我实话告诉你吧，这次，共产党的游击队炸毁了佐滕山木的开采设备，鬼怒川公司要想用机械设备开工，必须等到三个月以后，在此期间只能靠手工开矿，但是，帝国那里需要大量的黄金，刻不容缓，我劝你提前做好准备，否则我交不出黄金，我有杀头之罪，你也跑不了。"

马云龙听了，低三下四地说："酒井大佐，这杀头之罪是佐滕山木的呀，你不能揽到自己身上呀。"

酒井恨恨地说："用不着你操心我的事情，把今天游街的警卫工作管好。"

马云龙哈着腰点点头，退了出去，心想今天游街由巡防营负责警卫，那可不是闹着玩的，千万不能出事情，出了事情就是死人的大事情，马云龙琢磨着，一定要把刘家稳住，万一他们闹事，那可招呼不了。

马云龙返回到巡防营，毛驴儿已经把队伍集合完毕了。马云龙的亲信队伍已经派到山里的矿田，剩下的这些士兵，有一半是上一任留下的。游街的路线是佐滕山木制定的，从日本军营到县城这一段的警卫工作，由日本士兵负责。进了县城之后，经过中心大街走一趟，然后到达小广场，这里的警卫工作由马云龙的人负责。

马云龙亲自安排毛驴儿盯着游街的现场，然后问毛驴儿："毛驴儿，你知道大刀会的人有多少？"毛驴儿眨着眼，说："不知道，司令，您有什么指示？"

马云龙说："如果真有大刀会的人前来劫法场，你打算怎么办？"

毛驴儿答："那就开枪呗。"

马云龙说："你打死一个大刀会的人，会有几百个大刀会的人来要你的命，你知道我爹当年为什么能够在罗山里混下来吗？"

毛驴儿答："你爹武艺高强。"

马云龙说："你个毛驴儿，真是个牲口，驴脑子，我爹在的时候，从来不跟有势力的人做对，你看，武天浩当武举的时候，我爹不跟他们做对，当年，李家的金矿与我们家的金矿抢洞子，我爹把李家的人绑了，结果李家找了武天浩来要人，我爹给了武天浩一个面子，把李家的人放了。"

毛驴儿似乎明白了，说："难道你的意思是，咱们偷偷地把大刀会的人放了？"

马云龙生气地说："毛驴儿呀，你什么时候能够学得精明点儿。我的意思是，你跟兄弟们嘱咐一下，真有大刀会的人来劫法场，让他们朝天开枪，千万不能打死大刀会的人，这个武天浩虽然死了，但是他的徒弟还没有死干净。"

毛驴儿点点头，说："明白了。"

马云龙说："咱们负责外围的警卫，负责押送的是日本士兵，大刀会的人真有本事的话，打死的人是日本人，只要咱们不死人就行了。"

毛驴儿点点头。马云龙说："你把城里的事情看好了，我去刘家大院那边稳住。"

毛驴儿立刻眉开眼笑，说："你是不是想去看看刘家的那个娘们？"马云龙生气地踹了一脚毛驴儿，骂道："你这个狗娘养的。"

马云龙虽然生气，但是他喜欢毛驴儿的这种下作劲，毛驴儿的话，也是拨弄得他心里痒痒的，那个武冬梅，确实是一个让人吃不到嘴的小辣椒。把毛驴儿派出去了，马云龙收拾了一下，没有带警卫人员，只身去了刘家。

游街的事情，很快在县城传开了。早有一些好事之徒在大街的两边等着。

刘家大院里，武冬梅正在焦躁不安地踱着步。她只知道有大刀会的人被日本士兵抓住了，究竟是谁她不清楚。

马云龙一副文质彬彬的样子来到刘家大院，让武冬梅感到十分纳闷，武冬梅按捺着性子让马云龙入座。

马云龙喝了一口茶，夸道："刘家的茶叶，真是不错。"

武冬梅看一眼马云龙，问："马司令造访，有何贵干？"

马云龙笑了一声，反问："请问二少奶奶，昨晚睡得如何？"武冬梅白了马云龙一眼，说："高枕无忧。"马云龙哈哈大笑，背着手站在客厅里，看着刘家的中堂雕刻的文字和图案，他饶有兴趣地看着"精忠报国"那幅图案，就是所谓的岳母刺字的故事，后来用手指着问："这是岳飞？"

武冬梅反问："你也知道岳飞？"

马云龙哈哈大笑："在下一个粗人，不识字，但是，岳飞还是听说过。"

武冬梅没有接话茬，不知道马云龙葫芦里卖得什么药。马云龙转过身来，吧唧了一下嘴，像是品味刚刚吃过的残羹剩饭，说："二少奶奶，我想我马云龙虽然长期霸占在罗山里，但是还没有跟你们武家和刘家结过深仇大恨，这一点你认可吗？"

武冬梅没作声。

马云龙接着说："你们刘家之所以落到今天这个地步，还是因为你们不识实务，咱不说远的，就说眼前的这幅中堂上的岳母刺字，不错，岳飞确实是个民族英雄，但是他的下场是很悲惨的。你们刘家的人难道也希望如此？"

武冬梅冷笑道："马司令，你这是替日本人当说客的？"

马云龙冷笑道："我不是替日本人当说客，我是为我自己办事。"

武冬梅愣了，反问："你有什么图谋？"

马云龙看看四周的仆人，说："我想单独跟你谈一下。"

武冬梅示意丫头下去，也请二叔刘爱冬回避一下。

马云龙清了一下嗓子，说："日本人，你们刘家是斗不过的，这么大的中国都打不过他们，何况你们刘家。我也知道你们刘家是有根底的人，日本人也是清楚的，我也知道你们刘家都是忠良之后，是不可能与日本人合作的，不妨通融一下，与我马云龙合作，毕竟我是中国人。"

武冬梅吸了一口冷气，想不到这个不识字的土匪，也不完全是一个莽夫。

马云龙两眼盯着武冬梅的面部，他不能放弃武冬梅表情的每一丝变化，他希望读懂武冬梅的内心。但是，武冬梅面部如同古井无痕，坐在那里岿然不动。

马云龙似乎明白自己无法打动武冬梅，此时他更需要表现自己的诚意。马云龙想了想说："刘夫人，我想我无法承诺什么，但是我总有办法帮助你。"马云龙背着手，挺着胸脯说："这次酒井要求将抓到的大刀会成员游街，我劝你们刘家不要跟着起哄。还有，你的大师兄孟德最好这几天也不要来刘家大院，日本人已经盯上他了。"

武冬梅说："谢谢马司令的好意。"

马云龙说："还请刘家准备几把铁片刀，我让人取走，好跟酒井交代。我会跟酒井讲，刘家没有大刀会的成员，只有几把破刀，我都给收来了。"

武冬梅说："马司令，只怕您的一片好意我们刘家难以接受。"

马云龙摆了一下手说："刘夫人，您见外了，不管如何说，我不想与刘家结仇，我只想和平共处。还有，你最好让人出去放个风，不让孟德今天来刘家大院，也不要去劫法场，日本人是有准备的。"

武冬梅低下头思索了一下，叫人上来续茶，进来一个丫头，武冬梅低声地说了几句，那丫头续了水便出去了，一会儿又上来一个仆人，在一边候着，刘爱冬也过来了，冲马云龙打了个招呼。马云龙笑着说："我还需要在这里喝一会儿茶，有我在这里，不会有人来刘家大院造次的。"

偏偏在这个时候，刘牧栋跑进来，大声喊着："马云龙，你也不嫌害臊，跑到我们家里干什么？"

马云龙对着刘牧栋说："三小姐，你这么大的脾气，可不像一个大家闺秀。"

刘牧栋恶狠狠地说："我跟你这种土匪装不出大家闺秀的样子，你还是少来我们家。"

马云龙哈哈大笑："你们刘家是噩运当头，我不来行吗？"

武冬梅急忙对刘牧栋说："三妹，马司令今天是来处理公事的，你不要吵吵嚷嚷的，说话办事总要稳重一些。"

刘牧栋生气地说："行了，你都替他说话，我看刘家人是吃错药了，我眼不见为净。"

刘牧栋说着气呼呼地走了，把地跺得咚咚响。

刘牧栋刚刚出去一会儿，进来一个下人，在武冬梅的耳边低语几声，武冬梅便起身来到里面的屋子，那人便放开了声音说："二少奶奶，游街的队伍已经过了大街，把两人绑到小广场的旗杆上，那两个人，一个已经死了，好像是大刀会的成员，有人认识他，另外一个，没有死，被打断腿了，我听人说，要点天灯。"

武冬梅听了，低声问："那么，大师兄孟德呢？"

下人讲："已经有人通知他了，不要到刘家大院，也不要去救人，他已经化装了，轻易不会让人认出来。"武冬梅嘱咐他准备几把烂刀，让马云龙带回去。

下人点点头出去，武冬梅又返回客厅。片刻，两个仆人带着几把生锈的长刀送上来，马云龙看看说："不错，看来你们刘家大院没有大刀会的成员，我跟酒井汇报一下，总之，日本人手里有枪有炮，不能跟他们硬着干。"

武冬梅急忙圆场，说："马司令请喝茶！"

马云龙立即意会，说："时间不早了，我得回去处理公务，这样吧，你派个人把这些烂铁送到巡防营。"马云龙说着起身，冲大家告辞，他哼着小曲，武冬梅毕竟是一个女流之辈，心软好说话，她的配合，就意味着一个好的征兆。

送走了马云龙这个瘟神，武冬梅立刻回到自己的房间，叫来一个丫头，换了一身粗布衣服，又叫来一个护院，两人疾步走出刘家大院。

小广场上，已经围满了人。日本人在比武擂台搭了两个架子。滚地龙已经死了，头耷拉着，他的胳膊被拉开，绑在架子上，有两个日本武士，在他的两个肩头用刀挖了个血洞，然后，把一根手腕粗，但只有一寸多长的白蜡插进血洞里，之后点着了。

围观的人开始议论纷纷。

李红江被拉了出来，他的一条腿已经断了，肚子上还受了伤，浑身是血。日本人把他绑在另外的一个架子上，与滚地龙的姿势一模一样。

佐藤山木走过来，对着李红江说："你只要交代出你的一个同伙，我就放了你，我绝对说话算数。"

李红江笑了，没有说话。

佐藤山木也笑了，说："看来你真是条汉子，好吧，我就成全你。"他指着滚地龙肩头的白蜡说："你看到了吧，一会儿，蜡烛就融化了，跟肉里的油融合到一起，到那个时候，烧的不是蜡油，是人的肉。"

李红江的眼里充满了恐惧，看着滚地龙肩头的烛火，他肩膀上的肉已经被烧着了，空气中慢慢地飘来煳焦的味道。

李红江虽然害怕，但是他依然笑了一下，摇摇头。

佐藤山木挥了一下手，上来两个日本武士，他们拿出刀，在李红江的左右肩膀各自挖了一血洞，点上蜡烛。

佐藤山木似乎也无法目睹惨烈，他闭上眼睛，忍受了一下说："其实我这个人不忍心这么做，但是，你们坏了我的大事，你们也太可恶，杀了我们的人不说，还炸了我的设备，我实在是无法忍受。"

李红江肩膀的蜡烛已经开始烧着他的肉了，他闻到了自己的肌肉烧焦的味道，他突然大喊："你就烧死我吧，死我也不说。"

他的身体痛苦地扭动着，一会儿，那架子咯吱地响。

再过一会儿，他的面部没有了表情，突然大声喊，"我要见刘家三小姐，我要见刘家三小姐，求你们了。"

"你见她干什么……"一个软绵绵的声音，是刘牧之，他还穿着澡堂的浴衣，身上飘着大烟的香味。

明显，李红江的神情已经恍惚，他无法认出那是刘牧之。刘牧之也是有些不清醒，他突然对着佐藤山木喊："佐藤老家伙，给他口大烟吃，好让他受用一些。"

佐藤山木看着刘牧之，脸上是一种复杂的表情，说："刘先生，你近日可好，这个人你认识吗？"

刘牧之吃了一口大烟，擦了一下鼻涕说："认不出来，不记得了。"

佐藤山木又笑着说："刘先生，那你知道龙脉图的秘密吗？"

没有想到刘牧之突然爆发了狂笑，一会儿出眼泪了，指着佐藤山木说："我说你真是老糊涂了，你就是杀了我，我也不知道那些秘密。"

佐藤山木气疯了，咬牙切齿地说："我不会上你的当，我绝对不会轻易杀了你。"

刘牧之看到佐藤山木的表情，哭笑不得，说："我求你了，杀了我吧，你看，我就是一个废人，比武打不过你们日本人，做武天浩的徒弟，金龙刀法又学得不精，我不仅替我师父丢人，还替中国人丢脸。"刘牧之说着，他的头软绵绵地歪在肩头上，又对佐藤山木说："你行行好吧，让这位弟兄吃一口大烟，好轻飘飘地上路。"

他说着，摇摇晃晃地走过去，把大烟枪送到李红江嘴里，说："吃吧，还是大烟好吃，吃了你什么都不想。"

正在这时，一个女人的声音大叫："刘牧之，你给我滚回来！你少在这里丢人现眼。"刘牧之回头看，没有看清楚，便软绵绵地问："你是谁家丫头，你认识我？"

武冬梅只好挤到前面，说："我是你老婆，你回家吧。"

刘牧之把递出去的大烟枪收回来，反问："回家干什么，让我看我爹、我娘的灵位？让我看师父的灵位？我还是在外面吃大烟好，活一天算一天。"

李红江突然又清醒了，他大叫："武冬梅，你快点杀了我吧，我不想当烧死鬼。"

刘牧之听了，说："听到了吧，还是早点死好，死了一切都省心了。"

"你们都在胡闹什么，让开。"原来是刘牧栋来了，她喘着气，挤在前面。李红江似乎看清了刘牧栋的身影，突然大声喊："刘家三小姐，我要死了，我要死了，我要告诉你，我喜欢你，我要是活着，就娶你当媳妇。"

刘牧栋看着李红江，一句话也说不出来。这时，李红江又喊："你们谁有刀，杀了我吧。"

武冬梅看了，把刘牧栋推开，一狠心，甩出一根银针，只见一道亮光，插在李红江的胸上，但是李红江只是叫了一声，并没有死，看来，武冬梅用的力气不够大。

佐藤山木看了，摇一下头，来到刘牧栋跟前，说："三小姐，我可以帮助你，我给你一发子弹，一把枪，你把他打死。"

佐藤山木掏出手枪，压了一发子弹，交给刘牧栋，刘牧栋哆嗦着手，举起来朝着李红江，李红江笑了，说："打呀。"

刘牧栋吓得不敢开枪，继续哆嗦着。

佐藤山木同情地叹气，走到刘牧栋跟前，说："刘家三小姐，我是十分乐意与你们刘家合作的，不管是谁，但凡有求于你们刘家的事情，你们做不到的，我可以帮助你们。"佐藤山木说着，握住刘牧栋哆嗦的手，举起枪，对着李红江砰的一枪，李红江的头垂了下来。

之后，佐藤山木把枪收好，有礼貌地对着武冬梅说："我还是一如既往地保持诚意，希望与你们刘家合作，今天，既然有你们刘家出面，这两个人我可以既往不咎，但是，他们毕竟杀了我们日本人，杀人偿命是天理，我想，他们死了也是情理之中，如今，我给你们刘家个面子，你们把尸体收了吧，我绝对不会过问，我说到做到。"

此时，刘牧栋已经吓傻了，蹲在地上，两眼发直。

武冬梅此时还保持着相对的冷静，说："这两个人，与我们刘家没有关系，我们也不想再给刘家招惹是非，如若佐藤先生真的有意，那就把他们埋了吧，好人做到底。"

佐藤山木一仰脸，露出胜利地笑容，说："好的，我答应你。记住，我需要龙脉图，我会想尽办法得到它的。"他威风地一挥手，几个日本武士把两个人从架子上解下来。然后，巡防营的几个黄皮子催大家离开，武冬梅拉起地上失魂落魄的刘牧栋，请几个人帮忙把她送到刘家大院。

武冬梅一边往回走，一边四处寻找，不知何时，刘牧之已经消失了，可以肯定的是，他又去了李三的澡堂。

武冬梅没有更多的心思关注刘牧之的去处，她记住了佐藤山木的那句话："我会想尽办法得到龙脉图的。"佐藤山木还有什么更阴险的诡计？

日本人炸惊金蟒蛇

佐藤山木果真按照承诺，安葬了滚地龙和李红江。他之所以这么做，是为了在刘家人和中国人面前表现出应有的宽容大度。但是，酒井那里，却容不得他有一丝松解，佐藤山木返回鬼怒川公司的时候，酒井已经正襟危坐地等在那里。见到佐藤山木回来，酒井微微欠欠身，以显示他的态度。佐藤山木说："酒井君，一定是有事情交代吧？"

酒井伸手，指着坐席，说："佐藤君，请坐，我有重要的事情跟你商量，关于玲珑背金矿的事情。我们遭到了共产党游击队的袭击，我已经向青岛总部做了汇报。"

佐藤山木噢了一声，想听下文。

酒井继续说："现在我们面临一个重要的问题——能否按照计划向帝国交付黄金。如果不能按期完成任务，我必然有杀头之罪，佐藤君，您少不了有连带责任。"

佐藤山木问："酒井君，您有什么高见？"

酒井说："我已经跟马云龙商量了，你可以从他手里收购一部分黄金，用最快的速度送回国内。总之，这样可以缓解燃眉之急，也不至于让国内觉得我们毫无功绩。"

佐藤山木疑惑地问："马云龙会配合？"酒井微微地闭上眼，说："他肯定会有一些无理要求，但是，我们目前没有更好的办法。另外，金矿里的设备，你要抓紧时间维修，能用的尽量要用起来。我已经想好了，我可以把工兵连派给你，加紧时间爆破开山，我们可以把矿石运回国内冶炼。"

佐藤山木想了想，说："我同意你的建议。我已经让青岛领事馆订货，不出两个月，设备就会发到青岛港。"

酒井想了想接着说："佐滕君，我有一个建议，请你把宝贵的时间用在开矿上，不要把过多的精力放在龙脉图上。"

佐藤山木摇了一下头，神秘地一笑，说："这龙脉图，绝对不是你想象的那么简单，只要把这个秘密挖出来，那是十个玲珑背金矿都比不上的财富。"

酒井的贪欲立刻被佐滕吊了起来，佐藤山木微笑着说："酒井君，采金你是外行，一旦抓住了金脉，那就是源源不断的黄金等着你去挖，如果你没有抓住金脉，那你就挖出一堆烂石头。"

酒井谦虚地说："佐滕君说得是，但是目前我们没有时间等，况且那些中国人已经挖出了洞子，我们接着挖就可以了。"

佐藤山木狡猾地一笑，说："如果有一个金库，你靠开矿一百年都不可能采到那么多的黄金，你愿意冒一下风险么？"

酒井一下子瞪大了眼睛，佐藤山木淡淡地一笑，说："这不是神话，也不是传说。"

酒井一下子沉默了。

佐滕看了一眼酒井，压低声音说："杨忠山临死前经常去的勘测点是金蛇谷及道观那里，你知道那意味着什么吗？他一定在那里发现了巨大的宝藏。"

酒井点了一下头，说："这样，佐滕君，你找龙脉图的事情我不干涉，但是，玲珑背金矿开工的事情，你必须往前赶，玲珑背金矿的安排，必须听我的。如果没有黄金上交，恐怕你我都难逃罪责。再退一步说，你拿不出黄金，可以把矿石拉回国，也算交差。"

佐藤山木点点头，说一定配合酒井的工作。酒井只好返回兵营，坐在椅子上独自想一会儿，把山岛叫过来，叮嘱山岛明天带工兵连的爆破班，协助矿田的工人爆破开山。

玲珑背金矿已经修了几处碉堡，日本士兵持着枪负责警卫。

铁丝网内，一些中国劳工正在搬运矿石。佐滕一郎带着几个技师正在修复开矿设备，这些设备是刚刚从青岛拉过来的，原来打算调试好了安装在矿洞里，可惜被中国共产党的游击队用炸药破坏了，有几套设备是风钻，比较贵重，现在已经被炸得四分五裂，佐滕一郎和几个技师正打算用这些零散的配件拼凑出一套完整的风钻，但是看起来难度很大，因为一些体积小的零件已经被炸得飞出几百米远，要想找回来如同大海捞针，况且这里到处是石头的缝隙。

佐滕一郎一边和那些技师挑拣破碎的零件，一边观看那些中国的劳工从矿洞里背出矿石，由于没有机械开矿设备，那些劳工只能用铁钎和铁锤等简易工具进行开矿。

山岛坐着摩托车来到矿田，跟随他的还有几辆摩托，他来到佐滕一郎跟前，一只脚踩在破碎的风钻上，问："怎么样，一郎，有办法快速恢复生产吗？"

佐滕一郎无奈地叹气说："看来想修好一台风钻都很难，只有试试看。"

几个日本士兵把摩托车停下，从车上搬下箱子，佐滕一郎问："那是什么？"

山岛没有回答，站在山坡上走了几步，观察地形，用手指了一下那条小路，说："一郎，前面的小路，需要修一下，必须能够并排跑两辆大卡车，明白吗？"

佐滕一郎看着山岛，奇怪地问："修马路？"

山岛肯定地说："修马路。从矿田到兵营，修一条马路，保证卡车以最快的速度开过来，你们挖出来的矿石，以及冶炼出来的黄金，可以不换车，直接送到龙口港，然后送回国。"

佐滕一朗接着问："要是修马路的话，工作量相当大，现在的人手光挖矿石都不够。"

山岛无所谓地说："怕什么，中国人的劳工多的是，直接抓来干活，不干活，死拉死拉的。"

几个日本士兵把箱子卸完了，站在那里。佐滕一郎问："山岛，你这是要干什么？"

山岛不屑地抬起头，看着眼前的这片大山，轻屑地说："一郎，你和你父亲都是商人，跟我们军人不一样。"

佐滕一郎问："请问有何见教？"

山岛得意地说："我把爆破班给你送来了，你说哪有黄金，我就让工兵给你炸开，这些矿石，你就拉回日本，他们中国人不是说这是一座金山吗，好，那我们就把整座山拉回日本。"

佐滕一郎吃惊地说:"这么多炸药……"

山岛无所谓地安排:"炸药有的是,我们的时间有限,如果不能按时把黄金交回帝国,那就是咔……"山岛用手做了一个砍头的动作。"所以,一切都要加快,修路也要加快,还要打击中国共产党的游击队,防止他们搞破坏。"

山岛又转了一圈,指着眼前的这片山说:"把这一片山都铲平了,我们在这里盖上营房,保证两个小分队的士兵常驻在这里,如果开采出来黄金,更需要防止共产党的游击队前来搞破坏,这是军令,容不得一点儿含糊。"

佐滕一郎听完后嘿地点头,表示坚决执行。山岛恶狠狠地挥一下手,说:"从现在开始,抓紧时间干!"

佐滕一郎只好放下手中的活,让几个技师停止维修风钻,他们把图纸拿出来,铺在地上。山岛不可一世地指挥,让工兵准备好炸药,要把眼前的山炸平。

几个士兵奔跑着分头行动了。佐滕一郎吹响了铁哨,啾啾响了几声,从几个矿洞里跑出来四五个日本人,他们是监工,负责看管中国劳工干活,这些人站在佐滕一郎的跟前。佐滕一郎宣布:"军部有新的指示,前面的这片场地要扩大,另外,需要修建马路,军部已经将爆破班给我们调过来了,我们需要配合他们工作。"

这些人小声议论几句,接着开始分工,他们将矿洞里的劳工叫到地面,专门给日本工兵凿炮眼,帮助装填炸药。

山岛一边检查士兵的工作,还不客气地踹了几个中国劳工。这时,二狗子翻译过来找山岛,哈着腰问:"山岛太君,您有什么指示?"

山岛一只胳膊叉着腰,说:"你的,带上一个班士兵,去找马云龙,让他去乡下抓些干活的人,至少要100个。明天人必须到位。"二狗子翻译高兴地说:"好的,一定完成任务。"山岛吩咐二狗子翻译坐着摩托车去马云龙处传令。

上午十一点的时候,第一轮爆破装药已经完毕,只听一个人分别用日语和中国话喊着:"放炮啦,请躲开,放炮啦。"

日本人和那些中国劳工都躲得远远的,只见山岛挥了一下手,几个日本士兵同时启动,只听轰轰轰几声,地动山摇,几股黄乎乎的烟尘飞向天空,眼前的山坡已经被炸出一个豁口。

接着,跑过去一个日本工兵,检查了一下,用日语喊了几句,几个日本人开始动起来。

山岛对这次爆破很满意，高兴地点点头，然后对佐滕一郎说："你让你们的人看看这些石头能不能用，能用的就捡出来，拉回日本，另外，马路必须三天之内修好，三天之后，我要带着卡车上矿田。"

佐滕一郎让几个技师去刚才爆破的石堆里挑拣了一些石头，大家在阳光下鉴别了石头的品质，有的好，有的差。佐滕一郎和几个技师用日语商量着，把这些矿石送回日本国内，那里的提取设备要好，可以有效地提取黄金，如果放在中国用土法提取的话，可能会浪费大量的矿石。

佐滕一郎开始安排劳工分拣矿石，将品质好的矿石堆积到指定的地方，一些没有用处的碴石，可以用来修路。

山岛看到这些工作已经安排到位，对佐滕一郎说："酒井大佐对矿田这里的工作不是很满意，所以你们千万不可大意。另外，中国共产党的游击队还在不停地制造麻烦，我还要安排侦察队伍去抓共产党。"

佐滕一郎说："山岛你请放心，我会在这里守着。"

山岛再次安排："晚上把探照灯都打开，让这些中国劳工倒班，不能停下来。"

山岛再次巡查了一番才放心地坐上摩托车，离开玲珑背矿田。

之后的四五天，爆破声音接连不断。日本工兵的数量又增加了不少，白天，他们负责爆破，晚上，日本工兵休息，中国劳工则负责把爆破的矿石分拣及清运。通往山下的马路也拓宽了，由于时间有限，只能通过一辆军用卡车，如果要修成两辆卡车同时通过的马路，还需要很多时间，但是酒井急于见到成果，先建成只能通过一辆卡车的路面，部分路面可以同时通过两辆车，此路段用来会车和调转方向，如若日后时机成熟，可以接着扩建。

经过这几天的爆破，在玲珑背金矿平出了一块足球场那么大的场地，在这里可以出入军用卡车，方便装卸物资。酒井决定举办一个庆祝仪式，用来庆典玲珑背金矿的矿石运出罗山。

庆典的前一天晚上，日本兵营的汽车兵，已经提前将十辆大卡车开到矿田里一字排开，山岛命令那些中国劳工提前将矿石装车，随时准备在庆典那天将这些矿石拉走。

另外，在启动仪式上，还要进行另一个项目，山岛要将玲珑背矿田的山脊炸掉。为什么要炸掉它呢？在此之前，中国人在这里开矿的时候，都是顺着这道山脊向深处挖矿石，这样的矿洞至少有四五条，山岛打算将这道山脊从中间炸开一个断面，这样的话，四五条矿洞都会展现得一览无余，日本人可以将这几条矿洞汇总在一起，用大型机械设备统一开采。

这个带有表演意义的爆破已经提前准备了一天，日本工兵至少打了几百个爆破孔，这些爆破孔将山脊分割成无数个单元，只要一声令下，在震耳欲聋的音乐背景之下，火药就会像巨大的手术刀，把玲珑背的山脊切割成无数块。

上午十点左右，受邀参加庆典仪式的人陆续来到玲珑背金矿。马云龙带着毛驴儿也来了，毛驴儿换了一身新衣服，看着马云龙穿着一身毛呢，笑嘻嘻地说："司令，我好好干，你也给我领一身毛呢，你看多神气。"

马云龙乐呵呵地说："你看你那出息，干好了，别说毛呢，就是媳妇也能赏你一个。"

山岛正在组织卫兵担任警卫，今天他穿着长筒靴，擦得铮亮，由于地面上有碴土，皮靴已经少许蒙尘，但这也挡不住皮靴的亮泽；他的上身是深黄色的毛呢，十分板正，没有一丝皱纹，下身是一毛呢裤，半截扎进长筒靴内，显得十分威风。毛驴儿盯着那身行头看了又看，艳羡不已。

山岛老远看见马云龙过来，便走近了，朝马云龙打招呼，说："马司令，欢迎来参加鬼怒川公司的开工仪式。"

马云龙看着周围的布置，尤其是那十辆大卡车，威风得要命，他夸赞道："真是财大气粗，你们这排场，一天的出矿量，那是我们一年的出矿量。"

山岛自豪地一笑，指着前面的那个山脊，说："马司令，你们中国人，要是把前面的那个山头搬掉，需要多长时间？"

马云龙摇摇头，说："我们根本没有那念头。"山岛得意地挺一下胸脯，说："我们的军人，只需要一秒钟。"马云龙笑了一下，山岛自豪地说："过一会儿你就明白了。"

有一个卫兵领着马云龙入座，他的位置在主席台的重要位置，他正在找座，佐藤山木来了。"谢谢马司令光临。"佐藤山木笑着行礼，他今天穿着整齐的西服，显得特别精神。马云龙朝毛驴儿示意一下，毛驴儿醒悟一般，把礼盒递上来，佐藤山木笑道："谢谢，马司令客气了。"

马云龙坐好。这时，佐藤山木安排了几个歌伎上台表演，款待那些已经签到的客人。又来了几个客人，都是县城里的一些名流，大家陆续入座，互相问候，显得热闹起来。

一会儿，酒井穿着整齐的军装，从旁边的房子里出来，神情得意地看着眼前的一切，佐滕山木拍一下巴掌，纯子抱着琴上场了。酒井由几个卫兵引路，来到座位上。

纯子两眼风情地看一眼酒井，酒井已经看到了纯子的眼神，伸手示意大家安静，于是，纯子拨弄了琴弦，优雅地唱起来，会场上只有她的演奏之声，酒井和众多客人有滋有味地欣赏着。

纯子演唱过后自行退场了，佐滕山木来到前面，对大家说："十分感谢诸位亲朋好友来参加鬼怒川公司的开工仪式，日后我们公司的生产还需要诸位的支持。请大家多多照顾，那么，我们现在正式开工。"

佐滕山木向主席台鞠了一躬，然后退下。这时，山岛上前来，打了一个标准的敬礼，大声汇报："酒井大佐，工兵连已经准备完毕，是否开工，请指示。"酒井站起来回礼，说："开始。"

山岛转过身去，大声命令："工兵连，各就各位。准备。"

十几个工兵蹲到地上，流水作业地大声喊："一号准备完毕，二号准备完毕……"

山岛大喊一声："放！"十几个工兵流水作业，按动了按钮，接着，似乎从地底下传来了一阵阵沉闷的爆炸声，如同远来的雷声，眼前的山岭，似乎长了腿脚，只见它迟缓地向上跳动了一下，接着一股白亮的光从地缝里钻出来；首先，一团白烟冒出来，接着，黄黄的烟雾腾空而起，似乎有一阵狂风从对面吹来，所有人的头发都被那风扯起来，大家的面部表情凝固了，那是恐怖，他们似乎都要把这种表情刻在自己的脸上。

接着，大地震动了，众人似乎坐在摇椅上颤抖着。桌子上的茶盏，也哗啦啦地响着，水溅到了桌面上。

再看前面，跳起来的山岭又落回去，再次发出轰隆隆沉闷的响声，那山岭已经被切成无数块，像爆发了泥石流，哗啦啦地流下来。

约摸过了有两三分钟，天地间变得静止了，只有观看的那些人，心脏还在狂跳。

明显，佐滕山木也被如此壮观的场面所震撼，他面部的表情有些僵硬，倒是酒井由于多年的征战似乎已经适应了炮火，他神情自若地欣赏眼前的大爆炸。

一缕缕青烟从杂乱的石头缝隙中袅袅升起，十几个士兵到现场检查爆破情况，一会儿他们陆续回来报告一切正常。山岛朝等候在一边的汽车兵打了手势，立刻有一个士兵拿着两幅小旗子跑到主席台前，他对着那十辆汽车猛地甩一下旗子，那十辆大卡车同时启动，立刻听到一阵汽车发动机的隆隆声。

每辆汽车上站了四个卫兵，站在卡车车厢的四个角落，他们持着长枪，枪刺闪闪发光，他们是向众来宾宣布，这些矿石是有重兵把守的。军用大卡车挂在一档上，缓慢地经过主席台，酒井立刻带头鼓掌。紧接着第二辆慢慢地驶过来。

而另一边，佐滕山木命令劳工们分拣矿石，他们排着队，靠近刚才的爆破现场。

也许并没有人注意，刚才那座已经被炸平的山脊，有些石头开始轻轻地涌动。

更多的人观看着那些威风凛凛的大卡车，卡车上满载了矿石，经过主席台前时压出了深深的车辙。

那些松动的石头又轻轻地涌动了几下。已经有一个士兵看到了，用手指着那里。一个日本人监工来到石堆前，他正在吩咐那些中国劳工把一些石头清理。正在这时，他前面的石堆发出轻微的抖动，首先是几块小石头从上面滚了下来，哗哗地响了几声。本来这些人都是老工人，已经熟悉了矿田里火药爆炸的现场，对于这种情况并不感到意外，很有可能这是某些石头松动了。

滚下来一堆小石头之后，暂且安静了一下。因为，在众人前面，是一块巨大的石头，约有十几米高，它立在了众人的面前。

众人都好奇地看着那块石头，要想把它搬走，恐怕还需要进行二次爆破。

仿佛那块石头在轻微地晃动，难道有什么东西在推动它，简直太不可思议了，那需要多大的力量才能推动这块巨石呀。果真，是那块石头在颤动，它来回晃了几下，突然向着主席台滚了下来。

那巨石碾压着碴石，发出奇怪的吼叫之声，裹挟着尘土，它前进的速度不是很快，但是，没有任何力量可以阻挡它。

所有的人惊叫着逃窜。那巨石碾碎了桌椅，停了下来。众人又都返回来，把这块巨石围个水泄不通。"杨少川，杨少川！"佐滕山木大声地喊叫。

一会儿，杨少川从人群中挤过来，佐滕山木急忙命令："你快点看看这块石头如何？"

杨少川拿出工具箱，同时，又有几个技师拿着工具过来，他们敲敲打打忙活一阵子，最后，杨少川点点头。其他的几个技术人员也从巨石上撬下几块石头，他们把石头拿到佐滕山木跟前，佐滕山木的面部表情如同舌头猛然间接触了滚烫的麻辣火锅，又舍不得放弃吐掉口中的食物。那种表情，是扭曲的，幸福的，惊慌的，脸上的皱纹错乱地扭在一起。

酒井也挤过来，伸出手拍拍这块巨石。佐滕山木激动地说："这是一块好石头，是上天送给我们的。"

酒井哈哈大笑，喊："卫兵，把这块石头看好。"于是，他命令所有的宾客离开这块巨石。

那巨石挡住了汽车的通道，军用卡车只得暂且停下来，熄火之后的军用卡车变得安静了，会场上只有宾客们小心的议论。

这时，又传来一阵声音，先是哗哗地响，竟然还是刚才的石堆在涌动。所有的人都惊奇了，难道上天还要再送一块富含黄金的石头？

几个胆大的士兵跑到前面观看。

那些石头涌动了片刻，突然像攒足了力量，如同火山喷发一般轰地飞了起来，向四周射去。所有的人再次惊叫，奔跑着躲避，生怕被石头打中。

接着，又是一阵烟雾腾起，烟雾中慢慢地显出一个怪物的头部，至少有脸盆那么大，两只眼红红的，那怪物抖了一下头部，看来是要抖掉灰尘，它猛地一张嘴，舌头伸了出来，至少有一米多长，红红的像一块绸布。

原来是一条蟒蛇。站在前面的几个士兵，有一个手忙脚乱，居然一枪打向蟒蛇。要知道这种蟒的鳞片尖硬无比，那是天然的盔甲。大蟒蛇似乎无暇顾及士兵的枪击，依然进行自己的热身运动。

只见它扭动了几下身子，压住它身子的矿石再次飞了起来，扑隆隆一阵响，它的身躯呈现出来，看来这次它轻松了。

那巨蟒再次抖动身子，扑棱棱一些石头被它巨大的尾巴扫向四周，众人隐约看到了巨蟒的身影，它的身长有二三十米，有水桶那么粗，鳞甲是金黄色的，在阳光下闪着光。

站在前面的那几个士兵，已经被眼前的景象吓得失去了理智，几个士兵同时开枪了，却见那金蟒的身体一弹一射，有一个士兵连枪带身体被它缠住了，又听见一声枪响，肯定是这个士兵开枪了，但是那子弹并没有射出，因为枪已经被挤压的弯曲了。

另外的几个士兵，慌乱地逃跑，但是，那鲜红的信子飞射过来，一下将他卷入蛇腹。金蟒再次抬头，听见一声低沉的喘息，众人感觉一阵风扑来。

这时，马云龙大声喊："都不要动，趴下装死。"

人们迅速地趴在地上，有动作快的，藏到桌子底下。金蟒又吼叫了几声，扭动着身躯，突然身子一弹，向着北面的山谷滑去。

约摸过了有十几分钟，大地之间重归安静。酒井弹了一下衣服的尘土，站了起来，用脚踢了一下继续装死的山岛，山岛弹簧般跳起来，问："大佐，有什么指示？"

酒井命令："保护现场。"他刚下完命令，却见马云龙对着金蟒消失的方向，跪下，毕恭毕敬地磕了三个响头。酒井走过去问："马司令，您这是干什么？"

马云龙讳莫如深地说："我等已经触犯了神灵。"

酒井哈哈大笑，说："只不过是一条蟒蛇而已。"其实，酒井这是给自己和众多士兵壮胆的。马云龙低声说："大佐，您想，这蛇长这么大，少说也有几百年，可是人呢，即使是吃了灵丹妙药，也不过百岁。"

酒井没有理会马云龙，再去寻找佐滕山木，他已经躲在那块巨石的下面，坐在那里一言不发，看到酒井后，一字一顿地说："酒井，看来中国人说得有道理，但凡宝物周围，必须有神灵看护，我想，这块矿石，肯定是块好石头。"

酒井抓住佐滕山木的肩头，使劲地晃了一下，说："你给我清醒点儿，今天我们的仪式是做给中国人看的，你给我振作起来。"

酒井把佐滕山木揪起来，虽然他的脸上也布满了恐惧。

酒井来到主席台前，站在巨石的前面，大声喊："各位来宾，我想你们都看到了，用你们中国人的话说，上天送给我们这块矿石，当然，护送矿石的金蟒蛇你们也亲眼见到了。"酒井笑了一下说："感谢诸位的到来，下面将由我们的礼兵，用汽车送大家下山。"

第4章
惊醒的睡狮

龙脉图起点在金蛇谷

从玲珑背金矿返回鬼怒川公司，佐滕山木感觉身体极度不适，忽冷忽热，急忙找军营的军医前来治疗。军医量了体温，又听了心跳，表示佐滕山木的身体状况一片正常，用不着治疗。佐滕山木说自己想办法，他给二狗子翻译打电话，让二狗子翻译去找那个青衣道士，来给他看看病。

傍晚的时候，青衣道士来到了鬼怒川公司，他给佐滕山木号了脉，告诉佐滕山木，是过分惊恐和过度高兴造成的忽冷忽热，吃几副安神理肺的中药就可以解决问题。佐滕山木让人给青衣道士付了钱，派人去抓药，晚上九点多，他吃了药，片刻身上发热，急欲出一身热汗，本来打算休息一下，却听到几声鸟叫，这是百灵鸟的叫声，他知道是黑衣人来了，急忙穿衣，因为起得急，打了一个冷颤。

此时，黑衣人来到了佐滕山木的房间，她说："佐滕君，我把这些日子整理的资料都带来了。"她说着拿出了罗山的地图，上面清晰地标注了金蛇谷、道观和卧龙居的位置。根据掌握的情况来看，玲珑背金矿应该是龙脉图中的一部分，如果根据一些勘测师的推测，龙脉图可能会顺着玲珑背金矿山脊的走势，延伸到金蛇谷，但是，为什么这么多年来，没有人去金蛇谷开矿呢，这是一个谜，难道仅仅是因为那里有金蟒蛇和野狗？

另外，在玲珑背金矿出现了金蟒蛇，令佐滕山木十分震惊，他不得不重视当地关于金咒的传说。

两人对着地图看了一会儿，黑衣人又把卧龙居的建筑图纸拿出来，从图纸上看，卧龙居的外墙都是双层的，可以肯定，武天浩一定是在里面做了很多机关。

佐滕山木看了一会儿，又禁不住打了一个冷颤，不过，他没有去休息，继续与黑衣人讨论关于龙脉图的秘密。

既然龙脉图跟金蛇谷有关系，而且卧龙居又位于金蛇谷的入口处，最快捷的方法就是从金蛇谷入手。佐滕山木捏着腮帮想了一下，说："你尽快准备一幅金蛇谷的地图。"

黑衣人问："佐滕君，画图自然是不难，可是金蛇谷内有野狗和金蟒蛇，那应该是十分危险的。"

佐滕山木答道："看来这金蟒蛇应该是有的，其实也没有什么神奇的，有可能是普通的蟒蛇长期生活在富含黄金的矿石中，肤色适应环境的一种演化。当然，有这种动物并没有什么可怕的，再厉害的动物也怕人类的炸药，玲珑背的金蟒蛇不是也被我们的炸药吓跑了吗？只是这些传说太过于蛊惑人心。"

黑衣人说："那我就加快准备金蛇谷的地图，还有卧龙居也一定藏满了秘密，一定与金蛇谷有关联的，这个刘家肯定是隐藏了很多的秘密。"

佐滕山木突然又打了一个冷颤，眼角控制不住地向上挑，他似乎没有注意自己的不雅举动，又淡淡地一笑，说："这个武家、刘家那是倒霉透顶的，关于龙脉图的秘密，他们是在明面上，其实掌握秘密的还有李家，不过他们是在暗处。"

黑衣人大吃一惊，说："李家的人，不是已经绝户了吗？他们早在二十年以前就衰败了，还能掌握什么秘密？"

佐滕山木哈哈大笑，脸色有些不正常，不过，他抖了一下脸，很快又恢复他平时严肃的样子，说："这次玲珑背金矿炸惊金蟒蛇，使我想起二十多年前的神话传说，也就是说在罗山有金龙和天狗看护黄金宝藏的传说是有出处的，并非杜撰。对于刘家、李家、武家来讲，我们都是外国人，我们并没有深入地了解他们中国人的传说，很有可能他们都知道这些黄金宝藏的位置，也许，就在那些神话传说之中提到的位置，而杨忠山的所做，只是利用他掌握的勘测技术，印证了黄金宝藏的存在。"

佐滕山木想了一下，又得意地笑了，大叫："我太聪明了，秘密就是那些神话！"

黑衣人怀疑地看着佐滕山木，轻声地说："您会不会是见到了金蟒蛇，受到了惊吓，过度相信中国的神话传说？"

佐滕山木答道："并非如此，二十多年前，我就曾经听说他们中国人经常提到黄金宝藏以及龙脉图，大自然是无比神秘的，并非我们此等凡人可以理解的，这笔宝藏肯定是存在，有可能不是以我们凡人所能理解的形式存在，因为我们只是这里的'外人'，不像本地人，已经生活在这个地方几千年，能够从扑朔迷离的神秘文化中捕捉到重要的信息。"

佐藤山木忽然身体抽搐了几下，额头出冷汗，他强忍着痛苦，说："蛇，金蟒蛇。"黑衣人惊愕地看着他，不敢靠近。

佐藤山木急忙喝了一口水，摇晃了一下头，说："我可以肯定，我受了惊吓，但是，我会依然保持理智。另外，我们还有一个更强大的对手，我们必须小心，那就是马云龙。"

黑衣人反问："他？不是已经投奔我们日本人么？"

佐藤山木答道："马云龙的家人，是土匪出身，他的父亲，当年就在山里开采黄金，他们家族有一个古怪的图腾，那就是金蟒蛇，他们为什么要信奉金蟒蛇呢，一定有原因，可以这样猜测，他们一定知道什么金蟒蛇的秘密。"

黑衣人奇怪地问："你说他们知道龙脉图的秘密？"

佐藤山木答："这些中国人，他们置身于自己的神话传说之中，并不认为他们知道的那些传说是秘密，他们认为那是常识，其实，那就是秘密所在！而我们这些外人，很容易从外部看清秘密。"

黑衣人吃惊地说："难道您已经看到了秘密？"

佐藤山木答道："秘密就在金蛇谷，这是当地人传下来的名字，肯定与黄金有关系，另外，玲珑背金矿，取名玲珑二字，也是蕴含宝藏的意思，我们果然在那里找到了富矿，也发现了金蟒蛇。"

黑衣人突然想起什么，说："对了，玲珑背金矿，二十年前的开采权，是李家把持的。"

佐藤山木笑道："所以，李家的人，肯定知道更多的秘密，哈哈，近日，我会邀请李家的陈老二谈琴的。"

陈老二是被两个日本武士带领着进入罗山的，他们骑着马，马蹄踩得路面嘚嘚响，头顶的天空湛蓝无比，阳光明媚，风里裹挟着一丝暖意。陈老二接到了纯子的邀请，要在一个特别的地方合奏《高山》《流水》，陈老二带着满腹的狐疑与向往上路了，起先，他是不相信的，但是，一个日本武士把琴谱拿出来，让陈老二看了一眼，陈老二拿着仔细品味半天，摇头晃脑，抖动着手指，终于相信好琴谱必然要有好琴相伴。

三人骑着马，来到金蛇谷旁边的山岭上，这里已经搭了一个帐篷，地面上搭了两套琴具，有桌有椅，桌上有两把琴，一黄一黑。

两个日本武士立在旁边，做了一个请的姿势，陈老二控制不住，迟疑地走过去，绕着那黑琴转了一圈，再看看周围，并没有人阻拦他，便斗胆坐下，用手轻轻地按住琴弦，另一只手轻轻地一勾，咚地一声，声音古朴浑厚。他微闭着眼，刚才的琴谱在眼前呈现，只见他潇洒地一挥手，娴熟地勾、挑、弹，一曲浑厚的《高山》之音扑面而来，琴音描绘出巍峨的高山，在狂风中岿然不动。陈老二完全沉浸在自己的弹奏之中，忽略了他人的存在。

　　陈老二弹奏的《高山》之曲，气势磅礴，声音浑厚，突然，传来一丝琴音，细细的，轻柔的，仿佛深夏的一丝凉风，在雷雨之前袭来，又仿佛初春的一缕清泉穿透了冬雪的重压，一路欢唱跳跃而来。陈老二扭头看去，纯子已经坐在黄琴旁边，轻轻地拨弄琴弦，陈老二轻轻地一笑，拨了几个重低音，如同高山的叹息，而此时，流水的声音逐渐升高，如同一只雄鹰射向高空。当高到不能再高之时，《高山》正在表达山风的呼啸，风声咆哮，越来越激昂；流水的声音，借山风咆哮之时，轻轻地弱下来，如同渐渐远逝。山，在风中屹立，水，缠绕着山，山与水，相偎依，《高山》激昂，《流水》缠绵；这一节，两人合奏如鱼得水，陈老二兴致越发高昂，手上更加用力，再起第二节，音节提高，只听那《高山》的琴音更加激昂，那山风的吼声变得尖啸，忽然，嘣地一声，陈老二停下了演奏，因为一根琴弦已经崩断了。

　　"好，好，陈先生果然技高一筹，曲高和寡。"佐滕山木从帐篷里出来，拍着手掌，纯子抱歉地说："陈先生，我的技艺看来真不如你，流水无法与高山配合。"

　　陈老二正有无法尽兴的遗憾，此时佐滕山木打了一个哆嗦，面部的肌肉抽搐了一下，脸上的一阵寒气闪过，之后，他惋惜地叹道："陈先生，虽然你技艺高超，但是你没有摸通此琴的脾性，所以无法全部演奏此曲，恐怕这琴也要毁于你手了。"

　　陈老二也叹道："我看是你调校的有问题。"

　　佐滕山木说："陈先生，你应该知道，这黑琴的木质坚硬，是产自北方的硬木，木质干涩，要想发出高亢浑厚之音，必须在琴弦上做文章，也只有将琴弦调到紧绷的状态。此时，琴师需要节就琴弦的硬度来弹奏，如若一味追求高亢的境界，或者伤琴，或者伤人，又或人琴两伤。今天若是伤了您的手，那我可担当不起，还好，只是琴弦绷断。"

　　陈老二略表歉意地点头。佐滕山木狡猾地说："陈先生，这弦断了，可以再续，只是这机会错过，可就不会再有。"

　　陈老二狐疑地看着佐滕山木，佐滕山木笑道："在下有意将高山流水二琴及琴谱送给您，只是不知陈先生是否愿意笑纳。"

陈老二释然，说："哈哈，佐藤，我身上还有你能榨取的吗？龙脉图我是没有的，玲珑背金矿的图纸，你都拿走了，你还想要什么？"

佐藤山木哈哈大笑，突然打了一个寒战，脸上的一缕寒气飘过，不过，他很快控制了自己的情绪，接着说："我需要你帮忙，看一下金蛇谷的风水。"

陈老二的脸色大变，支吾道："你找错人了吧？"佐藤山木说："李家要你做管家的原因是你懂风水。"

陈老二笑道："既然你知道了，我也不加隐瞒，只是我告诉你，金蛇谷的风水，不是一般人能看的。"

佐藤山木笑笑，拉着陈老二向前走了几步，此时金蛇谷呈现在视野之中，佐藤山木说："现在万物尚未复苏，你我可一览无余。"

陈老二哈哈大笑，说："你所谓的风水，是静态的，而真正的风水，是动态的，时刻变化的。"

佐藤山木点头，指着卧龙居，说："那你看卧龙居？"

陈老二笑道："当年，刘家家道正旺，一定是请了高人看的风水，盖了此处房屋。"

佐藤山木神秘地说："传言是道观里的阳明子道长来看的。"

陈老二说："我不敢妄加评论。"

佐藤山木继续说："山谷里有一块巨石，上面有道符的纹路，我猜应该是道士做的手脚。"

陈老二说："我没有进去过，不知道有这么一块石头。"

佐藤山木耐心地开导陈老二："你看，这山谷里的一些石头的摆放，应该是有规律的，像不像一个八卦阵，你再看卧龙居的位置，处于这个八卦阵的什么位置？"

陈老二继续说："如果你问这个问题，我确实是很难回答。"

佐藤山木又说："我听人说，金蛇谷是罗山里的道士利用自然环境修建的一个道场。"

陈老二没有说话，看看佐藤山木，佐藤山木又说："我也知道，全真教的王重阳、丘处机都在这里修炼过。"

陈老二想了一下说："罗山富藏黄金，又是道家及仙人修炼之场所，自然是神秘无比。"

佐藤山木冷冷地一笑，说："我当然清楚，我从你嘴里很难问到什么，即使我用高山与流水作为交换条件。这样吧，我说一下，你看看我说得对不对，关于龙脉图的秘密，你们中国人都知道并且相信，这个秘密就是隐藏在金蛇谷，你们的传说是这样讲的：神，将巨大的金库藏于山东招远的罗山'金蛇谷'，并派了金龙和天狗日夜守护。神，深知人类的念欲，又设下金咒来守卫这些黄金，并诅咒那些心怀歹意之徒。但，人是性灵之物，他们总是妄想着解除金咒，占有黄金。千百年来，或许有人解开了金咒。也有人说，那黄金矿脉图像一条龙的形状，人称'龙脉图'。事隔几千年，金龙和天狗依然坚守使命，它们已经化做了山东招远罗山金蛇谷的金蟒和野狗。

"前几天，我们在玲珑背金矿用炸药惊动了金蟒，我就相信了你们中国人的这个传说。那么，龙脉图就在金蛇谷，也在卧龙居，这些，你们中国人都清楚，包括马云龙也清楚。至于为什么你们不敢到金蛇谷来开采这些黄金呢，难道仅仅是因为刘家以及武家的势力吗？不，不是因为这些，而是因为那些神秘的诅咒，就是所谓的金咒，你们是相信金咒的存在的！"

陈老二嘲讽地看了一眼佐藤山木，没有吱声。

佐藤山木看着眼前的金蛇谷，说："所以，问题的核心就在于，为什么你们中国人相信金咒，相信金蛇谷是不可以随便进入的，我认为更多的是因为，你们中国人制造了更多的故事，让人害怕，不敢进入金蛇谷。不过，这个金蛇谷确实是一个玄妙之地，生活在这里面的两种动物确实让人害怕，冬季蟒蛇冬眠，有野狗守护，很少有人敢进入，夏季蟒蛇正是活跃之时，那么普通人更是不敢随便进入。"

佐藤山木继续冥思了一会儿，说："你们中国人在这里开采黄金，如今还在信守向神灵献上活祭的风俗，比如，马云龙经常把抓到的黄金贩子扔到金蛇谷，土匪们并不把这种行为当作是非人道的行为，他们认为把黄金贩子以及活祭的生与死由神灵来裁决符合天道，而他们心目中的神灵就是金蟒蛇，他们认为，把活祭献给金蟒蛇，是为了讨好神灵，并获得神灵的宽恕。"

陈老二讽刺地说："佐藤山木先生，因为我们是中国人，我们对于神灵存有敬畏之心，我们知道，罗山里的黄金，那是上天赐予的，我们这些凡人，即使是贪念再大，也不敢违背神灵的意愿，只能取走一部分黄金。"

佐藤山木听后，哈哈大笑，放肆之情溢于言表，他继续总结："按照你们中国人的思维模式，这个金蛇谷就是一个天然的道场，这里生活着金龙和天狗两种守护神，凡是进入这个道场的生物都是活祭，他们的生与死完全由神灵来裁决。"

陈老二摇头说："道可道，非常道，名可名，非常名。"

佐藤山木听后似懂非懂，请陈老二再解释一遍，陈老二无奈地朝佐藤山木行礼，叹气说："天地之道，如果是我们此等凡人可以解释清楚的，那就不是道了，但是，如果我们此等凡人违背了天地之道，必然要遭受它的惩罚。"

佐藤山木哈哈大笑，说："你们中国人的道，与我们日本人的道有所不同，难道我们要接受你们中国人所信奉的神灵的惩罚吗？"

陈老二看着佐藤山木，指着山，指着天，说："此为天，此为地，天地养育这些生灵；黄金只是天地中的一部分，如若我们违背的上天的旨意，必遭天谴。"

佐藤山木背着手说："陈先生，按照你的说法，我要遭受天谴了。"

陈老二摇头说："我不敢妄言。"

佐藤山木想了想说："我尊重你们中国人的信仰，但是，我不是中国人，也不必按照你们中国人的规矩去办事，我有我的办事规则。"

陈老二笑道："执迷不悟……当然了，二十多年了，你一直在寻找这些黄金，一直妄想占有这些财富。"

佐藤山木冷笑道："你们中国人有句话，识时务者为俊杰，我不妨也以我们的信仰开导你陈先生，咱们就看看这金蛇谷的五行吧，在这里，金木水土都有具备，唯独缺火。"

陈老二想了一下，吃惊地看着佐藤山木，问："火？什么样的火可以破坏这个金蛇谷？"

佐藤山木笑着解释，"火有两种，天火和人为的火……如果是天火，烧毁了金蛇谷，那确实是天意……但如果是战火呢？"

陈老二说："你总不至于在金蛇谷发动战争吧？"

佐藤山木哈哈大笑："我相信，我们用现代化的武器，将金蛇谷的野狗与蟒蛇烧个一干二净，俗话说，真金不怕火炼，大火过后，留下的肯定是黄金。"

陈老二恶狠狠地说："你们这样做，也太惨无人道了。"

佐藤山木得意地笑："用你们中国人的话说，凡是发生在这里的事情，都是上天的旨意，我相信，在这里发生战火，也是上天的安排。"

陈老二回应说："上天不会饶恕那些作恶多端的人。我告辞了。"陈老二说着，转身去要下山，他刚走了几步，酒井带着山岛从帐篷里出来，酒井挥了一下手，山岛抽出手枪，对着陈老二瞄准，只听砰地一声，陈老二吓得魂飞魄散，瘫倒在地。

山岛并没有打中陈老二，因为，佐滕山木扬手推了下山岛的胳膊，他打偏了。

酒井看着佐滕山木，有些生气地问："你……"

佐滕山木叹口气说："他还不能死，死了可惜了。"佐滕山木挥了一下手，两个日本武士把陈老二架着拖回来。佐滕山木笑着说："陈先生，这两把琴送给你了。"

陈老二生气地说："我不要你的东西。"

佐滕山木冷冷地说："如果你不接受我的好意的话，那么真的是寻死。这样，我安排人把琴给你送下山。"

陈老二无奈地沉默着。佐滕山木继续说："从良心上讲，我很佩服你们这些中国人的，比如武举武天浩，文举刘爱生，包括你这个风水先生陈老二，你们的所做，都很值得人尊敬，但是，我希望你们能够为我所用，如果不能为我所用，也不要与我为敌。"

陈老二受到刚才的惊吓，眼神还是慌乱的。佐滕山木笑道："陈先生，如果我不能够得到龙脉图，那么，我一定会采取极端的办法，包括用炸药炸平整个罗山，用火烧死山里金蟒和野狗，到那个时候，给这个地区人民造成深重灾难的是那些掌握龙脉图秘密的人。"

陈老二冷冷地看着佐滕山木。

佐滕山木扬起脸似乎看着远方，用一种回忆的语气说："据我所知，在我与李家合作之前，也就是约三十五年前，马云龙的父亲与李家人有过约定，这个约定是关于金蛇谷的，我想问你一下，你知道这个约定的内容吗？"

陈老二木然地摇摇头。

佐滕山木挥了一下手，让人把陈老二送下山。

酒井走上前来问："你就这样放他走了？你不是要问他秘密吗？"

佐滕山木冷笑道："那个秘密用不着我去问，我相信马云龙一定会去找他算账的。"

黄金的诅咒

佐滕山木从山里返回鬼怒川公司，感觉身体忽冷忽热，刚窝在椅子上休息一会儿，喉咙处一阵刺痒，他喝口水滋润一下嗓子，没有想到却如同火上浇油，口腔内如同燃起一阵烈火般的疼痛，他的脑门立刻出了一层冷汗。佐滕山木刚刚把冷汗擦去，腮帮处却来了一阵刺痒，又急忙用手去挠，瞬间，腮帮处如同气球一样胀了起来，伴随着一阵阵火热地灼痛。

佐滕山木知道情况不妙，立刻打电话给酒井，请军医前来看病。

约有十几分钟，军医带着药箱赶来，快速地给佐滕山木检查，然后说："佐滕君，您得了急性腮腺炎，我给您开一些消炎药，请按时间吃药。"

佐滕山木按照军医的嘱咐吞下消炎药，躺在床上休息，过了约有一个小时，并不见好转，整个脖子都肿了起来，已经开始影响呼吸。

那个军医回到兵营，跟酒井简单地汇报了佐滕山木的病情，酒井听了禁不住打了寒战，这可真是一种怪病，他无法控制地担忧。过了一会儿，司令部的门口响起一阵摩托车的声音，山岛从摩托车上跳下来跑进司令部，大声报告："大佐，金矿上有几个士兵和日本技师得了怪病，脖子肿了，请军医过去看看。"

酒井一听，急忙穿好衣服，说："你去找卫生班的军医带上设备迅速去玲珑背金矿，我去鬼怒川公司。对了，派人去把二狗子翻译叫来，我有事情找他。"

酒井带着卫兵急匆匆来到鬼怒川公司，佐滕山木正倚在榻榻米上休息，他的脖子已经肿得像水桶，没有办法低下头，看起来有些滑稽地仰着脸，一副不可一世的样子。

酒井同情地坐在佐滕山木的旁边，佐滕山木勉强地坐起来，斜倚着榻榻米，他说话已经很困难。酒井关心地问："你感觉如何？"

佐滕山木慢悠悠地说："不会有大问题。"他艰难地晃了一下头，头带动着脖子和肩膀动了一下，看起来像一只受伤的企鹅。

酒井低下头犹豫了一番，说："佐滕君，刚才山岛从玲珑背金矿回来说，那里有几个士兵和技师也得了相同的病。"佐滕山木听后禁不住黯然伤神，长叹了一口气。酒井接着问佐滕山木："佐滕君，你是否相信真的有金咒呢？"

佐滕山木想了一下，慢慢地说："这要从两方面来看待这个问题，那些中国人，他们是相信有金咒的，但是我们是日本人，不应该受这些中国文化的约束，也就是说，我们可以不相信那些神秘文化；但是，从另一方面来讲，罗山储藏有亚洲最大量的黄金，这些宝藏必定有神秘的力量来控制。"

酒井低下头说："这么说，你也确认这些神秘的力量？"

佐滕山木无奈地说："大自然中的一些神秘现象还不是我们能够解释的。但是，我丝毫不会退缩的，任何神秘的力量，都不能阻挡我们大日本帝国前进的步伐，我相信，我们大日本帝国的强大，那也是上天的安排，因此我们得到这里的宝藏也会得到上天的保佑。"

酒井赞同地点点头。

佐藤山木继续说："如果在为帝国获取这些宝藏的时候，需要我付出任何牺牲，我也会在所不惜。"听了此话，酒井肃然起敬，站起来，咔地打了一个敬礼，又朝佐藤山木鞠躬，深切地说："前辈值得我们学习。"

佐藤山木轻轻地摆一下手，说："不用这样，我相信，这次得病，只是一个小困难，一定会克服的。"正在这时，一个日本人带着二狗子翻译进来了，他弓着腰来到酒井身边，小声问："太君，您有什么指示？"酒井指着佐藤山木的脖子，问："你看看佐藤先生的脖子，你们当地人有得过这种病的吗？"

二狗子翻译小心翼翼地向前靠，看到佐藤山木挺着脖子，像一头肥猪，然后转身对酒井说："太君，好像是炸腮帮。"酒井问："你知道有什么办法治疗吗？"二狗子翻译摇头说："我不知道。"佐藤山木淡淡地一笑，摆了一下手，说："我已经请人了。"

酒井冲二狗子翻译挥了一下手，二狗子挤着笑脸退出去。酒井问："您有安排？"

佐藤山木眨了下眼，其实他是要做点头的动作，但是他的脖子太肿，没有办法点头，只有眨一下眼，用来表示头部向下用力。佐藤山木用手指一下旁边的椅子，示意酒井坐下，又请人给酒井上茶，看来他的心情相当从容。

一杯茶还没有喝完，两个日本武士带着青衣道士进来，青衣道士被送到佐藤山木的床前，佐藤山木主动伸出手请郎中号脉，青衣道士摆了摆手，示意不需要，身边的武士对青衣道士的不恭敬表示愤懑，踹了青衣道士一脚，青衣道士噢地叫了一声。佐藤山木瞪了那个武士一眼，用力地张开嘴，问："你有办法吗？"

青衣道士没有回答，退后一步，小心地说："你好像中了邪气！"

"是吗？何为邪气？按照你们中国人的阴阳说，人体有正气和邪气同时存在，我可以利用我的正气将佐藤君身上的邪气逼出来。"说话的人是柳生，他抱着胸自负地走出来。

青衣道士低着头不敢看柳生的脸，低声说："我不懂你们的武功，但是，如果你的正气不能压住此股邪气，那么佐藤山木身上的邪气会变本加厉地增大。"

柳生不知所措，看看佐藤山木，佐藤山木挥挥手，示意柳生不要过问。

酒井走近了问："那你知道怎么治？"

青衣道士说："只能试试，因为，在罗山里，还没有人敢触犯金蟒，更不会有中了金蟒的邪气。"

酒井问："你说，佐滕君是中了金蟒的邪气？"

这时，佐滕山木说："所以你说柳生身上的正气，无法压住金蟒的邪气。"

青衣道士没有言语。佐滕山木继续问："有方子吗？"

青衣道士支吾地说："只有偏方。"

酒井问："何为偏方？"

青衣道士说："非正式的方子。"

佐滕山木说："那你就讲。"

青衣道士说："将龙衣炒煳，用鸡蛋煎成荷包蛋，每天吃两顿。"

酒井怀疑地看着青衣道士，问："难道不需要其他药材？"

青衣道士说："金蟒是神灵，没有其他任何药材可与其匹配。"

佐滕山木问："你这个方法管用吗？"

青衣道士支支吾吾地说："从来没有用过这个偏方，完全根据神话传说下的方子。传说天帝命令金龙看护宝藏，不得离开半步，那金龙积年累月生活在地下，不见天日，身上必然浸染了地下的阴邪之气，但是它有龙衣保护，不会伤害身体。"

佐滕山木摇晃了一下头，身体动了一下，他不愿意相信中了金蟒的邪气，他宁愿认为这是得了腮腺炎。青衣道士似乎看懂了佐滕山木的内心，低下头卑微地说："我没有其他办法。"

酒井呵斥道："你说能治好吗？"

青衣道士说："也许还需要一味药引子，那就是天水。"

大家又惊奇地看着青衣道士，青衣道士讲："龙衣、鸡蛋煎成荷包蛋，这里面没有水，但是，不能饮用从井里打出的水，需要用上天之水，没有粘过地的水，水中没有土地的邪气。"

酒井点点头，似乎认为青衣道士说得有道理。

那么，从哪里去取这天水呢？酒井问青衣道士，青衣道士说："罗山的最高峰是金顶，在那里，可以多放一些碗盆，接住早晨的露水，积少成多，用来配药。"

酒井点点头。佐滕山木依然不放心，问："还有什么需要交代的？"

青衣道士想了想说："恐怕，你还需要一颗虔诚的心，这种事情，信则有，不信则无，如果去金顶取天水，最好是你亲自去，并向这金蟒蛇磕几个头，金顶上有祭台。"

"八格。"酒井听后，一脚踹在青衣道士身上，青衣道士扭动了一下身子，看来酒井并没有使多大的劲，只是用这个动作来象征他的不满。

佐滕山木伸出手表示不要这样对待青衣道士，缓慢地说："你先回避一下。"佐滕山木说话很费劲，他扭了一下身子，坐起来，一个日本武士把青衣道士带出屋子。佐滕山木用手摸着自己的粗脖子，然后微微向酒井低下头，身体僵硬得像尸体，接着语气沉重地说："酒井君，我知道给他们中国人的金蟒磕头，有辱我大日本帝国的尊严，但是，我现在没有更好的办法。"

酒井反问："那你相信这是金蟒的诅咒？"

佐滕山木没有正面回答，接着解释："金蟒文化，其实是龙文化的延伸，我们大和民族也是信仰龙文化的。"酒井明白佐滕山木这是给自己的选择找借口。酒井想了一下说："那么就按照刚才那个道士说的做，上次他把野狗的热毒治好了，也能说明一些问题，马云龙送的龙衣我留下了一部分，正好可以用上。"

佐滕山木尴尬地说："酒井君，我还有一事相求，不管这次能否治好，请你不要对人提起我给金蟒磕头的事情。"

酒井的脸色也难看得要命，微微地点一下头。佐滕山木接着说："如果治好了，我一定加倍洗去这个耻辱，我一定把更多的黄金运回我们大日本帝国。为了国家的利益，我愿意丧失我个人的尊严。请你相信我，请天皇相信我。"

酒井过去搀扶一下佐滕山木的胳膊，语重心长地说："前辈的一片赤诚之心让人敬仰。"

佐滕山木谦虚地摇了一下头，接着安排人："抓紧时间去金顶，接一些上天之水，或许中国人的办法有用。"酒井点了点头，然后打电话给军营的卫兵，让它把马云龙送的龙衣送过来，过了不到十分钟，一个士兵气喘吁吁地跑过来，酒井把龙衣交给佐滕山木的仆人，嘱咐佐滕山木多多保重，之后心情复杂地告别了鬼怒川公司。

佐滕山木安排人做准备工作，一部分人将龙衣捣碎，放在锅里炒煳，一部分准备接"天水"用的器具，天黑之前要赶到金顶，这些人去忙活了，听到一阵盘子的撞击声，忽然有一个人传来尖利的叫声："蛇，蛇！"

惊蛰

听到有人喊蛇，佐藤山木惊吓了一身冷汗，急忙起身，挺着脖子，像一个木偶来到厨房，只见一个日本厨师正拿着火钳驱赶一条黄色的蛇。又过来两个日本武士，他们拿着棍子抵住了这条蛇，他们打算打死它。"不要打，让它走。"佐藤山木着急地喊了一句。几个日本人不敢造次，打开厨房的门给那条蛇让路。那条蛇有一米左右，昂着头，大模大样地游出去。

佐藤山木又让人把蛇赶出院子，看着它钻进草地里，才放心地返回屋子，一个仆人给他把水送上来，他轻轻地抿一口，小心地吞咽，那水经过喉咙的时候，如同火苗舔着他的喉咙内壁，一阵灼痛。他强忍着痛苦把水吞下去，又喝了几口，他必须保证充足的体力。

佐藤山木斜躺着休息一会儿，安排一个人去打听一下二狗子翻译，中国人如何防范蛇类的侵犯。一会儿，那个人回来了，带回雄黄酒和一些硫磺，据说这些可以避邪。

佐藤山木让人把雄黄酒洒在院墙根，又有人把硫磺点燃了，在房屋的角落里熏一遍。此时天色已经暗下来，佐藤山木上床休息，一会儿便迷迷糊糊地入睡。

晚上八点多的时候，鬼怒川公司的院子里来了一个黑衣人，先是去佐藤山木的房门口看了一下，又退了出来，来到杨少川的房屋旁边，杨少川正在标绘地图，一个日本人正打算把杨少川的屋子用硫磺熏一下，杨少川说不用了，他天天去山里，并不害怕蛇。那个日本人只好出了杨少川的屋子。杨少川这才把正在标绘的地图展开，他正在标绘的是金蛇谷地段，是不是把一些重要的信息标上去呢，杨少川很犹豫，他自言自语地说："当年，杨忠山正是因为完成了标绘才失踪的，如果不完成标绘，还可以自保。"

黑衣人在窗户前偷偷地观察杨少川，然后蹑手蹑脚地走了。片刻，黑衣人来到纯子的房间里，纯子愣了一下，让黑衣人坐下，说："佐藤君中了金蟒的邪毒，正在休息，恐怕没有时间接待你。"

黑衣人点点头，解开了脸上的面巾，拿起一杯水喝下去，说："我刚才看到杨少川正在标绘金蛇谷地形，估计他已经勘测出了龙脉图。"

纯子摇摇头说："龙脉图不是简单的黄金矿脉图，中国人赋予它更多的神秘信息，除了刘家，你要调查马云龙的事情和道观的事情。"

黑衣人点点头。纯子问："你来有什么事情？"黑衣人说："刘家今天晚上要搞什么活动，好像跟佐滕炸惊了金蟒蛇有关系。"黑衣人想想说："中国人的这些事情，不可全信，也不可不信。"黑衣人接着喝了口茶，纯子说："你抓紧时间调查吧，不然，佐滕山木会生气的。"黑衣人不言语，戴上面巾，起身离开了鬼怒川公司。

关于佐滕山木惊动金蟒蛇的事情，已经在这片土地上传了个遍，就连李三的澡堂子里，那些赤身裸体的男人，也饶有兴趣地谈论与此相关的事情。毛驴儿正趴在床上，有人给他搓背，旁边一个汉子跟他说："毛驴儿，这个日本人炸惊了金蟒蛇，可是有些不地道，你说是不是？"毛驴歪过头来，看着那汉子，他不知道如何回答这个问题。那汉子说："毛驴儿，平时你是能说会道的，现在怎么连屁都不吭一个。"

毛驴儿噎了老半天，终于说："操你妈，日本人我敢说三道四吗，你有本事，你找日本人说理去？"

汉子嘿嘿笑说："我也没有这个本事，再说，这事儿跟我没有什么关系，倒是跟你们马司令有关系。"毛驴儿瞪着眼反问："有什么关系，他跟日本人好着呢，用不着你挑拨离间。"

汉子说："毛驴儿，你死脑筋呀，你们马司令把金蟒蛇当祖宗供着呢，这个大家都知道，但是这日本人炸了金蟒蛇，不就等于炸了他祖宗吗？跟扒他家祖坟有区别吗？还有呀，马司令还把他家祖传的龙衣献给了日本人，当了药引子。"

毛驴儿终于忍不住站起来，跑到那个汉子跟前，一脚踹在汉子身上，大声骂："你算个球呀，你也敢说马司令的不是？这儿是马司令的地盘。"

那汉子比毛驴儿的个子高出一头，但是，碍于毛驴儿狗仗人势，只得忍了。

毛驴儿出了一口气，便来到楼上抽大烟的地方，看见老九哭丧着脸过来。毛驴儿问："老九，你娘都死了几十年了，你还哭丧着脸干什么，好像嘴上吊着尿壶，谁得罪你了？"

老九说："哎哟毛驴儿二爷，你算是跟对人啦，有个好东家，跟着马司令真不错。你看我，这孤苦伶仃的，以前刘老爷在的时候，遇到事情，他替我撑个腰，可是现在刘家不行了，他的那些晚辈呀，真不行了，遇到事情，他们还找我麻烦。"

一听说跟刘家有关系，毛驴儿来了精神头，贴上来问："怎么，是谁找你麻烦，是二少奶奶，还是三小姐？三小姐那是个疯丫头。"

老九说："那个二少奶奶更不好惹，她说都是我把二少爷带坏的。"

老驴儿乐呵呵地说："可不，老九，吃喝嫖赌你哪样不沾呀？"

老九生气地说："毛驴儿，你这人可说话不靠谱呀，那二少爷来你们这里洗澡，也不是我带他来的，再说了，他吃大烟也不是我教的呀，你看，他现在比我会吃，还得两个姐儿侍候呢。"

两人说着，来到里面，看到刘牧之正在抽大烟，一个窑姐给他敲背，另一个窑姐给挑烟泡。

老九靠近了刘牧之，细声说："二少爷，您吃着呢？"

刘牧之朦朦胧胧地听到了声音，微微地抬一下头，软软地问："谁呀，没见着我在吃大烟呢？"

老九说："是我呀，老九。"

刘牧之生气地说："老九个屁，还老八呢。"老九依然不生气，说："二少爷，你怎么叫都行，你叫我小狗也行，我事情要跟你讲呢，我刚才去刘家大院了，二少奶奶让你回家。"

刘牧之有气无力地说："你跟他们说，就当我死了，刘家没有刘牧之了。"

老九苦笑道说："二少爷，这话我说不出口，再说了，现在刘家的人，都认为是我把你带坏了。"

刘牧之讥笑道："是么，你有这个本事？"

老九说："还是二少爷你心里有数，看来你还心里清楚着呢。二少奶奶让我问你，日本人炸惊金蟒蛇的事情，你知道吧？"

刘牧之生气地问："我知道又怎么了，我管不了，我连自己的爹娘都管不了。"一个窑姐把大烟泡挑好了，讨好地递过来，刘牧之生气地一挥手，他已经忘记了自己身处何地，也忘记了身边的是一个普通的弱女子，他确实发怒了，因为，那个窑姐竟然身体弹了起来，被刘牧之甩出一米多远，尖叫着滚出去。

刘牧之的愤怒，吓坏了毛驴儿，毛驴儿噌地跳出去，他担心着呢，万一刘牧之清醒过来，想起以前毛驴儿带着土匪骚扰过卧龙居，还不把他摔成八瓣。

老九接着说："这事儿恐怕你不管不行啦，现在刘家人都传说，日本人惊动了神灵，你们刘家乡下的田地里，蛇已经受惊了，就是今天上午，他们说，刨地的时候，好多蛇在田地里乱窜。"

刘牧之听了，生气地一拍床，叫道："老九，你别在这里瞎叨叨了，日本人再干坏事，跟我没有关系，再说了，我们刘家的事情，凭什么要你管。"

老九突然跪下来，说："二少爷呀，看起来是你们刘家的事情，我不应该管，但是，现在事情不一样了，街上的人都这么认为，是我老九把你带坏的。二少奶奶已经说了，如果我不把你叫回家，她见我一次，就打我一次。"

刘牧之没有说话，冷冷地看一眼老九，然后，他又一甩手，让身边的另外一个窑姐滚得远远的。

老九接着哭诉，说："二少爷，你的身份跟我不一样，我天生就是这么贱，我吃大烟，嫖窑姐别人没有什么说道，但是，你就不一样了，你是文举的儿子，又是武举的女婿，还是金龙刀的传人，是咱们罗山的标榜，你这么有身份的一个人，让我给带坏了，那么我的罪过就太大了，那么，我是整个罗山人的敌人，以前刘家老爷在世的时候，对我是这么好，我老九怎么能够做对不起刘家的事情呢。我老九虽然没有什么文化，但是，这点事情我还是懂的。"

刘牧之摇摇头，叹口气说："你说的是以前的刘牧之，自从他被日本人打败之后，他就死了。"

老九又劝道："二少奶奶说了，你可以再次跟日本人比武。"

刘牧之哈哈狂笑，说："老九，你以为我能赢，我爹早就知道了，我打不过日本人，不让我跟日本人比武，就是为了让我活下来，像一条贪生怕死的癞皮狗，说实话，我宁可风风光光地比武战死，也不愿意这么窝窝囊囊地活着，算了吧，老九，你别跟着瞎掺和了，我还是在这里混日子好，吃几口大烟，过一天算一天。"

刘牧之说完一脚要蹬老九，让他滚开，没有想到老九抱住了刘牧之的腿，喊："二少爷，你就回去看一眼吧，今天晚上，刘家要祭典老爷和老太太，你要是不回去看一眼的话，二少奶奶放出话了，就带着小虎来叫你回家。"

刘牧之一下子愣住了，想到他的儿子，身体僵硬了，不能动弹，片刻，他问："小虎回刘家大院了？"老九急忙应道："他回来了，到处找爸爸。"

刘牧之再也忍不住，眼泪轻轻地流下来。

老九抱着刘牧之的腿说："二少奶奶说，如果你不回去，她就带小虎来这里，让小虎看看你在干什么。"

"不，不，他不能来，这不是他来的地方。"刘牧之慌乱地挥着手，"我答应你，我回去看看，我要看我的儿子，不能让我的儿子来这里。"

老九喊道："快点儿，把二少爷的衣服拿过来。"

几个人把刘牧之的衣服拿过来，给刘牧之穿脱衣服。老九说："二少爷，不用穿这么多了，现在柳树已经发芽了，外面的天气暖和了。"

刘牧之穿好衣服，老九带着他来到街上，外面的空气十分清新，不像是澡堂里，到处是浑浊的气体，是一股摄人心魂的大烟的香味。刘牧之脚下有些软，担心地问老九："你闻闻，我身上的味道，小虎能不能闻出来。"

老九说："二少爷，你放心，小虎不懂这些。"老九挥手叫来了一辆人力车，拉着刘牧之回刘家大院，而老九则在后面跟着跑。

刘家大院的堂屋里，已经进行了布置，中堂前的供桌上摆了刘爱生和老太太的灵位，还有武天浩的灵位。

刘爱冬带着刘家的人坐在堂屋两边的椅子上，一边是男丁，一边是女眷。武冬梅的怀里，抱着一个男孩，他就是小虎。小虎问："爸爸怎么还不回来？"武冬梅小声地说："别着急。"

远远地听见大门口的门吱呀呀地打开了，刘家的人知道是有重要的人回来了。因为，前些日子刘家大院的状况不是很好，大门是紧闭的。很快，一个下人小跑着来到堂屋里汇报："二少爷回来啦。"

所有的人都振了一下。刘爱冬站起来喊："迎接二少爷。"几个丫头和男仆跑到堂屋前站成两队，等着刘牧之回来。

刘牧之从大门口进来了，看着院子里挂着的灯笼，依然是白色的，这种哀伤的气氛让他的心里无比肃穆。他整理了一下衣服，挺直了身子向里走。"二少爷好。""二少爷您回来了。""二少爷里边请。"

每一句问候，是那么熟悉，又是那么遥远，刘牧之努力地找回自己的尊严。

一进堂屋，刘牧之见到所有的人都站了起来，大家都没有说话，看着刘牧之。

这时的气氛十分压抑，沉闷。白蜡烛的火苗跳跃着，可以听见扑扑响的声音。最终打破沉寂的是刘牧之的儿子小虎，他挣脱了武冬梅的手，跑到刘牧之跟前，喊道："爸爸，妈妈说你是大英雄。"

刘牧之忽然难以名状的屈辱涌上心头，眼泪无法控制地淌下来，说："爸爸不是真正的英雄。"小虎说："爸爸你会金龙刀，武功天下第一，你是英雄，我长大了，也当英雄。"

刘牧之把小虎抱起来，摸摸他的脑袋说："儿子，听妈妈的话，不要跟人逞强当英雄。"小虎不是很懂，看着刘牧之。

这时武冬梅走过来，接过小虎，说："牧之，今天晚上把你叫回来，就是免除爷老除临终前的遗训，允许你与日本人比武。"

刘牧之看着武冬梅，用一种复杂的表情。刘爱冬也走近了，说："这是我们所有刘家人的决定，老爷不让你与日本人比武，原本是好意，但是从目前的情况来看，日本人欺人太甚，我们刘家已经无法再忍受下去了。"

听到一个这样的决定，刘牧之尚且无法适从，有些灰心丧气地说："唉，我恐怕还没有这个能力打败日本人。"武冬梅说："牧之，你不要推脱了，没有别人，只有你，也必须是你同日本人比武。"

刘牧之还是迟疑的，看样子有些胆怯。武冬梅对着刘家冬说："二叔，开始吧。"刘爱冬清了一下嗓门，说："大家都准备一下。"于是，所有的人都站起来，分成几排站在供桌前，刘爱冬站在最前面，他身后几排是男丁，再后面的是女眷。刘爱冬掏出一张纸，带头跪下，其他人也都跟着跪下。刘爱冬念道："刘爱生在上：刘爱生为我刘家谪传世孙，前朝文举，一生秉持道义，为人标榜。倭寇毁我社稷，惊我神灵，残害百姓，神人共怒。因此，恳请收回遗训，允许牧之与日本人比武。刘家族人男三十七人，女眷四十一人敬上。"刘爱冬念完，把纸扔到火盆里，扑扑地跳起黄色的火苗。然后，他带领着大家连续磕了三个响头。

仪式完毕，刘爱冬吩咐众人散去，只留下武冬梅和刘牧之等几个人。武冬梅说："牧之，你跟我书房来。"刘牧之把小虎交给一个丫头，他跟着武冬梅来到书房，不禁吃了一惊，师母黑蝴蝶和大师兄孟德正在那里等着。

"牧之，你受苦了。"师母微微地起一下身子，刘牧之急忙跪过去，低声悲怆地说："师母，我对不起师父的教导之恩。"师母无奈地说："牧之，你不要过分自责，你面对的是众多日本人，而你只有一人孤身奋战，你怎么可能赢呢，如今胜负不是你一个人的事情，是整个罗山的事情，是齐鲁大地的事情，更是中国人的事情。"

刘牧之叹气说："师母，刘家的人恳请我爹免去遗训，只不过是减轻我的心理负担而已，即使如此，我也没有把握战胜柳生，因为我的武功不及他，更何况他阴险狡诈。"

师母伸手过来摸摸刘牧之的头，说："牧之，有一件事情你要相信，金龙刀法确实天下第一，只不过你师父没有修炼到至高境界，你的功力尚不及你师父的八成，所以你比武输掉实属情理之中。"

听到这话，刘牧之更加心灰意冷，用手抓着自己的头发，痛苦地说："老天真是惩罚我呀，为什么这重要的事情非要我承担呢？"

师母叹气说："牧之，你不要怨天尤人，这是命中注定的，因为你是文举的儿子，我们武家和你们刘家有义务承担这些责任。你师父武天浩早就意识到你的武功很难超过他，因为金龙刀法是至阳至刚的武功，要求修炼它的人身材必须高大，这就是你师父选择孟德做徒弟的原因之一，但是，你身上肩负的重任巨大，所以只有你才是金龙刀法的传人，金刀令由你掌控。"

孟德尴尬地站起来，点点头。

师母继续说："你师父自然是知道金龙刀法的弱处，武学的最高境界便是阴阳相济相生，而金龙刀法至阳至刚，过于烈，易折。你的武功，若想再次提高必须去找剑宗的人。"

师母说着，伸手向孟德，孟德把金刀令和刀谱掏出来递给师母。

师母说："你去泰山找剑宗的人独龙剑，让他指点你练习武功，代价是我们可以把金龙刀法交给他。"

刘牧之吃惊地看着师母，反问："这样行吗？剑宗的人与我们刀宗的人历史上从来都是河水与井水互不相犯的，他们剑宗的比武从来没有赢过我们。我们把刀谱交给独龙剑岂不是坏了刀宗的门规？如若师父在世，他能同意吗？"

师母说："如若你师父在世，肯定不会同意，这是奇耻大辱。但是，天下唯一可以与你师父的金龙刀相匹敌的，只有独龙剑，四十年前，他们两人比武，独龙剑败给金龙刀，自此，独龙剑潜心研磨金龙刀法，发誓一定要打败你师父，但是，世道变更，两人再也没有比试过，如果你把刀谱交给他，他一定会悟出刀谱中的最高层武功，并在短时间内教会你。"

孟德终于忍不住插嘴："师母，你说的剑宗的独龙剑武功挺高，但是，好像从来没有听说剑宗的掌门人打败过我们刀宗的掌门人。"

师母淡淡地一笑，说："比武输了是丢人的事情，我们刀宗的人怎么会对人讲呢，所以你们没有听说过也是正常。这刀宗与剑宗的每一代掌门人都要互相比试几次的，只是到了近几代掌门人，刀宗的人胜的次数多，因为刀宗的人掌握了金龙刀这把锋利的兵刃，剑宗的人兵器不敢与金龙刀硬碰。"

几个人醒悟般地点头。

师母继续说："金龙刀被日本人打败的事情，江湖上人人皆知，牧之，你带着金龙刀、刀谱和金刀令去求救于独龙剑，他一定会想办法帮助你的。"

武冬梅也点点头。刘牧之还是有些不自信，问："为什么？"师母说："都是中国人。"

刘牧之这次有信心了，抬起头，说："好，那么我明天就出发去泰山找独龙剑。"

师母舒心地一笑，说："这就好，你只要振作起来，我们就会有希望。"大家都鼓励地看着刘牧之，这时，一个下人慌张地跑进来，低声说："巡防营的马云龙来了，让他进来吗？"

师母一听，慌忙说："不行，我得走。"

武冬梅问刘牧之："牧之，你呢？"

刘牧之冷笑道："他是我的手下败将，何惧之有，我要会会他。"

第5章
脱胎换骨

戒大烟

听说马云龙要来，师母急忙说："牧之，你出去接待，我就告辞了。"师母走出去，拍了几下巴掌，只见一个黑影从暗处走出来，过来搀扶着师母，走到墙边，纵身一跳，两人越过墙头，不见了。

孟德笑笑说："师弟，我也回避一下。"他说着也走出去，去找几个护院的聊天。

刘牧之来到堂屋，武冬梅和刘爱冬跟随着，丫头们已经把茶热好，就等马云龙的出现。片刻，马云龙大踏步地走来，毛驴儿小跑着在前面开路，进了客厅，马云龙瓮声瓮气地说："深夜造访，请不要见怪。"

刘爱冬起身向马云龙施礼，说："哪里，哪里，马司令的到来，我们刘家蓬荜生辉。"

马云龙大大咧咧地坐下，毛驴儿在他的身边站着，毕竟他不是正规的军人出身，站没站相，一会儿抠鼻孔，一会儿剔牙缝，两只眼乱看，在他的旁边，有一个倒水的丫头，长得挺标致，毛驴儿便动了心思，脚底下长了滑轮，三挪两挪离远了马云龙，靠近了那丫头。丫头正端着茶壶，一副毕恭毕敬的神情。毛驴儿便朝她挤眉弄眼，那丫头不搭理毛驴儿，毛驴儿狗仗人势，上前拽人家的衣襟，急得丫头脸色发红。

刘牧之咳嗽了一声，毛驴儿竟然没有听见。忽然，从客厅的侧门那边，飞来一个小杯子，打在毛驴儿的身上，毛驴哎哟一声尖叫，原来是刘牧栋藏在那里听大家谈话。

毛驴儿挨了打，不顾那些礼节，问："三小姐，你打我干什么？"

刘牧栋恶狠狠地说："打你的脏手。"

马云龙这才发现毛驴儿远离了他，对着刘牧栋笑呵呵地说："三小姐好大的脾气。"刘牧栋挖苦他："你看看你的人，个个没有个正经货色，低三下四的样子。"

马云龙依然笑道："三小姐，您说对了，我的人，哪像您呀，读过书，知书达理。"刘牧栋知道自己是秀才遇到了兵,有理说不清。马云龙怒瞪着毛驴儿,喊道:"站好了,这是刘家大院,你以为是逛窑子呢。"

马云龙这话一出,刘牧栋更火了,骂:"姓马的,你嘴干净点儿。"马云龙更乐了,说:"三小姐,你别当真呀。"毛驴儿已经靠近了马云龙,直起腰站好,这时才看出来,一个衣襟长,一个衣襟短,一看就知道系错了扣子,还有一条裤腿打着卷。

刘爱冬急忙打圆场,说:"上茶。"那个丫头赶紧给大家倒水,一圈之后,离开了这是非之地。刘牧之问:"马司令深夜造访,有何贵干?"

马云龙哈哈大笑,说:"我的人说你回刘家大院了,我不相信,便来看看。"

刘牧之噢地一声。

马云龙之后晦涩地问:"二少爷,是不是他们侍候得不好?"

刘牧之脸上呈现尴尬之色,没有回答,他低着头喝了一口茶,不轻不重地问一句:"谢谢您马司令的关心,此等小事,你打发个人来就行了。"

马云龙哈哈大笑,说:"那是,那是,毕竟很长时间没有见过你了,特意来看望一眼,主要是你有东西落在李三的澡堂里了。"

刘牧之一愣,琢磨是什么东西,想不起来。马云龙的表情和蔼,冲毛驴儿挥一下手,毛驴儿从后腰抽出一把烟枪,点头哈腰地递上来,放在刘牧之身边的桌子上。刘牧之脸色大变,其他人也为之一振。毛驴儿返回到马云龙的身边,马云龙故作生气地说:"还有……"

毛驴儿醒悟般地从口袋里掏出一块油纸包的大烟膏,吸了吸鼻子,咽着口水,说:"二少爷,上等的成色,是日本货,日本人叫福寿膏呢。"他爱不释手地放在刘牧之的桌子上。

那大烟膏的香味已经涌进刘牧之的鼻孔,刘牧之无法抗拒地看着,马云龙已经看到了刘牧之的神情,轻轻地说:"刘先生,李三的澡堂子,那就是咱自家的,随时都可以去。"

刘牧之似乎没有听到马云龙的话,两眼盯着大烟膏和大烟枪。马云龙得意地站起来,朝武冬梅和刘爱冬抱一下拳,说:"二少奶奶,我看咱们双方合作是最方便不过的了,有我在中间做挡箭牌,酒井和佐滕山木也不敢太造次,他们总要权衡的,我还要提醒一下,如今的刘家大院,是透明的,你们想做什么事情,外人是一清二楚的。"

刘牧之看看武冬梅没有说话,马云龙沾沾自喜,说:"我嘛,虽不像你们刘家武家是名门之后，但也是小有威望，在罗山这地界，若有什么事情，还是可以摆平的。但凡你们刘家开口，我是定然有求必应。不打扰你们了，我先告辞。"

马云龙带着毛驴儿向门外走去，武冬梅看到马云龙小人得意的样子，不愿意起身相送。刘爱冬一看这架势，急忙跟出去送客。武冬梅向外看了几眼，回头来看看刘牧之，发现情况不妙。

此时刘牧之两眼直勾勾地盯着桌子上的大烟膏，尤其是他的那只左手，哆嗦着不可控制。武冬梅立刻明白，这是犯大烟瘾了。"牧之，牧之，你醒醒……"

武冬梅扶走刘牧之，又命令丫头："快点，把大烟扔到茅坑里去，这种东西不能进刘家大院。"

刚回到房间，刘牧之的脸色变得苍白，额头上全是冷汗，武冬梅把他扶到床上，又立刻返回去把房门关上，她不想让其他人看到这一切。等她返回来，刘牧之已经蜷缩成一团，正在咬牙跟自己较劲。武冬梅问："你挺得住吗？"刘牧之没有回答，只是翻了个身。武冬梅顺手一扯床上的被子，刚要给刘牧之盖上，突然刘牧之一把夺过武冬梅的胳膊咬了下去，疼得武冬梅一声尖叫，而后，那声音又被她憋了回去，只发出几声沉闷的嗯呀之声。

刘牧之咬着武冬梅的胳膊，两眼瞪得大大的，毫无目标地看着眼前，那眼神毫无光彩，像两眼干枯的古井。汗珠慢慢地从头发根沁出，痒痒的，如同小蚂蚁漫无目的地搜寻，那些小蚂蚁很快爬到牙齿处，又痛又痒的感觉使他产生昏厥。唯一让刘牧之感觉欣慰的是，还有一只胳膊塞在他的嘴里，让他有一种充实感，牙齿的咬啮会感觉到反弹，他感觉到自己的存在，就像婴儿咬住母亲的乳头，得到一丝温暖。

武冬梅轻轻晃动一下胳膊，企图换一下位置，但是，刘牧之已经变成失去人性的恶狼，他身体唯一有力量的地方，就是牙齿。

牙齿传来一阵阵兴奋。刘牧之的四肢已经瘫软无力，像面条一样柔软，而他的牙齿，挂在武冬梅的胳膊上，他的脖子被拉得长长的，三根筋暴露出来，因为他的牙齿正在使劲。

大烟瘾再一波袭来，刘牧之哆嗦了一下身子，他的牙齿再次用力，其实，他已经没有什么力气可使。

这次，牙齿传来的是疼痛，这种疼痛可以减轻大脑的迷乱。忽然，无数只蚂蚁钻进了他的身体之内，远远地，远远地，传来星星点点的痛，隐隐约约，似有似无。他感觉自己的魂魄已经远离了身体，随风飘动……而后，腮帮处的肌肉传来无限的疲劳，他的两只空洞的眼睛，慢慢地合上，然后，眼泪，鼻涕流了出来。

刘牧之睡着了。

清早，刘牧之醒来，武冬梅和衣躺在他的身边，轻声问："你不睡了？"刘牧之说："我得出发了。"他坐起来，一丝不苟地穿衣服。武冬梅也起床，叫醒丫头去准备早餐，她的一只胳膊包着白纱布，行动有些不便。

刘牧之的两眼看看武冬梅的胳膊，说："冬梅，对不起。"

武冬梅淡淡地一笑，说："你见外了。"刘牧之点点头，来到桌子边，东西已经准备好，刀谱、金刀令、金龙刀、都摆放在那里。

刘牧之把金刀令挂在腰间，又掂了下金龙刀，还像以前那么熟悉，他情不自禁叹口气。正好，丫头把早餐送上来了，刘牧之坐好与武冬梅用餐，武冬梅一边吃一边说："大师兄已经把你要出行的事情，跟大刀会的各路英雄通知了，只要在刀宗的势力范围之内，你是安全的，没有人会找你麻烦，你自管一路向西，直奔泰山。"

刘牧之喝下一碗稀饭，认真地听武冬梅说话。武冬梅说："但是，到了剑宗的势力范围之内，情况会有变化，一定会有剑宗的人找你比武，你必须保持实力，最终见到独龙剑。"

刘牧之点点头，武冬梅说："刀宗与剑宗的恩怨有几百年了，我们不能伤了他们的人。"

刘牧之说："放心，我明白自己此行的目的，请刘家人相信我，此行不成功则成仁。"

武冬梅说："你必须活着回来，你爹让你活下去一定是有原因的。作为习武之人，不与日本人比武有悖于我们的武德，我们一定要打胜日本人，不辱使命，并且还要活下去。"

刘牧之站起来，说："让他们给我牵马吧。"

刘牧之把金龙刀背好，向门外走去，说："冬梅，卧龙居那边，你还要留心。"两人依依不舍地向外走。大院里的人知道刘牧之要出发了，都站在门口目送刘牧之，刘牧之朝大家挥挥手，然后义无反顾地拉着马，向大门走去，只听见推开大门的声音吱呀呀地响过，通过门洞，他看到一片崭新的天地，这片天地，他必须去闯，不可能有回头路。

没有太多的告辞，更不需要豪言壮语，深深地望了一眼武冬梅后，刘牧之跨出大门，跨上马，大喊一声，"驾"，狠命地一甩鞭子，那马从来没有受过如此的鞭笞，咴咴地长鸣一声，四蹄弹起，闪电般地飞远了。

送走了刘牧之，武冬梅心想，一定要稳住马云龙。她叫来一个丫头，低语几句。

马云龙正在巡防营的司令部喝酒，有一个卫兵过来送信："司令，刘家二少奶奶让人传话了。"马云龙高兴地说："快点让她进来。"片刻，一个丫头进来，马云龙仔细地盯着她的脸蛋，丫头说："二少奶奶让我告诉你，当年你爹在山里开矿的时候，曾经与李家结过梁子，写过什么协议，这个协议被李家保存在周胖子的钱庄。"马云龙反问："你家二少奶奶怎么会知道这事情？"丫头说："我家老太爷跟钱庄的周胖子，是世交，自然知道很多事情。"

马云龙点点头，笑眯眯地说："谢谢你们二少奶奶的好意，我们会合作好的，让她把龙脉图的秘密告诉我。"丫头低下头说："我不懂什么龙脉图的秘密，我只负责把话传到。"

马云龙挥了一下手，让丫头走了。他低下头，一边思考一边踱着步。"看来，还得从李家的那个陈老二下手，他娘的，这个老不死的，掌握了这么多秘密。"

佐滕山木的屈服

早晨天还不亮，佐滕山木已经准备好去罗山的金顶。这次出行，对于他来说很重要，野村教官决定亲自带队护送，三十多个武士组成三个方队，分成里中外三层担负佐滕山木的安全，柳生在最里层贴身保护佐滕山木，他们俩坐在汽车里。

他们的队伍刚刚走出鬼怒川公司，黑衣人过来了，她贴在佐滕山木的汽车旁边低语了片刻。佐滕山木的眼皮向下眨了眨，表示他知道了这件事情，其实他是想点点头，但是他的脖子太肿，没有办法完成点头的动作。黑衣人汇报完之后，很快消失了。

佐滕山木转过身子对柳生讲："恐怕你的麻烦又来了。"

柳生笑道："我的麻烦，就是你的麻烦。"

佐滕山木也笑："刘牧之今天出发，去泰山学艺，据说是找独龙剑。"

柳生自负地说："看来我此次中国之行物超所值，不仅可以领教金龙刀法，还可以领教独龙剑法。"

汽车再次启动向前走，佐滕山木思考了一会儿说："对这件事情，我想听听你的观点。"

柳生富有哲理地说："刘牧之的行为，只能算是匹夫之勇；刘牧之本人是条龙，但是在当前的中国他就是条虫，他与我比武的失利败于国运，如果他一身轻松与我比武，我未必是他的对手。"

佐滕山木用深沉地语气说："不管如何，我们需要控制局面。这个刘牧之，掌握着龙脉图的秘密。"

柳生说："凭我对一个习武之人的了解，他似乎不知道秘密。"

佐滕山木说："他一定知道秘密，否则，他活着没有意义。"

前面已经到了山口，汽车无法通过，众武士保护着佐滕山木在山路上行走，约有半个时辰，他们爬上金顶，此处是罗山的最高峰。在峰顶上有篮球场那么大的场地，在场地的北面，有一排石桌，石桌上摆放着一些供品，有猪头、还有馍，香炉里还插着烧了一半的香。佐滕山木知道这是当地的中国人在这里祭拜供奉的神灵。

佐滕山木走近了供桌，这里没有摆放灵位。他思考了片刻，明白了中国人在这里供奉的是天、地、山和水。罗山的正北面，是渤海湾，中国人习惯于面向北供奉。他似乎明白了，若有所悟地点点头。

爬到山顶的其他日本人，都自觉地收敛了自己的动作，小心翼翼地挪动他们随身携带的桌子，他们也明白这是供奉神灵的地方，不敢有所轻慢。

日本人将桌子摆放在向东的一面，他们的国家就在那个方向。

地面已经放了一些碗、盆等餐具，这是日本人提前放好的，用来收集"天水"。有四五个日本人轻轻地拍打这些碗，让挂在碗边的露珠凝聚在一起，滚落到碗底，在太阳升起之前，他们必须把这些"天水"收集起来，否则，就会很快蒸发。

约有十几分钟，他们收集了两瓶子的露水，一个武士将露水交给佐滕山木。

此时东边的太阳已经露出一边，太阳的周围如同血染一般。瞬时，整个罗山在红光的照耀之下雾气腾腾。看着东方，看着自己遥远的国家，佐滕山木禁不住心潮澎湃，二十年以来他为了罗山金矿，付出了自己的青春，付出了无数的金钱，眼看就要功成名就，却又遭受如此不测。

佐滕山木明白，跟随他而来的这些人，同他一样，在内心都无法接受中国人的"金蟒"文化，但是他们慑于金蟒蛇神秘的力量，不得不低下高傲的头颅。但是，同是在金顶上祭拜，他们可以祭拜日本人的龙，而不是中国人的金蟒蛇，这是一种灵活的变通。

佐藤山木带领着大家跪下，深深地向着太阳磕头。太阳已经完全跳出云海，正在变得白亮。佐藤山木对柳生说："看，这就是我们的大日本帝国。"

柳生点点头。那太阳已经快速地升起，山里的雾气转瞬而逝。佐藤山木转过身，面对众多日本人，短促有力地说："为了我们大日本帝国的利益，就是牺牲生命也在所不辞。"

所有人的都嘿的一声，表明自己的决心。

正在这时，柳生呼地一跳，快速地奔向路口，听见哎哟几声，一个灰衣服的中国男人被他反拧着胳膊揪过来，那人的手里还拎着一把刀，他叫苦连天要求放开。柳生一脚把他踹至佐藤山木跟前，佐藤山木问："你是干什么的？"

那灰衣服的人答道："我是上金顶来祭神的。给我家孩子求平安。"

佐藤山木问："祭什么神？"

那灰衣服的人答道："金蟒蛇。"

佐藤山木问："为什么祭它？"

那灰衣服的人答道："它是我们这里最大的神，而且很管用，只要心诚便灵验。"

佐藤山木想了一下，又问："你家孩子犯了什么病？"

那灰衣服的人答道："丢魂了，求金蟒蛇把他的魂放回来。"

佐藤山木警惕地看一眼他，那人立刻解释："传说今年蛇神受了惊吓，要到乡间找小孩子的魂魄壮胆。而我家的孩子在山里玩耍，不小心遇到了蛇，回家后就昏睡不醒。"

佐藤山木似乎相信了，问："你为什么带刀，不会是刺杀我的吧？"

那灰衣服的人急忙说："山里有土匪，我带着防身的。"

佐藤山木对柳生说："放他走吧。"柳生一脚将他踢出去。

野村走过来问："我看那个人像当地大刀会的人？"

佐藤山木笑道："如果真是求神灵保佑的，一定会带供品的。"野村问："那您怎么还放了他？"

佐藤山木说："要想打击中国人的大刀会，不是一朝一日的事情，必须摸清楚情况，一网打尽，如果过早打击，会惊动了他们。"柳生也佩服地点点头。

佐藤山木带着人返回鬼怒川公司已经是上午十点左右，药已经做好了，是用鸡蛋与炒煳的龙衣煎出的荷包蛋。佐滕山木看看那个荷包蛋，闭上眼暗暗地求神灵保佑，有人把从金顶上接来的天水送过来，佐滕山木抿了一口，那水入口之后，有一丝清爽的凉意，他感觉从未有过的放松，这几日火烧火燎般的疼痛，让他彻夜难眠。

荷包蛋上有一些黑色的点点，那就是捣碎之后炒煳的龙衣，佐滕山木不再犹豫，迅速地夹起荷包蛋吞下去，嗓子眼一阵钻心的痛，他急忙喝水压住那疼痛，之后，他放松了，倚在榻榻米上睡着了。

约有半个时辰，佐滕山木醒来，因为他感觉肚子里正在翻山倒海地折腾，他刚一起身，就无法控制地张开嘴，一大堆秽物喷了出来，又酸又臭。接着，他的身体像弹簧一样，猛地一抽一松，再次吐出秽物。呕吐完毕的佐滕山木感觉一身轻松，转动脖子，发现好了许多，狂喜万分，看来那偏方管用了。

酒井得知佐滕山木的病情有所好转，打电话来祝贺，佐滕山木自豪地说："用不着两天我就会康复的，我会拿出全部的精力与中国人斗。"

酒井赞扬地说："佐滕君的精神值得嘉奖。"

佐滕山木说："前几天开采出来的矿石，可以运往龙口港，我估计中国人肯定会有所行动，我们可以伺机行动。"酒井听后哈哈大笑。

佐滕山木打完电话，让人把纯子叫过来。片刻，纯子进屋，问道："祝您的身体康复。"佐滕山木淡淡地一笑，说："我想听樱花之歌。"纯子转身把琴取来，坐在佐滕山木的前面，轻轻地弹唱。佐滕山木静静地听着，双眼迷离，慢慢地两眼沁出泪花。没有想到纯子突然停下演奏，佐滕山木如梦惊醒，看着纯子说："我如果回到东京，一定要衣锦还乡。"

纯子笑道："佐滕君难道还不够荣耀？你原来也是如此多愁善感。"

佐滕山木叹口气，说："岁月不饶人呀。"他坐起来，看着纯子，问："不管怎么说，我还是要感谢你，虽然我最终没有得到龙脉图，但是你还是功不可没。"

纯子的心里感到一丝温暖，又叹一口气，佐滕山木关怀地问："你叹气？"

纯子说："如果二十年前，听到你的这句话，我会非常感动。"

佐滕山木尴尬地笑了一下，说："二十年前，我的心思都在金矿及龙脉图上，无暇顾及太多，二十年前，你答应了照顾杨忠山的儿子，杨忠山才同意勘测龙脉图。二十年后，你没有将这件事情的原委告诉杨少川，替我保守秘密，我需要感谢你。"

纯子想了想说："佐滕君，作为一个局外人，我有我自己的观点，并非我不想揭开这个秘密，我相信有一天，它会自然解开。"

佐藤山木惊讶地看着纯子，纯子淡淡地一笑，说："我相信，时间会解开这个秘密的。"

佐藤山木哈哈大笑，突然又捂着自己的脖子，疼得尖叫了一下，他恨恨地说："我万万没有想到，杨忠山会采用自杀的方式，来保护龙脉图。"

纯子放下琴，反问一句："自杀？"

佐藤山木用异样的眼神看着纯子，纯子的表情是那样的自负，她站起来起了几步，反问佐藤山木，"如果你的儿子佐藤一郎被当做了人质，你会轻易自杀吗？"

佐藤山木猛然间头顶一震，出了一头冷汗。

纯子又解释："少川自小由我养大，这种亲情是不可以消逝的，即使我远在日本，我也会挂念他，不远千里来看望他。"

佐藤山木责怪纯子："为什么二十年前你不说这事儿？"

纯子说："二十年前，我是一个地位卑微的艺妓，你都不愿正眼看我一眼，我也没有机会跟你说这些话。"

佐藤山木点点头，示意纯子回自己的房间。他闭上眼睛，仔细地推理，并得出如下结论：

1. 当年杨忠山跳崖自杀是经过人为设计的，这是一个阴谋。

2. 如果这是一个阴谋的话，设计者是谁呢？刘家？武家？或者第三人？都有可能，武天浩和刘爱生都已经死了，还有谁参与了当年的阴谋？武天浩的老婆黑蝴蝶会不会知道呢？

3. 杨忠山之所以决定把龙脉图交给刘家的刘爱生，因为刘家不开矿，一般情况下不会揭开龙脉图的秘密。也就是说，刘牧之不知道龙脉图上的内容，是有可能的，而且是太有可能了！（这个推理让佐藤山木十分兴奋。）但是，刘牧之一定知道龙脉图秘密的某些部分内容，还必须把他降服。

4. 当年对龙脉图十分关注的除了佐藤山木以外，还有两组势力，李家的人和山里的金匪，当年的金匪头子，就是马云龙的父亲马莱帮。

5. 杨少川一定是发现了什么秘密，为了防止当年杨忠山的事情重演，必须设法保证他的安全。

6. 罗山里的环境比二十年前更为复杂，虽然金匪马云龙表面上与酒井合作，但是貌和神离，一定要小心。更让人头疼的是共产党的游击队也在行动，还有一股力量更不可小觑，那就是国民党。

佐藤山木在内心运筹帷幄，恨不得起身冲出去施展手脚。这个时候，他的电话响了，是玲珑背金矿的佐藤一郎打来的，他在电话里说："父亲，有中国人打劫我们运送矿石的汽车。"

佐藤山木问："山岛的部队是如何安排的？"

佐藤一郎答："山岛已经带着士兵下山了。"

佐藤山木说："我立刻带人去现场看看。"佐藤山木挂了电话，命令众武士携带手枪，快速赶往山里。很快，三辆黑色的小汽车驶出鬼怒川公司，直奔玲珑背金矿。约有十几分钟，他们的车赶到了玲珑背下的公路。看见前面有三辆军用大卡军停在路的中央，汽车上的几个日本士兵正向着路边的山里开枪。

佐藤山木让汽车停下来，仔细观察，原来是路上滚落了许多石头，挡住了大卡车的道路。佐藤山木不敢从汽车里出来，安排几个武士摸摸情况。

路边的山石里，看不出有多少人向大卡车开枪，那枪声稀稀落落的。大卡车上的日本士兵不敢下车，只有藏在车里远远地开枪，无法伤及山里的人。

又听见一阵摩托车的声音，山岛带着七八辆摩托车赶过来，他命令一挺轻机枪朝着山里开火，压制对方的火力，然后他带着几个人，猫着腰跑到佐藤山木的车旁。

佐藤山木把车窗摇下来，问："是什么人？"山岛探探头看看山里回答："不知道，不过，听枪声不是什么正规军。"他正在汇报，一个士兵跑过来，说："对方用土枪向我们射击，我们有一个士兵被对方打中了，是铁砂子。"

山岛直起身子，大骂："巴格。"他抽出战刀，叫过来三挺轻机枪，集中火力向对方的射击点射击，又命令十个士兵，向山里搜查进攻。由于日本士兵的机枪压制了火力，那些人不敢露头，那十个士兵一步步靠近，眼看不到六十米远了，突然有七八支土枪从石头后伸出来，只听轰轰地一阵响，有两三个日本士兵中枪了，噢噢叫着跑回来。

山岛看到此景，哈哈大笑，"好，抓活的。"他一挥手，又有十个士兵向前摸。

佐藤带领的武士，看到中国人的武器装备十分差，个个跃跃欲试。

山岛来到汽车窗口，对佐藤山木说："是一些装备十分差的中国人，要抓活的，可以让你们的人从那个山头绕过去包抄，我再让人去叫一些士兵过来。"

佐藤山木从汽车里出来，命令那些武士听从山岛的指挥，山岛派出一个士兵开上摩托车回矿里叫士兵支援。那十几个日本武士背着日本刀，迅速地绕过山头，直逼那七八个中国人。山岛命令三挺轻机枪再次压制火力，第一轮进攻的七八个日本士兵手脚并用爬上山坡，那几个中国人再次将土枪伸出来，还没有开枪，日本士兵的轻机枪就扫射过来，他们只有仓促放了几枪，又缩回去。

有两个日本士兵终于爬上去，绕过石头闯进中国人的阵地，这才发现至少有十五六个中国汉子，他们见到日本士兵，抽出背后的大刀，挥舞着扑上来。这两个日本士兵根本就不是他们的对手，连滚带爬地跑下来。山岛已经看到了挥舞着大刀的中国汉子，大声叫道："是大刀会的人，今天你们送上门了。"

山岛再次命令轻机枪扫射，让所有的士兵向前冲。有轻机枪扫射，大刀会的人躲在石头后面不出来。山岛低下头跟车里的佐滕山木说："中国人占领了有利地形，要想攻打下来很难，我们的士兵很难利用刺刀战胜他们，因为他们是大刀会的人，刀法比较厉害，恐怕还需要依靠我们的武士与他们近身搏斗。"

佐滕山木点点头，说："听你的安排，抓活的要紧。"

这时，在五百多米远的一个日本武士向山岛招手，表示他们已经到达了指定地点，山岛冲他们挥了下手，然后，再次命令机枪手扫射。

轻机枪的子弹打得山上的石头翻起一朵朵灰尘，大刀会的人躲在石头后面不敢露面，二十多个日本士兵再次爬上山坡，靠近了他们。山岛命令机枪手停止射击，大刀会的人立刻伸出土枪向日本士兵还击，日本士兵一边找石头躲着，一边射击。

突然，几个黑衣武士从大刀会的身后扑了出来，他们手持日本刀冲向大刀会，山岛看到这一切，兴奋地大喊："抓活的。"那些伏在石头后面的日本士兵，借机向大刀会的阵地冲去。

日本士兵眼看就要冲进大刀会的阵地，突然响起一阵枪声，只见一排子弹横扫而来，有几个日本士兵中弹，吓得他们又缩回来。

山岛大吃一惊，这些枪声，是标准的步枪发出的声音，难道是共产党的游击队？他向西北方向看去，果真有人正向日本士兵射击，山岛用战刀一指，三挺轻机枪同时扫向那边。

游击队的步枪都是老旧的汉阳造，比大刀会的土枪威力大不到哪去，遇到火力强劲的轻机枪，他们只得躲在石头后面。

"好，太棒了，没有想到今天你们都来了，正好，一起消灭。"山岛得意地大叫。

这时，增援的日本士兵来了，约有三十多人。山岛一指那个方向，一个日本军官立即带着队伍向着游击队的方向包抄。

游击队的战士又一次装填完弹药，只听有人喊："打！"他们同时把枪伸出来，一排子弹打出去。

　　再看大刀会的阵地，日本武士已经冲进去，与大刀会的好汉拼起刀，山岛得意地用望远镜看着。那二十个日本士兵，再次冲向大刀会的阵地。

　　突然，又响起一阵紧密的枪声，是自动步枪连续发射的声音，怎么还有第三支部队？而且装备了美式装备。那阵紧密的枪声响过，山岛的冲锋队伍又退了回来。

　　这时，看见几个大汉，拎着大刀从游击队的阵地向大刀队的阵地增援。山岛用战刀一指，轻机枪立刻向他们扫射过去，只见烟尘四起，那几个人趴在地上一动不动，扫射过后，那几个大汉再次穿梭，又是一阵扫射。

　　山岛又一指游击队的阵地，两挺轻机枪扫向那里，另外的一挺轻机枪盯着那几个前去增援的大汉，只要他们一动，轻机枪就打过去。

　　突然，砰的一声，那声音十分干脆，只见一个轻机枪手身子一歪倒下了。"有狙击手！"山岛一下躲在摩托车后面，猫着腰跑到佐膝山木的汽车旁边，说："您不要下车，有狙击手。"

　　佐膝山木和柳生立刻缩下身子。

　　山岛接着说："今天情况很奇怪，怎么会有国民党的精良部队，有自动步枪，还有狙击枪？"此时，游击队的那几个人又爬起来，跑到大刀会的阵地。

　　带头的那个人，是孟德，他挥舞着大刀，猛地一扫，两三个日本武士被他吓得急忙后退。其他几个游击队员立刻举起驳克枪向日本武士射击。日本武士一看游击队的人到了，立刻从大刀会的阵地撤出。大刀会的人有认识孟德的，大声叫："大师兄，终于找到你们了。"

　　那个人正是在金顶上佐膝山木遇见的那个穿灰衣服的汉子，孟德问他："你们怎么到山里来了，太危险了！"

　　几个大刀会的汉子围过来，激动地说："我们是要投奔你的，但是你们藏在山里我们找不着，只好先打日本人运矿石的汽车，把你们引出来。"

　　孟德一边听着话，一边观察山下的敌人，他说："幸好今天鬼子没有带迫击炮，要不咱们就麻烦了。"有几个日本士兵再次探头，要向大刀会的人进攻，孟德伸出手枪，人躲在石头后面，砰砰地打出两枪，吓得那几个日本士兵缩回去。

　　然后，孟德朝着游击队的阵地挥挥手，那边有三十多个战士由王迎春带领，他们得到了命令，猛地向山坡下的日本士兵开枪，换来的是日本轻机枪的扫射。

孟德跟几个大刀会的好汉说："你们赶快往山头上退，过了山头，就安全了。"说着，他掏出两颗手榴弹，嘴里还在惋惜："一共没有几颗的，今天就让你们这帮小鬼子尝尝。"只听见轰地一声响，日本士兵吓得爬着不动。那些大刀会的人趁机撤退，日本士兵又要追，又轰地一声，他们又趴下不动。

孟德带着这些人很快爬上了山头，看到山岛带着那些日本兵还在公路上。山岛用战刀一指，轻机枪又扫过来，只是打在孟德一帮人脚下的石头上。孟德高兴地喊："安全了，在射程之外。"

孟德又向西南方向看，约有十个穿黄色军装的人，快速地撤离阵地，孟德朝那个方向抱拳，大喊："谢谢。"

王迎春已经带着游击队向这边靠拢，大家清点人了人数，大刀会的人有四五个受了轻伤，游击队员也有三四个人挂了彩。孟德埋怨大刀会的人不应该仓促往山里跑，尤其是受了伤，缺医少药，十分麻烦。

而王迎春则恰恰相反，热烈欢迎大刀会的人前来加入游击队，现在，差不多已经有两个正规连的编制，在撤离的路上，他又犯愁了，没有武器，这可怎么办呢？用这些土枪，是没有办法与日本士兵抗衡的。

看到大刀会、游击队和来历不明的队伍撤离，山岛只得清点自己的队伍，死了一名轻机枪手，另有两个士兵重伤，失去战斗力，山岛的心情变得无比糟糕，他语气低沉地说："佐藤君，日后您进山，一定要小心。"

佐藤山木点点头，说："谢谢山岛的关心。"

山岛说："我立刻向酒井大佐请示，组织全面的清山搜查。"

佐藤山木点点头说："好，必须把这些中国人赶尽杀绝，否则，我们别想把黄金运回日本。"

这时，山下开来一辆摩托车，佐藤一郎从摩托车上跳下来，对佐藤山木和山岛说："刚才酒井大佐来电话，请你们速回军营，商量大事。"

佐藤山木问："是什么事情？"

山岛深沉地一笑，说："肯定是剿灭共产党的事情。"

第6章
围剿游击队

毛驴儿出卖情报

佐滕山木和山岛一行人，快速返回军营。酒井已经在兵营的司令部里等待他们，参加会议的人有日本兵营的各个中队长，还有巡防营的马云龙。

酒井命令佐滕山木一行人入座，然后宣布军事任务：出动所有兵力进罗山剿灭共产党的游击队，兵营和玲珑背金矿进入一级战备状态，各作战单元随时准备出发。玲珑背金矿和马云龙的金矿各自负责所属矿区的警备安全工作。另外，马云龙的巡防营从城区抽调出来，接受统一指挥共同搜山。具体作战时间待定。

作战任务宣布完毕之后，酒井让佐滕山木留下有话要讲。两人来到酒井的书房，酒井客气地请佐滕入座，这让佐滕有些不受用，难道有什么大事情？佐滕山木抚摸了一下脖子，小心地问："大佐，有什么安排？"

酒井说："有一件事情，很重要，关于马云龙的成品黄金出让给我们日本帝国的事情。"

佐滕山木噢了一声，怀疑地看着酒井，他想：马云龙会有这么好？

酒井接着说："马云龙同意出让成品黄金两千两，但是，前提条件是需要我们用采矿的机械设备来换取。"

佐滕山木立刻拍桌子，"这怎么可以？这样做岂不是养虎为患？"

酒井的表情十分冷漠，说："佐滕君，你要知道帝国军部这里只关心何时拿到大量的黄金，而不关心这些黄金是鬼怒川公司开采的还是马云龙开采的。如果鬼怒川公司还不能向军部交出黄金，那么鬼怒川公司在未来很难从军部申请到大笔经费。"

佐滕山木无可奈何地叹口气。酒井继续说："我已经想好了，由鬼怒川公司从马云龙那里把成品黄金收购过来，再交给帝国的军部，同时申请新的经费。"

佐滕山木说："既然大佐已经想好了，我照办就是。但是，给马云龙提供如此先进的开采设备，我们能够控制住他吗？"

酒井笑一笑说：“马云龙即使有了先进的开采设备，也需要我们提供技术人员，只要有我们的人员操控设备，自然能够控制产量。”

佐藤山木这才舒了一口气，酒井安慰他说：“马云龙开采出来的矿石，都由鬼怒川公司收购，在军部那里，鬼怒川公司依然是名利双收。”

佐藤山木回到鬼怒川公司，心情郁闷至极，他请纯子过来喝茶，纯子过来之后，跪坐在佐藤山木的前面，问：“佐藤君不会是想欣赏我的演奏吧？”

佐藤山木说：“让百灵鸟回来一趟，我有情况要问。”纯子笑着点点头，安排一个日本武士去办理。佐藤山木闭着眼想一会儿，又叫来一个日本武士低声安排，那个日本武士唯唯诺诺地走了。

纯子给佐藤山木斟上茶，佐藤山木抿了一口，沉吟了一下说：“二十年前，关于张铁桥的失踪，我想听听你的观点。”

纯子也给自己倒了一杯茶，说：“当年，杨忠山自杀之后，大家才发现张铁桥失踪的，也就是说，他一定掌握了重要的秘密，才会失踪的。”

佐藤山木强调了一句：“这个重要的秘密，自然是龙脉图。”

纯子淡淡地一笑，没有说什么。

佐藤山木似乎想通了什么，不由自主地点点头。这时，有个武士进来趴在佐藤的耳边低语几句，佐藤山木点点头，那个武士出去了，一会儿，黑衣人进来了，佐藤山木问：“在刘家发现可疑的人了吗？”

黑衣人摇摇头说：“没有发现，刘家大院，我已经摸遍了所有地方，没有地方可以隐藏一个大活人，刘家大院的密室，是一个密封的房子，只可以藏一些重要的物件，而不可能藏一个人。”

佐腾山木又问：“那么卧龙居呢？”

黑衣人答道：“卧龙居的图纸我们都掌握了，没有看到里面有暗室或者地下室。”

佐藤山木点点头，示意黑衣人继续调查，黑衣人起身出去了。

过了片刻，一个武士带着毛驴儿进来了。佐藤山木请毛驴儿喝茶，毛驴儿站着不敢喝，问：“太君，你有什么吩咐，我一定去办。”

毛驴儿说这话的时候，腰尽量弯得像一只虾米，努力地挤出笑脸，但这也无法掩饰他的紧张。佐藤山木笑笑说：“毛驴儿，你是中国人，怎么没有名字没有姓氏，起个牲口的名字。"

毛驴儿嘿嘿地笑："别人叫顺口了，都忘了我叫什么名字了。"

佐藤山木说："那我只有叫你毛驴儿了，你们马司令的父亲，你见过吗？"

毛驴儿立刻回应："见过。"佐藤山木吃惊地瞪了一下眼，毛驴儿又说没有见过。佐藤山木问："到底见过没有？"毛驴儿抹了一下汗，说："没有见过真人，见过画像。"

佐藤山木又问："那么，你听说过马云龙的爹与李家的人签订过关于金蛇谷的约定？"

毛驴儿立刻回应："听过。"佐藤山木又吃惊地瞪了一下眼，毛驴儿又说没有听过。佐藤山木问："到底听过没有？"毛驴儿又抹了一下汗，说："没有听马云龙的爹说过，我听以前的老人说过。"

佐藤山木问："这个约定的内容是什么？"

毛驴儿说："这个内容嘛……这个内容嘛……"毛驴儿使劲地眨着眼，皱着脑门，希望从他的驴脑袋里挤出点火花。佐藤山木向身边的武士挥一下手，那个武士拿来一块大烟膏，大烟膏的味道很快钻进毛驴儿的鼻孔里，毛驴儿已经站立不安了，两只手使劲地抓着自己的裤子的两侧。他的两眼变得湿润了，充满光泽。

佐藤山木再次提醒毛驴儿："毛驴儿，那个约定的内容是什么呀？"

毛驴儿恍然醒悟，这次他的手举到了胸前，用力地互相搓着，"我想起来了，我想起来了，就是马家和李家以金蛇谷为界，各自开采，不准越过金蛇谷。"

佐藤山木问："为什么不准越过金蛇谷？"

毛驴儿两眼盯着大烟膏，喃喃自语："为什么，为什么……因为那里面有长虫，你是知道的，吞金子的大长虫。你不是见过了吗？金蟒，这么大，这么粗，那是龙呀，吃人呀。"

佐藤山木不屑地看一眼毛驴儿，说："金蟒，只不过是一种普通的动物，用不着这么夸张。"毛驴儿不明白佐藤山木为什么这么说。

佐藤山木又问："既然马云龙也知道金蛇谷里有黄金，为什么不进去开采？"

毛驴儿说："太君，你有所不知，金蛇谷是龙脉，谁都不敢去！挖了龙脉，会倒大霉的。"

佐藤山木又问："你们马司令，给金蟒献上活祭，为什么选择道士，随便抓一个人不可以吗？"毛驴儿眨了眨眼，吞了下口水，再看一眼大烟膏，说："我听人说，好像我们马司令与山里的道士向来不和，那些道士，好像会给我们马家下咒语，还有，那些道士，跟刘家的关系好，自然，跟马家关系不好。"

佐藤山木挥了一下手，那个武士把大烟膏送给毛驴儿，毛驴儿喜颠颠地装进口袋。佐藤山木说："以后还会找你的。"毛驴儿高兴得直点头，说："你尽管吩咐。"

佐藤山木说："我有一件事情安排你，你回去给我查一下，马云龙那里是不是关着一个人，细高个子，有五六十岁。"毛驴儿听了，使劲地眨着眼，不敢说话，表情有些木然。

佐藤山木看了看说："有重赏。"

毛驴儿听到重赏，似乎醒悟，说："太君，这件事情，如果被马司令知道了，会把我喂了大长虫的。"

佐藤山木挺了一下胸脯，说："你放心，我会保护你的，马云龙本事再大，也要听我们日本人的安排。"

毛驴儿忐忑不安地离开鬼怒川公司，他没有办法判断自己应该投靠谁。

毛驴儿刚刚走了不久，有一个黑影从鬼怒川公司的屋顶上慢慢地移动，到了屋檐边，黑影噌地一跳，向墙边飞去。

柳生跪坐在自己的屋里，轻轻地打开自己的窗户，看着那个黑影远离，之后，他来到佐藤山木的房间里，佐藤山木正在准备服用药物，他看看柳生，问："有情况？"

柳生说："确实有人，武功相当好。"

佐藤山木毕恭毕敬地把那个黑乎乎的荷包蛋吞下去，又取来"天水"吞服下去，轻轻喘了一口气，问："如今，这里的武林高手，除了刘家的人、武家的人，还有谁？"

柳生说："马云龙的人，还有山里的道士。"

佐藤山木问："那刚才的人？"

柳生答："像是马云龙的人。"佐藤山木微微闭上眼，口中喃喃地重复："马云龙，马云龙，这个土匪，他才是真正的对手。"

马云龙正在巡防营的司令部里，有两个土匪从山里下来。他们俩带着地图，在马云龙的桌子上铺开，上面已经标识了玲珑背金矿的开采矿脉图。一个土匪用手指着鬼怒川公司的开采状态，说："马司令，您看，日本人就是这么乱开采，好像没有按照勘测图来干。"

马云龙思索着说："看来那个杨少川没有勘测出来矿脉？"

那个小土匪说："不好说，但是这日本人有汽车，以后还有机械设备，那干一天的活，顶咱们干一个多月。"

马云龙点点头说："机械设备我们也会有的。"

小土匪继续说："马司令，我们在玲珑背金矿的内线说，佐滕的人，可能会朝着金蛇谷的方向开采，那就挖了我们的龙脉。"

马云龙狠狠地拍桌子，大骂："这些日本鬼子，天不怕地不怕，已经把玲珑背的金蟒给炸惊了，早晚要遭报应的。"

小土匪说："司令，你没有看到佐滕山木的大脖子，肿成那个样子，中了金咒啦。"

马云龙淡淡地说："若说佐滕山木干的坏事，不知得遭受多少次金咒的报应，死个十次八次的都不够。"马云龙背着手转了几圈，说："你们回去，让咱们矿田里的兄弟都准备一下，把那条品位高的洞子封起来，人都撤出来，到其他几条洞子里干活。"

小土匪问："咱们不是得抓紧时间干吗，日本人现在动作这么大？"

马云龙说："日本人决定最近要搜山，目的就是剿共，同时清查山里的矿洞，我担心日本人借机去咱们的矿田摸底，在日本人跟前，不能露富，咱们是土匪，日本人比咱们更土匪。"

这时，跑进来一个通信兵，报告："马司令，钱庄的周胖子，去找陈老二，我看见他已经进了陈老二的门。"

"好，出发。"马云龙一挥手，"毛驴儿，走，跟我出去一趟。"毛驴儿刚刚从外面回来，提了枪，跟在马云龙的后面，他们开上汽车，朝着陈老二的住处驶去。

陈老二把周胖子迎进屋里，问："东西带来了吗？"

周胖子说："带来了。"他随身带着一个小木盒子，把盒子放在桌子上，打开，里面一有张发黄的地图，还有一张纸，写满字，有人的红手印，另外，还有四五根金条。

周胖子把这些东西摆在桌面上，陈老二看看东西，叹口气说："这世道变化太快了，三十前河东，三十年河西，如今马家在这儿也是不可一世，这些东西怎么处理，我还真拿不定主意。"

周胖子说："这些事情都是几十年以前的，如今李家已经败落到如此境地，还留这些东西有何用处？"陈老二淡淡地一笑。周胖子说："要不，交给日本人，让他们两家争？"

陈老二又摇摇头，说："马云龙的随从，虽然都是土匪，但都是些贫苦人出身，要是和日本人争起来，不知得祸害多少中国人。"

周胖子也呵呵地笑了，说："那马家自称是金蟒的传人，视金蟒为祖先呢。"

两人都哑然失笑，突然，门被踹开了，马云龙大踏步进来，陈老二惊愕地看着马云龙，问："马云龙，你要干什么？"

马云龙低声说："陈老二，周胖子，你们俩在一起，一定是商量跟黄金有关的事情，是不是又在暗算我？"

周胖子急忙抱拳说："马司令，您多心了，您现在的名望，那是大拇指，哪里有人敢对您不敬呀。"

马云龙拣了一个椅子坐下，看着桌子上的东西，问："这是什么？"陈老二挤弄着眼说："这是一张普通的书信。"马云龙随手拿过来看了看，一巴掌甩在陈老二的脸上，骂道："你当我真不识字呀，自从进了城，当了司令，我早就请先生了，再说了，我老爹当年的画押我还是认识的。"

周胖子急忙解释："这是当年你爹跟李家签订的承诺书，你爹当年与李家争抢矿田的时候，从一帮淘金工手里抢到了一幅矿脉图，后来那些淘金工投奔了李家，于是李家出面把这张图从你爹那里要回来。"

马云龙冷笑道："我当然知道这些事情，李家当年在这里牛气充天，还动用了官府的力量围剿我爹。至于你陈老二，为什么会替李家保存这些东西？"

陈老二不屑地说："我的长辈就是当年的淘金工之一。"

马云龙冷笑道："怪不得呢，佐滕山木用两把古琴收买你，让你交出这些秘密。"

陈老二说："我陈老二虽然不才，但是还分得清香臭，不像你，认贼为父。"

马云龙狠狠地拍下桌子，说："我看你是欠揍，就算我认贼为父又怎么了，看看到底谁能活下去。"马云龙又拿起那张矿脉图看看，问："这就是传说中的龙脉图吧？"

陈老二没有回答，把脸扭向一边。

马云龙乐呵呵地说："那我就替我爹收回来啦。那这份承诺书呢，我也收走。"马云龙亲自动手，把东西收好，又对周胖子说："周胖子，你还是个有用处的人，听说你跟青岛那边的银行关系都不错，有时间可以给我指点指点。"

周胖子急忙抱拳说："一定效劳。"

马云龙对毛驴儿喊："把东西收起来，谢谢啦。"他冲陈老二和周胖子抱抱拳，带着东西大摇大摆地走了。

回到巡防营，马云龙找来一个识字的士兵，把承诺书上的文字读了，这才明白了，原来当年马云龙的父亲抢到了此矿脉图，李家的人召集了官府的人围剿马云龙的父亲，马云龙的父亲只得交出矿脉图，并承诺按照矿脉图上标绘的位置，以金蛇谷为界，以西的地方，是马云龙的父亲带领的土匪开发的矿田，以东的地方是李家的矿田。

毛驴儿在一边看得真切，小声地问："马司令，这是不是龙脉图？"

马云龙严肃地点点头，说："毛驴儿，你这回总算是聪明了，这是最早的龙脉图，我总算是替我爹收回来了。"

毛驴儿恭喜道："马司令，那您得到了龙脉图，可就真是龙了。"

马云龙摇摇头说："不行，这个差得太远了，你看，这条矿脉，按道理，就是龙脉，按照大家的理解，它就在金蛇谷，但是，具体的位置在哪呢？"

毛驴儿摇摇头，马云龙拍拍毛驴儿的脑门，说："我不是问你，你要是知道了，你就不是毛驴儿了，这个具体的位置，是杨忠山给勘测出来了。"

毛驴儿点点头，马云龙说："行了，你回去休息吧，不准脱衣服睡觉，说不定酒井又要搞紧急出动。"马云龙说完，抱着盒子去他的卧室，天色已经很晚，他大声地打了一个哈欠。他刚一进门，一件硬硬的东西顶在了他的后脑勺上，凭经验，马云龙知道那是手枪。

日军会战游击队

马云龙毕竟是草莽英雄，虽然有人用枪指着他，依然镇定自若，低声问："哪路好汉，半夜造访，不会是为寻命的吧？"马云龙摸到桌子边，把东西放下，看了一眼，马云龙的女人，已经被绑起来了，呜呜地叫着，她的身边，一个汉子用手枪顶着她的肩膀："别叫，再叫小心枪走火了。"

用枪指着马云龙的那个汉子，低声说："马司令，我们半夜造访你，想跟你借点东西，请你不要心疼。"马云龙说："什么东西？"汉子说："枪，子弹。"

马云龙坐在桌子边，哈哈大笑："你们是不是找错门了，你有几条命呀。"

汉子恶狠狠地说："马司令，我劝你痛快点，不然，你在山里的金矿，那也得出点血破点财。"马云龙冷笑："我在山里当土匪的时候，何时怕过你们这帮打家劫舍的蟊贼。"

汉子说："马云龙，你少张狂，比刀法，你不是我的对手，我不想在你家里动武。"

马云龙冷笑道："刀法比我好的，除了刘牧之还有孟德，你怎么连脸都不敢露一下。"

汉子说："我要是露了脸，对你不好。"

马云龙想了想，口气软下来，问："要几条。"

汉子说："二十条。"

马云龙气愤地答："他娘的，那是一个排的装备，没有那么多。"

汉子口气很硬，说："不行，没有商量，把你的警卫排的枪先借过来。"

马云龙说："那我出去安排一下。"汉子笑道："不行，你在屋里，让那个娘们出去安排。把枪拿进来，我们的人背走。"

马云龙只得让那个娘们去找毛驴儿安排，那娘们哆哆嗦嗦地出去，一会儿，毛驴儿在门外喊："马司令，这是做啥呢，怎么把枪放在你屋里。"

马云龙对着外面喊："你别管那么多，需要调换枪，你抓紧时间从其他分队把枪调过来。你把枪放在门口。"

毛驴和几个士兵把枪哗啦啦地堆在门口，然后离开了，汉子派人去把枪抱进来，每人背了四五条，汉子说："你们先撤。"那些人背着枪走出去。马云龙不屑地说："我奉劝你一句，找个地方躲起来，日本人最近有行动。"

汉子说："不怕。"

马云龙说："你的兄弟，命不值钱，我的兄弟，都有老有小的，你讲点良心，给了你枪，不准朝我的人开枪。"

汉子哼了一声，说："你少干缺德事。"汉子说完猛推了一下马云龙，一个箭步跳出门外，又听见嗖的一声，翻墙而过。

马云龙的女人，揉着胳膊，跑过来抱怨："你还是司令呢，他们才几个人呀，让你的兄弟出来，一人一拳，还不把他们揍扁了。"

马云龙瞪了她一眼，说："你女人，懂什么，猫抓老鼠，有老鼠，猫才有价值。他们最好打死几个日本兵，不枉我送给他们二十条枪。"

女人吓得张大嘴，"他们是哪帮的？"

马云龙说："共产党的游击队，我送给他们二十条枪，酒井得想办法给我配上二百条枪。"

那娘们惊讶地问："能吗？"马云龙伸手拧了娘们的肉一下，她啊地叫一声，马云龙嬉笑着说："先侍候老子睡一觉。"说着伸手摸来，那娘们浑身都是痒痒肉，笑起来乱颤，格格格的声音扫除了马云龙心中的不快，两人很快翻滚到一起，正欲行好事，一个通信兵跑来敲门，大声喊："司令，有急电。"

马云龙气呼呼地喊："不知道老子正忙活呢？"通信兵回："酒井大佐的电话。"

马云龙骂骂咧咧地穿衣服，蹬靴子，他心里已经猜到此时此刻酒井大佐急电的内容，来到司令部值班室，捡起电话，问："酒井大佐，请问有什么指示？"

酒井大佐命令："迅速集合队伍，全副武装，于天亮前6点到达玲珑背金矿待命。"马云龙嘿的一声，一只脚跺了一下地，然后把电话放下，将手枪披挂整齐，叫人通知各分队长来司令部开会，片刻，四五个分队长来到司令部，马云龙宣布了紧急集合的命令，进行如下部署：城中留下一个分队担任守卫，其他的四个分队集结出发，连夜赶到玲珑背金矿待命。

一个分队长问："司令，咱们执行什么任务？"

马云龙说："搜山，清剿共产党的游击队。"几个分队长互相看了几眼，马云龙明确地指示："凡是在山中遇到私自开采黄金的矿工，开枪把他们吓跑就行了，不准打死人。"一个分队长问："万一碰上共产党的游击队怎么办？"

马云龙说："尽量不要打死他们的人，让日本人打。"

这些分队长领完任务立刻出去集合部队。马云龙把警卫排长和毛驴儿叫进来，对警卫排长吩咐："你带上兄弟，穿上便装，连夜赶回咱们的矿田，全副武装，把机枪也架起来，但凡有人闯进咱们的矿田，就开枪。"

警卫排长问："日本人来怎么办？"

马云龙果断地说："开枪。"

警卫排长点点头，跑出去。马云龙对毛驴儿说："你在城里负责巡逻，另外，再派几个人，穿上便装，去鬼怒川公司盯着，尤其注意杨少川的行踪。"

马云龙布置完毕，返回屋子带上从陈老二那里抢来的盒子，又顺手拧了一下女人的肥肉，听到满意地一声尖叫，然后得意地走出屋子，此时，部队已经集结完毕，他大手一挥："出发。"

日本士兵已经到达了玲珑背金矿，临时指挥所设在一处工房里，酒井大佐腰间挂着军刀，站在军用地图前。佐滕山木带着柳生和几个武士站在一侧。片刻，马云龙带着通信兵走进来，酒井大佐生气地批评："马云龙，兵贵神速，你的部队，行动速度太慢了。"

马云龙低下头承认错误："大佐，我们下次一定加快。"

酒井嗯了一声，马云龙上前小声说："大佐，我的队伍是步行赶来的，这已经是最快的速度了，要想更快，需要配上军用卡军。"酒井不悦地说："不要提那么多条件。"他说着一转身，侧身对着地图，说："马云龙，你的部队，从这里出发，向北推进；佐滕君，给你配备一个小中队，向西推进；山岛，你带一个加强中队，在中间地带，机动作战，与马云龙和佐滕君的队伍呼应作战。另外，马云龙，给你派一个小分队，负责督战。"

马云龙看了一眼作战图，嬉笑着脸说："大佐，要不，我跟佐滕君的调换一下，他的那个方向，正好是我的矿田的位置。"酒井瞪了一下眼，说："不必了，另外，你答应的两千两黄金，必须两天之内到位。"

马云龙问："大佐，那么，你答应的开采设备呢？"

酒井不屑地说："我答应过的事情，一定会做到的，佐滕君就在跟前，我会让他立刻安排的。"佐滕山木朝马云龙点点头，说："我已经安排订货了，搜山结束之后，我们双方签订协议，两个月之内，设备就会送到招远。"

酒井继续说："每个巡查部队，必须配上金矿的工程师和技师，凡是被人开采过的洞口，都要标绘出来，能够采样的，尽量采样。凡是遇到在山里采矿的，一律格杀勿论，遇到共产党的游击队，组织火力重点打击。"

酒井看一下表，命令："各部队注意，六点一刻，准时行动。散会。"

看到自己的矿田在佐滕山木的搜查范围，马云龙心里说不出的恼恨，他站在自己的队伍前面来回踱步，一时想不出办法如何对付，而他的士兵，正抱着枪或蹲或坐挤在一起取暖。这时，一个日本军官带着十几个士兵前来督战，他来到马云龙的跟前，不客气地指责："马云龙，你的部队，军容风纪的不好。"马云龙对着日本军官说："太君说得对。"他回身对着部队喊："各个分队整队，打起精神来。"

"稍息，立正……"随着一阵吆喝，这些"二鬼子"士兵站成整齐的几队，督战的日本军官用不流利的汉语训话："搜山的时候，违抗军令者杀，临阵逃脱者杀。"

日本军官训话完毕，马云龙询问："太君，你看下一步……"日本军官看一眼酒井大佐说："跟随大部队行动。"此时酒井大佐已经穿着军大衣来到院子里，对着山岛命令部队："所有部队注意，出发。"日本士兵扛起枪，踏着整齐的步伐向山里走去。

马云龙带着自己的队伍向北方搜查，此时天已经微亮，山里的寒气依旧很浓，部分背阴的地方还有冰雪，向阳的地方草叶已经泛绿。离开玲珑背金矿向北三里地左右的地方，翻过一个山岭后，日本军官指挥马云龙的士兵一字排开，每间隔十米一个士兵，向前搜查。此处的山岭，距离日本士兵守卫的玲珑背金矿不是很远，在此之前，山岛曾经带领士兵搜查过，打死打伤不少中国采金工人，所以，再胆大的淘金人也不会到这里淘金子。

马云龙的队伍向前推进了有七八里路，已经耗去了四五个小时，山路比较难走，坑坑洼洼的，由于是紧急出动，没有吃早饭，士兵们已经饿得有气无力。跟在日本军官身后的鬼怒川公司的工程师，负责检查以前被开采过的矿洞是否有人动过，不停地在地图上做记号。马云龙来到日本军官跟前，说："太君，这片区域，没有中国人敢来开采，他们害怕我们皇军的威风。"

日本军官满意地点点头。

马云龙说："现在眼看中午了，让士兵们赶快吃饭，然后，继续搜山。"

马云龙说着朝旁边的通信员使个眼色，通信兵把水壶递给日本军官，马云龙说："这是酒。"日本军官拧开后喝了一口，啊地张开大嘴，高兴地喊："要西，要西。"

几个日本士兵喝了几口白酒，兴奋地哈哈大笑，马云龙又给日本军官递上一块肉干，他快乐地喊："就地休息，就地休息。"马云龙立刻传令："部队休息吃饭。"

那个日本军官正在用力撕扯着肉干，马云龙见缝插针前来献计："太君，吃完饭，我看咱们搜山的方向调整一下，向那个方向偏一下。"

日本军官头懒得抬一下，说："那是佐滕山木的方向。"

马云龙说："佐滕山木在那边搜山，说不定有共产党的人逃到我们这边，我们靠近，轻松地抓住他。"

"有道理。"日本军官点点头。

马云龙立刻召集各个分队长开会，宣布："我们的作战方案进行调整，向西搜查。"一个分队长嘴快："那儿不是我们的矿田吗？"马云龙说："你少说几句。"

正在这时，西南方传来枪声，日本军官立刻警惕地问："马云龙，马云龙，派人去查一下那边有什么事情。"

马云龙立刻叫来两个腿脚利索的士兵，命令："你们两个快去看看那边发生了什么事情。"

约有二十分钟，前去探信的士兵跑回来，"报告，马司令，佐滕山木带领的队伍，碰上了私自开矿的中国人。"马云龙点点头，日本军官问："我们向佐滕山木靠拢吗？"

马云龙说："不，不，现在我们靠拢佐滕山木，他会不高兴的，他会认为我们去抢功的。"

日本军官竖起大拇指表扬马云龙："你的狡猾的大大的。"

马云龙随即命令："我们继续搜山，按原计划进行。"所有的士兵，又一字排开，向前搜山，一个分队长过来问马云龙："司令，咱们不去了？"马云龙奸笑着说："让佐滕山木跟他们打吧，死人越多越好。"两人得意地笑起来。

马云龙催着队伍继续搜山，西南方向的枪声合愈发密集，连续响了几声迫击炮的爆炸声，日本军官立刻警觉地问："马云龙，你的判断是不是错了？"

马云龙也怀疑了，难道遇上了共产党的游击队？急忙命令部队停下，再派出两个通信兵前去打探消息。

佐滕山木带领的部队确实发现了"大鱼"，翻过了几个山岭，就发现了私自开采黄金的中国人，日本士兵立刻朝这些中国人开枪，吓得他们四处逃散。

日本士兵知道这些中国人手里有武器，不敢轻敌，他们停止搜查，收拢队形向发现情况的方位靠拢，佐滕山木用望远镜仔细地观察洞口及周围的地貌，可以判断是一个小型的洞口，每天的开采量不大。佐滕山木挥了一下手，两个工程师靠近了，佐滕山木说："把它标绘下来。"他又四周看了一眼，问："少川呢？"一个工程师回答："在后面。"佐滕山木向后看了看，并没有发现杨少川。

此时，又响了一枪，是一个中国矿工向这边开枪。几个日本士兵躲了起来。远远地看见四五个中国矿工在奔跑。一个日本军官指挥轻机枪扫射，"嗒嗒嗒"，几个点射之后，有两三个中国人中弹了，其他的几个中国人跑了。

日本人的轻机枪又扫射了一番，没有听到中国人反抗的枪声，一个日本军官挥了一下军刀，日本士兵举着枪，猫着腰向前搜索。

约有十几分钟，佐滕山木带着人来到了那个洞口跟前，那里堆放了一些矿石，过来几个士兵用枪刺挑了几下那些矿石，没有发现炸药等危险物品。一个日本工程师捡起一块矿石仔细看了看，用手掂了掂，拿给佐滕山木，又伸出了大拇指。

佐滕山木爱不释手地把矿石把玩一番，让人收起来。佐滕山木安排几个日本士兵和日本武士进矿洞里看看，希望发现更多"战果"。一会儿，一个日本武士出来汇报，这个洞挖掘得比较浅，看来是中国人刚刚发现的。远处，有几个中国矿工被轻机枪打中了，一群日本士兵上去吆喝着，佐滕山木不顾山路危险，一扭一歪地走过去，问："其他人跟哪去了？"

那个矿工说不知道。

佐滕山木又问："这附近是不是有选厂？"

矿工说："我们只负责把矿石挖到洞口，再由其他人送走，不知道选厂在什么位置。"

看来这些人不能提供什么有价值的情况，佐滕山木恶狠狠地说："没用了。"上来几个日本士兵用枪刺狠狠地扎下去，听到几声惨烈的叫声，佐滕山木厌恶地扭过脸，对着佐滕一郎喊："这附近一定有中国人开设的选厂，必须认真搜索。"

佐滕山木让人把地图展开，仔细分析一会儿，说："继续搜山。"他指了一下前面的山岭，此处沟壑纵横，怪石林立，十分适合小股游击队的躲藏。后面的日本军官跟上来问："佐滕君，此处地势恶劣，运输不方便，中国人会在这里开矿吗？"

佐滕山木摇摇头说："很难说，玲珑背金矿已经被我们控制，再向西南，那边的矿田被马云龙控制，只有这片地带，我们无暇顾及，虽然运输不方便，但是中国人一定有克服的办法，很可能在附近有选厂。"

日本士兵的队形进行调整，由于此处没有山路，到处是大石头，他们必须爬上爬下，每间隔两米一个人，士兵手里的长枪成了累赘，不得不在手里倒来倒去。

打击游击队

佐滕山木站在高处观察，果真发现在嶙峋怪异的山石中，有四五个人背着筐篓穿梭，可以肯定，他们一定是背着矿石。佐滕山木用手指了一下，日本军官立刻用望远镜寻找，这些人身手矫健，借助复杂的地形，在山岭里向前快速行动，很快又隐藏起来。

日本军官立刻指挥轻机枪手向目标射击，无奈距离太远，枪声只能起到威吓的作用，并不能伤到那些人。"追！"

十几个机枪手爬起来，拎着机枪，抬着子弹箱子向前跑，这些士兵费劲地翻过一个小山岭，发现至少有十几个中国人背负着东西行进，难道这是共产党的游击队主力？太棒了，踏破铁鞋无觅处，得来全不费工夫，我看你们今天往哪里跑！

日本军官一挥战刀，所有的日本士兵向前冲，距离还有七八百米的时候，这些日本士兵已经立功心切，举枪射击，而那些中国人似乎没有慌乱，依旧背着篓子向前奔跑，从他们的奔跑的姿势来看，必定是矿石，佐滕山木点了下人数，计算了一下这些矿石有多少。中国人用这种办法搬运矿石，必然是上等的含金量丰富的矿石，否则得不偿失。

太好了，干掉他们。佐滕山木激动得手心发痒，使劲地搓着手。

前面的尖刀排眼看已经接近，从远处看，只有二百多米远，突然，响起一阵密集的枪声，竟然没有看到共产党游击队的人影，打前锋的几个日本士兵被打的人仰马翻，跟在后面的十几个日本士兵，翻滚着退回来。

佐滕山木无法控制内心的兴奋，听那枪声，估计游击队员至少有三十个人，这肯定是主力。佐滕山木立刻派人送信给山岛和酒井，集合部队干掉游击队主力。

山岛带着部队赶到，很快搭起了临时指挥所，佐滕山木铺好地质图，兴奋地说："这附近一定有富矿，一定有中国人的选厂。"

酒井大佐站到高处，拿着望远镜观察，此时共产党的游击队已经完全隐藏在山石后面，偶尔可以看到有人影背着篓子闪过。山岛指挥十几名机枪手向前逼近，进入有效射程后待命，他们形成一个弧形阵地，在山石中寻找目标。

山岛又命令五门迫击炮占领有利地形，将炮架好，派出两名观察兵到旁边的山头上观察情况。约有二十分钟的战斗准备，攻击即刻开始。酒井举着望远镜，严肃认真地观察一会儿，命令："通知马云龙，向这边靠拢，配合作战。"

一个通信兵快速地跑了。

酒井对着山岛下令："进攻！"

于是，埋伏在前前面的日本士兵又爬起来向前搜山，很快，这些日本士兵又进入了游击队的射程范围，果不出所料，隐藏在山石后面的游击队员又探出头举枪射击。此时，日本士兵已经早有准备，迅速躲藏。站在远处的日本侦察兵很快报回坐标，山岛一声令下，"开炮！"

只听得"嗖嗖"的一阵响声过后，十几枚炮弹飞出，游击队的阵地上硝烟弥漫，立刻看到有人躲闪着奔跑。日本士兵的轻机枪立刻喷出火舌，追踪着那些游击队员不停地扫射，山坡上飞起一朵朵尘土。随即，日本士兵端着枪向前冲锋，很快地接近了游击队员的阵地，酒井举起望远镜饶有兴趣地观察。

游击队又开始射击了，又有几个日本士兵倒下，但是，轻机枪的火力支持十分强大，游击队员很快又缩回去。

酒井下令："第二梯队上。"紧接着，又有二十多人的小分队打着枪冲上去。

第一梯队被迫冒着游击队员的射击冲上来，短兵交锋已经开始。游击队员新一轮的反击也开始了，他们从石头后面伸出枪，集中火力猛打一番，立刻有七八个日本士兵倒下，但是，日本士兵的第二梯队已经补充上来，他们瞅准空当扑过来。游击队员立刻有十几人握着短枪，挥舞着大刀跳出来，这些人身手矫健，他们借着山势，跳下来劈向日本士兵，吓得日本士兵又退回去。

几次试探，可以证明这里一定是游击队的主力，酒井得意地眯一下眼，山岛建议抽出一个小分队，绕过山沟，爬到对面的山岭上，从后面包抄，而同时，马云龙的部队可以西北方包围。

前方的日本士兵报回伤亡情况，约有十名士兵减员。山岛并不在意这个减员，狠狠地再一挥手，喊："开炮。"只听得嗖嗖地数声尖叫，又有十几枚炮弹飞出去，片刻，游击队的阵地上山石乱飞，酒井通过望远镜看到几个背着大刀的游击队员在山石中穿梭，他得意地欣赏着。

那几个背大刀的游击队员，其中一个就是孟德。他看着山坡上又有四五十人日本兵冲上来，命令游击队员做好准备。有一个队员从石头缝里钻过来，"队长，有十个人挂彩了。"孟德嗯了一声，说："小鬼子的炮弹太厉害，让大家都躲进洞里，咱们必须再坚持一个小时，保证王政委他们安全转移。"

一轮炮轰过后，酒井笑眯眯地对佐滕山木说："佐滕君，今天如果把游击队一举歼灭，我们便可高枕无忧。"佐滕山木点点头说："酒井大佐，您可是立了头功。"他又看一眼刚才派出的那个小分队，这些人已经走出两千多米远，正在山坡上攀爬。佐滕山木边看边说："如果我们找到共产党的选厂，那就更妙了。"

酒井点点头，对着山岛命令："还有炮弹吗？为什么不打了？我们扔出去的是炮弹，捡回来的是黄金。懂吗？"酒井适当地表现了自己的幽默。

山岛亲自跑到迫击炮阵地，亲自指挥："预备，放。"

日本军官们得意地看着炮弹在前面爆炸。

游击队员已经躲进洞穴里，从天下掉下来的炮弹，炸出一米见方的石窝子，足球大的石头被轰得飞起来。孟德挤进洞里骂道："小日本，你就轰吧，省得老子费力气挖。"他探出头观察敌情，看到一个游击队员躲在石头缝里，突然来了一颗炮弹，一股黄烟过后，那个人不见了。他闭上眼，再看一遍，确实没有发现那个战士，他知道，那个战士牺牲了。

炮声一停，孟德没有时间再想其他的，喊："准备，打。"

他们冲出洞口，这才发现，石头垒的掩体已经被炸得面目全非。

"哒，哒，哒"，敌人轻机枪连续地扫射过来，战士们只得将就着地形趴倒，因为掩体已经被破坏，敌人的机枪火力凶猛，战士们无法抬头。

日本的前锋已经接近了，他们打着枪向前摸。

"手榴弹！手榴弹！"孟德大声叫着。所有的人蜷缩着身子，把手榴弹准备好。孟德从石头缝里观察敌人，只有几十米远了，他大喊一声："预备，扔！"

几十颗手榴弹飞了下去，轰轰轰，又倒下几个日本鬼子。敌人的轻机枪又发现了目标，向这边扫过来。有几个战士掩护得好，伸出枪连续射击，冲上来的鬼子又退了回去。

敌人的轻机枪又扫过来，打得掩体上的石子乱飞。一定得想办法打掉日本人的机枪手。孟德抬头观察一下，叫来三个战士并排射击，他一纵身跳下去，躲在石头后面，钻进了敌人的阵地。有两个日本士兵藏在一个石窝里，正在等待冲锋的命令。孟德掏出手枪，一枪一个，把他们解决了。接着，他跳进那个石窝里，此处可以看到日本轻机枪阵地。孟德捡起一支步枪，目测此处到日本机枪手的距离，约有五百米左右，这么远已经超出游击队员的步枪的有效射程，因此日本士兵的机枪手毫无忌惮，尤其是副射手，时不时地探出头观察。

孟德仔细地调整标尺，冷静了一下，瞄准一个机枪手的上身，由于有机枪挡住，只能看到他的肩部，容不得那么多的犹豫了，孟德扣动了扳机，砰地一声，远方的那个敌人没有反应，肯定没有打中，也没有看到弹着点，估计是打高了，从那个日本机枪手的头顶上空打过去了。日本士兵的机枪手依然有节奏地点射，压制着游击队的火力。孟德再次压上子弹，这次他调整了瞄准点，微微向下瞄，正在这时，那个日本机枪手探起身子观察，可能他多次的点射没有打中游击队员，心中愤愤不平，冒险探出身子确定目标的方位，孟德的心狂跳，轻轻地扣动扳机，只听砰地一声，他的肩头感到有力地后挫，再看那个机枪手，歪在一边，打中了！

孟德狂喜不已，安静地喘息几秒钟，然后再一次探出头，瞄准另一个轻机枪手，又是砰的一枪，看样子是打中了，因为那挺轻机枪停止了射击。

"有狙击手！"日本士兵突然喊了一声，其他的几个机枪手停止了射击，死死地趴在地上，用机枪挡住身体，躲避子弹。

山岛立刻过来督战，一个士兵报告："有狙击手！"

"不可能！游击队怎么会有狙击手。"但是，他看到一名机枪手死了，另外一名受伤。"转移阵地。"山岛命令。

其他机枪手立刻提起轻机枪，扛着弹药，弓着腰撤出阵地。山岛来到临时指挥所，小声汇报："附近有狙击手，大家小心。"

酒井和佐滕山木立刻躲到自认为安全的地方。酒井反问："游击队怎么会有狙击手？"

山岛汇报："已经有两个机枪手被打中。"酒井握了一下拳头，又把白手套扯下来，命令："进攻！"山岛嘿的一声，跑到迫击炮阵地，命令："放炮！"

又一阵狂轰滥炸，游击队员只好躲进山洞里，紧接着，日军的机枪再次火力支援步兵突击。孟德从石窝里再次探头，重新找到机枪阵地，瞄准了一个机枪手，又是一枪，他并不能确定是否打中对方，片刻，那挺机枪哑巴了，看来，打中了。

但是，孟德的射击位置已经被发现了，紧接着是敌人一连串的扫射，吓得他缩进石窝里。敌人的子弹好像是无穷尽的，飞来的弹头密集地打在石窝的边沿上，即使敌人无法瞄准他，也有可能被流弹击中，那就太冤了。

日本的步兵再次发起突击，游击队员再次用手榴弹和步枪进行反击，由于游击队员在地势上占有优势，日军的此轮进攻再次被打回去。

时间已经接近下午四点，孟德将一个日本士兵的帽子用枪挑着，日本士兵的轻机枪随即扫过来，帽子被打飞了，弹头打起的石子溅到他的脸上。

一个日本士兵站在高处仔细观察，片刻，将坐标报给山岛，山岛命令迫击炮调整角度，"放炮。"他下了命令。

嗖嗖几声，几枚炮弹落在了孟德藏身的石窝子旁边，山岛用望远镜看了一会儿，命令调整角度再次开炮，轰轰又是两炮，那炮弹炸起一团灰尘。孟德赶紧逃命，借着灰尘从石窝里跳出来，顺势一滚，但是，轻机枪紧跟着扫过来。孟德摸了一把汗，看来要摆脱敌人的轻机枪不是易事。

接着，天空中传来嗖嗖的声音，那是炮弹来了，孟德只有一个侧身翻滚躲出去，轰轰地两声，在他的旁边炸开一个两米左右的坑。孟德急中生智跳进去，他一抬头，敌人的轻机枪又扫过来，他赶紧又缩回去。

山坡下传来零乱的枪声，日本士兵的突击又开始了，游击队员也开始还击。

孟德刚才把长枪丢了，只有手枪，根本就没有办法对付日本的轻机枪。

突然，他似乎听到几声浑厚的枪声，那是狙击枪发出的声音。敌人的轻机枪立刻哑了。难道真的有狙击手？

孟德纵身一跳，变换位置，已经有两三个日本士兵距离他五十多米远，他举枪打去，其中一个倒地，其他的几个趴下躲藏，孟德立刻一个燕子三超水，踩着几块巨石撤向自己的阵地，他趁机观察日本的轻机枪阵地，已经有两挺轻机枪停止了射击。

"还有一个狙击手。"山岛感到无比惊讶，立刻让人在游击队的阵地里搜索。

正在这时，西南方升起一个信号弹，山岛大喜，那是刚才派出的负责包抄的小分队已经到达指定位置。酒井看看地图，用一个石子稳稳地压住军用地图的那个位置，胜券稳操地点点头，"别说一个狙击手，就是十个狙击手也无法改变战局。开始总攻，全歼游击队，最好抓活的。"

孟德几个蹿跳返回阵动，几个战士佩服地赞叹："队长，你可真神了。"孟德挥挥手说："差点报销了，你们谁干掉了小鬼子机枪手？"几个战士忙着射击，其中一个说："你就别夸我们了，我们的枪根本就够不着。"

孟德用手抓了一下后头，说："他奶奶的，神了。"

正在疑惑之时，突然十几枚炮弹吼叫着飞来，孟德大喊："隐蔽。"战士们立刻往矿洞里钻。轰，轰，轰，炮弹掀起的石子到处乱飞。孟德则趴在一块石头后面，仔细观察。日本士兵的总攻开始了，他们鸣放着枪，一步步向上靠拢。

　　"手榴弹，准备。"孟德命令道。游击队的步枪装备比较差，很难在二百米以外的射程上组织密集火力，只有依赖投掷手榴弹，但这样做有很大的风险，会缩短与敌人的作战距离。一般的战士，投掷距离在五十米就已经相当不错了。游击队的阵地在地理位置上占优势，手榴弹的威力很容易发挥。

　　敌人逼上来了，孟德下令："投弹！"那手榴弹如同一群黑色的乌鸦呼呼地飞下去，随即一阵爆炸声让人大快人心。"射击！打，打！"孟德大声喊着。但是，游击队员的第一轮射击之后，敌人的轻机枪立刻扫射过来，一挺轻机枪的火力，至少可以压制四五条步枪。战士们只好缩回头，瞅准机会再打。

　　突然，阵地西南侧响起猛烈的枪声，孟德闻声看去，有一个小分队的日本士兵向游击队的侧方发起了进攻。"不好了，敌人包抄过来了。"一个战士着急地报告。

　　孟德猫着腰提着手枪冲过去，可不能让小鬼子抄了后路，"来两个人，快点。"

　　孟德带着人向前蹿跳，忽然，呜地一声，飞来一颗炮弹……

　　旁边冲出一个汉子，一把将他扑倒。那颗炮弹在离他几米远的地方爆炸，那个人按住他的头说，"大师兄，不用过去了，我的人已经到了。"

　　那人穿着黄色的制服，但没有戴徽章。"温连长，是你！"

　　温玉连长责怪孟德："仗不能这么打，敌我力量悬殊，赶快撤。"

　　温玉的话没有说完，西南方已经响起连续的自动步枪的射击声，还有轻机枪的声音，孟德探头看去，说："你们的武器真棒呀，别磨蹭了，快点跟我走。"

　　温玉一挥手，三个士兵，拿着自动步枪，猫着腰钻过来，他则提了一支狙击步枪跟着，到了阵地之后，他让三个士兵持着自动步枪形成交叉火力对准下面的敌人，又让孟德安排三支步枪，射程必须在五百米以外的，命令他们听到指令后同时向一个机枪手射击，连续打几发后，立刻隐蔽。布置完毕之后，温玉用一堆石头垒了一个掩体，留出一个瞭望口，将狙击步枪伸出去，此时此刻，敌人的轻机枪不停地扫射，打得游击队员不敢贸然行动。

　　温玉冲孟德打了一个手势，孟德点点头，命令三个游击队员："射击！"

　　三支步枪同时向敌人的轻机枪阵地的一个位置打去，远远地可以看到敌人轻机枪阵地被打起一朵朵尘土，敌人的副射手立刻发现了这边的射击点，只有几秒钟的时间，日本士兵轻机枪手立刻反扑回来，那三个游击队员的射击点被密集的子弹覆盖了，这三个战士按照预先的设计安全地隐蔽。

日本士兵的轻机枪火力被吸引走了。孟德听见砰地一声，温玉的狙击步枪响了，声音明显比普通步枪的沉重。敌人的一挺轻机枪停火了。

好，太棒了！孟德冲那三个游击队员再一挥手，他们又同时伸出枪，同时向敌人的轻机枪阵地射击，紧接着，温玉再一次射击，又一挺轻机枪停火了。

孟德大喊："再来一个。"

又听见砰地一声，敌人的又一挺轻机枪停火。

只有短暂的几秒钟，敌人的轻机枪的火力压制失效。孟德大喊一声："打，给我狠狠地打！"所有的步枪、自动步枪、土枪、还有火铳，同时向冲锋的敌人开火，它们组织成铺天盖地的火力，如一阵狂风席卷落叶，那些日本兵的奔逃势如退潮，阵地上只留下横七竖八的残兵。

"八格！"山岛大骂，酒井也坐不住了，一把抢过山岛的望远镜。

派出偷袭的小分队失利，步兵的冲锋再一次受挫，尤其是有狙击手钳制轻机枪的火力，令山岛大为恼火。从对手组织火力的规模来看，这不是一个普通的游击队，更像是一个武器装备精良的突击队。

酒井大叫一声："全面出击。"

所有的迫击炮、轻机枪和步枪同时开火。

迫击炮的轰炸是游击队无法对抗的，他们只有依赖矿洞来掩护。孟德借机清点人数，至少减员十几人，可能肯定的是，已经有七名游击队员牺牲了。

温玉说："大师兄，你们必须撤，我的人只能再帮助你抵挡一次进攻，你们不撤的话，我们的人自行撤退。"

孟德无可奈何地叹口气，说："好的，但愿我们的人已经安全撤离。"孟德传令下去，随时准备撤退。

敌人炮轰刚刚结束，步兵就冲上来，轻机枪的子弹如同暴雨泼了过来。孟德命令一部分人先带着伤员撤退，他和温玉组织队伍猛烈地向敌人开火，打得敌人无法前进，几个战士迅速地把地雷拉上弦，孟德狠狠向敌人打了几枪，这才一溜烟地跑了。

山岛带着日本兵冲上山坡，与负责包抄的小分队会合，开始打扫战场。佐滕山木关心游击队员挖过的矿洞，命令几个日本工程师在地质图上标绘，惊心动魄的战斗让他感觉十分疲劳，他找了一块石头坐下喘气。

几个日本士兵拿着枪刺一阵乱捅乱刺，突然轰轰轰地几声，他们把地雷捅炸了。

那爆炸的气浪实在是太过于强烈，佐滕山木被掀了一个跟头滚下山坡，正好酒井走过来，关心地说："佐滕君，你可要小心。"

佐滕山木已经变成一个大花脸，使劲地擦了一下，痛骂："老子抓住你们，活剥你们的皮。"

山岛也被地雷炸得灰头土脑，跌跌撞撞地晃过来，扶着头报告："酒井大佐，游击队已经被我们打跑了。"

酒井生气地说："难道我们全军出动，仅仅取得如此战绩？"

山岛低下头说："游击队至少被我们打死七个人，另外受伤的人数我们无法统计；还有，我们发现罗山还有国民党的正规军在行动。"

酒井喘着粗气嗯一声。

山岛说："大佐，我看乘胜追击，彻底把共产党赶出罗山。"

酒井想了一下，说："晚上宿营如何安排？"

佐滕山木立刻献计："晚上，我们可在马云龙的矿田宿营。"

酒井一听有道理，立刻下令："继续搜山，前进。"

佐滕山木把柳生叫到跟前，说："今天晚上，我们要驻进马云龙的矿田，要做好准备。"柳生诡异地一笑说："您放心。"

马云龙被迫交出黄金

马云龙的队伍正向西南靠拢，此时太阳已经靠拢西山。远处跑来两个小土匪，他们向马云龙汇报："马司令，不好了，日本人进咱们的矿区了。"

马云龙问："都有哪些日本人？"

小土匪说："酒井和佐滕山木带的人。"

马云龙又问："那么，共产党的游击队呢？"小土匪说："从咱们的矿区穿过去，我们只是象征性的放了几枪，把他们吓唬吓唬，不让他们进来。"

马云龙接着问："那么日本人呢？"

小土匪说："日本人非要进来，我们执行你的命令不让进，咱们的人就对天开枪了。"

马云龙吩咐："快快回去，没有我的命令，还是不让进。"

117

马云龙看看西边的太阳，整理一下衣服，转身来到队伍的后方，督战的日本军官正在喝着小酒儿，醉醺醺的，眼前的山路忽高忽低，所以他走的一脚低一脚高。"太君，太君，有情报，共产党的游击队向那个方向逃窜。"

日本军官一扬酒壶，说："给我追。"

马云龙带着部队赶到山寨之时，日本兵里三层外三层堵在山寨外面的山路上，看到大兵压境，马云龙倒吸一口冷气，弄不好，今天日本鬼子会把他的老窝给端了。

马云龙继续向前走，山门下一百米左右的地方，日本士兵的轻机枪已经架起来，负责冲击的日本士兵，埋伏在山石后面，用步枪瞄准山门上的守卫者。

酒井和佐藤山木在一块安全的角落里，坐在弹药箱上。

马云龙阴着脸，小心翼翼地问："酒井大佐，这是怎么回事？"

酒井没有理会，而是冷冷地哼一声。马云龙看看一边的山岛，客气地点头哈腰，问："山岛君，你这是为何？"

山岛愤怒地说："马云龙，你对待皇军，当面一套，背后一套，我们的军队搜山到此，你的人竟敢朝我们大日本帝国的皇军开枪！"

马云龙作惊讶状，大声叫道："怎么可能，大日本帝国的皇军，我们请都请不来，怎么会开枪呢？"

佐藤山木扭着脖子阴森森地说："狡辩没有任何意义，你的人已经开枪了。"

马云龙看着佐藤山木，问："佐藤君，你带着队伍搜山，怎么搜到我的矿田了？"

佐藤山木冷笑道："我们发现附近有共产党的游击队。"

马云龙说："佐藤君，你们都进不去，共产党的游击队怎么会进去呢？"

酒井在一边忍不住大叫："行了，马云龙，不要演戏了，我们知道你的心思，我们的部队已经到了这里，计划今天晚上在此宿营，明天继续搜山。"

马云龙听后，眼睛眨了一下说："酒井大佐，只怕这件事情办起来有难度，因为矿田里很乱，到处是矿石，而且，那些工人还要干活，叮当响，皇军怎么能够休息好呢，岂不影响明天的军事活动？"

山岛听了此话，哗啦抖了一下军刀，气愤地说："马云龙，我看你太肆无忌惮了，难道你打算让酒井大佐今天晚上睡在外面？"

马云龙心里清楚，这一关无论如何都得想办法闯过去，只得笑着说："哪敢，哪敢，您看这样行不，大佐您带领警卫分队上山宿营，您的大部队和我的队伍都留在山下。"

酒井点点头，说："那就这样安排。"酒井看看天色，已经黑下来了，说："让你们的人帮助烧些开水。"马云龙说："大佐您放心，我会安排的。"

马云龙来到石门跟前，大声喊："把枪撤了，是我。"

山岛带着警卫小分队走了过来，酒井和佐滕山木夹在中间。

马云龙来到山寨门口大声吆喝："刚才是谁开枪打皇军了？"

一个凶悍的土匪跑过来，马云龙一脚踹在他屁股上，骂道："瞎眼啦，那是皇军。"那个悍匪挨了踹，一副委屈的样子，马云龙骂："滚一边去。"接着，他转过脸挤出笑脸对着酒井，说："酒井大佐，我已经替你教训他了。"

酒井冷笑道："马云龙，你的，需要对大日本帝国表示一下忠心。"

马云龙点头哈腰地说："我对皇军一片忠心。"

马云龙带队，酒井一行人来到山寨的中心大厅，这是一个大山洞，零散地摆放着物品。马云龙对酒井说："大佐，山里很简陋，还请您委屈一下。"酒井嗯了一声，马云龙吩咐几个土匪抱了一些羊皮，这是给酒井和佐滕山木用的，又叫来一个小土匪，专门给这些日本人安排吃住，然后，马云龙对酒井说："大佐，我先处理一下私事，您休息一下。"

马云龙告辞了那伙日本人，来到另外一个山洞，"快点，把人召集过来。"马云龙吩咐几个土匪，片刻，十几个土匪跑进来，"司令，有什么指示？"

马云龙摸着腰里的手枪，说："兄弟们，你们都看到了吧，日本人来了，来者不善，传令下去，今晚谁也别睡觉，把子弹压上膛。"土匪们都握紧了拳头。马云龙又拍拍那个彪悍的土匪，就是刚才对着日本士兵开枪的悍匪，马云龙从口袋里掏出几个银元给他，说："兄弟，你受委屈了。"土匪很有士为知己者死的义气，说："司令，我们听你的，受这点委屈算什么。"

马云龙下令："从现在开始，矿田进入特级战备，不管什么人，只要进入禁地，格杀勿论。"所有的土匪利索地答应："是。"

土匪们散去之后，只剩马云龙一个人，山洞四壁的火把一跳一跳的，马云龙的脸忽明忽暗。他喘了一口气，然后仰身躺在一个木箱子上，他太累了。

休息片刻，马云龙来到外面巡查，重要的地段都插满了火把，通亮一片，所有的土匪实枪荷弹，警惕地守卫着自己的岗位。一共有三个矿洞，洞口守着七八个土匪，不停地有劳工背负着矿石走出来。

几匹骡子拉着大石磨吱吱呀呀地响，石碾把矿石压成粉末。

马云龙巡查了一番，过来一个小土匪汇报："司令，那些日本人都已经睡着了。"

马云龙满意地点点头，让通信员把那个木盒子取回来，然后返回刚才的山洞里，头枕着木盒子睡觉。

估摸着到了半夜，马云龙醒来，自己抱着木盒子，顺着山路向前走，来到一个山洞前，有两个土匪在上哨，马云龙说："把门打开。"两个土匪嗞着牙，用力地把门推开，马云龙说："好好守着。"

山洞里点着长明灯，进了山洞，前面还有一道石门，马云龙扭动旁边的机关，再用肩膀使劲地顶开门。

石室的中央是一个供桌，摆放了一个灵位，那是马云龙的父亲。马云龙来到灵位之前，把那个木盒子放在供桌子上，说："爹，我把咱们家的宝贝要回来了，现在儿子在招远也是一跺脚震四方的人物了。爹，你放心，我会把更准确的龙脉图找到的。"

在供桌有前面，有几个装弹药的木箱子，马云龙打开一个，里面是黄澄澄的金条，马云龙说："爹，这是咱们的金矿开采的黄金，我让黄金陪着你。"

马云龙的神情比较严肃，忽然侧身问："谁？"他感觉到有人进来了，回头看，只见佐滕山木笑嘻嘻地走进来，马云龙厌恶地问："佐滕山木，你到这里干什么？"

佐滕山木没有回答，径直来到供桌前，马云龙掏出手枪对着佐滕山木，佐滕山木笑着说："马司令，你我应该是合作伙伴呀。"他使劲地拍拍手掌，进来四个日本武士，他们站在一起，佐滕山木说："如果您不克制的话，就会把事情搞得很糟糕，咱们俩总不至于刀枪相见吧。何况这里是你父亲安息的地方，在此地动武不合适吧。"

马云龙强忍着怒火把枪收起来。佐滕山木悠然自得地把木盒子打开，里面是一张图纸，还有几根金条，佐滕山木眯着眼欣赏那张图纸，笑着说："这就是最原始的龙脉图，当年你爹得到了它，并拿它与当年的李家进行交易，换取了在罗山开矿的权利。"

马云龙点点头说："这个东西你拿着没有任何用处，以你们现在的技术手段，勘测的任何图纸都比它精确。"

佐滕山木爱不释手地说："说实话，我很想得到它，但是，我还是讲商业道德的，我十分尊重合作伙伴的利益，如果不遵守合作双方的承诺的话，早在二十年前，我就从李家拿到了它。"

马云龙松了一口气，没有想到佐藤山木诡秘地一笑，说："马司令，这张图纸虽然是个草图，但是的确有参考作用，所以我希望借用一下。"

马云龙生气地说："这是我们马家的。"

佐藤山木笑着说："这张图上，它包括了玲珑背和金蛇谷的矿脉图，这两块地都不是你的开采范围，玲珑背的开采权在我手里，我回去把这张图复制一份，原图原封不动地还给你，我已经说过了，我不会霸占你的图纸的。"

马云龙骂道："你的人品，比酒井大佐差远了。"

佐藤山木笑道："我是商人，他是军人。你看，这张图纸上有玲珑背金矿的矿脉，你帮我一下，成人之美，不是很好吗。我是个商人，我不会让你白白帮忙的，我们可以谈条件，我以我的人格做担保，我会给你一个合适的价格。"

佐藤山木招了一下手，过来一个日本武士，把图纸取走。佐藤山木又掀开木箱子看一眼，说："这些金条成色很足呀。"

马云龙正要发作，佐藤山木和蔼地说："马司令，咱们是朋友，你到外面透透气。"

说着，佐藤山木拉着马云龙来到山洞外面，酒井和山岛已经等在外面了，几个精干的日本士兵把刚才的两个土匪绑了起来，酒井说："马云龙，我们需要坐下促膝交谈。"

马云龙哭笑不得，万万没有想到，剿共竟然剿到他头上，他负气地说："好吧。"这些人回到山寨的大厅，马云龙让人把火堆点上，大厅里通亮一片，酒井毫不客气地坐在马云龙的椅子上，不失幽默地说："马司令，十分感谢你对大日本帝国的支持，但是你的所做，还远远的不足，我们需要跟你成为更密切的朋友。关于你要的开采设备，我承诺一定会到位。今天晚上你立刻与佐藤山木的鬼怒川公司签订合同，由他供货。"

马云龙忍气吞声地问："佐藤君，你们何时可以供货？"

佐藤山木说："货已经发出，很快会到青岛港，但是你的黄金呢？"

马云龙说："我的黄金已经准备好了。"

酒井的一挥手说："有我在场，你们把合同签订了。"于是两个日本武士把两份合同摆在了马云龙的面前，马云龙识字不多，并不能完全看明白其中的内容，他装模作样地看半天，酒井不高兴地说："马司令，你抓紧时间签字，我不会骗你的。你担心什么呢，我还要跟你合作呢，整个招远城的守备都在你手里，你就放心吧。"

马云龙只好签字。

酒井说："关于你承诺的两千两黄金，现在就准备好，交到我手里。"

马云龙看看佐滕山木，问："佐滕君，关于你刚才拿到的那份图纸，你有什么表示？"

佐滕山木说："你提要求吧？"

马云龙想了想说："除了刚才合同中约定的开采设备之外，我还要求再加一台风钻。"

佐滕山木点点头，说："可以，不过，你需要出一部分钱，只需要出一半的价钱就可以。"

马云龙拍拍木头箱子说："好，君子一言，驷马难追。来四个人，跟我去取黄金。"佐滕山木说："让我的人帮你。"马云龙阻止道："我自己的人就可以了。"

马云龙大摇大摆地出去，过了有十几分钟，进来七八土匪，把四个箱子放下，打开，让佐滕山木验货，马云龙大方地说："酒井大佐，这些黄金就是你们的了。"

酒井竖起大拇指说："马云龙，你是好样的，对大日本帝国是绝对的忠心。"

马云龙说："大佐，这次搜山，我们的巡防营武器太差，你看，是不是配备些新枪支？"

酒井点点头说："马云龙，只要你的忠心大大的，这些都好谈。"

佐滕山木清点完黄金，心满意足地附和点头。突然，山洞外面传来激烈的枪声，马云龙瞪着酒井，"这是怎么回事？"他掏出手枪，冲出山洞。

第7章
马云龙的报应

张铁桥出现

马云龙冲出山洞，山岛也带着自己的人冲出来，山岛问："怎么回事？"马云龙没有回答，大踏步向前走，有两个土匪跑过来，"司令，司令，有几个人偷袭咱们关押的那个疯子。"马云龙听了此话，纵身一跃，跳到一块大石头上，看到前面七八个黑衣人正在与土匪搏斗。

"点火把！"马云龙命令。立刻，灯火通明。原来是十几个日本武士围成一圈，中间夹着一个披头散发的大汉。日本武士的首领是柳生，他用刀指着几个土匪，不让他们靠近。

正在这时，嗖地一声，几支暗器飞过来，立刻两个日本武士惨叫，只见一个黑影飞过来，冲着柳生一剑，柳生挥刀一劈，两支兵器相击，并没有听到意料之中的撞击声，却见那黑影的身子在空中一绕，已经转到柳生的背后，他又一剑，雾里探花，刺向柳生的后心。柳生大笑一声，叫："好功夫！"他的身体向前腾空一跃，在空中又一个鹞子翻身，手中的日本刀刺向黑影的面颊，这一刀极快，刀背擦着黑影的鼻尖而过。

黑影也哈哈大笑，一抖手腕，剑尖如同银星万点，直奔柳生的上身，柳生被迫后退，毕竟他对这里的地形不熟悉，后退的身子撞在山石上，几个土匪立刻围上来，大喊："抓活的，抓活的。"

佐藤山木大叫："住手，住手。"

马云龙立刻大喊："别打了，别打了。"

那个黑影听到马云龙的声音，踩着岩石，很快地消失了。

马云龙来到跟前，对佐藤山木说："佐藤君，你的人怎么干小偷小摸的事情呀？"佐藤山木和蔼地一笑说："马司令，此话讲错了，应该用在你身上，我们要找的这个人，是二十年前你爹偷走的。"

马云龙哈哈大笑，说："我爹偷你们的人？"

佐滕山木说："对，你爹偷走的。他就是二十多年前的张铁桥，他是我的人。"

佐滕山木对着那些日本武士说："把人带过来，让他认一下。"

几个日本武士把那个披散着头发的老头儿带到佐滕山木跟前，佐滕山木仔细地盯着他的眼睛，问："你认识我吗？"

老头儿想了半天，说："不认识。"

佐滕山木闭上眼想了一下，说："再看看。"

那个老头的眼神有些迷乱，突然问："你知道我是谁吗？"

佐滕山木说："你是张铁桥。"

老头认真地想了想，说："谁是张铁桥？"

马云龙在一边哈哈大笑，说："佐滕山木，你就别枉费心机了，这么多年，他从来就没有清醒过。"

佐滕山木冷笑道："他当然不清醒，他如果清醒了，你早就得到龙脉图了。"佐滕山木狡猾地一笑，从口袋里掏出一小块金子，问那个老头儿："这是什么？"

那老头嘲笑他："这当然是金子。"

佐滕山木又从路边捡起一块矿石，让人用火把照亮，问："这是什么？"

那老头哈哈大笑，说："这么简单的问题，你也考我，这是典型的石英脉型金矿，这种矿石产于华北地台鲁东胶北隆起的招远断块中部。"

佐滕山木听后，哈哈大笑，突然，从一个日本武士手里抽出一把日本刀，双手持刀，大喊一声，朝着那老头劈过去，那老头吓得一闪，可是佐滕山木又砍出一刀，架在他的脖子上，老头两眼直直地盯着刀刃，猛然大声嚎叫："你是日本人，你是日本人！"

佐滕山木把刀撒了，老头儿立刻转身跑："日本鬼子来啦，日本鬼子来啦。"可是他没有跑多远，就被两个日本武士押回来了。

马云龙嘲笑地看着佐滕山木，佐滕山木得意地说："他就是张铁桥，当年，我就是用刀逼着他，他才同意为我效忠的。"

马云龙冷笑，说："可是，他已经疯了，失去记忆了。"

佐滕山木说："我有办法，我要把人带走。"

马云龙说："那不行。"佐滕山木笑着看着马云龙，问："你留着他有用吗？"

马云龙没有吱声，佐滕山木温和地一笑，说："马云龙，我想得到的东西，你是抢不走的，至少目前是这样的，看到你保护他有功，我可以跟你共享张铁桥提供的信息，只要你同意我将人带走，如果他恢复了神智，随便你问他任何事情。"

马云龙想了想，说："可以。"

"好，好。"酒井拍着手掌过来，大声说："如果你们可以精诚合作，那么整个罗山就是我们的天下了，请二位跟我进山洞，安排明天后天的作战计划。"

酒井带领众人进山洞，日本士兵很快就把地图展开，酒井用军刀指点着："明天天亮之后，部队从此处向西向北继续搜山，把共产党的游击队驱逐出罗山。如果游击队跟我们玩猫捉老鼠的游戏，那我们就奉陪到底，这次搜山行动，至少还要坚持两天。有困难吗？"酒井问了一下马云龙，接着说："如果给养不充分，今天晚上补充到位。"马云龙嘿一声表示坚决执行。

酒井继续宣布："如果搜山中发现共产党的游击队，就跟他们打，这次的交锋他们至少已经损失一个班的兵力，他们的人经不起如此减员。"酒井说到这里，看看佐滕山木，两人都满意地点头。

酒井继续讲："两天后，我们的部队可以将罗山搜查大部分，之后，部队返回，到金蛇谷地区集结。"

马云龙惊疑地问："金蛇谷到处是蛇，咱们去干什么？"

酒井说："金蛇谷遍地黄金，就是上刀山，下火海，我们也要去见识一下。有问题吗？"

马云龙说没有问题。酒井问佐滕山木："你这里有问题吗？"佐滕山木说："明天，我就不参加军事行动了，请你给我派一个小分队，将黄金和张铁桥送回去。"

酒井点点头，说："好，那就先散会。"所谓的散会，就是马云龙带着自己的人离开山洞。马云龙走后，酒井跟佐滕山木说："你的现在就回去，估计天亮你就到了玲珑背金矿，迅速安排汽车兵将矿石和黄金运出去。"

佐滕山木点头，说："好！"

酒井说："共产党的游击队受了重创，现在没有精力袭击我们，倒是国民党的军队我们要加强防备。你要妥善安排，成品黄金与矿石不能同时运输。"

佐滕山木说："这个我明白，成品黄金我们走另一个渠道。"

酒井语气诚恳地说："佐滕君，此事就拜托你了，我们在山里继续行动，掩护你将黄金送出招远。"

佐滕山木点点头，压低声音跟几个日本武士讲话，山岛派过来几个日本士兵他们负责将佐滕山木一行人送下山，然后由山下的部队护送佐滕山木返回玲珑背金矿。

这些人悄无声息地行动，像鬼魂一样消失了。

马云龙在自己的山洞里坐卧不宁，万万没有想到日本人会如此下手，毫不留情把他们马家的东西掳走了。一定得想办法，可以从杨少川那里下手。

山洞外传来脚步声，马云龙立刻机警地站起来，一个黑影进来，马云龙毕恭毕敬地说："二叔，是您。"

云中飞淡淡地说："马云龙，张铁桥已经被日本人抢走了，我使命也就要结束了，我已经履行了对你爹生前的承诺，我近日就可以离开山寨了。"

马云龙恳切地说："二叔，您还不能走，这个山寨里，你看好的东西，随便拿。你知道的，日本人太狠了，如果张铁桥真的恢复了记忆，恐怕许多秘密就会公布于众，包括我们山寨的。"

云中飞说："张铁桥这个人，早些年投靠日本人，帮助日本人干了不少坏事，当年，如果不是你爹护着，早就死了几次了。"

马云龙说："还请你不要离开山寨。"

云中飞说："你爹当年救了我一命，我履行承诺帮助你这么多年，也算可以了，天下没有不散的宴，如今你已经找日本人当了靠山，我已经帮不上什么忙了。"

马云龙苦笑道："二叔，我知道你反对我投靠日本人，其实我心里也清楚，这日本人是靠不上的，但是，咱们现在没有更好的办法。"

云中飞知道再谈下去也没有意义，说："要不今天先说到这里，天色不早了，你还需要休息一下。"

马云龙无可奈何，只能点点头让云中飞离开。

他来回走了几步，最后决定，必须从杨少川那里下手，于是，他叫来一个土匪，命令他火速下山，去找毛驴儿。

杨少川造访道观

杨少川并没有跟随着日本军队行动，他离开了队伍，径直向着道观的地方走去。

上午，来道观上香的人比较少。杨少川先到前院的大殿里供奉了香火，然后去后院。在一个偏房里，看到一个小道士正在写字，便上前去，问："阳明子道长在吗？"

那个小道士抬头看看杨少川，摇摇头。

杨少川退出去，从道观的后门走出去。道观的后面是一条沟，现在刚开春，有阳光的地方已经是嫩绿一片，杨少川顺着山沟下到山沟的底部，这里已经有溪水，有一米多宽，道观里的用水，可以从这里汲取。

杨少川又向上攀爬着，十几分钟后，他就来到了山沟的另一边，多日以前，他发现的道士进行冶炼的地方，就是这附近。

杨少川继续向上走，他需要找到这个水的源头。

继续向前爬了约有半个时辰，看到一个水潭，这个水潭至少有上千平米，如果雨季到来，会积满水。杨少川来到水潭边，仔细观察了一下，这个水潭的边沿是人工垒成的，也就是说，这是借助一个天然的地理环境修筑的人工湖。

杨少川拿出地图，在上面认真地标绘，然后，站起来找了一个合适的位置，观察湖水。现在是春天，水十分清澈，隐隐约约可以看到湖底。湖水的深度约有三四米。但是，有一处比较深，色泽黑暗，看起来，至少有十几米左右。

杨少川坐下来，向道观看去，相离不过一里地，与道观的落差也就五十多米。

他想了一下，又拿出图纸，认真地审视了一番，自言自语："在这个湖底下，就有一条矿脉。"他又站了起来，再去看水底，说："这条矿脉肯定是开采过的。"

杨少川正在思考，有两个年轻的道士过来，他们冲着杨少川施礼之后问："请问你是前来进香的吗？"杨少川支吾着没有回答。道士讲："如果是进香的，请到前面的大殿，这里是后山，是不允许人进来的。"

杨少川笑笑，说："那我这就走。"他收拾好包裹，同两个道士下山，走了几步，试探着问："我想问一下，是否有人在刚才的湖底下开过矿？"两个道士摇摇头。他们绕来绕去，到了道观的正门。一个道士说："您请便。"

杨少川再次走进道观，他走进了一个人的视野。这个人正在写生，画的是道观的楼宇。"杨少川，你好。"她高兴地叫他。

这个女人是红英。杨少川问："你怎么会在这里？对了，这么多日子你去哪了？"红英把画架收起来，说："我住在刘家大院，平时跟刘牧栋在一起，教她画画。"

杨少川说："我记得你来罗山，是为了查找你父亲的事情？现在有消息吗？"

红英的脸色变得难看，两眼失神，似乎进入了想象之中，片刻的迷失之后，她轻轻地叹一口气，说："没有结果。"而后，她又转过身去，偷偷地抹了一下眼睛。

红英低下头，把画夹整理了一下，又转过身来问："你的事情呢？"

杨少川淡淡地一笑，说："我的事情，其实很早以前就有结果，我只不过是重复以前的工作。"

两人说着话，杨少川不知不觉又来到了大殿，他来到那个偏房，对那个道士说："请你给阳明子道长留个口信，我需要见他一面，这涉及到道观的安危。"

那个道士点点头。

这时，西边响起激烈的炮声。杨少川向西看了看。那个道士也站起来，来到门口向西听了听，然后问："打仗了？"杨少川说："酒井大佐带着军队正在搜山。"

那个道士又坐回屋里。杨少川又重复："请道长务必见我一面。"

那个道士没有说话，低下头用毛笔写写画画。

杨少川退出屋子，红英问："他愿意见你吗？"杨少川反问："你知道我要见谁？"

红英说："我知道，你要见阳明子道长。"

杨少川没有回答，他听了听西边，又响起连续的机枪声，杨少川说："下山吧，那边开战了。"

红英问："那你还过来吗？"

杨少川说："明天吧。"

佐滕山木带队返回玲珑背金矿之后，立刻安排汽车兵将上等的矿石装车，准备天亮就发货。又打电话给军营，让军医赶到鬼怒川公司随时待命。

玲珑背金矿只留下三十多个士兵，大部分人马跟随山岛去执行搜山任务了，虽然共产党的游击队被大部队驱赶得向西撤退，但是还得提防发生意外。就目前的兵力来看，只能发四卡车的矿石，每个卡车上有四个兵守护，其余的士兵还得留下看护矿田。

清早，四辆卡车已经装车完毕，佐滕山木坐上小汽车，跟随四辆大卡车下山。由于装载着沉重的矿石，军用卡车行驶的速度相对缓慢，发动机发出沉闷的响声。果然不出所料，一路安全，没有出现任何人阻挡。

大卡车下山之后，接着向东行驶，奔向龙口港。

佐藤山木的小汽车，则开回鬼怒川公司。日本军医已经等在那里了，佐藤山木让几个日本武士把张铁桥扶出来，对军医说："好好地给他检查身体。"

佐藤山木正准备休息一下，有人说："百灵鸟来了。"佐藤山木说："让她进来。"

一个黑衣人进来，她把围在脸上的纱巾打开，说："昨天，杨少川去道观了，要去见阳明子道长，并没有见到。"佐藤山木点点头，揉了一下眼睛，打了一个哈欠。她继续说："最近，我听刘牧栋讲过一件事情，她小的时候得过病，她父亲带着她去道观里找阳明子道长看过病。"佐藤山木奇怪地看着那个女人。

女人继续说："刘牧栋说，当时的阳明子道长正在闭关，因为刘爱生的关系与阳明子道非同一般，就允许她进关看病。刘牧栋回忆说，那个所谓的关就是地下室，从大殿那里下去。"

佐藤山木明白了，点点头说："看来，道观确实是有地下室。"

女人继续说："另外，陈老二已经有两天没有活动了，估计他已经跑了。"

佐藤山木说："他的东西，我们已经得到了，必要的时候，把他干掉，免得把一些秘密透露给中国人。"

女人嘿得一声，表示坚决执行。佐藤山木点点头，她把围巾缠好，推开门走了。

孟德带着队伍连夜向西撤退，把日本军队抛在了后面。他在路上留下了侦察人员，观察日本士兵的行踪。在半夜的时候，他的队伍已经与王迎春的人马汇合了。

他们的汇合地，是一个废弃的矿井。

王迎春带领的人马，至少有四五人受了轻伤。他跟那个账房坐在一起，愁眉苦脸地吃着烟袋。账房说："让我也吃一口。"账房把烟袋抢走了，狠命地将烟锅里的烟丝吸灭了，然后在地上磕了磕，王迎春伸手来要烟袋，账房说："王政委，别吃了，再吃，身体垮了，你眼都红了。"

王迎春唉唉地叹口气，用手捏着一块石头，狠命地捏，弄得手疼，最后问："损失统计出来了吗？"账房叹口气说："矿石，就背出那么一点儿，工具都扔了。"

王迎春接着问："孟德那边的情况呢？"

账房说："最终确定的死亡人数还没有出来，目前已经知道的阵亡人数在八个人，还有受伤的十几个。失踪的人数为三人。"

"孟德呢，把他叫过来。"王迎春说。账房出去了。

孟德正在给几个伤员看伤口，账房走过去，冲他做了手势，孟德说："王政委找我？"账房点点头。孟德只好搓着手，来到王迎春旁边。王迎春把空的烟袋挂在嘴上，咬着烟嘴，孟德说："想抽就抽几口吧。"王迎春瞪了一眼孟德，说："坐下。"孟德用手抓着自己的衣襟，大大咧咧地坐下，说："王政委，你训我几句吧，我都接受。"

王迎春无奈地说："训你能够解决问题？这次伤亡严重，你有什么想法吗？"

孟德拍了一下坐着的石头，说："当然有想法啦，我先把你们送到安全的地方，然后，我带着人再回去，好好报复一下，起码干掉小日本一个分队，这才够本。"

王迎春耐心地开导："不能蛮干，咱们现在没有实力与日本人正在交锋，我们得想办法。我刚才想了一下，我带着伤员和矿石，继续向北撤，到咱们的根据地。你带着精干队伍，留在山里继续与敌人周旋，给敌人制造假象，把敌人往相反方向吸引。"

孟德点点头，说："逗着小鬼子玩，这事我拿手。"

王迎春严肃地说："另外还有两项重要的任务要交给你，第一，想办法找到精确的矿脉图，这样才能减少我们的牺牲；第二，发展壮大我们的武装力量，尽可能的吸收大刀会的人加入我们。"

孟德搓搓手说："老王，你这两项任务看起来不难但是也不好办呀。你说的矿脉图，就是龙脉图，刘牧之和武冬梅不会交给我的，那是他们家的命根子。金龙刀谱，说不定我能给你要来。"

王迎春生气地说："我没有心思跟你开玩笑，都死了这么多人，没有龙脉图也行，你把黄金拿来。"

孟德低下头不说话了，半天又找到了理由，说："王政委，不是我闹情绪，咱们的条件确实差了点，我确实有办法吸收大刀会的人，但是咱们的武器装备太差，我把这些人招呼来，跟日本人正面打，那不是白送命吗？"

王迎春说："这个问题我来解决，我会向组织上汇报的，争取好的装备，如果咱们在短期内给延安提供一部分黄金，我想组织上一定把咱们的困难优先解决。"

孟德想了想说："你说得有道理。这样办，我迅速返回县城，去找我师妹。咱们把游击队先留在山里，牵着敌人鼻子走，你带着伤员和矿石，到根据地休养几天。"

王迎春想了想说："那就这么安排。"王迎春站起来，来到洞口看看天色，说：

"现在安排队伍撤离。"于是大家相互推醒了，整理物品，然后悄无声息地消失在黎明前的夜色里。

孟德则背上大刀，紧了一下腰间的手枪，带着两个精干的战士，朝着相反的方向出发，他们是去位于县城的刘家大院。

第8章
王者归来

刘牧栋发现金钥匙

孟德到达县城之时，已经是上午十点左右，他没有直接去刘家大院，先去找了个澡堂冲洗了一番，然后，小小地睡了一觉。出来之时，穿了一身干净的衣服，此时已经是傍晚。

小六正跟着哑巴玩耍，他已经被孟德盯了很长时间。孟德上前说："你帮我个忙，给我送个信，去刘家大院。"

孟德掏出零花钱给小六，小六高兴地拿着纸条走了。

哑巴看着孟德。孟德拉着哑巴来到小酒馆里，给他上了饭菜。哑巴打着手势，伸出大拇指。孟德看着哑巴，笑了笑，猛不丁问出一句话："我说哑巴，你能不能帮我个忙呀，或者给我个提示，我从哪里能够找到龙脉图？"

哑巴正在吃饭，似乎没有听明白孟德的话。

孟德使劲地摇摇头，说："哑巴，你是知道的，我是性格爽快的人，可没有那么多的阴谋诡计。"

哑巴笑笑，吃得很香。孟德继续说："你要是告诉我一点儿信息，我把龙脉图找到，那就好了。总不能让日本人把它拿到吧。"

哑巴终于笑了一下，他的笑声很古怪，嘎嘎的，他指了下自己的嘴巴，又打了几下，表示自己不会说话，又用手在桌子上写写画画，表示自己不会写字。又张开嘴吃饭，夸张地吞下几口，伸出大拇指，表示自己只会吃饭。

孟德低下头无奈地说："我愁死了，我愁死了。"

哑巴拍拍孟德的肩膀，伸出大拇指，意思是："你是好人。"

孟德又气又好笑，说："你吃吧，我不问你了。"他负气地趴在桌子上，这时，有人在他的头上拍了一下。

孟德转过身说："师妹，我就知道是你。"武冬梅穿了一件普通的小袄，完全是一副丫头的扮相。

武冬梅嘲笑说："你堂堂的一个大男人，欺负一个哑巴。"武冬梅的话，哑巴摆摆手，指指孟德，又冲武冬梅伸出大拇指。武冬梅笑着说："人家还替你说话呢。"孟德看看哑巴，说："哑巴，我就住在旁边的那个小旅馆，你要是有什么事情，就来找我。"

哑巴知道他们有事情，便抹了下嘴，伸一下大拇指走开了。

武冬梅看着哑巴走了，问孟德："你有什么事情，非要把我叫到这里？"

孟德说："在这里说安全一点儿，你们刘家大院日本人盯着紧呢。"武冬梅说："你怕什么？日本人又能怎样？"孟德说："师妹，你怎么说话如此轻率，师父和师母都是日本人害的。"武冬梅斜了孟德一眼，说："你应该不是为了这些话才把我叫出来的吧？"

孟德嘿嘿一笑，说："师妹，确实有事情，我这次来找你，就是想让你给我透露一些关于龙脉图的秘密。"武冬梅嘲讽地一笑，说："亏你还是大师兄呀，平时你装得好像不怎么关心龙脉图，怎么现在也要关心关心龙脉图了？"

孟德脸色比较难堪，说："师妹，我的为人你是清楚的，不到万不得已，我不会跟你提这件事情，我觉得如果刘家还宁死保守龙脉图的秘密，最后的结局必然是家破人亡，而且这个秘密早晚要被日本人得到，所以我们必须早做打算！"

武冬梅听了没有说话，问："大师兄，我肯定是相信你的，但是，你有什么更好的办法吗？"孟德说："如果你把龙脉图交给我们，我们能够想办法不让日本人得到。"

武冬梅摇摇头说："这样你就可以保证刘家不家破人亡？大师兄，你错了，只要龙脉图不被日本人拿走，刘家就不会家破人亡。"

孟德说："起码我们可以一起并肩作战。"

武冬梅笑笑，说："大师兄，事情没有那么简单。"

孟德说："师妹，你心里清楚，我们早晚要一起作战的。"

武冬梅低下头想了想，说："你要是参与到这个秘密里来，会让更多的人死于非命。"孟德说："我即使不参与进来，这些人也会死于非命，只是时间的问题。"

武冬梅说："这是一场悲剧，从二十年前就开始的，凡是参与进来的人，都懂得，会不惜用生命来保护这个秘密。"

孟德说："师妹，你要相信我，我一定会尽力的。"

武冬梅说："大师兄，我是相信你的，但是，布置这个秘密的杨忠山，已经想到了未来事情的发展，他怕这些秘密被日本人得到，把秘密分散成几份，就是为了保证大多数人能够活下来。"

孟德说："要是把你的秘密和师弟的秘密合起来，会不会得到龙脉图？"

武冬梅笑着说："自然不行，因为有一把传说中的金钥匙。"

孟德说："从哪里得到这个金钥匙呢？"武冬梅嘲笑他："大师兄，我看你就别动脑子了，咱们师兄妹三人，就数你最笨了，你办起笨事来我都替你着急，你不是那种聪明人，你就根本搞不明白这里面的奥秘，难道你都忘了，咱们小时候每次捉迷藏，你总是被捉住。"

孟德丧气地说："我这么笨，你干脆告诉我得了，反正我也猜不着。"

武冬梅说："我怎么能够随便告诉你呢。"

孟德着急了，说："你再不告诉我，要出大事情的呀，日本鬼子昨天已经大扫荡搜山了，从玲珑背向西向北，拉网排查，我告诉你，我们的人，至少死了十个。"

武冬梅叹口气说："你们跟日本鬼子抢黄金，肯定是要死人的。你们要是再参与龙脉图的秘密，得死更多的人。"

孟德脸色一变，说："师妹，有句话我不知道是不是应该说。"

武冬梅冷冷地瞪他一眼，说："你有什么不能说的？"

孟德说："日本鬼子拉网排查结束之后，你估计他们接着要干什么？"

武冬梅没有回答。孟德说："下一步，就是金蛇谷和卧龙居。"

武冬梅这回坐不住了，站了起来。孟德说："江湖上的人都知道，秘密就藏在卧龙居，如果日本军队几百号人冲到卧龙居，每人一块砖，也把你们的几间房子拆了，即使你卧龙居里面有上千上万的机关，也经不起日本鬼子的几颗炮弹。就卧龙居里的那些机关，只能抵挡一些简单的蟊贼。杨忠山再有远见，他也不会想到二十年后日本人会派出军队的呀。"

武冬梅自言自语："佐藤山木会这么做？"

孟德不屑地说："我说师妹你怎么这么不开窍呢，日本人抢咱们的黄金是国家战略，那是整个国家的事情，不是佐藤山木一个鬼怒川公司的事情。即使佐藤山木没有抢到龙脉图，即使他死了，还有其他日本人接着来抢。"

武冬梅严肃地看看孟德，说："大师兄，我怎么感觉你长见识了呢？"

孟德一本正经地说："那当然，我们平时还学文化呢。我说师妹，你就别兜圈子了，能够告诉我的，赶快告诉我，你都不知道这件事情的意义有多大，要是我们掌握了龙脉图，最快速地挖出黄金，然后交给组织，买来好的武器，起码那枪是打连发的，还有机枪，那得打死多少日本鬼子呀，我们至少得提前一年，不，两年，把鬼子赶出我们中国。"孟德伸出两个手指头。

武冬梅为难地说："可是，我公公还有我妈都有过嘱咐的……"

孟德说："他们哪里知道事情是瞬息万变的，你快点，你急死我了。"

武冬梅说："可是我知道的那点事情，你知道了也没有什么意义。"

孟德说："你先把你知道的告诉我，等师弟牧之回来了，我再去问他。"

武冬梅说："行了，我告诉你，你把耳朵伸过来。"孟德把耳朵伸过去，隐隐约约地听到了，之后一拧身不屑地说："不就是师母画的那张画吗？"

武冬梅生气地说："你小声点儿。"

孟德压低声音说："师父藏在机关里的那幅地质图，不就是原图吗？在我手里呀。"

武冬梅说："你不想活啦，你知道就行了。"

孟德泄气地说："早知道，我还问你干什么，你看绕了这么大的一个圈子。"

武冬梅瞪了他一眼。孟德又问："那么牧之的呢？"

武冬梅没有好气地说："就在他后背上。"

孟德说："你骗我，我见过，那是龙刺青。对了，师母给你的那些书，是不是金钥匙？比如什么藏头露尾诗啦。"

武冬梅压低声音说："那是药书和冶炼黄金的书。"

孟德说："师母还有这种东西？"武冬梅恨铁不成钢地压低声音说："说你笨，你就是笨，我妈也是道教的弟子，她之所以把这些书藏起来，尤其是那本炼黄金的，我估计，是因为很多年以前，杨忠山发现了道观的炼金场所。"

孟德听了大吃一惊，还没有喊出来，就听见有人尖叫："你们在这！"

吓得武冬梅捂住了胸口，孟德也噌地跳起来，原来是刘牧栋闯进来了。

"你们在商量什么哟，是不是龙脉图？"刘牧栋又神秘又好奇地看着他们。武冬梅生气地训道："你要吓死我呀！"刘牧栋拉开椅子坐下，孟德吃惊地问："老三，你要干什么？"刘牧栋说："你们继续说，我也听听。"

武冬梅说："我们已经说完了。"刘牧栋问："你们都说什么了？"孟德说："我说老三，你就别跟着捣乱了，你们刘家已经够乱的了，你就待在家里，什么别管。"

刘牧栋说："我不管能行吗？我心里清楚得很，日本鬼子早晚要把刘家祸害了。"

武冬梅说："老三，你太年轻了，做事情没有轻重，关于龙脉图的事情，不要参与了。"

刘牧栋说："大师兄，你带我进山吧，我跟着你们，打鬼子，替我父母报仇。"

孟德立刻摆手："千万不能，都是男的，你去了不合适，没有厕所，解手不方便。"

刘牧栋脸红了，说："你真讨厌。"她瞪了孟德一眼，卖弄地说："不过，我知道一个秘密，就是金钥匙。"

武冬梅的眼神立刻凌利起来，像是一把刀子刺向刘牧栋，问："老三，你又偷着干什么事情了？"

孟德也是张开了嘴，看着刘牧栋。

刘牧栋继续卖着关子，说："大师兄，你要答应我办两件事情，我就告诉你。"

孟德将信将疑，说："你是指金钥匙？"

"当然。"刘牧栋发现孟德是如此地看重金钥匙，心中甭提多么高兴了，故意看着自己的指甲盖。"那么你让我办的两件事情是什么？"孟德着急地问。刘牧栋懒散地说："我现在还没有想好，等我想好了再告诉你。"

孟德求饶道："你快说吧，你简直是个小妖精，我都急成这样了，快点说吧。别说两件事情，就是十件事情，我也答应。"

刘牧栋调皮地说："二嫂，你也听见了？你要给我作证。"

武冬梅只好点点头，她也想知道金钥匙到底是什么。刘牧栋看到大家急成那个样子，终于把手放下来，神秘地说："咱爹的那个百宝箱，二嫂，你还知道吧？"

武冬梅着急地点着头，说："咱们不是清点过里面的东西吗？"刘牧栋神秘地一笑，说："对。"刘牧栋又停顿了一下，她似乎是个弓箭手，把眼前这两个人绷紧的弦再紧了一把。

武冬梅仔细地回想了当时清点的东西，没有想出个究竟。

刘牧栋说："我记得小时候，爹哄我玩，我问他，那个百宝箱里放着什么东西呀，爹说，那是咱们家里最重要的东西。"

武冬梅一下子泄气了，这个小姑子真是让她哭笑不得，那是哄小孩子的话，也能相信。她瞪了刘牧栋一眼。可是刘牧栋正在兴奋头上，根本没有注意武冬梅的表情。

孟德毕竟对刘家的事情好奇，问："你快说。"

刘牧栋更加神秘了，说："那刘家最重要的东西是什么，就是龙脉图，不是地契，也不是银票，但是龙脉图被爹烧了，那么最重要的东西，肯定是金钥匙。"

武冬梅终于忍不住了，说："老三，你说什么是金钥匙吧。"

刘牧栋眼睛一亮，说："就是那张纸呀，你不记得啦，上面写着四行数字。"

没有想到刘牧栋的话没有说完，武冬梅生气地拍桌子，大声说："胡闹，老三，你能不能神经正常一点儿。整天疯疯癫癫的。"

刘牧栋没有料到武冬梅会发脾气，兴奋劲一下被打下去了，脸拉得老长，为自己据理力争："如果百宝箱里装的都是宝贝，肯定那张纸是比宝贝更要珍贵的东西。"

武冬梅努力控制了自己的怒火，说："老三，咱们家里已经够乱的了，你别胡思乱想了，你小时候爹哄你玩的话，别拿到这里分析。再说了，如果你爹知道那是金钥匙，早就告诉我们了。"

刘牧栋辩解："我爹不是搞地质的，就是知道那些数字很有用，也不一定知道那是金钥匙。"

武冬梅厌恶地说："我说老三，你不要再无事生非了，你再这么捣乱，咱们刘家的这么多人，都有可能被日本人杀了。"

刘牧栋委屈地哭了，说："我小时候，爹带我去过道观的密室，你们去过吗，那里面有金子。"孟德又愣了一下，问："真的？"

武冬梅说："那是她小时候的事情，她哪记得那么清楚呀，再说了，道观里有的塑像是镀了金粉的，金粉不是金子，她是小孩，就以为那是金子。"

孟德醒悟地点点头，也劝刘牧栋，说："三妹，你二嫂说得有道理。"

刘牧栋不服气地站起来，说："你们俩看不起人，我说得才有道理呢，不信，我就证明给你们看。""不准胡来！"武冬梅说。刘牧栋不理他们，站起来跑了。

刘牧栋奔跑着返回刘家大院，她冲进门的声音把红英吓了一跳，红英正在画画，她轻轻地扭过身子，问："三妹，你怎么了？"刘牧栋还有些失魂落魄，忐忑不安地说："红英姐，你胆子大吗？"红英平静地说："你有什么事情，需要胆子大？"

刘牧栋说："咱们今天晚上去山上的道观，你敢吗？"

红英说："有点怕，你怕吗？"

刘牧栋说："我当然怕，如果咱们俩一起去，就不害怕了。"

红英说："你去干什么？"

刘牧栋说："我小时候去过道观的地下室，那里面有黄金，咱们去看看。"

红英说："你太胡闹了，人家还不打你一顿。"刘牧栋说："咱们就去看看，你知道吗，阳明子道长与我爹关系特别好，这个阳明子道长平时不见人，一般人很难见到他，我猜他平时肯定藏在道观的地下室里。"

红英问："那你找他干什么？"

刘牧栋说："我觉得有一件事情他肯定知道，关于一个秘密。"

红英说："是什么秘密？"

刘牧栋严肃地说："这个不能告诉你，涉及到很多人的安危，我不想牵连你。"红英点点头说："好的，那我帮助你。"刘牧栋说："那咱们现在就出发，我有一把小手枪，我带上防身，我还有一把匕首，给你带上。这里还有手电筒，也得带上。"

两个人，像小孩子，故作神秘的准备着，一会儿，她们走出房屋，去后院里牵上马，拉着马，打开大院的侧门，走出去。

此时，天已经完全黑下来。两人打马向前跑，出了城门，直接向北边的山里跑去。春天的夜里飘来山花的清香，马蹄的震动惊飞山中的鸟儿，扑扑地从她们的身边飞过。走了约有一个时辰，两人到了道观的外围的小广场，她们找了一个隐蔽之处把马拴了，然后蹑手蹑脚地向道观走去。此时，道观的大门已经关闭，院墙里的几棵大树在夜色下黑乎乎地一片。"你去看看。"刘牧栋指了一下大门的门缝，红英趴在门缝上观察了一会儿，看到大殿里的长明灯亮着。

两人又悄悄地沿着墙根向后走，这里是道观的后院。道观前院的院墙有3米多高，要想爬上去不是那么容易，但是在后院的院墙稍微要矮一些。来到院墙的后门之处，红英说："我先爬过去，把门给你打开。"

红英向后助跑了一下，攀爬着上了院墙，然后又跳下去，把门打开，两人兴奋地进了院子。

后院是道士们休息及做杂事的地方，有的屋里亮着灯，两人不敢去骚扰，她们打算到前院去看看。

轻轻地推开一道小门，吱咀吼一声，两人进了前面的院子。却见大殿里灯火辉煌，有人影晃动。刘牧栋冲着红英做了一个嘘的手势。然后，两人蹲在窗户下看。

刘牧栋正伸出头，红英说："我肚子难受，方便一下。"刘牧栋说："那你快点啊，我一个人害怕。"红英猫着腰跑了。

这时，大殿的前门打开了，有十几个道士抬着箱子进来，刚一进门他们就停下，来到塑像的后面，把铺在地上的一块地毯打开，看到地面上有一块颜色很深的地板，有一个人来到塑像的后面，将一块布掀开，看到一个旋钮，他拧了一下，地板就打开了，出现一个向下的楼梯。

这时，从楼梯里走上来一个道长，看了下四周，然后问："都搬过来了，行，那就搬下去。"这几个道士抬起箱子要下楼梯，道长又看了一下门外，突然大叫一声："是谁，干什么的？"

这一声，吓得刘牧栋一个哆嗦，她想站出来，可是，还没有等她行动，几道黑影从门外扑进来，站在道长跟前，问："您就是阳明子道长？"

冲进来的黑衣人竟然是日本武士，野村胸前插着日本刀，两眼凶光毕露，他走过来，说："你们不会正在搬运黄金吧？是不是要藏到地下室。打开看看。"

两个日本武士立刻冲过来，抽出刀来撬木箱子。"住手，这里不是鬼怒川，你们放尊重点。"阳明子道长大声叫道，其他的道士立刻拿起手中的扁担。

"哈哈，这里就是鬼怒川的地盘。"野村一挥手，几个日本武士冲上来，举刀就砍，那些道士立刻用扁担来挡。有两个道士带了剑，抽出宝剑与日本武士对打。

一个日本武士将一个道士踢出后门，那个道士倒在地上，日本武士吼叫着跳出来。刘牧栋慌忙向后躲，同时尖叫一声。所有的人都向这边看来，大家没有料到还有一个女人。那个日本武士立刻举刀砍向刘牧栋。这刘牧栋平时见过刘牧之练武，多多少少会一些拳脚功夫，向旁边一跳，一下子掏出小手枪，对准日本武士的腿就是一枪。

砰地一声，这声音在夜里显得十分刺耳。已经有十几个道士拿着剑从后院跑过来了。野村也被枪声惊动了，他大喊一声："停。"所有日本武士收起刀，慢慢地将队形回缩，刚才腿部挨了一枪的那个日本武士也退回去，他拖着一条腿，闭着嘴咬牙努力不使自己叫出来。

另外的十几个道士已经围上来。刘牧栋手里握着小手枪直哆嗦，"你们要是再靠近我，我还开枪。"她的心里十分紧张。

野村冷笑道："你是刘家的人？"刘牧栋给自己壮胆，大声说："我是刘家的，怎么了？"

野村说："暂且放你一马，走……"野村挥了一下手，所有的武士收起刀，一溜烟地跑了。阳明子道长来到刘牧栋跟前，轻声问："三小姐，你来这里做什么事情，这么晚了？"

刘牧栋把枪收了，说："道长，我一件很重要的事情需要问你，我发现一个秘密，我觉得应该是金钥匙，我爹在一张纸上留下一些数字，我敢肯定跟龙脉图有关系。我把它抄下来了，让你看看。"

阳明子道长淡淡地一笑，说："三小姐，关于龙脉图的事情，你就不要再参与了，我也不知道那些数字有什么秘密，你让我看我也看不懂的。"

阳明子道长对众多的道士说："大家都散了吧，日后见了日本人要小心。"

其他的道士散了，阳明子道长吩咐刚才的道士把东西搬下楼梯，然后让人把地板复原，自己径直向后院走去。

过来一个道士，说："三小姐，您请回吧。"

刘牧栋无可奈何地跺脚，这时，红英出现了，过来拉刘牧栋的手，说："要不，咱们回家吧。"

实在是没有更好的办法，两人只好往回走。刘牧栋对自己失去了信心，狐疑地问："红英姐，难道我判断失误？"红英故作不经心地问："到底怎么回事呀？"

刘牧栋说："我在我爹留下的百宝箱里发现一张纸上有一些数字，我认为这些数字肯定跟龙脉图有关系，我觉得那就是解开龙脉图的金钥匙。但是没有一个人相信我。"

红英想了想说："如此看来，应该不是金钥匙。"

刘牧栋又气又恼，说："肯定有关系，你们这些人的脑子就不会好好想一想。"

红英劝她："快点回家吧，要不家里人会着急的。"于是两人一路无话可说，快马加鞭返回刘家大院。

两人偷偷地回到刘家大院，刚把马拴好，身边突然亮了灯，急忙回头看去，武冬梅带着几个家丁站在身后。

刘牧栋喘口气说："二嫂，我没有事情。"

武冬梅说："你过来，到我的房间里来。"

刘牧栋跟红英说："你先回屋吧，我跟二嫂说几句话。"刘牧栋跟着武冬梅走了。

来到武冬梅房间，武冬梅让下人避开，把门关好，问："你去哪了？"

刘牧栋说："我去道观了。"

武冬梅问："你见到阳明子道长了？"

刘牧栋说："我见到了，但是，他什么都不告诉我。"刘牧栋抿着嘴，她不知道是否应该把在道观看到的事情告诉武科梅。

武冬梅想了想说："三妹，你已经长大了，许多事情，我告诉你也无妨，你参与到这个龙脉图的秘密里，就会涉及到你个人的安危，你如果再为了此秘密去打听消息，一定会连累其他人的。这就是为什么这些年来我和你二哥一直不去打听这些秘密的原因。还有，阳明子道长不会把秘密告诉你的，因为，你知道了秘密，很快就会被日本人抓住，你很快就会失去性命。"

刘牧栋咬了一下嘴唇，说："二嫂，可是我觉得日本人也在查这些秘密，他们似乎也知道这些秘密从哪里查起，我跟你说，我开枪了，差点打死一个日本武士。"

武冬梅看着刘牧栋，刘牧栋的脸色发白，武冬梅抓住她的手，刘牧栋的手发凉，武冬梅问："到底怎么回事？"刘牧栋说："我们在道观里，看到阳明子道长正在往地下室里搬东西，日本武士来了，他们打起来，叮叮当当，把我吓得叫出声来，有一个日本武士要杀我，我就打了一枪。"

武冬梅紧张地喘粗气，说："三妹，你可不能有生命危险，日本武士不会放过你的。"

刘牧栋说："那个野村知道我是刘家的人，就说放我一马，他们撤了。"

武冬梅问："你知道他们为什么放你一马？"

刘牧栋使劲地摇头，武冬梅："因为，我们刘家在他们的掌控之中，他们现在还没有必要伤害你，况且，他们还没有得到龙脉图。"

刘牧栋醒悟地说："原来如此。"

武冬梅："三妹，日后出门，你一定要带枪，有危险就开枪，别管那么多。"

刘牧栋点点头。这时，听见外面的院子里杂乱的脚步声，片刻，有一个家丁过来禀告："二少奶奶，刚才好像见过有人去过堂屋，一会儿又不见了。"

武冬梅拉起刘牧栋的手，两人直奔堂屋。下人已经听说有什么歪门邪道的人私自进了刘家的堂屋，也都凑过来看热闹。武冬梅和刘牧栋进了堂屋的密室，两人检查了一下东西，都在，没有丢失。刘牧栋把那个百宝箱取下来，打开一看，房契、地契、银票都在，那张纸也在，只是好像被人动过。刘牧栋咦地一声。

武冬梅问："有问题吗？"

刘牧栋说："我最后一次看，是折叠起来的，看来被人打开了。"

武冬梅说："知道了，我把它收好。你不要跟任何人说这事。"

武冬梅带着刘牧栋出了密室，一些家人围上来，红英也在里面，关心地问："怎么样？"刘牧栋说："没有丢东西，大家都回去休息吧。"

武冬梅返回屋子，换了衣服，是一身黑衣服，然后把头蒙起来，推开门，噌噌地跑了。

武冬梅刚走一会儿，又有一个黑衣人，从刘家大院的墙头上翻过去。

哑巴的胸前有秘密

那个黑衣人，向鬼怒川公司跑去。

佐藤山木听到有人敲门，便披着衣服起床。黑衣人进门后，坐在佐藤山木的跟前，掏出一张纸片，说："这些数字是刘爱生留下的，刘牧栋说有可能是金钥匙，我进入刘家的密室抄下来了。"

佐藤山木看了半天，看不出所以然，又抬头看看眼前的人，问："你发现里面的奥秘了？"

黑衣人摇摇头，说："刘牧栋想去找阳明子道长问个明白，阳明子道长没有说。"

佐藤山木点点头说："干得不错，你继续潜伏在刘家，看来我们离龙脉图越来越近。"

黑衣人起身告辞。佐藤山木再也睡不着觉，让人把日本军医请进来，问他张铁桥的情况如何。军医说："这个人的精神状态极其不稳定，只能出现间歇性的正常。"

佐藤山木惊疑地看着军医，军医说："据我的观察，很有可能是有人给他吃过什么药，使他迷失心智，时而暴躁，时而正常。"

佐藤山木问："他正常时是什么样子？"

军医说："正常时的状态，跟你我一个样子，你要是问这是什么，他都能很准确地回答出来，不过这个状态，可能坚持五分钟，也可能坚持一个小时。"

"五分钟，也许已经足够了。"佐藤山木得意地说。

军医却给佐藤山木泼了凉水，说："但是，他的记忆可能不完全。"

佐藤山木又看了军医一眼，问："没有办法吗？"

军医想了想说："我已经准备了一套方案，就是用催眠的方法，有可能会使他在这种状态下恢复部分记忆。"

"好的，太棒了，你这就去办，我等你好消息。"佐滕山木兴奋地搓搓手。军医出去了。佐滕山木仍然洋洋自得，他笑盈盈地说："如果再把卧龙居的秘密挖出来，就大功告成了。你们刘家再也藏不住这天大的秘密了。"哈哈哈，佐滕山木大笑了。

武冬梅敲响了孟德的门，孟德把她迎进来，问："师妹，又有什么事情？"

武冬梅说："大师兄，有可能老三的分析是对的，我爹留下的就是金钥匙。"

武冬梅把纸片拿出来给孟德。孟德抓着自己的头发，看了半天，也不明白。

武冬梅说："大师兄，以我们俩的能力，恐怕是想不出结果。这些数字，有可能是金钥匙，也有可能不是。它的来源有两个，其一，这是杨忠山留给我公公的，其二，这是我公公自己写出的一组数字。"

孟德信服地点点头，问："你是不是有办法了？"

武冬梅说："这可能要冒着泄露秘密的风险，如果是杨忠山留下的金钥匙，有可能这些数字跟地质有很大的关联，因为我们是不懂地质的，所以我们看不明白，但是有一个人能够看明白。"

孟德问："谁？"

武冬梅说："杨少川。"

孟德说："好的，我想办法，让他看看。"

武冬梅说："那么这事情就委托你去办理，我必须回刘家大院。"说完，她推开门走了。

孟德又躺下，静夜难眠。他盘算，王迎春已经带着队伍转移到了安全的根据地。日本鬼子的大扫荡，让他的游击队损失惨重，如果想再振雄风，除了发展大刀会的成员加入没什么更好的办法。若想号令大刀会，必须有金刀令，可是这些都已经被师弟刘牧之带走了。

早晨刚起床，小六就跑来了，孟德问他有事情么，小六说："哑巴让我来看看你在不在这里，看你守不守信用。"

孟德笑嘻嘻地说："守什么信用？"

小六说："你昨天跟哑巴说的，你住在这里，如果有事情，可以来找你。"

孟德似乎有点理解了，心想这个哑巴的心思真是古怪。

然后，他又问小六："哑巴想说什么事情，你能够听明白？"

小六肯定地点点头，孟德甚是好奇。小六说："哑巴说，你的武功是天下第二。"孟德心中不服，问："谁是第一呀？"小六说："哑巴说刘牧之是天下第一。"孟德心中不悦，转念一想问："那么那个日本人柳生呢？"小六说："哑巴说，日本人的功夫都是跟中国人学的，早晚要被我们打败。"

孟德笑了笑说："我们一定要把日本鬼子赶出我们的国家。"

小六说："哑巴说了，你们俩合起来可以保护咱们的金矿。"

孟德听了，觉得话中有话，问："小六，你能够看懂哑巴的哑语？"小六肯定地点点头。孟德仔细琢磨：难道哑巴在暗示什么？

吃完早饭，两个游击队员化装成普通的百姓过来找孟德。孟德安排他们去找一下杨少川，最好能够把他单独叫过来。两个游击队员接到指示分别行动了。孟德整理了一下衣服，去约见大刀会的朋友。

杨少川又进山了，他打算去道观里继续约见阳明子道长。昨天晚上鬼怒川公司人来人往，尤其是几个日本军医围绕着一个老头忙来忙去，这些都没有引起他的分心，现在，他一门心思要找到阳明子道长。

杨少川出门后，直奔山里。

佐藤山木没有派人跟着杨少川，因为他的心思都集中在张铁桥身上。佐藤山木喝了一口茶，坐好了，进来一个日本武士，他领着军医。佐藤山木点点头。日本军医上前来说："佐藤君，张铁桥现在是清醒的。"

"好，太好了！"佐藤山木站起来，整理了一下衣服，不紧不慢地走向张铁桥住的那个屋子。

张铁桥的头发还是披散着，纯子正在给他喂饭，他的眼睛盯着纯子的脸来回转，张铁桥吞下一口饭之后："你真漂亮。"纯子微微地一蹙眉心说："老了。"

张铁桥说："不老。"

纯子笑道："我说你老了，你是个糟老头。"

张铁桥说："我老了？没有呀，我才三四十岁。"

纯子笑道："你越来越幽默。"

佐藤山木接上话说："张铁桥，你好呀，这二十年，你去哪里了？"

张铁桥反问："二十年，你们比我多过了二十年？"他满是疑问。佐藤山木问：

"你知道我是谁吗？"张铁桥说："你老得太多了，应该是佐滕山木，你是不是遇了大难，要不就得了大病，怎么老成这样？"

佐滕山木哈哈大笑，张铁桥说："你这个笑声还像以前的你，只是听起来更加阴森恐怖。"

佐滕山木笑完了，说："你知道杨忠山把龙脉图的金钥匙藏哪去了？"

张铁桥想了想，说："昨天，还是前天呢，可能是大前天，杨忠山把图纸烧了，他应该交给哑巴了。"

佐滕山木把军医叫过来，说："他的思维，还停留在二十年前？"

军医点点头。佐滕山木想了想，问："你昨天遇见谁了？"

张铁桥怎么也想不起来了，他喃喃地自言自语。军医想了想说："佐滕君，我还有办法，可以给他催眠。"

佐滕山木说："看来，哑巴一定知道秘密，也许张铁桥见了哑巴，就会想起来。"佐滕山木得意地一拍手，叫来几个日本武士，跟随他去抓哑巴。

佐滕山木一帮人，开着黑色的小汽车，进了城里，经过了大街，他们把车停下，因为前面的小胡同，汽车不方便通过。

佐滕山木朝几个日本武士扬了扬下巴，这些人嘿地一声走了。

他们东瞅瞅西瞧瞧，鬼鬼祟祟，生怕惊动人。

小六正在胡同里玩耍，见到这些人，立刻返回头，向一个院子里跑去。进院子，小六告诉哑巴，日本人来了。哑巴着急地冲小六打手势，小六跑出去了。

这些日本武士挨着院子搜索，还不停地对院子里的人动手动脚。很快他们找到了哑巴，要拉哑巴走。哑巴挣扎着，要死要活地啊啊叫。

一个日本武士使劲地一扭哑巴的胳膊，哑巴尖叫一声，身体弯曲下来。

这时，孟德出现了，从后面一掌砍下去，正砍中一个日本武士的后脖子，那个日本武士翻着白眼，慢慢地倒在地上，他的脖子被打歪了。

其他的几个日本武士抽出刀，瞪着孟德。

孟德抽出刚才那个日本武士的刀，抖动了一下。

这时，小六回来了，孟德说："你们快跑。"小六拉着哑巴的手向胡同的那一个方向跑去。

几个武士向孟德围过来。唗唥唥，他们同时向孟德砍来。孟德架住砍来的刀，向后退一步，然后使劲一推，又接着一跳，翻过墙头，他跑到另一户院子里。就在这时，他听见砰的一声枪响，孟德想，坏了。

孟德快速地蹿到胡同里，他看见哑巴已经中弹了，摇晃着向前走，小六拉着他的手。孟德转身向开枪的方向看去，佐滕山木举着小手枪又向他打来，砰地一声。孟德就地一个前滚翻，顺势掏出自己的驳壳枪，砰的一枪打过去，没有想到佐滕山木迅速地拽过一个日本武士，子弹打中日本武士的前胸。

其他的几个日本武士都掏出小手枪，同时向孟德射击，孟德在胡同里翻滚着，又是几枪打出去，毕竟他的驳壳枪火力比日本武士的小手枪火力凶猛，又有一个日本武士受伤。几个日本武士怕佐滕山木受伤，簇拥着佐滕山木跑出胡同。

孟德借机也跑出胡同，此时哑巴扶着墙，两眼看着孟德。

孟德背起哑巴向前跑，他想找最近的医院。但是哑巴用手抓住孟德的手，无力地啊啊叫几声。小六说："他让你停下。"两人来到一个墙角，把哑巴放下，哑巴指着自己的胸口，用眼睛看着孟德。小六说："他那里有东西。"

孟德打开他胸口的衣服，看到胸口的皮肤上刺了一些阿拉伯数字。

"是这些？"孟德问。

哑巴眨眨眼示意一下。孟德把一块衣角撕下来，蘸着哑巴的血，把那些阿拉伯数字抄下来。哑巴让孟德走，孟德不走。哑巴用手把自己胸前狠狠地抓几下，让那里血肉模糊。

哑巴缓慢地打着手势，小六在一边翻译："去找杨少川。"

孟德又重复："去找杨少川，让他看看？"哑巴点点头。孟德说："我背你走。"哑巴连摇头的力量都不足了。

这时，街道上响起警报声，又听见毛驴儿大声地喊，"快点，快点，这里有共产党。"

哑巴朝孟德努力地睁大眼，让孟德走，他一句话也说不出来。

孟德只好转身走开，翻过墙头。哑巴又把小六推开，自己扶着墙向前挪动，在墙上留下鲜红的血迹。他每挪动一步，都要流出大量血。约有五六分钟，他挪到了街口，然后，他用出了所有的力量，向前扑出去，扑通一声，他仰面躺下，睁大了眼，然后，淡淡地一笑，那个笑，已经凝固在他的脸上。

毛驴儿带着几个狗腿子跑过来，他们看到已经咽气的哑巴，毛驴儿命令："快点，拉回司令部，别让日本人抢走。"

第9章
数字的秘密

道长讲出缘由

　　孟德一路上飞奔，跑出县城，他把武冬梅给他的那边张打开，仔细一看，与他在布上抄的内容是相同的。纸条上的数字是用汉字写的大写的数字，而哑巴胸脯上的字是阿拉伯数字。

　　孟德来到城外，现在他没有办法找到杨少川，他的两个战友或许正在找杨少川。

　　杨少川出现在道观的时候，已经是上午十点左右。杨少川直接来到偏房处，那个道士看了看杨少川，说："是你？"

　　杨少川说："我找阳明子道长。"

　　道士点点头，站了起来，在前面带路，杨少川跟在后面。在后院的一处卧房前，道士止住步，做了一下停的姿势。杨少川点点头。

　　阳明子道长正在打坐，听到声音，慢慢地睁开眼，看看眼前的杨少川，问道："你是杨忠山的儿子？"

　　杨少川点点头，说："是。"阳明子道长问："你有事情吧？"

　　杨少川说："我想找到二十年前真正的凶手。"

　　阳明子惊异地看着杨少川，杨少川走近了一步，说："我查看了我父亲留下的资料，临死前他见过三个人，除了文举和武举，第三个人就是你，文举和武举不可能伤害他，只有你有机会害死他。"

　　阳明子闭了一下眼睛，没有回答。

　　杨少川发现阳明子道长没有辩解，继续说："我父亲生前勘测最多的地方就是道观附近和金蛇谷。"

　　杨少川观察一下阳明子的脸色，说："我也对这里进行了勘测，这里有几处矿脉汇集在一起，同时我也发现了一个问题，早在几百年前，你们道家就在这里开采黄金，而且代代相传，你们不仅有严密的组织，而且还掌握着一些重要的冶炼方法。"

杨少川走了几步，说："我父亲肯定是发现了你们冶炼黄金的秘密，你们为保护这个秘密，就害死了他。"

阳明子道长摇摇头说："我与杨忠山是好朋友，怎么可能害死他呢？"

杨少川说："在巨大的利益面前，友谊会变得毫无价值。我父亲没有必要死，他可以找个地方隐居，等多少年以后再出来，一样可以躲过去。"

阳明子叹气说："你不了解你的父亲。准确地说，你的父亲是被这个国家害死的。"

杨少川第一次听到这种说法。

阳明子道长继续开导杨少川，说："孩子，你的父亲，是一名优秀的爱国的知识分子，是大清政府外派出去留洋的有志青年，他满怀科技救国的热情返回中国，他最大的理想就是利用他的知识为国家贡献力量，但是他万万没有想到无论他走到哪里，他掌握的知识都成为政府与列强进行交易的砝码。更让他愤怒的是，当年的部分知识分子攀结富贵，卖国求荣，而且，他也被迫为日本人服务，这些事情，大大伤害了他的感情。那个时候的国家，让他绝望，他哀其不幸，怒其不争，最让他无法接受的现实是，掌握的科学技术不仅不可以为国家富强贡献力量，反而服务于日本侵略者来助纣为虐。"

阳明子道长背着手，说到这里他也禁不住激动，长叹一口气说："我本是一个归隐之人，但是面对杨忠山的报国情怀，我也深感自己的无为。"他痛苦地摇一下头。

杨少川还是有些怀疑阳明子道长，说："即便如此，他也可以像您一样，隐居起来。"

阳明子道长摇头说："孩子，你错了，你的父亲是个有骨气的人，并且是一个敢作敢为的人。在那个年代，他没有选择'不'的权利，但是，他可以什么都不选择，那就是终止生命。因为，我们没有能力阻止事情的发展，也没有能力将日本人赶出中国，但是，你父亲可以做到终止自己的生命，让日本人的计划落空，延迟他们的行动。这是我们此等小人物能够做到的事情。"

杨少川低下了头。

阳明子道长继续说："在大义之前，何惧生与死。你的父亲、文举刘爱生以及武举武天浩，虽然不能凭个人之力量把日本倭寇驱逐，但是，他们却能够尽个人之生命与日本倭寇抗衡。"

杨少川忧虑地说："但是，日本人的力量过于强大，我们可能不是他的对手。"

阳明子道长说："你我要相信天道。阴阳互济，总有一天，他们要接受上天的惩罚。"

杨少川淡淡地一笑说："但愿如此。"

阳明子道长说："你要加倍小心了，佐藤山木已经找到了当年的张铁桥，张铁桥就是一直负责监督你父亲进行勘测的那个人，他对罗山的金矿矿脉很熟悉。日本人得到他，会加快获取龙脉图的秘密，如果日本人掌握了龙脉图的秘密，很有可能加害于你。"

杨少川说："我有这个心理准备。这也正是我要跟你讲的事情，日本人已经知道了道观这里进行黄金的开采，恐怕他们要采取非常规的行为。"

阳明子道长说："这场浩劫是无法躲避的，我会做好准备的。"

杨少川说："日本军医正在医治张铁桥，我担心他很快会清醒的。不知当年铁桥为什么会落在土匪手里？"

阳明子道长说："当年的张铁桥，不仅为日本人服务，同时也将地质信息提供给马云龙的父亲，当年，你父亲为了防止他将更多的信息泄露给日本人，建议限制一下张铁桥，虽然他做了坏事，但罪不至死，于是我就让人给他服用了迷魂丹，让他迷失心智。"

杨少川接着问："那他怎么又到了马云龙那里？"

阳明子道长说："马云龙的父亲一直跟踪勘测队的行动，在他们发现意外的时候，立刻将张铁桥掳走了，并把他囚禁起来。"

杨少川点点头，阳明子道长说："你还是抓紧时间离开这个是非之地吧，我并不建议所有的人都去盲目地牺牲，你是个有知识的人，一定要活下去，为国家做一些事情。"

杨少川有些六神无主，不知下一步应该如何处理。

阳明子道长说完走出了屋子。

杨少川也只得离开道观。他来到道观外面，像一只迷失方向的小动物，在道观的门口逡巡，他的这些状态，被孟德和两个战友看在眼里。

孟德仔细地观察了四周，确实没有日本人，他让一个战友装作普通人靠近杨少川，那个战友靠近了杨少川之后，低声说了几句，杨少川向四周看看，然后向道观旁边的树丛里走去。

杨少川扶着一根树枝，看见孟德在那里站着，便上前问："孟德大师兄，你找我有事情？"

孟德把另外的一个战友支开，说："你看看这个。"孟德把那块抄了数字的布拿出来，杨少川看了看，脸色一变，问："这是谁给你的？"

孟德说："这是哑巴给我的。"

杨少川说："那么哑巴呢？"

孟德说："他被佐滕山木开枪打死了。"杨少川找了一块石头坐下，反问："你没有说谎，肯定是佐滕山木开枪打死的？"

孟德不乐意了，大声叫："杨少川，我孟德什么时候说过谎。"杨少川说："佐滕山木为什么偏偏在这个时候打死哑巴，早以前他为什么不伤害哑巴？"孟德不耐烦地说："我哪知道这么多呀，你问我，我问谁？对了，傻子都明白，一定是哑巴携带着秘密呗。你别绕圈子了，你就说说这些数字是什么意思，这是哑巴让我来找你的。"

孟德万万没有想到杨少川冷冷地一笑，说："我不能告诉你，告诉你，我就没有用处了，我很快就会死掉。"

孟德又惊又气，啊地张大了嘴巴，说："我怎么没有想到，你是这样的一个人？"

杨少川冷冷地看着孟德，问："我是什么样的一个人？"

孟德想不出如何表达，半天迸出一句："你是卑鄙小人。"

杨少川哈哈大笑，说："我之所以不能告诉你，因为这个秘密本身就不属于你，这是二十年前我父亲留下的，哑巴把这个秘密交给你，也不一定是让你来揭开这个秘密的，很有可能他为了让你把这个秘密转移给我。"

孟德想不到杨少川如此伶牙俐齿，他哎地叹一口气，无奈地说："你不告诉我就算了吧，我也不问你了，你走吧。我想办法再去问问别人。"

杨少川想了想说："告诉你是有条件的，我需要跟刘家的人谈谈，他们必须满足我的要求。"孟德哭笑不得，说："你们这些人个个都有要挟别人的条件，偏偏我什么都没有，我跟你讲，刘家的人也知道这些数字，你看看，这是刘家的。"

杨少川哈哈大笑，说："这么说他们也知道这些数字的重要性，没有我他们解不开秘密，难道他们愿意守着一个解不开的秘密？"

孟德不乐意地说："那你也用不着这么高兴！"

杨少川说："孟德大师兄，还麻烦你把武冬梅叫上，还有你手里的那张地质图也要带上，这样，我们就可以认真地谈一谈了。"

"去哪里谈？"孟德问。

杨少川说："去卧龙居。"

孟德想了想，说："可以。我抓紧时间返回县城去找师妹，你先去卧龙居，你一路上也要小心，土匪马云龙也不会放过你的。"

杨少川点点头，孟德说完安排两个战友保护杨少川，自己则飞快地向城里跑去。

张铁桥的疯话

马云龙急匆匆赶回巡防营的司令部。

毛驴儿把担架上的白布打开，看到了哑巴的身体。马云龙问："他临死前说什么了吗？"

毛驴儿说："我们赶到时，他已经死了。"马云龙自言自语地说："他临死前见过谁？"马云龙绕着屋子转了一圈，对毛驴儿说："你们把他的身上认真地搜一遍。"

毛驴儿和几个土匪开始搜查，片刻，他们看到了哑巴胸口的伤痕。

马云龙把头凑在哑巴胸口上，没有看出奥妙，然后，眼珠子一转，说："把二狗子翻译叫来。"

二狗子翻译带着几个日本士兵来到巡防营的时候，毛驴儿已经把哑巴的身体收拾利索了。马云龙问："酒井大佐已经到达兵营了吧？"

二狗子翻译说："已经到了，正在休息。"马云龙说："好的，给你个立功的机会，你带人把哑巴送到兵营，请酒井大佐来查一下。"

二狗子翻译看了一眼，问："这种立功的好机会，你不亲自去？"

马云龙笑笑说："大街上有佐滕山木的人，还没有到兵营，肯定被日本武士抢走了。"

二狗子翻译恍然大悟地说："马司令，你真聪明。"

马云龙说："你先把人带走，我随后到。"

二狗子翻译带着日本士兵，毛驴儿让几个人抬着哑巴的身体向军营走去，刚出城门，就有十几个穿黑色衣服的日本武士追上来，他们要求停下，但是，几个日本士兵不同意，他们要求把人先送到军营。

二狗子翻译出发有十几分钟之后，马云龙给酒井大佐打电话，说："大佐，你的士兵和我的人找到了哑巴的尸体，他们很快会送到军营。"酒井大佐奇怪地问："哑巴的尸体？哑巴不是不会说话吗？这么多年了，一直没有从他身上挖出什么秘密！"

马云龙神秘地说："大佐，哑巴虽然不会说话，但是，他的身体会说话！"

酒井大佐哈哈笑道："马云龙，你也学会幽默了。"

马云龙说："我随后就到，请你的军医检查一下，或许我们可以得到第一手的秘密。"

酒井大佐立刻放下电话，命令军医到位。过了几分钟，二狗子翻译就带着人到了，军医带着他们来到旁边的卫生室，快速地开始清理哑巴的身体。

佐藤山木和马云龙的汽车同时到达了日本军营，酒井大佐在司令部的门口迎着二位，马云龙汇报："酒井大佐，今天有人在县城里开枪，我的人全部出动进行搜查，在街上发现了被人开枪打死的哑巴。"

佐藤山木打断了马云龙的话，说："不用调查了，是我开的枪。"

马云龙惊异地看着佐藤山木，佐藤山木挖苦地说："你们的人，本事挺大，共产党的抓不住，抢死人倒是挺有本事。"马云龙尴尬地一笑，说："哑巴就是一个老头儿，也犯不着你兴师动众地去抓呀。"

佐藤山木白了一眼马云龙，没有说什么。这时，日本军医报告一声，进来汇报："哑巴的胸口是他自己抓伤的，抓伤的地方，刺有数字。"

佐藤山木听了之后哈哈大笑，说："好，太好了，过去看看。"

几个人蜂拥至卫生室，日本军医替他们掀开白布，看到胸口上有模糊的数字。酒井大佐问："能够完全恢复这些数字吗？"

日本军医答："采用一些技术手段，可以恢复。今天晚上就可以得到。"

佐藤山木上前来，仔细地看了一会儿，有几个数字是清晰的，他说："请把纸笔给我用一下。"一个军医把纸笔递过来，他抄写了几个能够看清楚的数字，然后说："有消息了请通知我。"酒井大佐点点头。

佐藤山木径直走出卫生室，马云龙立刻追上来，喊道："佐藤君，请留步……"

佐藤山木停下，回头看着马云龙，马云龙问："张铁桥那里有消息了吗？"佐藤山木温和地笑道："目前还没有任何进展。"

马云龙哈哈大笑，说："佐藤君缺乏诚意呀，如果张铁桥没有任何提示，您不会这么突然去抓哑巴的。"佐滕山木正色说道："我确实是想把哑巴抓到张铁桥跟前，恢复张铁桥的记忆，没有想到出现意外，我倒是怀疑你的人搞鬼。"

马云龙笑道："佐滕君，您多心了，我再有能耐，也没有胆量破坏您的事情呀，搞明白龙脉图，是我们两家共同的利益。"

佐滕山木说："共产党的游击队被打跑了，他们哪里还敢来县城，敢在县城里做乱的，只有你的人。"

马云龙哈哈大笑："随您怎么想吧，反正您要记住，张铁桥这个人是我提供的，刚才哑巴的身体，也是我提供的，别忘记到时有我的一份。"

佐滕山木说："你放心。"

佐滕山木迫不及待地返回鬼怒川公司，叫来一个人问："那个张铁桥，情况如何？"

那个人说："还在说胡话。"佐滕山木点点头，说："过一会儿，去军营里把军医请过来，继续想办法。"那个人下去了。佐滕山木拉开抽屉，打开一张纸，这张纸上记录着数字，是用汉字写的，并且是用大写。佐滕山木安心地对照了一下，然后，猛地一拍桌子，大叫一声"好"。

佐滕山木把那组大写的数字，在另外的一张纸上，用阿拉伯数字誊抄下来。

过了一会儿，日本军医来敲他的门，佐滕山木站起来，两人来到张铁桥的屋里，他看到了佐滕山木嘿嘿地笑。佐滕山木把纸条展开，问："张铁桥，你看看，这些数字是什么意思？"张铁桥笑着说："这就是数。"佐滕山木说："他们代表什么意思？"

张铁桥摇摇头。佐滕山木转过头来对着军医说："把这张纸条放在这里，然后给他催眠。"

军医让张铁桥躺下，把手放在他的眼前，嘴里轻柔地说："看着我的手指，对，看着我的手指。"军医的手指慢慢地向后移动。片刻，军医说："对，就这样，放松，放松，什么都不要想……"

张铁桥听话地朦胧睡着了。军医把佐滕山木拉过来，说："你先找几个简单的问题，问问他，然后再问你想问的问题。"佐滕山木凑上前来，轻轻地问："你叫什么名字？"

"我叫张铁桥。"睡着的人回答。

佐滕山木又问："你多大了？"

"34。"睡着的人回答。

看来，他还停留在二十年前。佐滕山木问："你还记得以前的事情吗？"

"记得。"睡着的人回答。

"刚才让你看的那些数字，表达了什么意思？"佐滕山木接着问。

"嗯……"睡着的人没有说话。

佐滕山木与军医再次对视了一下，佐滕山木问："你见过杨忠山烧图纸吗？"

"见过，就是昨天晚上，要不就是前天晚上，或者是大前天晚上。"睡着的人回答。

佐滕山木继续搜肠刮肚，说："昨天，你见过谁了？"

张铁桥扭动了一下身子，说："见过一个道士，不，两个道士……"

佐滕山木压低了声音，一字一顿地说："他们是不是给你吃药了？"

张铁桥再次拧了一下身子，喘着粗气，呼吸紧张起来，开始蹬腿。这时军医上前来轻轻地拍打他的胸脯，他又安定了。佐滕山木又重复最重要的那个问题："刚才给你看的那些数字，代表什么意思？"

张铁桥说："不能说，那是秘密。"佐滕山木确认了一下，张铁桥处于睡眠状态。

军医无奈地看了一眼佐滕山木。佐滕山木却毕恭毕敬地向军医行礼，说："谢谢你。"

军医内疚地说："不好意思，没有帮上忙。"

佐滕山木说："很好，你已经助我一臂之力了。"

佐滕山木把军医送走之后，返回屋子，他打开柜子，拿出一幅地质图，找到了地图上标绘的经度值，又找到纬度值，他突然得意地大笑起来。

笑完之后，他把资料收了起来。

然后，他坐下来思考，静静地，一会儿，脑门出了汗珠。

第10章
兵临金蛇谷

杨少川的交易

去金蛇谷的路上跑来两匹马。这是孟德和武冬梅。

两人离金蛇谷还有一里多地的时候，突然山路的两边跳出一个人，大喊："队长，我们在这。"孟德一拉马缰，只见那个战友带着杨少川从路边的树丛里跳出来。

"你们为什么不去卧龙居？"孟德问。

杨少川说："不好了，前面闹蛇灾。"

孟德问："怎么会闹蛇灾，我还第一次听说。"

杨少川解释："我估计有可能是蛇类的迁徙，此时天气暖和，适宜蛇类出来活动。"

武冬梅看看杨少川说："你是只知其一，不知其二，蛇类是一种特别敏感的动物，我们敬它为神灵，如果它们出现大量的迁徙活动，必定预示着有大事情发生。"

孟德说："别在这里浪费时间了，我们快去看看。"

几个人向前走了十几米远，武冬梅和孟德的马突然咴咴地嘶鸣几声，扬起前蹄向后拽。孟德和武冬梅只能停下，飘来一阵风，有一股腥臭的味道。马儿再次嘶鸣，武冬梅说："马能够听到人类听不到的声音，它既然害怕，就把它们拴在这里吧。"

两人把马拴在树上，继续向前走了百米，眼前的景象令人毛骨悚然。前面的山路已经被蛇群拦腰截断。这些蛇群运动的方向，正是金蛇谷。它们从对面的山岭向金蛇谷方向穿行，这条山路是必经之路。

俗话说：蛇行蛇路，鼠走鼠道。孟德和武冬梅找了一高处观察，这群蛇果然按照规矩行进。仔细看去，在山坡的一棵树上，缠着一条长有数米的蛇，它的头探在空中，偶尔地随风晃动一下，它是负责警卫的。路面上的蛇，排着队行走，队伍的宽度有两到三米，它们昂着头，往往是由几条稍微大的蛇带领着行进。它们嘶嘶地吐着信子，互相呼应，跟随的蛇有大有小，鳞片的颜色是灰黄色，偶尔有几条蛇走出了队伍，又迅速返回队伍跟着行进。

穿过山路的蛇，很快爬到对面的山坡上，有的钻进草丛里继续前进，有的则缠到树上逗留一会儿，但是树枝的承受力有限，数十条蛇盘在上面压得它颤巍巍的，就有几条蛇掉在地面上，发出扑扑的声音，而随后又有新到来的蛇爬上去。

过了约有十分钟，这些蛇已经爬过了山路，路面的沙土，被滑行的蛇划出一道道痕迹。杨少川说："我们抓紧时间过去。"他们刚走了几步，武冬梅说："等一等，你们听一听。"

几个人侧起耳朵听到一阵细碎的声音，如同风声。

接着，有一条金色的蛇从岩石上滑下来，身长约有十米。它昂着头，嘶嘶地吐着信子，在它额头上，已经长出浅红色的凸起，它经过之后，昂着头向后望了一会儿，片刻，又有一条金色的蛇从树丛中钻出来，在它的身后左右跟着几十条小蛇，似乎是一家子，这些金色的蛇大摇大摆地游过去。

孟德小心地问："师妹，我们过吗？"

武冬梅说："别着急，大师兄，你带两个人，去向阳的山坡上找一些去年的艾草，扎成把儿，多弄一点儿，快去快回。"

杨少川问："冬梅姐，你这是要做什么？"武冬梅没有回答他的问题，而是劝告他："日后你到这附近一定要小心，此处的草丛和树丛里，一定布满蛇，来到这里，千万不要乱走，否则会被蛇咬伤。"

杨少川不屑地说："这个你放心，我会注意的。"

这时，孟德已经抱着一堆艾草回来，武冬梅让他们扎成拇指粗的小把，然后让孟德用火石点着，每人拿着一把。那艾草燃烧产生一股白烟，味道十分呛人。武冬梅让大家在裤腿上，衣袖上熏一会儿，然后，她又从衣服里掏出一块香一样的东西，也把它点着。大家准备完毕之后，武冬梅说："走吧。"

很快，他们来到卧龙居的门口，孟德前去敲门，跑出来一个伙计，打开门缝，亲切地叫道："少奶奶，您回来啦。"门打开了，武冬梅吩咐道："这里有艾草，你们抓紧时间在院墙的四周布置上，刚才我们在路上看到大批的蛇群向这里转移。"

守门的人听完之后，立刻拿着艾草去布置。

武冬梅带着杨少川和孟德来到客厅。武冬梅坐好了，问杨少川："杨先生，您有什么话要说？"

杨少川说："你们不是想问我秘密吗？"

武冬梅冷笑了一下，说："说实话，我对于你掌握的那个秘密，并非那么感兴趣，我只是对你的安危感兴趣。"

杨少川说："你可是名副其实的口是心非呀。"

武冬梅说："如果我对龙脉图的秘密十分热心的话，早在十年前就揭开它了。而且，我也相信，你所知道的秘密，也是微不足道的。"

孟德听了这话，奇怪地说："师妹，你的意思是，杨少川知道的所谓的金钥匙，并不是最重要的秘密？"

武冬梅点点头说："我相信，杨少川以为自己看到秘密，实际上那只是秘密的一部分。"

杨少川听了之后，禁不住有些脸红。武冬梅停顿了一下，说："那么，你交换的条件是什么？"

杨少川说："我可以把所谓的金钥匙告诉你们，但是，你们必须把我父亲交给你们的秘密，原封不动地交还给我。"

武冬梅摇了摇头说："恐怕有难度，我只知道我这里保存的那部分，并且，我也不知道其中的奥妙。至于刘牧之保管的那部分秘密，我是没有办法得到的。"

杨少川说："我就退让一步，请你把上次你们让我辨别的那张地图还给我，上面有我父亲的署名。"武冬梅看了看孟德，孟德嘿嘿笑了一下，说："少川兄弟，你看看这样行不行，咱们俩共有，我想看的时候，你让我看一下。"

杨少川想了想，说："也可以。"

孟德从怀里掏出那张地图，把它展开。杨少川走上前来，说："孟德大师兄，我现在就告诉你们，哑巴身上记的那两组数字，是罗山上的两个位置的坐标，并且这两个位置我父亲已经标出来了。"

杨少川在地图上指了一下。孟德恍然大悟。

杨少川继续说："这两个位置，分别是卧龙居和道观。"

孟德说："那么这两个位置有什么意义吗？"

杨少川说："传说中，我父亲将龙脉图分成了两部分，目前看来，这两部分分别是他用的那张地质图和他用笔勾画出来的矿脉线络图，现在地质图已经出现了，只剩下矿脉线络图。"

孟德竖着耳朵听。杨少川接着说："即便两张图都得到，也需要把它们合成一张图，两张图重合的时候，需要有两个点来做基准点。这两个基准点在两张图上都标了出来，首先将这两个基准点对准，两张图就可以准确地合并成一张龙脉图了。"

武冬梅点点头。孟德恍然大悟地说："杨兄弟，你果然聪明，俗话说老子英雄儿好汉，看来一点不错。"

杨少川说："我已经把秘密告诉你们了，那么这张地图就还给我吧。"

孟德难为情地说："这恐怕……"

杨少川哈哈大笑，说："孟德大师兄，你不用担心你失去了地质图，这张图你们还留着呢！"杨少川指了一下墙上挂的那幅画。武冬梅和孟德都向那幅画看去，杨少川说："这幅画是按照地质图一比一的比例画下来的，而且上面的两个基准点都标绘出来了。"

孟德想了想说："杨少川，你要这些有用吗，你爹当年就是为了防止龙脉图落入日本人之才跳崖自杀的，你不会把这些东西交给佐滕山木吧？"

杨少川想了想说："我总得想一个自保的办法，我相信我掌握一些核心的秘密，佐滕山木还不会那么快杀了我。"

武冬梅不紧不慢地说："事情与你想象的总是相反，每一个得到秘密的人，都被佐滕山木杀掉了。"

杨少川轻蔑地一笑，说："你们只是看到了与佐滕山木作对的这些人的下场，刘家和武家是公开与佐滕山木作对的，所以你们遭受迫害是必然的。我至今还没有跟佐滕山木作对，他还没有必要杀掉我，当然，我不否认他做好准备随时杀掉我，所以我必须有备无患，目前最好的办法就是我把秘密牢牢地控制，就像刘牧之一样，牢牢地控制他掌握的那份秘密，佐滕山木始终不敢伤及他的性命。"

孟德仍然想争取杨少川，说："不管如何你也是忠良之后，总有一天你要替你父亲报仇的。"杨少川笑了笑说："其实我十分明白你的意思，我想我们可能合作的机会还是很多的，但是我不敢现在与你们合作，毕竟你们的实力太弱，与日本人对着干，肯定会吃大亏的，目前我尽量掌握更多的资源，为以后打下基础。"

孟德只好笑了一下。杨少川说："我得抓紧时间回去，佐滕山木已经把当年的张铁桥找到了，说不定已经把很多秘密告诉给了佐滕山木，我得小心。"杨少川说完起身告辞。

武冬梅站起来说："杨兄弟，你慢走，我送你一样东西。"她从身上掏出一块香，递给杨少川，说："你把这块香带在身上，这是用特殊的中药配成的，能够辟邪。我估计是日本人炸山惊动了金蟒蛇，这些蛇迁徙到金蛇谷，遇到蛇你千万不要打它们，避开走路就行，给你这块香，蛇一般情况下不会靠近你。"

杨少川接过来，用鼻子闻了闻，有一股药味，便把它装在贴身的衣服里。武冬梅告诫杨少川："既然你已经知道了你父亲的死因，还继续为佐滕山木服务，这无异于认贼作父。"

　　杨少川一笑说："你放心，我不会让我父亲和你们失望的。"

　　说着他告辞了。武冬梅站起来，仔细地观察那幅画，孟德也过来仰着脖子看，半天，他问武冬梅，"师妹，你发现什么问题了？"

　　武冬梅说："杨少川这个人，确实深藏不露。"

　　孟德鄙视地说："他不就是阴险一些吗？"

　　武冬梅说："他一定是对我们隐瞒了最重要的信息。"

　　孟德说："难道还有什么更重要的信息？"

　　武冬梅说："他拿走的那幅地质图，应该是最原始的图，上面的信息是最直接的。咱们这幅画，是我妈画下来的，一定加上了我妈要表达的信息。"

　　孟德显得有些迟钝，表示不理解。武冬梅说："那张原始的图，上面表现的信息，一定紧紧地与黄金关联，但是，这层关系咱们看不明白，因为，我们不懂地质上的东西，但是，杨忠山和杨少川，都是搞地质的，所以他们仅仅靠一个符号，就可能把十分重要的信息传递过去了，在我们的眼皮底下，我们也看不到这些信息。"

　　孟德大吃一惊，说："早知道我不给他呀。"

　　武冬梅说："在咱们手里没用。"

　　孟德大叫："怎么没有用处，我把它交给我的矿队，他们用最快的速度挖出黄金，我们买来枪炮，打鬼子。"

　　武冬梅说："杨少川不指点咱们，咱们也看不明白。"

　　孟德恨恨地握紧拳头，说："我一定要把他抓回来。"

　　武冬梅接着说："按道理我公公应该知道这里面的秘密，我爹和我公公分别拿到了两份秘密之后，才合伙在这里盖了卧龙居，也就是说，先有图纸，后有卧龙居，我们现在看到这幅画，更是在卧龙居修建完成之后，所以，卧龙居里一定藏有秘密。"

　　孟德说："如何处理，下一步？"

　　武冬梅说："去找张木匠问一下。"

　　孟德问："我去？"

　　武冬梅说："不用了，你赶快离开这里吧，带上你的人，这里太危险。"

　　孟德说："好的。"于是，他叫上两个战友，离开了卧龙居。

卧龙居来了日本兵

清早，卧龙居的上空飘着湿气。

昨天武冬梅没有回县城的刘家大院，而是住在卧龙居。

卧龙居的狗，来回地走动。由于天气潮湿，它身上的毛粘在了一起。

上午九点左右的时候，空气中的湿气还没有散尽。狗突然狂叫了起来。武冬梅来到院子里，狗急忙躲到武冬梅的腿边，向门口的方向叫几声。武冬梅弯下腰抚摸狗的后背，狗轻柔地呜呜叫几声。

武冬梅问："狗儿，是不是有坏人？"

狗又叫了几声，然后，它转过身，朝着屋后叫。武冬梅明白了，屋后也有情况。

武冬梅让人去屋外看看，暂且没有发现异样。

之后，是一阵寂静，狗两耳竖着，头朝向屋外。约有半个小时，听到了外门杂乱的脚步声沙沙沙地响着。有一个下人趴着门缝看，原来是几队日本士兵走过去。这个下人跑回屋紧张地说："二少奶奶，是日本兵来了。"武冬梅故作镇静地说："日本兵，我们已经见识过了，不要怕。"大家这才安定一会儿。

武冬梅在客厅里坐好，说："大家不要紧张，我们只有四五个人日本人要是真的打我们，我们是横竖躲不过的，我倒要看看日本兵要做什么。"

四五个下人都来到客厅，聚集在一起。

这时，听到有人敲门，武冬梅让一个胆大的下人去开门，只见二狗子翻译带着两个日本士兵进来，他笑嘻嘻地说："刘家二少奶奶，你们当家的在么？"

武冬梅问："刘牧之外出了，还没有回来，请问您有事？"

二狗子翻译笑嘻嘻地说："酒井大佐有请。"武冬梅问："他有什么事情吗？"二狗子翻译说："请您看戏。"武冬梅笑一笑，叫来几个下人低声地吩咐一番，然后整理了一下，她要去看看日本人演的哪一出戏。

日本士兵已经在山坡上搭建了临时的指挥部，简易的桌子上放了水杯。酒井大佐坐在椅子上正看着金蛇谷的地形。在他的旁边，佐滕山木正在观看展开的地质图。而马云龙，似乎无所事事，背着手来回溜达，用他的大皮鞋踢着地上的草。

二狗子翻译前头带路，领着武冬梅来到指挥所。

佐藤山木抬起头，笑眯眯地看着武冬梅，说："刘夫人，欢迎光临。"

武冬梅不卑不亢地说："佐藤君，你们来此处，何必兴师动众。此处又没有共产党的游击队。"

酒井站起来，严肃地说："此处有比游击队更可怕的东西。"

武冬梅一愣，难道酒井指的是卧龙居？她疑惑地看着酒井。酒井一丝不苟地看着士兵布阵，先是有一队防化兵走出来，来到队伍的最前面，他们走入金蛇谷之前，统一停下，换上皮质的防化服，把手脸脚都遮盖住了，然后又拿出手持的铁杆，铁杆的后面与储电池相连。约有二十多个防化兵拿着如此的设备。

酒井大佐欣赏着防化兵的准备工作，其实这些防化兵手里拿的是高压电棒一类的东西，他们一按后面的开关，铁杆的前面打着火花。武冬梅问："请问您这是让我观看贵军的军事表演吗？"酒井大佐有礼貌地笑一下，说："刘夫人，贵我双方进行一些正常的社交活动是合乎常理的。"武冬梅说："可是我不懂军事。"

佐藤山木笑眯眯地说："刘夫人，礼尚往来嘛，再说你一定会感兴趣的。"

武冬梅嘲讽地撇一下嘴角，佐藤山木说："你我都知道，金蛇谷是真正的金库，我们计划要在这里进行采矿。我知道你一定担心金蛇谷的怪物，比如金蟒蛇和野狗，这是你们传说中的守护神，是来守护黄金的。你们中国人是相信这一点并且忌讳这一点的，但是，我们是日本人，我们不怕。"

武冬梅警惕地问："你们要干什么？"

佐藤山木说："我们要把你们中国人当做神灵的金蟒蛇和野狗赶出金蛇谷！"

武冬梅的脸色变得难看，说："你们这是造孽，这是逆天行道，必遭报应。"

佐藤山木大笑道："金蛇谷没有了金蟒蛇和野狗，就是一个普通的山谷，我们的士兵就可以自由地进出，你们的卧龙居也就没有存在的必要了，只要我们稍微动一下，卧龙居的秘密也会解开。"

武冬梅长叹一口气说："我奉劝你一句，对于上天，要有敬畏之心，在我们中国人看来，天地人为一体，在圣灵之地尤其灵验，罗山是富产黄金的地方，在它的山体中，黄金的矿脉就是它的神经，你们如此大动干戈，必定会受到上天的报应。"

佐藤山木说："实话讲，我是相信你们中国人的那些神秘文化。我也相信一物降一物的道理，五行相克，你看，金蛇谷地处罗山重地，金，木，水，火，土，我相信火就能制服这里的怪物。"

武冬梅说："你们可真是造孽，你们既然要得到卧龙居，又何必绕这么大的一个圈子，涂炭生灵。"

佐藤山木笑道："刘夫人，您也太自以为是了，卧龙居巴掌大的地方，我们想得到它易如反掌，但是，我们更关注你们刘家的态度，我们尊重刘家，所以，我们不想破坏刘家的一砖一瓦。"

佐藤山木说完此话，有礼貌地朝武冬梅点点头，武冬梅不冷不热地说："谢谢您的好意。"

佐藤山木再次耐心开导武冬梅："二十年前勘测队的另一位工程师叫张铁桥，他已经被我们控制了，不久的将来，很多秘密也会浮出水面，我希望在这个过程中，我们还是能够与刘家合作。"

武冬梅没有说话，冷漠地看着前方。日本防化兵已经完全准备好了，手持着高压电棒向前进。金蛇谷的野狗们早就熟悉了这些日本人，多日以前山岛曾经带着士兵来抓实验用的活体，这些野狗就记住了日本士兵的服装和他们的气味。当防化兵接近金蛇谷的时候，这些野狗就成群结队地围在一起，利用金蛇谷内的巨石来隐藏自己。

山岛依然负责最艰巨的冲锋任务。一个小队的士兵已经在腿上扎了绑腿，他们端着步枪跟在防化兵的身后。山岛吹一下口哨，向前一挥手，防化兵就开始向前走。

金蛇谷入口处的谷地是一片石砾场。每年夏季下雨的时候，山上的雨水会从金蛇谷冲下来，同时冲走谷里的泥土。刚进金蛇谷，这里的巨石相对多，有的一人高，有的两人高。那些野狗就是在这些巨石丛里活动。

来到巨石丛中，日本士兵进行了分组，防化兵走在前头，步兵跟在后面。野狗毕竟是动物，惧怕人类手中的武器，它们零星地向后退，有的已经跑远了，跑到山岭上的树丛里。

野狗向后退却，日本兵就向前进攻，但是，还没有打响一枪。跟在防化兵身后的日本步兵一步步占领野狗的阵地。石砾场的长度约有二百多米，日本士兵的先锋队伍已经进入了一百多米的深度。酒井把白手套摘下来，伸出一个手指头向前一挥，又有一个小队，他们端起枪，跟在先头部队的身后，现在，日本士兵已经有约五十人的队伍进入了巨石丛中。

日本士兵继续向纵深抵进，很快，他们已经逼近了石砾场的尽头。出了古砾场，就有一块特别巨大的石头挡住去路，离它十几米地方看去，这块石头上布满了明亮相间的弯曲的线条，猛然一看，也像舞动的蛇。过了那块大石头，就是植被丰盛的谷底，生长着茂密的灌木，间或有几棵粗大的树立在空中。

野狗群似乎不堪一击，日本士兵还没有采取任何攻打行为，它们就已经四散逃跑，约有百十只野狗转眼间消失在山岭的树丛里。现在，只有十几只身材巨大的野狗站在石头边，有的蹲，有的卧。个别野狗的身长已经超过了一米，它们身上的毛发凌乱，如同刺猬的尖刺站立着。

日本士兵继续抵进。最后剩下的这十几只野狗，看来是每个狗群的首领，大敌之前，它们坚守自己的领地。日本防化兵已经走到跟前了，他们持着高压电棒，一步步向前紧逼。还有十米远的时候，日本防化后小心翼翼地把高压电棒伸过来，他们计划首先把野狗电晕了，再作处理。

最后的这十几只野狗，统一站起来了，它们的腰部向上隆起，身上的毛发都立了起来。有一只野狗带头向日本士兵低吼，它发出了低沉的声音，同时，它喘着粗气，所有的野狗也都学习他的动作，它们的身上散发出浓郁的腐臭的味道。

但是，野狗最后的恐吓动作，并没有吓退这些日本士兵，日本士兵依然举着武器向前紧逼，还剩下不到四五米远的时候，带头的那只野狗如同泄气的皮球，身上的毛发倒下去，尾巴也夹下去，它一掉头，低垂着耳朵，向旁边的山坡上跑过，其他野狗紧随其后。

现场只留下野狗粪便的骚臭味。有几个防化兵摘下帽子喘气。现场的紧张气氛不翼而飞。坐在远处观看的酒井没有想到如此简单，不费一枪一弹就把野狗赶走了，大大弘扬了日本军人的威风。他得意地点点头，又看看武冬梅，武冬梅也松了一口气，她不希望眼前出现残忍的杀戮。

有三四个日本士兵提着篮子爬上来，看着他们费力的样子，知道他们一定是提着石头。佐滕山木叫过来两个日本工程师，他们用锤子使劲地把石头砸开，在一边的马云龙也凑过来观看这些矿石的品位。佐滕山木挥了挥手，没有说什么，让他们把石头拿走。

金蛇谷里的日本士兵已经放松了警惕，很多人把枪抱在怀里等待新的命令。最前面的防化兵，都把头盔摘下来了，暂时呼吸新鲜空气。而意外就在这个时候发生了。

谁也没有注意到，一只半大的野狗，趴在一块大石头上。它的同伴都已经撤离了，只有它还留在原地。这是一只小狗，它哆嗦着趴在石头上，那块石头有一人多高，日本士兵很难发现它藏在上面。

这只小狗发现自己已经落入敌群，它极端的恐怖，它哆嗦地站起来，又哆嗦着趴下，最终它紧张地呼吸惊动了一个士兵，这个士兵兴奋地呼喊："这里有一只小野狗。"

士兵迅速地用枪刺指过来，他打算把这只小野狗捅死。

这只小野狗最原始的野性被激发了，它突然从石头上跳了起来，一个美丽的弧线，它扑向了那个士兵的脖子，它的牙齿紧紧地叩住了士兵的脖颈，如同卡死的钳子。

这猝不及防的进攻，让许多日本士兵没有准备，一下子乱了套。而且，这种对抗是非正常的，是人与动物的对抗，没有技巧可言，只有拼命去打。

被野狗咬住脖子的士兵，也掐住了野狗的脖子，他妄想把野狗从身上拽下来，由于过度的紧张，他的双手剧烈地颤抖，或许狗卡住了他的脖子，他的呼吸不畅。他先是蹲下身子，这时，狗的嘴松了一下，那血流了出来。

其他士兵急忙上来帮助他，一个士兵喊："抓住它，别动。"

随即一把刺刀插向小野狗的肚子，小野狗突然松了口，张开嘴对着空中哀嚎，可是，就在它失去抵抗力的同时，日本士兵愤怒地冲上来，他们持着枪，围住了这条野狗，每人一刺刀一刺刀地捅向野狗。

这只可怜的野狗，再次发出几声哀嚎，然后，断断续续地叫几声，躺在血泊里抽搐几下。

突然，听见远处的山坡上响起洪亮的嚎声。那些日本士兵急忙转身向前看去，山岭上传来一阵阵扑扑地响声，只见上百条野狗就着山坡的坡度向下俯冲，它们的尾巴在空中挥舞着，它们的头使劲地向前探着，牙齿已经伸出了出来。这些野狗向前冲锋时并不吼叫，它们所有的力量都用于蹿跳，有黄的，有黑的，有灰的，它们整体的运动像汹涌的波浪，气势磅礴，如同海啸压顶，只有两三秒的时间，前面的野狗已经冲到了防化兵的跟前。

在此之前，防化兵已经放松了警惕，他们慌忙着披戴头盔，但是晚了，首先冲上来的野狗，都是身材高大的雄狗，它们跳起来扑咬日本士兵的胳膊，吓得日本防化兵抱头鼠窜。

"八格，八格，不要乱，不要乱。"山岛大声喊叫着，立刻命令后面的步兵端起枪，每几个人围成一圈，枪口对外。同时，他们向后退出二十多米远。

约有四五个防化兵已经被野狗拦住了，他们万万没有想到野狗的撕咬力十分巨大，把防化服撕开了，有两个日本士兵已经失去了方向，奔跑着冲向金蛇谷的深处，而他们的后面，几条野狗紧追不舍。

有几个日本防化兵已经穿好防化服，拿着高压电棍冲上来，猛地一击野狗，那野狗一个跟头翻回去。其他防化兵也用最快的速度准备好，他们拿着电棍冲上来，片刻，挨了电击的野狗向后退。但是，两个防化兵已经被野狗围住了，它们毫不留情地上前撕咬，片刻，听到了那两个日本士兵惨烈的哭叫。

山岛果断地一挥手，一个班的步兵举枪冲上来，同时举枪向那些野狗打去。只见那些野狗被打得上下蹿跳着，有几只不要命的用尽最后的力量扑向日本士兵，但是，它们很快惨死在血泊里。

其他没有被打中的野狗躲闪着跑出去，很快，它们又隐藏在山岭上的树丛里。

酒井万万没有想到，第一个回合竟然被野狗来了一个突然袭击。有两个士兵已经被野狗惊吓得跑进了金蛇谷深处，生死不知。还有两个日本士兵在刚才的混战中被野狗咬得身体四分五裂，早就见了阎王，另外一个士兵脖子的喉咙已经被那只半大的小狗咬破，溅了一身的血，更让他恐惧的是他必须面对野狗的热毒在身体里发作。几个卫生兵上去把受伤的士兵和士兵的尸体抬下去，庆幸的是大部分士兵没有受伤，也不会从野狗身上传染病毒。

山岛立刻指挥防化兵处理战场。防化兵全副武装，把十几条野狗的尸体集中到一起，然后，泼上汽油，接着日本士兵离开二十几米远，有一个人拿着喷火器扑地一下，那些野狗的尸体立刻着火了，呼的一声，几团火苗蹿上空中。令人惨不忍睹的是，有七八只还没有完全死亡的野狗，被火一烧立刻像弹簧一样弹射起来，它们的身上带着火苗，如同元宵节燃放的礼花，漫无目的地逃窜，还有一只野狗，它身体力最后的力量和最原始的血性再次被仇恨的烈火激发，它燃烧着身体，吼叫着，扑向放火的那个日本士兵，它的身体运动到半途中停下……

日本士兵哈哈狂笑着。这种嗜血的残暴太能体现他们的英雄主义了。有几个胆大的士兵再次将野狗的尸体汇集到一个火堆，烧焦尸体的臭味四处弥漫，一股浓烟飘向天空。

武冬梅实在无法忍受这种残暴，捂住自己的嘴，她想呕吐。

"刘夫人，刘夫人，您不要这样，它们只不过是一些野狗，是身上携带病毒的野狗，用火烧是最科学的处理办法。"佐藤山木笑着对武冬梅说。

武冬梅努力控制了自己的恶心，说："你们就是为了让我观看你们杀野狗？"

酒井哼哼地冷笑一声，说："这只是其中的一项，我们还要把这里的蟒蛇干掉，为我们的开采扫除一切障碍。"

武冬梅听了此话吓得毛骨悚然。

佐滕山木微笑着说："你们中国人相信金咒的存在，如果我们将黄金的守护神金蟒和野狗都杀掉，那金咒还存在吗？只要破除了金咒，我们就可以安心地在这里开采黄金。"

武冬梅沉默了。

这时，前面的日本防化兵已经将烧焦的野狗尸体挑开，转眼间，一群活蹦乱跳的野狗化成了焦炭。远处的山岭传来野狗的嚎叫，断断续续的。防化兵已经将通道清扫完毕，山岛指挥步兵继续前进。他们来到挡住路口的巨石旁边，跨过这块巨石，那边就是金蟒蛇的领地。

山岛站在巨石旁边，仔细地观看巨石的纹路，深色的线条像蛇的扭动。防化兵已经更换了新的装备，他们两人一组，拿着铁钳和铁丝网兜。山岛挥了一下手，指挥士兵踏进去。这里的地形与石砾场完全不同，地面是湿润的泥土，植被丰富，一丝黄绿色的草芽约有十几厘米高，从枯草丛中钻出头。第一组胆大的防化兵踏进草丛，这才发现枯草的深度有半米。他们用铁钳把枯草拨开，并没有发现什么金蟒蛇或者其他的蛇类。

山岛再向前看，约有二十多米远处有几堆灌木丛，高有两米，一些杂乱的树枝伸向天空，再远处就有一些大小不一的树木，初春刚刚长出绿叶，偶尔有一丝风，在风中轻轻的摇动。

一股风吹到山岛的脸上，风中夹杂着湿气，还有一股子腥气，山岛并不能确定那种腥气的来源，但是这种气味让他不舒服。又有四个防化兵结伴探索着草丛向前推进。突然从草丛里跑出一条小野狗，蹿跳着跑远了。那些防化兵停下来观察。很快有三四只野兔也受惊了，跳起来向金蛇谷的深处跑。突然，看到有一只野兔好像是被控制住了，不管怎么都跑不出去，然后看到它像是被风一吹，飘向山岭边的一堆石头。

山岛命令："前进。"所有的士兵小心翼翼地向前推进。防化兵拼命地扑打草丛，终于有一个士兵捉住了一条一米多长的草蛇，他兴奋地叫："抓住了，抓住了。"他把蛇狠狠地用钳子夹住，那条蛇缠住夹子挣扎。防化兵把蛇举起来向后面的步兵炫耀，跑过来一个大块头士兵，大声喊："下酒菜，下酒菜。"他揪住蛇的尾巴使劲地抖动，那条蛇无力地抬起头向上看。日本士兵哈哈大笑，他用脚踩住蛇头，一只手掏出匕首，在蛇的尾巴上一挑，然后揪住蛇皮使劲地一撕，就这样把蛇活剥了，他大声喊叫："好肥呀，好肥呀。"他掏出随身携带的饭盒，把蛇的肉身切成段后放入饭盒。几个日本士兵立刻哄笑着喝彩，为他们中午的佳肴叫好。刚才的那个日本士兵则把剥下的蛇皮用枪刺挑起来向人卖弄，他不停地挥舞着，像甩着一根绸布。

后面的步兵拥上来，他们与防化兵一起搜索，有一个士兵大声喊："这里有个蛇窝。"于是几个士兵挤过去，他们用枪刺挑开一堆泥草，果然看见一堆蛇缠绕在一起，有两三条有一米多长，还有几条只有二十多厘米长。一个士兵上前用脚使劲地踩下去，把几个蛇蛋踩碎，一个防化兵把这些蛇捉进笼子里，那几条小蛇干脆用脚踩死了。

突然间，前面的草丛左右摆动，像是水面上的纹路。"快看，快看。"一个士兵喊道。

前面的草丛像被风划开了，一条小饭碗那么粗的黄蛇游了过来，它忽然一探头，立起来的高度能够到人的腰间。枪刺上挑着蛇皮的那个士兵，一下把枪对准了它。

这条黄蛇身子一缩，以迅雷不及掩耳之势，它的头部击打过来，下颚狠狠地撞在那个士兵的胸上，这个士兵向后一退坐在地上。

他坐在地上，又抄起枪，可是，这条蛇只有十几厘米粗，而且运动迅速，他根本就不可能瞄准它。没有想到蛇并不接着进攻，而是一扫地上的蛇笼，那个蛇笼被打开了，里面蛇鱼贯而出。

其他的士兵立刻跑过来救场。黄蛇昂着头，嘶嘶地吐着信子。刚才倒地的士兵，再次举枪瞄准，趁着那黄蛇不动的时候，砰的一枪击中蛇头。蛇的头在空中猛地向后一挫，又触电一般弹过来，它的身子像一根绳子，狠狠地缠住了那个士兵的身子。黄蛇的头部喷出血，它的眼睛圆圆的，看着那个日本士兵惊恐地瞪大眼睛。

那个日本士兵听到自己身体内发出格格的声音，可以肯定的是他的肋骨已经断了，冲上来的一个日本士兵抽出刀猛地砍向那条黄蛇，黄蛇并不放松，它的身体继续收缩，只见日本士兵的嘴里吐出血沫，两眼向外鼓。

又跑过来几个日本士兵，他们把黄蛇的身体砍断，这条四米多长的蛇就被这几个士兵砍成了几段。跑过来两个卫生兵，他们把刚才的那个日本士兵抬走。

山岛看看天色，依然阴沉，空气中湿漉漉的。山岛现在有些犹豫，是否继续向前推进。这时，从金蛇谷的深处跑出来两个人，正是刚才被野狗追赶的那两个士兵。他们挥舞着手喊叫着："里面有蟒蛇！里面有蟒蛇！"两个日本士兵腿上的裤子已经撕成了裤衩，腿上全是伤口。

可是，等他们跑到前面的灌木丛那里的时候，两人都像在演皮影戏里的慢动作，他们做着跑动的动作，身体并不向前跑。只见一个金黄色的影子一闪，其中的一个日本士兵的身子被吞进一半，他还在空中嘶叫了几声，可是那金黄色的影子动作太快，只见树丛抖动，它的身影消失了。剩下的另一个士兵还要向前跑，可是他动弹不了。山岛此时眼疾手快，从旁边的一个步兵手里抢过步枪，向着那片灌木丛的一团黄影子打过去。砰地一声，枪响了。那个日本士兵的身子刚刚被吞进去，又被吐了出来。

山岛再次开枪，那金黄色的影子在树丛中一闪，就不见了。

山岛命令所有的士兵推子弹上膛，又让使用喷火器的士兵来到前面，两架喷火器准备好了随时发射。一切准备好了，他们小心翼翼地向前推进，走了约有五十米，穿过了草地，来到灌木丛旁边，没有发现一条蛇，只见刚才的那个士兵，躺在地上，浑身是黏液，鼻子耳朵一片模糊，上去一个卫生兵看了一下，这才知道那个日本士兵已经吓死了。

山岛正在犹豫，听见山岭上传来野狗的嗥叫，他向那声音的方向看去，没有发现什么。但是，眼睛的余光发现了什么，他们刚刚穿过的草丛，有了个变化。

草丛一半是枯草，一半是新绿的草，黄绿相间，但是，这次他看的时候，黄色的成分增加。他以为自己眼花了，再仔细地看，草丛里已经布满了蛇群。

没有一个人知道这些蛇是何时出现的，它们悄无声息地潜入草丛，又悄无声息地探出头。

穿过这片草地的士兵只有二十儿个人。他们已经发现了情况。这时，那些蛇在草地里来回晃动着，在眼前形成了一个波浪，让人头晕目眩，仿佛大地在抖动。

被隔在草丛另一边的日本士兵也发现蛇群出现。

山岛想了一下，立刻把背负喷火器的士兵叫过来，命令他开辟一条通道。那个士兵对着草丛扑的一枪，只见一道火龙吐出来，前面的草地如同刀切一般被抹平了，地面上变成黑乎乎地一片，还有一些弯弯曲曲地正在燃烧的东西，那可能就是蛇。

被烧着的草地向两边燃烧，喷火器再次喷射，向前开辟通道。突然，有一个巨大的信子从树丛里探出来，只是轻轻地一粘，那个正在发射喷火器的士兵被卷在空中，等到山岛转过脸看时，那个巨大的怪物已经消失，连同消失的还有那个日本士兵。

山岛顾不得想那么多，率领士兵沿着喷火器开辟出来的通道迅速退出去。

士兵们退出那片草地，自以为到了安全地带，此刻，酒井派来补充兵员的士兵已经到位。山岛再次整顿部队，打算再次进攻。首先要把眼前的这片草地清除掉，这里一定暗藏了许多蛇，还有那片灌木丛，高有两三米，也可以藏住身形巨大的蟒蛇。刚才草地已经被喷火器点燃，火势越来越猛，那些草蛇肯定忙着逃命，即使钻进地下的蛇洞里,也难免一死,因为大火已经把地面烧焦了。

看到火势大起,山岛精神大振,一挥手,几个迫击炮手把炮架好,他们已经准备了燃烧弹,山岛喊一声:"前面的灌木丛,放!"只听嗖嗖地几声,几颗燃烧弹落下,扑扑地烧起几团火苗,那些灌木被烧着了。

这时,起风了,煳焦味加上汽油燃烧的味道飘过来,山岛得意地迎风站着。这股味道也飘到指挥所,酒井站起来仔细地观察,一会儿把白手套戴上,一会儿又摘下来。

佐滕山木用望远镜仔细地观看灌木丛,对酒井说:"酒井大佐,这个金蛇谷看来至少有三四条巨蟒。"

马云龙一言不发,冷冷地看一眼佐滕山木,佐滕山木郑重其事地问二狗子翻译:"二狗子,我们采用这种方法,应该可以解除你们中国人都相信的金咒吧。"二狗子翻译点头哈腰地说:"您说得有道理。"

佐滕山木转过脸去一本正经地问马云龙:"马司令,你说呢?"

马云龙的脸色十分难看,看着前面正在燃烧的金蛇谷,说:"未必。"

酒井转过头来问:"马司令,难道你有什么新的观点?"

马云龙想了想说:"事情不会那么简单,毕竟金蛇谷里的蛇和野狗不是一般的动物。"

佐滕山木冷笑了几声,但是,他的笑声很快中止了,像是卡带的录音机。因为,有几个雨滴落在他的脸上。所有的人都向空中看去。确实是下雨了。

雨不是很大,但是,一点点儿一点点儿持续地下。慢慢地,被烧过的草地冒起了白腾腾的热气,如同热水开锅。那片灌木丛里,火势也减弱了,白腾腾的水汽冒了起来。

酒井和佐滕山木的脸色变得阴暗起来。马云龙立刻双手合十,口中默念几句,如若不是有日本人在跟前,他一定会俯首磕头了。

这阵雨来得也太蹊跷了。

雨还在继续飘,空中飞来了一群乌鸦,它们啊啊地欢叫着,一会儿便扑来啄食草灰中的食物,它们边吃边叫,很快漫天飞舞的都是乌鸦,有的乌鸦吃完食物便飞到附近的树枝上休息,立刻被树上伪装的蛇捕食了,远远看去,那些乌鸦扑棱着翅膀被蛇吞进肚子。

又有一群鸟飞来,它们飞行还带着响声,那是鸽哨的声音。这是一群信鸽。

武冬梅装作抬头看天，她在注意那些信鸽，有一只信鸽在金蛇谷的上空盘旋一圈，飞到了卧龙居。她为之精神一振，转过头来对佐滕山木讲："佐滕先生，我的身体稍有不适，还希望你能宽容一些，让我回去休息一下。"

佐滕山木看着武冬梅，说："刘夫人，恐怕今天的事情不好商量，今天你总得给个答复。"武冬梅说："我今天一定会给您答复的，请您放心，你的士兵都已经堵在我的家门口了，我哪里还敢怠慢。"

佐滕山木自嘲地一笑，说："那我和酒井大佐就在山上等你的答复。"

武冬梅迅速下了山，急步返回卧龙居，家丁给出她打开门，紧张地说："少奶奶，二少爷来信了。"武冬梅点点头，神情严肃地进屋，一个家丁把信鸽抱过来，取下一个小纸条，是刘牧之写来的，上写："即日返回，与倭贼一决死战。"武冬梅看完之后，把纸条收了，然后抱着胸脯在屋里来回踱步，她的表情十分紧张，一会儿喘着粗气，最后，她毅然下令："把大门打开。"

过来一个家丁，以为自己听错了，不敢行动。武冬梅再次命令："把大门敞开。有请马云龙马司令。"家丁小声地问："日本人不会开枪吧？"武冬梅肯定地说："不会，他们在等我的答复。你代表我去请马云龙。"

酒井和佐滕山木在山上好奇地看着卧龙居的大门打开了，跑出来一个人，他很快来到酒井和佐滕山木跟前，佐滕山木说："你们刘夫人有什么话要讲？"这个人说："我家二少奶奶说了，先请马司令说几句话。"

酒井和佐滕山木惊愕地看着马云龙，马云龙惊异地问："有事情吗？"那个人说："我只负责传话，其他的事情一概不知。"

马云龙看一眼佐滕山木和酒井说："那么，我先去看看。"

佐滕山木十分不满地嗯一声，马云龙不搭理他的不满，自顾下山了。

马云龙来到卧龙居，武冬梅已经摆好了茶等他。一进门，武冬梅便请他喝茶，说："马司令，咱们是多年的邻居了，今天特意请你喝一杯茶。"

马云龙坐下，舔了一口茶，心想这个娘们葫芦里卖的什么药，疑惑地说："好茶，只是这茶另有味道吧。"武冬梅冷淡地说："这是最好的春茶，还有什么味道呢。"

马云龙急不可耐地说："我说你快点把龙脉图的秘密告诉我吧，要不这日本人拆你们的卧龙居，你想告诉我都晚了。"

武冬梅正色说："我怎么能够把龙脉图的秘密告诉你呢，我得跟日本人讲呀，你没有看到他们已经大兵压境。"

马云龙生气地问："那你叫我干吗？"

武冬梅神秘地说："我把另一件事情提前透露给你，刘家准备与日本武士再次比武。"

马云龙生气地说："你们爱比不比，多死一个我鼓掌一下。要是不告诉我龙脉图的秘密，我走了。"

马云龙气呼呼地走了，恨不得日本士兵立刻把卧龙居扒了。

佐滕山木带着一个日本武士进入卧龙居，武冬梅有礼貌地请佐滕山木喝茶，佐滕山木笑笑说："刘夫人，已经想好了？"

武冬梅淡淡地一笑说："我已经想好了，刘家早晚得跟你们这帮人合作，一个是土匪，一个是大日本帝国，我哪帮也惹不起。"

佐滕山木怀疑地问："你还有什么要求，尽管提，我们可以谈条件。"

武冬梅说："我们在合作之前，还要比武，如果我们赢了，你们得答应我的条件，如果你们赢了，我答应你们的条件。"

佐滕山木哈哈大笑，说："刘牧之还要比武？真是越败越勇。"

武冬梅淡淡地一笑，说："如果我们输得心服口服，自然接受你们的条件。"

佐滕山木冷笑道："我看你们还是痛快地跟我们大日本帝国合作，少跟那个土匪勾搭。我还跟你客气点儿，要是酒井大佐出面，可就不那么好说话了，要是不高兴了，他咳嗽一声，那些士兵就会把你们卧龙居踏平了。"

武冬梅不卑不亢地说："佐滕先生，你们的士兵已经在金蛇谷进行了军事表演，你们的实力也得到了充分体现，我们刘家确实没有能力与你们日本人对抗，所以我决定与你们谈条件，但是，如果在条件没有谈拢的前提下，日本士兵如果强行进入卧龙居，我相信你们什么也得不到，我们一定会做到玉石俱焚，佐滕山木先生，您是个商人，十分懂得只有双方都获利的事情，才是有意义的合作。"

佐滕山木哈哈大笑，说："我以前说过，我尊敬你们刘家，只要你们刘家开口的事情，我一定会满足你们的，好，那我同意，在比武之前，我保证，我们的士兵不动你们刘家的一砖一瓦。"

武冬梅说："谢谢佐滕先生的一片好意，明天中午我们刘家会正式发出挑战书。"

佐滕山木自负地说："好，那我回去等你们的挑战书。"

佐藤山木站起来，自负地走出卧龙居。

来到临时指挥所，马云龙和酒井正在等他，佐藤山木问马云龙："武冬梅跟你讲什么了？"马云龙立刻说："她根本没有跟我讲龙脉图的秘密，她说要告诉你的。她只是请我喝了茶。"

佐藤山木反问马云龙："她没有跟你讲？"

酒井大佐生气地瞪着马云龙："马司令，你需要表现出你对皇军的忠诚！"

佐藤山木冷笑道："你恐怕没有说实话吧，我们大兵压境卧龙居，她就请你喝几口茶？太可笑了，你把我们当小孩。"

马云龙一脸正色道："她只告诉我要跟你们再次比武，没有提龙脉图的事情。"

佐藤山木说："连比武这件事情，都提前告诉你了。"

马云龙再次冷笑着，对酒井大佐说："大佐，你们中了武冬梅的离间计了。"

佐藤山木自负地一笑，说："马司令，我相信武冬梅会使离间计，但我也相信苍蝇不叮无缝的鸡蛋，你一定是有异心，我劝你收敛一些，不要挖我们大日本帝国的墙角。"

酒井大佐听了，点点头对马云龙说："马司令，我们都是明白人，请不要在我们面前卖弄什么小聪明，你一定要记住，大日本皇军，一定要得到龙脉图，一定要控制招远的金矿，容不得有一点儿动摇，请你不要在龙脉图这件事情上打鬼主意，我们大日本帝国控制龙脉图，是我们双方合作的前提，否则，我们互为敌人。"

马云龙急忙收敛了匪气，低头哈腰地说："大佐，您说得对，我马云龙没有二心。"

佐藤山木转过头来对酒井说："大佐，我们不妨收兵，刘家希望再次跟我们比武，以此作为合作的条件。"

酒井哼了一声，说："他们还有什么资格提条件？"

佐藤山木笑着说："要想收服这些中国人，就要文武兼治。比武是文治，出兵是武治。我相信，他们逃不出咱们的手心，咱们要让他们心服口服。"

酒井想了一下，大喊："收兵。"于是，几个士兵过来收拾东西。片刻，一队队士兵从金蛇谷撤出。

马云龙回头看看卧龙居，狠狠地骂："你这个骚狼们，你好奸贼，等日本人收拾了刘牧之，你们刘家没有了撑腰的，看我怎么收拾你。"

第11章
大决战

毒龙剑

刘牧之返回刘家大院的时候，带回了一把宝剑。从这把剑的剑鞘上看，已经相当有年头了。孟德经过乔装打扮来到刘家大院，他来到刘牧之的卧室，只见刘牧之已经更换了新衣服，坐在椅子上，精神抖擞地喝着茶。孟德着急地问："师弟，你把独龙剑搞到手了？"

刘牧之稳重地点一下头，用眼神示意一下桌子上的剑。

孟德把剑拿起来，用手掂了掂分量，然后一拉，禁不住嘲笑道："就这把烂剑，还要跟金龙刀比试？"孟德一把将剑扔到地上。

刘牧之大声说："大师兄，你太放肆了。怎么可以如此对待剑宗的信物。"

孟德嘲笑道："师弟，你也真是，这么一把烂剑，你拿回来干什么，它连我们大刀会的一把钢刀都不如。"刘牧之阻止孟德说："师兄，请你放尊重一些，我已经入了剑宗。"

孟德一听，生气地斥责："你怎么如此忘本，师父教你金龙刀法，你怎么可以另投其他宗派。"刘牧之平静地说："大师兄，你不要着急，听我慢慢讲来。"

刘牧之背着金龙刀向西进入了剑宗的地盘，这期间早有刀宗的人送到了信。这剑宗的人听说金龙刀的传人带着金龙刀来了，在路上等待比剑的人还真不少。

这十几个人拿着剑，都想见识一下金龙刀的威风。刘牧之抱一下拳，说："各位好汉，在下进入剑宗的地盘，实是有要事相求于独龙剑，不可耽误时间，如若大家想过招的话，就请一同上来，我只能简短与大家过招，日后有机会再比试。"

这些人一听，刘牧之未必也太狂傲了吧，到了我们剑宗的地盘，还如此看不起剑宗的剑法，居然还是来找独龙剑有要事相求的。这些人只好抽出剑准备与刘牧之过招，但是，他们并不想一起上，刘牧之怕耽误时间，就只好说："你们要是拦不住我，我就直接去找独龙剑了。"

终于有两剑手一起上来，刘牧之已经等得不耐烦，迅速地一挥大刀，是龙在野，只见嚓地一声鸣叫，那刀光直奔二人扑去，这两人同时来架，哪里挡得住这一刀的威力，这两人砍得向退去。

刘牧之大喊一声："其他人快点上。"

众剑手这才明白为什么刘牧之不愿意单打比试，看来武功实在是相差悬殊。这些人都拔出剑，同时向刘牧之刺来，只见刘牧之一招龙卷风，轰隆隆一声，大刀挥舞着向裹向十几个剑手，有的人功力不够，立刻扔了手里的剑，只听乒乒乓乓一阵响，他们手里的剑都扔了。

刘牧之抱一下拳，骑上马，说："各位好汉，在下有急事在身，还烦你们传令，我要见独龙剑。"

刘牧之打马西行，来到泰山下的庄子里，上写赵家堡。剑宗的人早就知道了刘牧之的事情，来到门口比剑的人是独龙剑的大徒弟，他拿着一把黑铁剑。此人肌肉发达，个头很像孟德。他一抱拳说："请金龙刀赐教。"

刘牧之说："师兄，我是找独龙剑师父有要事相商，咱们不能比试的时间太长。再说，我的金龙刀太锋利，怕伤了你的剑。"

大徒弟笑着说："未必。"于是他抽出剑，突然向刘牧之刺来。刘牧之向后一飘，脚再一蹬地，一招龙出海，只听哗啦一声，似乎巨龙挟带着海水扑出来。

没有想到对方的黑铁剑穿破了刀墙，直刺而来。刘牧之大呼不好，看来是遇到高手了，一转刀锋，一招龙绞柱，只有砰地一声，金龙刀把黑铁剑磕了出去，那个大徒弟一抱拳，然后，做了一个请的姿势，刘牧之进入内院。

独龙剑，他是一个高个子老头，站在台阶上，背对着刘牧之。

"找我有什么事情？"他背着手问。

刘牧之说："请你教我剑法，打败日本人。"老头问："代价是什么？"

"金龙刀谱。"刘牧之说。老头笑一声，说："我先试你一下，看看武天浩的功夫到底有长进没有。"他突然一个鹞子翻身，手中持着一把长烟管劈下来。刘牧之用大刀一磕，只听砰的一声，震得刘牧之的手臂发麻，看来这个老头功夫了得。

刘牧之后退一步，腿一弯，一招龙在野，运气御刀，只听一声龙吟，那刀鸣叫着扑出来，老头身体一侧，那刀气从老头的脸边刮过，却见老头的烟袋锅猛地一挥，一声巨响砸在金龙刀的刀面上，刘牧之被震得双臂发麻，身体向旁边一歪，而此时，老头一跳，双脚在空中连环踹，一脚踢在金龙刀刀背上，一脚踢在刘牧之的胸口，刘牧之扔了刀，坐在地上。

老头哈哈大笑，说："你本是可塑之材，可惜落在武天浩的手里，他只会教你金龙刀法，但是其他功夫一般。"

刘牧之从地上站起来，搓了一下手，说："请你不要诋毁我师父，他已经被日本人杀害了。"老头长叹一口气，这才转过身脸正对着刘牧之，他的头发很长，盖住了一半脸，脸上有很多麻点。

刘牧之奇怪地看着老头的脸。老头白了一眼刘牧之说："你的胸前受过伤，而且，你抽过大烟，胸里有瘀气，我已经替你处理了。"

刘牧之深吸了一口气，急忙抱拳，说："谢谢前辈。"

老头说："不用谢谢我，谢谢你爹，你爹倒是一个值得尊敬的人。"

刘牧之低头不语。老头说："把你师父的金龙刀法拿过来。"

刘牧之从怀里掏出金龙刀法给老头递上去。老头打开第一页，看到画的一个人手持着大刀，这是第一式，然后把书向空中一立，另一只手运气对着书一扫，那些书页快速地翻过，原本静止的人挥舞着大刀动作起来，瞬间一套金龙刀法演练完毕。

老头看完哈哈大笑，说："你先下去休息吧。"

夜半，刘牧之尚不能安睡，进来一个汉子，抱拳说："师父有请。"

刘牧之来到老头住的屋子，禁不住大吃一惊。下午的时候，老头的头发还是灰白的，现在已经变成白的。老头的长发挡住大半边脸，问："请问，是谁同意你将金龙刀谱交给我的？"

刘牧之说："是我师娘。"

老头仰天长叹，说："黑蝴蝶，倒是一个有情有义之人。她有权利决定金龙刀谱的去向？"

刘牧之说："她是我的师娘，也是我的岳母。"

老头哈哈大笑，说："太可笑了，你师父武天浩自小就练金龙刀法，为了保证至刚纯阳的功底，他练过童子功，所以，他的金龙刀法所向无敌，你的金龙刀法比不过你师父是情理之中。"

刘牧之禁不住脸臊得通红，问："你的意思是，武冬梅不是我师父武天浩的女儿？"

老头大笑，说："当然，二十年前，我与你师父比过武，我当然清楚他的武功修为。"

刘牧之低下头，暗淡着一张脸说："您当年比武，败在我师父的金龙刀下，为此怀恨在心，我可以理解。但是为了抗日，还望你不计前嫌。"

老头嘲讽地一笑，说："以前的事情，不必再提。不过，你的脾气确实随了你的师父，心胸狭窄，目光短浅。就武天浩的天赋来讲，他把金龙刀法练到那个程度已经是登峰造极了，如果他还在世的话，我只需给他点拨几句，他的武功再上三成也不成问题，只可惜他的命呀。"

听了这话，刘牧之心中有说不出的气愤，这老头也太狂妄了，面对已故之人，说出此话也不怕雷劈。但是，他忍了，低声下气地问："这么说，前辈，你悟通了金龙刀法的奥妙？"

一提这个，老头的神情变得收敛，说："不能说悟通，我起码发现了进入的门径。"

刘牧之大吃一惊，难道金龙刀法还有更深的刀法？不过，他很难相信，这个老头刚刚看了半天金龙刀法就能悟通。武天浩那是用一生的时间，也只是练到勉强以气御刀。他的表情让老头捕捉到了，老头笑道："把你的金龙刀借用一下。"

刘牧之把刀递给老头。老头用手掂量了一下，笑一笑，随手一刀，只见前面的石墩切成两半。但是并没有看出他使用了多大的力量，也没有看出他用的金龙刀法的哪一招。

刘牧之惊愕地睁大了眼。

老头说："金龙刀法，原来不叫金龙刀法，只是你们刀宗的人，拥有了金龙刀这把利器之后，才改成金龙刀法的。但是，恰恰这把利器，引导金龙刀的代代传人过于关注刀法的每一招一式，忽略了刀法的内在深义，而刀法的威力大打折扣。"

刘牧之从老头手里接过刀，看看眼前的石头，他不敢砍下去。

老头说："为了共同的敌人，我同意帮助你，但是，你必须入我门下。"

刘牧之犹豫地看着老头，说："恐怕不能，我师父在九泉之下难以合目。"

老头摇着说："我细说一下理由，你师父九泉之下也会同意的。你入我门下，此为天意也。"刘牧之不解。老头取出一本书，是剑谱。他打开第一页，让刘牧之看，刘牧之看了一眼。老头微笑着把书立起来，用手运气，一推，那书页快速地打开，一套剑法演练了一遍，之后，老头问："记住了吗？"

刘牧之摇头。老头说："是否记住，意义不大。它跟金龙刀法的区别在哪？"

刘牧之还是摇头。老头说："从第一招开始，金龙刀法是攻式，剑法是守式。两者互为补充。"

刘牧之恍然大悟。

老头继续说："刀法与剑法，源出一人，最早是孙武手下的一名将军编写的，其实是布阵用兵的兵法。"老头把两本书的封底并排摆在一起，让人把灯熄灭，只见显出几个字，是磷光，上写："刀剑合璧，可定乾坤。"

老头继续说："原本是这个意思，谁要是得了此书，并以此书的招式训练士兵，可以提高战斗力，所向无敌，可得天下。"

刘牧之点点头。

老头继续说："但实际上这八个字，也隐含了此剑法及刀法上乘修炼的诀窍，即为乾坤二字，金龙刀法为乾，剑法为坤，这正是周易中的乾坤二卦。"

刘牧之恍然大悟，"原来如此，金龙刀法中的每一招，源自乾卦。共六招，每招六式。"

老头点点头，正色道："只要你入我门下，我即刻传你武功，你回去把日本人打败。无论刀宗还是剑宗，都是我中华武功，但你不入我门，我如何教你？"

刘牧之跪下，恳求道："弟子愿意入你门下，但是，还请师父同意，我用金龙刀法打败日本人。"

老头说："好吧。我们的剑法，你还不能立刻掌握，金龙刀是天下利器，必定所向无敌。"老头把刘牧之扶起来，说："所有的礼节都免了，我即刻传你功夫。"

刘牧之点点头。老头把刀谱打开，说："金龙刀法，与乾卦的六个爻词相关联。我研究了一个下午，这几个时辰的收获，相当于我几十年的所得。此为天意也。"

刘牧之点点头。老头继续说："你需要把金龙刀法的多个招式，简化成三招，用最有攻击力的三招，龙在野，龙在天和龙卷风，把对手拿下，将气力运用在三招。你必须全力以战。"

刘牧之犹豫地问："如果三招不行呢？"

老头说："没有不行，只有三招。"

刘牧之低下头。老头说："因为你没有勇气。如果有勇气，可能一招就足矣，天下能够连续接你三刀的人，几乎没有。你只要把气息理顺，自然运气，便可实现。"

老头看到了刘牧之的胆怯，说："我帮助你把经脉理顺，保证你运行更顺畅。"

老头说着，上前来拍打刘牧之的后背，刘牧之感觉浑厚的力量进入了体内，浑身舒畅无比。

"你再试试。"老头把递给刘牧之。刘牧之按照老头的指点，自然运气，提起了金龙刀，猛地劈出去，如同雷电劈过，那块石墩又被切开一块。

老头点点头，说："你再随我来。"

老头带着刘牧之来到后院，竟然是一个铁匠铺，墙上挂着各种刀具。

老头从墙上拿起一个面具戴上，又给刘牧之一个。两人推开一个门，进入一个屋子，这里有一个炉子，发出呛人的味道。旁边的石案上放了一把锈迹斑斑的铁剑。老头把一堆矿石倒进炉子里，很快发出黄烟，那味道呛人。

老头把铁剑伸进炉子里，一会儿，那把剑烧红了，他取出来，放在案板上，用锤子敲打，他示意刘牧之也拿起一把锤子敲打，两人锤炼了有半个时辰，之后，老头把剑插进一桶浑浊的液体里，冒起一股烟。老头把剑抽出来，整理了一下剑柄，找来一个古老的剑鞘，装进去，说："这是毒龙剑。"

两人拿着剑走出来。老头让人捉来一只鸡，用剑轻轻在鸡的脖子一抹，鸡挣扎着死去，很快，它的伤口处腐烂了。

老头把一滴鸡血滴在剑身上，只见冒起一股烟，那鸡血干了，但在剑身下留下锈迹。

老头问："你明白了吗？独龙剑的真正名字，叫毒龙剑，是毒药的毒。"

刘牧之一知半解地点头。老头继续解释："我们用泰山上的硝石和磷石来锻造剑身，这是一种有毒的石头，它和铁熔化在一起，在正常情况下，会与空气中的水分发生反应，产生有毒物质，在与敌人作战的时候，只要击中了敌人，就会中毒。"

刘牧之这下理解了。

老头微笑着说："其实，毒龙剑才是真正的天下第一，因为我与武天浩比武的时候，不可能用带毒的剑，只能用普通的剑，在兵器上已经让他三分。"

刘牧之点点头。老头笑着说："只是这剑自身会腐烂，所以每年都要重新锻造。你看我的脸，就是这样被腐蚀的。如今它有了新的主人，你明天就带它出发吧。"

第二日早晨，刘牧之前来告别。老头已经准备好刀谱与剑谱，说："你把它们带回去吧，让我们的勇士学习刀法，与日本人战斗。"刘牧之跪下，说："谢谢师父。"

老头之后又犹豫地问："牧之，我把所有的都交给你了，师父问你一句，你身上的秘密到底是什么？"

刘牧之张开嘴，无法回答。

老头笑，"你是不是连师父都不能讲？"

刘牧之痛苦地说："师父，不是徒弟见外，是徒弟确实不知道，我只知道我后背上有一幅龙图，我只知道我不能死，但是其他的我不清楚。"

刘牧之说着脱下衣服，请老头看他后背上的龙图。老头看了头天，不知所以然。

刘牧之问："师父，你精通周易，可以为徒弟算一卦吗？"

老头说："大事不用算，天意，你自管去吧，你的心意就是天意。"

刘牧之点点头，站了起来，大步向外走。

杨少川献计谋

刘牧之要跟柳生再次比武的事情，已经传遍了整个招远城。

地点定在罗山的金顶。时间是两天后的上午十点。挑战书已经差人送到鬼怒川公司了。此时，刘家的气氛已经变得与平时不相同了，空气中似乎充满了炸药，稍不小心，就会爆炸。

人们紧张而且兴奋。

孟德在刘牧之的房间里，羡慕地陪着刘牧之。"师弟，这次比武，不管输赢，你都是天下第一。"刘牧之淡淡地一笑，说："大师兄，是否天下第一是次要的，我要为中国的习武之人夺回民族气节。"

孟德看看四周没有人，低声说："师弟，不管这次是否打赢，你跟着我们干行不行，或者你当队长，我当副的。"

刘牧之正色道："大师兄，你们跟日本人正面干我支持，但是让我全部精力投入到你们之中，还不行，毕竟，刘家这么大的产业呢。"

孟德笑着说："师弟，你索性痛快点，别想那么多。还有，龙脉图的秘密，你就告诉我，我替你去打日本人，要死我替你去死。"

刘牧之笑着说："大师兄，你真会说笑话，我爹说过，我要是死了，就会泄露秘密，你这是咒我死呢。"

孟德说："师弟呀，你要看清大局势呀，咱们中国人必须把日本鬼子赶出去，只有共产党才真正的打鬼子，抗日，你只有支持共产党才对！"

刘牧之说："你还让我怎么支持，我天天支持你。"

孟德说："你把龙脉图给我，就不用天天支持我了，就支持这一次行了。"

这时武冬梅进来了，咳一声说："大师兄，你怎么越来越小孩子脾气了。师父留下的那张图不是给你了吗，你看住了吗？"

孟德噎住了，脸色难看，过会儿又说："那个杨少川说那张图是他父亲留下的。你不是知道吗？"武冬梅笑着说："就你这个脾气，恐怕牧之把龙脉图交给你，你又给了杨少川。"

孟德立刻笑着问："师妹，那你问张木匠了吗？"

武冬梅说："张木匠告诉我，当年房子盖的时候，图纸都是他掌握的，没有什么太多有疑问的地方，那些机关也是我爹提前准备的，比如地下的房基等，是我爹提前让人做好了，张木匠组织人在上面盖的房子，里面的机关，是我爹亲自带人安装的。"

孟德说："可是师父已经过世了。"

武冬梅继续说："但是，有一个地方，张木匠说有疑问。"

刘牧之和孟德都树起了耳朵。武冬梅说："就是院子里的那个习武台。张木匠说是我公公提前用砖垒好的。"

刘牧之也觉得奇怪，院子里有个习武台，他经常在上面练武，没有注意过什么。

三个人暂时没有什么话说，这时，跑进来一个下人，说："二少爷，有两个要饭的，非要见您。"刘牧之一听，很奇怪，说："让他们进来。"

片刻，进来两个要饭的，浑身破破烂烂。刘牧之一看那个小乞丐，竟然是小六，另外的一个人，是杨少川。杨少川把帽子摘了，说："我有件事情，需要跟刘牧之先生单独谈谈。"

其他人到了另外一个屋子回避，杨少川说："哑巴曾经跟我父亲到过金蛇谷一个十分重要的地方，这个地方就是现在的卧龙居。"

刘牧之点点头。

杨少川继续说："当年，我父亲送给哑巴一块小小的狗头金。哑巴死之前交给了小六，小六又交给了我。"杨少川把那块狗头金拿出来，只有花生米那么大。

刘牧之看了看，问："你有什么打算？"

杨少川说："我想跟你交换秘密！"

刘牧之说："什么秘密？"

杨少川说："龙脉图！"

刘牧之哈哈大笑，说："你们都以为我知道龙脉图，可是我确实不知道它到底在哪里。"

杨少川严肃地说："我希望你能够严肃点，我在跟你谈交易。"

刘牧之问："交易什么？"

杨少川说："我可以告诉你一个天大的秘密，富可敌国。"

刘牧之冷笑："天大的秘密，富可敌国，二十年前，它就掌握在武家和刘家的人手里，又能怎么样，最终灾难降临我们武家和刘家。"

杨少川冷笑道："你不看重这笔财富，我看重，我可以用它来为我父亲报仇。你说一下，你到底能够提供给我什么样的信息。"

刘牧之坦言："我知道两个信息，我的后背上有一幅龙刺青图，大家都认为它跟龙脉图有关系，我还知道，我死了，就会泄露秘密。要不，你杀了我吧。"

杨少川生气地说："我杀了你，还有谁告诉我秘密呀？"

在外边偷听的孟德终于忍不住，进来说："我说杨兄弟，你就别追问了，我都问了一万遍了，也没有问出来。"

杨少川冷静地想了一下，说："如果是我父亲布置下的秘密，确实有可能我们很难找出来，也许正是他设计的，用刘牧之的生命来保护这个秘密。"

孟德看了看刘牧之。

杨少川解释："我父亲已经做到了，用自己的生命来保护秘密，所以他有权利同样要求你们刘家和武家。"

武冬梅笑道："看来你真是杨忠山的儿子，你们的思维一脉相承。"

杨少川说："你们还是比较愚蠢的，不要凭一时之勇跟日本人比武，即使你们赢了，日本人也不会停下侵略的脚步，佐藤山木还会想办法继续抢夺黄金。"

武冬梅问："你有什么打算？"

杨少川冷静地说："比武是日本人与刘家正面交战的开始，只有你死我活，没有妥协。"

刘牧之冷笑："你不是照样苟活在鬼怒川公司。"

杨少川嘲讽："我承受的压力远远地大于你。我的所作所为，是为了最后的成

181

功，正如我的父亲，他的牺牲，为这个国家换来二十年的时间，这二十年，不是任何人的生命都可以换取的。"

刘牧之受了刺激，说："你不要旁击侧敲，为了国家的利益，我也可以去死，我毫不畏惧。"杨少川继续冷笑："盲目的牺牲没有任何价值。"

武冬梅忍不住了，说："你们不要斗嘴了，杨先生，你来这里不是斗嘴皮的，你说你的事情吧。"

杨少川说："本来我可以告诉你们，龙脉图中，有一条明金的线路，它的起点就在卧龙居，当年我父亲发现了它，把图交给了文举和武举，之后，你们两家在那里盖上了卧龙居，把这个线路隐藏起来了。"

孟德大声叫好，"那我们去挖就得了。"

杨少川冷笑道："佐藤山木和马云龙也隐约知道这方面的秘密，但是他们不敢贸然行动，因为，很有可能你们把它毁掉，而不让别人得到，更有可能的是，你们刘家和武家当年得到了这个秘密，已经暗地里开采了。"

大家都哑巴了，不说话。

杨少川说："佐藤山木答应你们继续比武，那是对你们刘家的让步，其实他已经掌握了很充分的地质资料，重新掌握龙脉图只是时间问题。即使比武日本人输了，他们也不会遵守承诺。如果日本人掌握了龙脉图，那时，我也必死无疑。我本来希望通过掌握龙脉图的秘密，咱们绑定在一起，想出办法对付佐藤山木。"

武冬梅说："其实你已经想好了，是不是？我觉得你跟你的父亲一样，擅长深谋远略。"

杨少川说："佐藤山木打算把成品黄金运回日本，目前看来有一万多两，这些黄金都存放在玲珑背金矿，如果你们感兴趣的话，可以想办法劫持这些黄金，如果成功，佐藤山木肯定不会活着返回日本，必定遭受处罚。"

孟德说："可以，我答应你的条件，你说吧。"

杨少川说："如果你们掌握了龙脉图，必须与我共享，我可以提供给你们更多的信息，另外我会尽最大的努力，让你们打败佐藤山木。"

武冬梅看看刘牧之，又看看孟德，孟德说："可以，我们配合你。"

杨少川点点头说："那么我先走，你们有什么事情，可以让小六联系我。另外，我会把鬼怒川公司最新情报给你们送出来。"杨少川又戴回帽子，装成要饭的，领着小六，出了刘家大院。

孟德看到杨少川走了，紧张地在屋里踱步，之后，他说："师妹，我有个大胆的行动计划。"

武冬梅看着孟德，孟德说："我借用师弟的金刀令，号召大刀会的成员组织起来，比武那天，肯定有许多人去金顶之下观看。日本人肯定要维护秩序，假设他们要运输黄金的话，我们就半路夺，如果不运输的话，我们就想办法进入玲珑背金矿，抢出黄金。"

武冬梅说："那你安排。"

刘牧之点点头。孟德说："师弟，你全心力比武，吸引日本人的注意力，夺取黄金的事情，由我们来干。"

第12章
黄金秘道

日本人将计就计

第二日上午，卧龙居来了许多客人，他们拿着礼品，听说刘家二少爷回来了，前来探望，来来往往的人络绎不绝。刘爱冬在堂屋里负责接待这些客人，有一些送了礼品的客人被安排到里屋与主人说话。

刘牧之坐在里屋的桌子边，旁边是武冬梅和孟德。陆续进来了几个汉子，他们朝刘牧之和孟德抱拳。刘牧之喝完茶，问："人都到了吧？"孟德说："大刀会几个堂会的英雄都到了。"孟德起身拍拍巴掌，上来一个下人把门关了。孟德站在中间说："各位好汉已经到了，今天再次动用金刀令召集大家，是有一件事情需要与大家商量。后日金龙刀传人与日本人在金顶比武，大刀会的人需要出一部分人员负责照应。"

这些人点点头。刘牧之说："与日本人约定的比武时间你们都清楚了吧？"

孟德补充说："我都跟他们交代了。"刘牧之说："既然这样，剩下的事情由你安排。"刘牧之起身让开，回自己的房间了。孟德搓了一下手，说："今天把大家集中到这里，除了照应比武的事情，还有更重要的一件事情，就是我们要趁机劫持鬼怒川公司的成品黄金，我们要面对的是日本人的正规军，大刀会的成员没有武器装备，我会想办法在最短的时间内为大家准备枪支弹药，你们各个堂会负责组织人员。"

众好汉交头接耳小声议论。孟德说："大家回去分头准备，有武器的，自行备齐。另外，泰山毒龙剑的也送来了剑谱支援我们，我整理了简单实用的几招，与我们的刀法配合，两人或者四人一组，组成乾坤阵法，这是手抄的剑谱，你们回去之后，找几个刀法技术高超的抓紧时间练习。"

一位好汉抱拳之后问孟德："大师兄，是不是我们已经算是加入共产党的队伍了？"

孟德点点头说："这次拦劫日本人的黄金，实属情况紧急，我这就向上级汇报，大家抓紧时间准备，不要泄露风声。提前准备好的，可以先把人员带进山里。"

各路好汉站起来告辞，分别准备去了。

大刀会的好汉刚刚散去，武冬梅进来，对孟德说："大师兄，这次对于刘家来说，可能是没有退路了，我已经让二叔安排往乡下转移。"

武冬梅正说着，刘牧栋冒冒失失地闯进来，瞪着大眼看着二位，问："二嫂，是不是要跟日本人打？"武冬梅看着刘牧栋，一脸严肃地说："三妹，如今刘家的事情很复杂，以后你办事一定要沉着，冷静，不可意气用事。"刘牧栋郑重地点头，说："二嫂，我一定听你的。"刘牧栋的话音未落，刘爱冬开门进来了，说："你们都在？"

武冬梅说："二叔，你有事情？"

刘爱冬说："按你的吩咐，把一些下人都遣散回家，一些重要的东西，搬到乡下。今天就安排的差不多。"

武冬梅点点头，问："有什么困难吗？"

刘爱冬说："有许多下人是不愿意走的。"

武冬梅说："那就给他们多发两个月月钱，也好补偿人家。"

刘爱冬说："倒不是那个意思。"他正说着，门外的几个下人，推开门向里看，带头的是张木匠，说："二少奶奶，您在呢，我们倒不是在乎那点儿月钱。我们想留下来，跟着二少爷一起跟日本人比武。"

武冬梅急忙说："不行，二少爷已经够麻烦的了，你们再跟着，岂不添乱。"

张木匠低下头伤心地说："二少奶奶，我们都清楚您的意思，你是想让我们离开刘家，免受牵连，但话又说过来，我都这么大年纪了，在刘家干了一辈子，日本人都知道我的底细，我就是跑得再远，日本人还会找到我，算计我的。"

武冬梅劝说大家："你们还是先到乡下躲一躲吧，如果这次比武之后，没有什么太大的危险，刘家大院还在，你们还回来，那个时候，我请你们回来。"

张木匠说："二少奶奶，我们心里都清楚，日本人要祸害刘家的话，我们肯定躲不了，在乡下也是一死，在刘家大院也是一死，反正都是一死，我们不如在刘家大院，大大方方地与日本人比试一番，我们可以给二少爷擂鼓助威，可以给二少爷做吃的，凡是能够用上我们的，我们一定尽最大的努力，只要二少爷能够打败日本人，我们干什么都行。"

武冬梅为难地说："你们不是刘家人，犯不着跟着受牵连。我们要尽量减少牺牲。"

张木匠说："我虽然不姓刘，不是刘家人，但我是中国人，日本人是要祸害咱们中国人的，这个道理我们都懂。"

这时刘牧栋插嘴说："二嫂，抗日不光是咱们刘家的事情，需要团结一切可能团结的力量。"

孟德想了想说："师妹，如果他们自愿留下，那就留下吧，人多力量大。"

武冬梅说："他们都是一些无辜的人。"

孟德说："师妹，其实大家都看明白了，躲到天边都是死。你想日本人连金蛇谷的野狗和金蟒蛇都不放过，能放过我们这些人吗？"

刘爱冬说："冬梅呀，既然大家同仇敌忾，那就把所有的力量攥在一起，狠狠地打一下。"

武冬梅想了想说："那就依了你们的意思，二叔，咱们刘家的护院，一定要准备好，现有的一些武器，都拿出来，给大家备上。"

刘牧栋说："我也参加咱们的队伍。咱们家的护院，就都交给孟德大师兄带领，这里许多人都是武天浩的徒弟，一定听指挥。"

孟德说："还是三小姐关键时刻想着我，咱们的看家护院，身手好的有二十多个人，再加上那些年轻力壮的伙计，少说也有三十多人，这差不多一个连队呢。"

武冬梅说："大师兄，就靠你来带他们。"孟德一拍胸脯，说："你们放心。"

刘爱冬说："那好，大家都回自己的岗位，不要误事，这几天尤其注意，值夜的更要多长点眼色。"这些人都议论着散去。

有一个人影看到大家散去，慌乱地躲到暗处，这个人是红英。

佐藤山木拿着地图，正在仔细地钻研。一个日本军医过来，说："佐藤君，张铁桥又清醒了。""好，把他带过来。"佐藤山木兴奋地一扔放大镜，放大镜在地图上颤悠悠地晃着，他美美地幻想着未来。

佐藤山木又让人拿上来一身干净的衣服给张铁桥穿上。片刻，张铁桥被两个日本武士带上来。佐藤山木看着焕然一新的张铁桥说："张先生，咱们又要开始新的合作了。"

张铁桥的头发已经修剪了，穿了一身干净的黑西服，他的面部表情严肃，说："佐藤先生，我跟你合作，可算是吃了大亏了。"佐藤山木说："二十年了，我们总算找到机会了，这次成功了，你会拥有享受不尽的荣华富贵。"

张铁桥说："那未必，要看你能够做成什么事情。"

佐滕山木哈哈大笑，说："你们中国人有句老话，谋事在人，成事在天，天道不可逆也。你们偌大的中国，服从我们大日本帝国，这是天道。我们鬼怒川公司想得到招远的金矿，这也是天道，只在朝夕之间。你看，我已经掌握了杨忠山留下的所谓金钥匙……"

张铁桥的眼睛盯着佐滕山木桌子上的那张纸条，上面写着数字。

佐滕山木脸上洋溢着兴奋，说："这个传说中的金钥匙，其实就是两个地理位置的坐标，这两个位置，是龙脉图的重要位置，一个位置是卧龙居，一个就是道观。"

张铁桥走近桌子，看看那些数字，当然，这些数字表达的意思，对他来讲是透明的，他的嘴角撇了一下，说："如果杨忠山留下的数据是正确的话，你的猜测可能是对的，但是，仅仅得到这些数字远远不够，因为，按照杨忠山当时的技术，测量精度不会很高，不可能精确到几米以内，所以我们要得到龙脉图，可能还要再费周折。"

佐滕山木自信地说："他的卧龙居总共有多大？我派人去，一块砖一块砖给他拆了，我再刨地三米，我就不信我找不到黄金龙脉。"

张铁桥淡淡地一笑，说："佐滕，你忘了，你的对手是杨忠山，还有文举和武举，他们不会轻易让你得到黄金龙脉的。"

佐滕山木哈哈大笑，说："我当然清楚，所以，我要重用你这个专家，有你在，杨忠山留下的地质秘密，我们很快会搞清楚。"

张铁桥听了这话，得意地哈哈大笑，说："那是当然，我掌握的龙脉图的资料，并不比杨忠山的少。"

佐滕山木立即给张铁桥泼冷水，说："你只是知道那些地质上的事情，你知道吗，杨忠山还发现了一个天大的秘密，那就跟道人有关系了，有可能是传说中道士的藏金宝库。"

张铁桥的眼神立刻迷茫了，问："你是说山里的道士？对，是道士，昨天，我就是被那个道士捉住了，他打我了，给我吃药了。"

佐滕山木意识到张铁桥的神智又迷失了，问："那你怎么跑到金匪那里去了？"

张铁桥迷糊地说："你说的是马菜帮那人？"

佐滕山木用低沉的语音说："是呀，就是马云龙的父亲。"他的声音悠长，似乎梦吃。

张铁桥走了几步，似乎想起来了，说："马菜帮我们应该是认识的，不过，这事情不能说，佐藤山木，这事情与你无关，咱们有咱们的合作。"

佐藤山木低声问："你是不是与马菜帮有什么合作关系？"

张铁桥两眼迷失地看着桌子的地图，没有回答，说："总之，不能说。"

佐藤山木气得咬牙切齿，心想：二十年前，这个张铁桥脚踏两只船，不仅为佐藤山木服务，还暗中与土匪勾结，怪不得那些道士要暗算你，你是罪有应得。还好，你神智迷失，要不，这龙脉图早就落到土匪马云龙那里了。

佐藤山木大度地容忍了张铁桥，毕竟已经傻了，只要协助他把现在的龙脉图找到，这个家伙就失去了作用，到时，把他干掉得了。

佐藤山木厌恶地挥挥手，过来一个武士，把张铁桥拉走，佐藤山木说："看着他，什么时候清醒了，再叫我。"

武士把张铁桥领走后，进来一个黑衣人，她说："佐滕君，我有情报。"

佐藤山木让她坐下，她把脸上的黑布摘下来，背对着门口，没有办法从外面看清她的面容，她说："刘家的刘牧之，正在准备比武的事情，另外，大刀会的人，也被策动起来了，他们计划那天要干什么事情，我估计，很有可能要抢咱们的金矿运出来的矿石。"

佐藤山木老成地点点头，说："我就明白，刘家武冬梅提出的比武，是一个缓兵之计，这里面应该有阴谋，哈哈，跟我玩这一套，太小儿科了，他们刘家的人，再加上什么大刀会的人，撑死了只有两三百人，哪里能够跟我们的军队抗衡，太好了，我们借机把大刀会的成员都引诱出来，一网打尽。"

佐藤山木狠狠地拍桌子，表扬那个黑衣人："很好，做得很好，继续回去，一定要摸清楚刘家的每一步动向。我和酒井大佐商量一下，设下诱饵，最好将刘家、大刀会以及共产党的游击队一网打尽。"

黑衣女子点一下头，蒙上脸出去了。

黑衣女子走后，佐藤山木的屋顶上又有一个黑衣人轻轻地挪动身子，还没有起来，柳生已经来到了院子里，招手一扬，一道亮光飞向那个黑衣人。那人顺势一滚躲过飞来的暗器，再一蹬墙，身体已经弹了起来，向院墙飞去。

柳生抽出刀成一字型，向黑影刺去。黑影反手一剑，直刺向柳生的眼睛，柳生一顿，对手便落地一滚，跑出很远。

佐藤山木从屋里出来，问："怎么样？"

柳生回答："是马云龙的人。"

佐滕山木点点头，说："让咱们的人把风放出去，就是鬼怒川公司最近要把大量成品黄金运回日本。"柳生点点头。佐滕山木回到屋里，给酒井大佐打电话："大佐，我们要商量最新的作战计划，将对手一网打尽。"

佐滕山木挂了电话，恶狠狠地说："我倒要看看你们刘家能够折腾到什么时候。"

卧龙居的秘密通道

月亮高悬于刘家大院的上空，刘牧之来到院子里，双足微分，半蹲马步站定，双手慢慢抬起，掌心相对，慢慢向外推出，感觉内气充沛，然后转身取出金龙刀，先是将刀立起，刀刃向外，宽厚的刀背向里，他慢慢地提气，将气力运送到手臂上，然后他观察金龙刀，他的内力已经将刀逼出一阵嗡嗡的响声。

刘牧之感觉内力运用通畅，立刻将身子一缩，再一弹，一招龙在野扑出去。大刀朝向前方狠狠地砍出，发出轰隆隆的声音。远在十几米开外的门，也被刀风震开。

刘牧之正为自己的威风得意，突然，从门洞里穿出一道剑光，直直地阴凉地刺向刘牧之的胸部，刘牧之为此一惊，迅速收刀，一招龙在天，只见那金龙刀腾空跃起，嗡地一声，一道亮光，劈向来人。

来人避开刀锋，猛地一剑刺向刘牧之的眼睛，刘牧之急忙用大刀来格此剑。但是，那剑迅速地收回又如同弹簧般刺出来，刘牧之只有后退。

来人突然收了剑，慢慢走到刘牧之前面，他的身后，跟着一个人，正是黑蝴蝶。

武冬梅已经听到了声音，站在门口，压低声音喊："娘，你快进来。"

黑蝴蝶慢慢地向前走。那个黑影正是云中飞，他说："你进去吧，我在外面守着。"刘牧之问："前辈，您有什么指点？"

云中飞说："记住，比武的时候，不光你可以抛弃生命于不顾，日本人也可以不要命。"

刘牧之低下头想了一下，说："你的意思是，柳生可能用最玩命的打法？"

云中飞说："纯粹的进攻，不需要防守。因为进攻代替了防守。比如，你的龙在天那招，如果你跳跃起来，利用从空中降落的速度加大进攻的力度，要求快，对手会没有办法防守，但是，此时，对手如果放弃防守，那么你们比拼的是谁的进攻更有效。"

刘牧之点点头说："我懂了。"

云中飞说："快进屋吧，你娘有话要说。"

刘牧之转身进屋，武冬梅已经扶着黑蝴蝶坐下。刘牧之走过去给黑蝴蝶施礼，问："师母，你的身体恢复得如何？"黑蝴蝶说："伤口已经愈合，要想恢复还需时日。娘这次回来，是有大事情交代你们。"

武冬梅和刘牧之站在黑蝴蝶的身边。黑蝴蝶用手轻轻地揉了一下自己腹部的伤口，说："首先从冬梅的身世说起。冬梅并非你师父武天浩的嫡生，她是我和云中飞的孩子，三十年前，我和云中飞本是栖霞观里的武林高手，因违犯教规被驱逐师门，之后我和云中飞在胶东半岛行侠仗义，云中飞犯了多条人命案，被官府的人追杀，那时，武天浩是一名捕快，我因身体怀有冬梅，行动不便，被武天浩捉住，他见我有身孕，动了恻隐之心，要求我日后不在江湖作案，我答应了，他便收留我，自此结为夫妻，并将冬梅抚养成人。"

武冬梅听了，委屈地流了眼泪。

黑蝴蝶继续说："你的亲生父亲云中飞在江湖上消失几年后，后来结识了马云龙的父亲马莱帮。"

武冬梅问："难道他当了土匪？"

黑蝴蝶说："他也是没有办法，他一直在打听我和你的下落。"黑蝴蝶叹了口气。

黑蝴蝶讲："后来，他在罗山里遇到了他的师兄，就是阳明子道长。"

刘牧之也是吃了一惊。黑蝴蝶说："阳明子道长与武举武天浩、文举刘爱生是至交，于是，他慢慢打听到了我和冬梅的下落。阳明子道长劝他改邪归正，他觉得自己无颜面对以前的罪过，只好暂时屈居于土匪屋檐下。"

刘牧之生气地说："那他也不能助纣为虐。"

黑蝴蝶说："他也有自己的难处。后来，他接受了阳明子道长的委托，看护张铁桥。"

刘牧之和武冬梅醒悟地点头。武冬梅说："既然当年张铁桥出卖国家利益，为什么阳明子道长不处死他？"黑蝴蝶说："毕竟张铁桥罪不至死，再说，当年的社会背景也是比较混乱，许多中国人为日本人服务也属无奈。阳明子道长怀有悲悯之心，再说张铁桥服了迷魂散，迷失心智，也不会说出太多的秘密，只要看住他，不让他乱跑就可以了。"

武冬梅说："如今他又落进日本人佐滕山木的手里了，日本人正在诊治他的病情。"

黑蝴蝶说："那是后话，暂且不提。再说一下卧龙居的秘密。"

武冬梅和刘牧之看着黑蝴蝶。

黑蝴蝶轻轻地再捂一下腹部，说："事到如今，有些秘密不得不讲。冬梅，我们武家留给你的那幅图，是按照杨忠山留下的地质图等比例画下的。"武冬梅和刘牧之点点头，黑蝴蝶继续说："但是，秘密在于，那张图画中藏一幅八卦阵式图，这是武天浩做的。"

武冬梅惊讶地说："我们要这个八卦阵式图有什么用呀？"

黑蝴蝶用手指示意武冬梅小声点儿。黑蝴蝶继续说："这个八卦阵式图，主要是针对金蛇谷的。实际上，早在千年前，罗山的黄金就有人开采，留下了无数的山洞，杨忠山也勘测过这些山洞。你师父根据这些山洞的位置，编制成一个八卦阵式。本意是用来防御外敌入侵的。如果有凶险情况，可以撤入那些山洞暂且避险。"

武冬梅怀疑地问："这是真的？"

黑蝴蝶说："当然。卧龙居的地窖有一面墙，你敲一下，如果是空的，把那墙打掉，就会连到一个洞口。这个洞口，可以连到金蛇谷背后的山岭。"

武冬梅听了点头，胸口有些疼。黑蝴蝶说："孩子，把这些事情告诉你们，我就要先离开这里了。"武冬梅想问黑蝴蝶去哪里，话到嘴边又咽了下去。黑蝴蝶扶着桌子站起来，云中飞在门口迎着她，两人并肩走了。

送走了黑蝴蝶，武冬梅转身回到屋里，说："牧之，明天一早咱们去卧龙居，让二叔在家里盯着，不要有什么乱子。我先把大师兄约到卧龙居。"

武冬梅说完，写了一个纸条，来到窗户前，把信鸽捧来，然后向着空中一抛，那只白信鸽消失在黑夜里。

第13章
潜入玲珑背金矿

卧龙居密谋

清晨，一只白信鸽立在卧龙居的墙头咕咕叫着。

武冬梅和刘牧之老远打马来到了卧龙居的院门前，武冬梅大喊着："开门，开门。"她一边拍打着门。很快，一个下人过来把门打来。"二少爷，二少奶奶，您来了啦。"下人恭敬地问着话。武冬梅问："孟德来了吗？""都到了，他们在屋里。"刘牧之说："你去准备一些铁锹来。"

刘牧之和武冬梅进了屋，只见孟德、王迎春和杨少川已经坐在那里，他们正看着墙上的那幅画。

武冬梅看了看各位，没有多说，先到墙角拧了一个小开关，然后搬了一把椅子，把跟画连在一起的丝线解开，刘牧之在一边说："好了，安全了。"武冬梅把画取下来，在八仙桌上铺开。众人围上来，看了半天，没有看出什么。

武冬梅扭头问杨少川："你的那张图带来了吗？"

杨少川点点头，几个人又把另外的一张桌子搬过来，两张桌子拼在一起。杨少川把杨忠山留下的那张地图铺开，众人看不出什么来。刘牧之指着上面的两个黑色的三角标记，说："这是杨忠山画的？"杨少川点点头。

刘牧之说："习武台上的中心那块青砖，也是画有这个标记。"杨少川点点头。

这时武冬梅说："把门关上。"然后，她去了里屋，一会儿抱出一个木盒子，摆在那幅画跟前，她打开盒子，拿出一个小刷子，蘸着一些粉末在画上抹了几下，一会儿，图画上显出一些很像八卦图的线条，这些线条闪着荧光。

杨少川看到这些线条，吃惊地说："这是一些矿洞。"

武冬梅说："对，这些矿洞，可以连到一起。"

孟德说："师妹，这怎么处理？"

武冬梅说："你们想办法将这些图画下来。"

这时，杨少川说："我来画。"他转身又抽出一张地图，这张地图是他的，上面已经标绘了更多的信息。孟德凑上来说："杨兄弟，你这张图，是不是最新版的龙脉图？"

杨少川笑笑说："不是，我父亲勘测到的信息，远远地多于我勘测的，我这里，只是简单的一些矿脉信息。"孟德问："那个佐滕山木知道吗？"杨少川说："他掌握一些，我需要定期为他更新矿脉信息。"孟德笑嘻嘻地说："这张图，给我们行吧？"

杨少川没有说话，继续描绘。这时，下人打开门，说："二少爷，工具已经准备好了。"刘牧之叫上孟德，说："大师兄，你跟我来。"

两人拿上工具，来到柴房里，进入地窖，他们俩人掌着灯，分别敲着地窖的墙体，有一个地方发出空空的声音。刘牧之说："就是这里了。"刘牧之把灯放下，对着墙体蹲好马步，双手呈鹰爪状，对着前面的一块青砖伸出去，十指扎进了砖缝里，然后嘿地一声发力，只听嗖地一声，那块一尺多长的青砖被抽了出来。

两人探着头向里看一看，黑乎乎的一片。孟德说："师弟，看我的。"他一运力，嘿地一声，又抽出一块砖，他左右开弓，十几块砖被他卸下来，看到一个饭盆那么大的黑洞，那边一股凉风扑过来。

刘牧之说："让下人把洞打开，清理一下。"

刘牧之和孟德返回地面，安排两个人把地窖清理一下。这时，武冬梅、王迎春和杨少川已经把图画完了，刘牧之说："我们已经找到了那个洞口。"

孟德说："我们下去看看。"杨少川把画收好，一伙人来到地窖。此时，下人已经把地窖清理干净了，青砖都垒放在一边。有人把灯提过来，杨少川把手电筒打开，众人弯腰钻进一处洞穴，有一人多高，向前走了有几米远，前面的洞口被木门封死，刘牧之上前把门打开，随即看到一处开阔的大厅。四壁上挂着油灯，刘牧之上前把灯点着，大厅里亮起来。

大厅的中央摆着四五个木箱子，孟德对这种东西比较敏感，打开一个箱子一看，是毛瑟步枪。"枪，快看，是枪。"孟德兴奋地叫。于是王迎春快速地打开另外一个箱子，是子弹。孟德说："看来，师父都替我们想到了。"

两人很快清点了枪支，有四十多条。

杨少川把图纸在箱子上铺开，又拿出指北针，摆弄了一会儿，说："我们现在的位置在这里。"他用笔在地图上标了一下。

王迎春看了一下，问："刘兄弟，你看看你有什么建议？"

刘牧之说："如果要跟日本军队决一死战的话，就目前的这些装备和人员，肯定不是他们的对手，酒井大佐在罗山的兵力有一千多人，而且装备非常齐全。"

王迎春点点头。杨少川说："我已经知道了佐滕山木和酒井正在计划新的方案，他们的目标肯定是将你们共产党一网打尽。"

孟德说："我倒是有一个冒险的做法，将日本兵营的主力引入到金蛇谷，由我们的队伍与他们进行拉锯战，将他们拖住，其他的人，想办法进入玲珑背金矿，劫持成品黄金。拿到黄金或者矿石之后，再通过卧龙居的地洞，运到金蛇谷的后面。"

杨少川看着地图说："有办法了，如果按照这张八卦阵式图的描述，这些矿洞可以连在一起，那么，我们可以想办法通过这些山洞进入玲珑背金矿。"

孟德一拍大腿说："这是个好办法。"

王迎春说："比武那天，鬼怒川公司肯定要派出大部分人前往现场，不管比武输赢，想办法把鬼怒川公司的日本人困住。"

刘牧之问："大师兄，你们将会有多少人参与行动？"

王迎春说："现有游击队的队员，不足一百人。"

孟德接着说："大刀会成员有八十人左右。"

刘牧之说："即使加上我们刘家的护院，总共也不过二百多人，恐怕我们这一仗是要损失惨重。"

杨少川说："酒井那里的兵营，编制是四个中队，但是，他们需要担负从龙口到招远的铁路的警备与巡逻，已经有一个半中队的兵力派出，并沿路驻扎。"刘牧之说："那还是远远地超过我们的兵力。"

杨少川继续说："在玲珑背金矿，他们整整驻扎了一个中队的兵力，这些兵力，他轻易不敢调离，负责从矿区到山下这段公路的警备。另外，在招远县城，酒井布置了一个小分队的兵力，主要是监督马云龙的巡防营进行防卫。同时，机关与后勤人员，约占了一个分队，那么，酒井的部队，真正具有战斗力的只有一个中队，约有三百多人，还有山岛经常带领的那个应急小分队，将近一百人。"

王迎春想了想说："我立即请示上级，从莱阳、海阳这两个县，借一两个连队过来助阵。"

孟德说："老王，这就看你的了。"

王迎春接着说："孟德，还有一股力量，你要发动起来，就是马云龙手下的巡防营，其中有许多人都是武天浩的徒弟，看看能否发动起来，帮助我们一把。"

孟德说："这事情我来办办理。"

杨少川接过话来说："那么，我们现在最紧要的事情是，抓紧时间打通到玲珑背金矿的通道。"

孟德问："如何安排？"

杨少川说："现在还不能依赖八卦阵式提供图，毕竟还没有人试过。我刚才仔细看过，在玲珑背金矿的附近有几个矿洞，这些是废弃的矿洞，有可能稍作努力，就可以将它与玲珑背现有的矿洞连在一起，这样，你们的人就可以在日本士兵的防护线之外，通过地下，穿过铁丝网，就来到玲珑背金矿区。"

王迎春问："进了矿区如何处理？"

杨少川说："进了矿区之后，再想办法进入金库，佐滕山木将黄金存放在金库里，如果你们的人袭击运输矿石的卡车，山岛必然要调集部队捉拿游击队，肯定会产生混乱，我们可以借机进入金库。"

王迎春说："那我们现在分头行动。我立刻从矿队里抽出十几个人，负责把矿洞挖到玲珑背金矿里，杨兄弟，你把那个旧矿洞的位置指给我。"

杨少川拿出一张地图，在上面标了一下，给王迎春，王迎春说："谢谢，这次，没有想到我们可以跟刘家、武家和杨家的后代共同合作，此事必成，只是，还缺少龙脉图。"

杨少川嘲笑地看着刘牧之，问："刘先生，事已至此，难道您还不肯交出龙脉图，我这里已经有了地图，只需要你的矿脉图，就可以把两张图合并到一起。"

刘牧之听了这话有一种被侮辱的感觉，他无奈地说："你们各位不要这样怀疑我，我确实不知道龙脉图的真相，我只知道我自己跟龙脉图有关系，但我并不清楚这里面是什么关系。"

孟德大大咧咧地说："师弟，你就交出吧，你拿着没有用处，我们得到它，可以大量地开采黄金，狠狠地打日本鬼子。"

王迎春也说："刘先生，你一定要相信我们共产党。"

刘牧之生气地说："我跟你们说多少遍你们才能相信，你们就是杀了我，我也不知道这其中的秘密。"

孟德也生气了，说："师弟，我们怎么可能杀了你呢，我们要是杀了你，就更得不到秘密了，你这是逼我们。"

武冬梅急忙解围，说："你们不要再问了，牧之不说肯定有牧之的苦衷，不要再逼他，再说，他最重要的事情是跟日本人比武。"

杨少川叹了一口气，说："真看不出来，刘先生的口风相当严实，好了，我们暂且不追问了，但是，你提过，说是习武台上有一个类似三角的标志，我去看看好吗？"

刘牧之气呼呼地说："有什么好看的，我带你们上去。"

一帮人出了山洞，来到地面，杨少川跳到习武台上，果真看到一块青砖，做成了三角形，他暗暗地一笑，孟德问："有什么疑问？"

杨少川说："没有任何问题。"杨少川拍了一下手，看看天色，说："我先回玲珑背金矿，出来的时间太长，日本人会怀疑，你们按计划进行。"

杨少川说着向各位打招呼，自行离去。孟德和王迎春因为有重任在身，也离开卧龙居，只留下刘牧之和武冬梅。刘牧之坐在椅子上两眼微闭，调理气息，武冬梅长叹一口气，说："牧之，我有些担心，我们俩会不会把咱们刘家带入了危险境地，如果我们俩稍有不慎，就有可能让日本人得逞，那么，师父，你父母，还有李红江，大牛这些人都白白地牺牲了。"

刘牧之慢慢地吸一口气，说："你我已经知道，卧龙居的地下存满了武器，这说明了什么问题？"武冬梅没有回答，刘牧之轻轻地说："这说明我们的长辈早就意识到，咱们早晚有一天会跟日本人进行你死我活的战斗，一味妥协是不可能解决问题的，我们的长辈已经做好了殊死战斗的准备，只不过这副重担落在了我们的肩上。"

武冬梅想了想说："我看，孟德和王迎春的队伍，根本没有办法与日本人对抗，我们必须另想他法。"刘牧之看了一眼武冬梅，问："你有什么办法？"

武冬梅说："我们可以采用离间计。"

刘牧之问："离间谁？"武冬梅说："马云龙。"刘牧之站起来说："那就从他这里下手。"

正在这时，听见外面砰的一声枪响，有一只鸟儿咕咕地叫几声，扑扑响了一阵。武冬梅和刘牧之对视一下，刘牧之说："我出去看看。"

刘牧之来到院门口，没有发现人，又看看旁边的树丛里，侧耳细听，有人的动静，然后他绕到后面，只见毛驴儿带着两个兵，正在把一只鸽子的毛拔净，旁边已经生好了火，正烤着一个兔子。

刘牧之生气地说："毛驴儿，你知道你打的是谁家的鸽子？"

毛驴儿猛然听到有人喊叫，警惕地转过身，迅速地抽出手枪对着来人，等看清了是刘牧之，便叫："哎哟，是刘家二少爷呀，你怎么这么一副表情呢，好像我欠你多少钱似的，前一段时间，在洗澡堂的时候，你还跟我称兄道弟呢，咋就这么快换了一副包公脸呢。"

刘牧之不屑地看着毛驴儿，问："毛驴儿，你凭什么打我们家的鸽子？"

毛驴儿抖着手枪，说："二少爷，这是你们家的鸽子吗？没有标签呀。"

面对毛驴儿的无赖，刘牧之气愤至极，脚向前一动，毛驴儿嗖地一跳，向后蹦出一米远，大声叫："二少爷，我胆小，你别吓唬我，我手里的枪控制不住。再说了，你是咱们的民族大英雄，不会跟我们这些人计较的。"

刘牧之哪里听他的狡辩，手一扬，旁边树上叶子嗖地飞过去，扫中毛驴儿的面颊，毛驴儿只觉得面前一花，他闭着眼喊："二少爷，你别逼我开枪呀，我们还指着你跟日本人打呢，求你了二少爷，不就一只鸽子嘛，你为什么这么斤斤计较呀，你们刘家家大业大，我吃你们一头牛又能怎么了？"

刘牧之一个四象步滑到毛驴的身后，把毛驴儿的手枪下了，旁边的两个士兵已经站了起来，点头哈腰地看着刘牧之。刘牧之握着手枪，朝着毛驴儿比划，骂："咱们中国人怎么有你这样的孬种，一点儿骨气没有。"

毛驴儿用手捂着头说："二少爷，你别比划，有子弹，别走火。"

刘牧之骂："看你吓的。"毛驴儿跪下说："二少爷，天下有谁不知道你的功夫啊，我们这些当兵干壮丁的，不想跟你这样的大英雄作对，但谁让我们干的这个差事，挣口饭吃啊。二少爷，你就把我们当个屁，放了啊！"

这个毛驴儿是土匪出身，那油腔滑调无赖耍泼阿谀奉承见风使舵是他生存的基本功，刘牧之也被他烦得无以忍受，大声说："严肃点，像个男人，你们跑这里干什么？"

毛驴儿一见刘牧之收了怒气，便讨好地说："二少爷，你把枪还给我，这是吓小孩的，我对天发誓，就是日本人逼我，我也不会对你开枪，你是咱们的民族英雄。"

刘牧之无可奈何地说："行，把枪还给你，回答我的问题。"

毛驴儿把枪从刘牧之手里接过来，说："马司令让我们来跟踪杨少川的，我们看他到卧龙居了，这不跟来了，没有吃饭，弄点吃的，那鸽子不是好打么，野鸡我这枪法也打不着呀，你要是早说这是你家的鸽子，我绝对不打。"

刘牧之说："为什么要跟踪杨少川？"

毛驴儿说："这不都是龙脉图闹的嘛。"

刘牧之生气地上前掐住毛驴儿的脖子，大声问："难道你们要陷害杨少川？"

毛驴儿咳嗽地说："二少爷，杨少川我们得罪不起，他有日本人撑腰呢。哎哟，二少爷，我对你有用处，你别使劲，别使劲，我的脖子，我可以告诉你秘密，真的。"

刘牧之问："你有什么秘密可以告诉我的？"毛驴儿着急地说："张铁桥被日本人弄走了，他已经清醒了。"刘牧之警惕地问："你怎么知道的？"毛驴儿说："我昨天去鬼怒川公司了，亲眼看见张铁桥穿着一身干净的衣服，说话办事一板一眼。"

刘牧之笑着说："毛驴儿，看不出来，你还是一个双料间谍。"

毛驴儿讨好地说："二少爷，你夸奖我了，咱这点本事，也能叫双料间谍？只不过是日本人给我点钱，我把知道的事情告诉他罢了。"

刘牧之不屑地看了一眼毛驴儿，毛驴儿自贬："二少爷，我知道你看不起我，我这也是没有办法的事情，但凡我有点本事，也不去当土匪，也不穿这身皮子，被人叫二鬼子，可是我得挣饭钱呀，二少爷，我给你提供情报，不要你一分钱，你是民族大英雄，你是岳飞，你还要跟日本人比武呢，我们还要看你赢呢。"

刘牧之无法忍受毛驴儿肉麻的表白，说："行了，别再提什么民族大英雄了，你回去跟马司令说，我要跟他做交易。"

老驴儿惊喜地说："你要放了我？"

刘牧之松了手，毛驴儿揉着自己的脖子，问："二少爷，你要传什么话？"刘牧之说："我要跟马司令做笔交易，用龙脉图做交换。"毛驴儿以为自己听错了，疑惑地问："龙脉图？"

刘牧之斩钉截铁地说："龙脉图。"

毛驴儿大吃一惊，而后醒悟了，对两个跟班的说："你们俩傻呀，快点跟我回去向司令汇报。"

于是，三个匪兵连滚带爬地跑下了山坡。

挖地道

毛驴儿带着两个兵快速地向县城跑去。而另一个地方，孟德带着十几个兄弟也拼命地跑向玲珑背金矿。这些人带着开采工具，腰里别着手枪和尖刀。孟德的背后则背着宽阔的大刀。

玲珑背金矿矿区的四周，日本人已经拉上铁丝网，八个重要的制高点，日本人建立了坚固的碉堡，每个碉堡里至少有两个班的兵力值守，每个碉堡里配置了重机枪和轻机枪。每隔一小时，碉堡里的日本兵会从碉堡里出来，沿着铁丝网的外围进行巡逻。

按照杨少川的提示，孟德他们很快找到了那个废弃的矿洞。洞口已经被日本人堵上了，孟德看了一下时间，一挥手，这些人快速地搬开石头，钻进矿洞里。

进了矿洞，孟德指挥人把图纸打开，有一个外号叫地老鼠的汉子蹲在图纸前，他先感觉了一下方向，又探头到洞外看看，说："队长，沿着这个洞向前50米就过了铁丝网。"

"那就快点挖，今天傍晚一定打通。"孟德命令道。

所有的人都开始工作，他们顺着山洞向前摸索，这才发现，前面的洞腔堵满了石头。地老鼠拿出图纸看了看说："队长，会不会是日本人把洞给堵了？"

孟德问："你有什么办法？"

地老鼠说："不知道日本鬼子会堵多远？"

孟德一拍脑门说："别管那么多，先搬石头，清理到矿洞外面。"十几个人开始干活，小心翼翼地把石头搬到洞口。孟德来到洞口，强烈的阳光刺得眼睛睁不开，现在他必须去找杨少川。孟德猫着腰，顺着山沟来到最近的铁丝网前，"布谷，布谷，布谷。"孟德学着鸟叫。

孟德的暗号，没有把杨少川呼唤出来，却引来两个日本士兵，他们俩正与上一班巡逻兵换哨，听到声音，好奇地向这边看来。

这可吓坏了孟德，赶紧纵身一跳，躲进山沟里，用手抓住山沟边的一棵树，身体吊在树上，让树挡住了自己。那两个日本士兵跑过来，站在孟德的头顶上，仔细地查找，两人正在商量是否去山沟看看，这时，听见有人用日语喊："你们在干什么？"两个日本士兵转过身去，说："布谷鸟，布谷鸟。"来人正是杨少川，他指着另一个方向："在那边，我看见了，再说，这个山沟里有蛇。"

两个日本士兵冲杨少川打个招呼，跑向另外一个方向。

杨少川出探着头到处寻找孟德，只见孟德一个鹞子翻身，从山沟里翻出来，吓得杨少川一个哆嗦。杨少川叫："孟德师兄，你好危险呀。"孟德不屑地说："今天要不是怕暴露，我一个就把他们两个干掉了。"杨少川着急地问："你们找到那个矿洞了没有？"

孟德抱怨："我说杨大工程师，你可把我们害苦了，那个矿洞的另一头，已经被堵死了！"

杨少川大吃一惊。孟德说："你快点跟我去一趟，咱们到矿洞里看看。"

两人猫着腰跑到矿洞里，几个游击队员已经将一些石头搬运出来，堆在洞口处，他们看到孟德和杨少川过来了，围上来问："队长，这能打通吗？"

杨少川看着已经被堵死的矿洞，反问："你们是不是挖错了，应该还有一个洞口。"大家愣住了，杨少川带着众人来到刚刚进洞的地方，用手电向四周探照，果真暗处又发现一个被堵死的洞口，原来这里有一个分岔，只是这个洞口的底部被抬高了半米。"应该是这个洞口。"杨少川从自己的皮包里掏出图纸铺在地上，大家把灯光都聚拢过来。杨少川在自己的图纸上仔细地看，并没有标识这两个矿洞。杨少川说："这是以前的矿主在这里开的洞。"

这时，地老鼠说："你可能说错了，刚才发现的这个洞口，不一定能够打到你们的矿区，如果它只挖了一半，那就麻烦。"杨少川抬起头看那个人，用怀疑的眼神。地老鼠说："后发现的这个洞口，与我们已经清理的那个洞，应该完全是平行的两个洞口，这是围绕完全平行的两个矿脉开进的矿洞。我通过观察那边矿石的品质，可以肯定后来发现的这个洞口，应该是矿脉的尾梢，也就是说不可能打进你们的矿区里。"

杨少川低下头想了想，问："你能够准确地说出这里的方向？"

地老鼠笑了一下，用手指了指，说："这是北。"杨少川点了点头，说："我现在还不能肯定是哪一个洞口，不过我可以想办法。"他在自己的图纸上点了点，说："这是日本人正在开采的矿洞，如果没有错的话，应该是与这两个矿洞是平行的走向，我回去以后，可以让他们用机械设备转一下方向，向这两个矿洞的方向开采，你们要注意听声音，如果打通了，那就省了我们来挖掘。"

然后，几个人又趴在地图上认真地推算了一下，如果日本人在那边向这边开凿的话，可能需要打几米远，进度快的话，傍晚左右就能够打通。他们正在商量，外面突然传来一声枪响。孟德赶紧把手枪掏出来，杨少川说："估计是那两个士兵巡逻到这边了。"

杨少川收好地图，说："我出去看看。"他来到外面，两个日本士兵跑了过来，原来他们发现了一只野兔，那野兔已经被打中了，跑到前面，挣扎着。两个日本士兵追过来，一个人过去把野兔拎起来。此时杨少川走过来大声说："好枪法，好枪法。"有一个日本士兵高兴地哈哈大笑。这时一个日本士兵突然发现洞口有新挖出的石头，大声喊叫："山洞里有人！"

另外一个士兵也大声叫着："有人私采黄金！"

杨少川大声喊："有人吗，过去看看。"

两个日本士兵持着枪向洞里钻，杨少川在外面问："有人吗？"

还没有等日本士兵回答，孟德一把将日本士兵揪进来，一刀便抹在那人日本士兵的脖子上。跟在后面的日本士兵刚起往后退，杨少川一脚踹在他的后背上，他一下扑进去，由于太黑，还没有看到什么，被一个游击队员一刀扎死。

孟德看看两个日本士兵，说："正合适，穿他们的衣服可以进矿区了。"

杨少川担心地说："这两个士兵不回去报到一定会引起注意的，你们一定要加快。"孟德说："我们加快，你快点回矿区，让那些矿工开凿。"

杨少川整理了一下衣服，快速地向矿区跑去。

他刚刚进了矿区，山岛骑着摩托车在矿区的院子里奔跑，猛地停在杨少川跟前，山岛大声喊："少川，我要回军营开会，酒井大佐有令，所有的工作人员全副武装，进入战备状态。"

杨少川问："怎么又要战备？"

山岛大声说："明天上午刘牧之要与柳生比武，将是一场你死我活的大战，会有许多中国人来观战，听说大刀会的人也要来，我们要将大刀会及共产党一网打尽。"

杨少川关心地说："山岛你要小心。"

山岛哈哈大笑，说："少川，去值班室把你的枪带好，见了中国人，必要的时候一定开枪，千万不可手软。"山岛说完，一挥大手，对几个日本士兵喊："走，出发。"

轰隆隆一阵发动机的声音，山岛带着一队摩托车从矿区冲出去，沿着公路驶向兵营。

杨少川立即返回值班室，从管理员那里领了一支手枪。然后，又跑到金库门口，有两个日本士兵在上哨，他看了几眼，急忙跑到矿区的生产指挥中心，他查了一下那条矿洞的编号，然后命令一个日本工长过来。

一个日本工长握着小鞭子，提着灯跑到生产指挥中心，毕恭毕敬地问："请问您有什么吩咐？"杨少川用铅笔在图纸上标示了一下，说："从这里，转90度的方向，向前开掘，我发现那个地方会有金脉。"工长嘿地一声，说："我这就去安排。"

杨少川安排完了，立刻跟到矿洞里，亲自去测量一番，用来确定通道的位置。很快，那个日本工长带着几个中国劳工抬着风钻过来了，杨少川指定了位置，让他们开始干。杨少川计算了一下，傍晚的时候，至少可以向前推进三四米左右，但是这样不足以保证打通，于是又让那个工长再找风钻过来。

杨少川再次来到外面，看看金库正在上哨的士兵，根据他知道的计划，明天上午比武开始，趁着所有的人都在关注比武的输赢，日本人会将黄金装到卡车上，运往龙口港。到了那个时候，孟德他们已经进入了矿区，可以趁机混入运送的大卡车上。

杨少川看了一下时间，已经接近傍晚了，他再次把手枪别上，穿过日本士兵的岗哨，来到外面，他猫着腰跑了一阵，来到那个山洞口，先是布谷布谷叫了几声，出来一个人把他迎进去，孟德接着跑过来，问："什么时候能够打通呀？"

杨少川没有吱声，他把图纸再次铺开，肯定地说："我已经进行了校对，就是这个洞口，你们仔细地听着声音，快打通的时候，我会让他们停止工作，撤出洞口，接着，你们打通洞口，进入矿区，然后，行动。"

孟德说好。杨少川接着说："你们需要把这个洞口隐蔽一下，如果晚饭时，日本士兵发现丢失了士兵，肯定会巡逻的，你们一定隐蔽好，不能出现任何意外。"

孟德说你放心。杨少川接着来到现场看看那几个游击队员正在开凿，由于他们用的简易工具，向前进一厘米都十分艰难。杨少川无奈地叹口气，告别他们回矿区。

杨少川回到值班室，给鬼怒川公司打电话，问佐滕山木的去向，那边说去兵营开会了，还没有回来。

杨少川想：参加会议的都有谁呢，一定有酒井，佐滕山木，应该还有马云龙。马云龙会采取什么行动呢……还有，如果张铁桥最终清醒过来，佐滕山木就会掌握大量的地质信息，那个时候，佐滕山木很有可能杀了自己。

杨少川一边思考，一边踱着步，他知道自己必须想办法，必要的时候，他得有砝码来换取自己的生命，有可能他必须用卧龙居中的秘密来做交换。

但是，张铁桥会不会知道卧龙居的秘密呢？目前还是一个未知数。

第14章
黎明之前

最后的交易

毛驴儿带着两个士兵返回县城的时候，马云龙刚好走出巡防营的司令部，他接到了酒井大佐的通知，到日本兵营开紧急作战的会议。毛驴儿空着急一番。

毛驴在巡防营的司令部门口等着，太阳已经偏西了，还不见马云龙回来。这可是一个值钱的情报呀，毛驴儿猜想马云龙会给他多少好处，比如一块大洋，十块大洋。毛驴儿想象着如果马云龙给他三十块大洋，他立刻拿这些大洋去置办一处房产，也娶个水灵灵的娘们，虽说不如刘家的三小姐那么水灵，但起码要身材有身材呀。

毛驴儿想到这里，扑哧一声笑了出来。可是，很快他的梦想成空了，因为，他想到了现实：如果马云龙分文不给他呢？是呀，有这种可能呀！马云龙很有可能一分钱都不给毛驴儿。毛驴儿想到这里之后，忽然有一种从天堂到地狱的感觉，仿佛瞬间有人抢走了他的财宝，他无能为力一般。

毛驴儿最终下了决心，这个决定让他感觉出汗了。

毛驴儿噌地站起来，说："兄弟，你们俩在这儿等马司令，我去办点事情，一会儿回来。"

毛驴儿这是要去哪儿呢，他奔跑着出了县城，来到鬼怒川公司的门口，拍打着鬼怒川公司的大门，一会儿，一个日本武士出来开门，他不客气地问："你干什么？"

毛驴儿挺直了身子说："我是给佐滕山木办事的。我有重要的情报给他。"

日本武士斜着眼看看毛驴儿，毛驴儿说："你快点，不能误事，有重要情报。"

日本武士不相信地看着毛驴儿，说："佐滕山木不在，请你改天再来。"

毛驴儿生气地大骂："真的，我有情报。"日本武士毫不客气地给了他一脚，把他踹出去，砰地把大门关上。毛驴儿恼羞成怒，揪着自己的黄衣服跳着骂："你也不看老子穿着什么衣服，老子是马云龙的人，操，老子有枪呢，你要是逼急了老子，老子拿枪干你。"

毛驴儿跳着叫骂了一番，想到自己好端端的挣大钱的机会，一下子泡汤了，心中无限委屈，他丧气地往地上一坐，带着哭腔说："毛驴儿呀，毛驴儿，你是命中注定的穷鬼呀，都怪你家祖坟埋得不好，好端端的情报没有人要呀，我冤呀。我真得再穷几十年呀，我是穷怕啦。"他是真的流泪了。

毛驴儿正在诉冤，鬼怒川公司的大门突然打开了，跑出来十几个日本武士，他们用日语喊着："在这，在这，把他抓起来。"

这十几个日本武士冲上前一把揪住毛驴儿，毛驴儿知道惹祸了，大声喊："我刚才不是骂你们，我是骂我自己呢，你们别抓我，我有枪，操，我有枪。"毛驴儿大喊着，可是，那些个日本武士根本不听他的，两个健壮的武士拧着毛驴的胳膊架起他向院里走去。

毛驴儿更害怕了，大声喊："我真的不是骂日本人的，我是骂我爹我娘不行吗，我骂我祖宗不行吗。轻点儿……"毛驴儿的腿在空中蹬着。

这些日本武士不说话，把毛驴儿进架屋里，刚才出来的那个日本武士拿着电话问："你的中国名字叫毛驴儿？"毛驴儿急忙喊："啊，是，是，啊不是，不是。"

日本武士生气了，大声说："你严肃点，佐藤君很忙，正在开重要会议。"

毛驴儿立刻醒悟了，破涕为笑，大声说："我有重要情报，我是毛驴儿。"

日本武士对着话筒说："他是毛驴儿，他说有重要情报。"然后日本武士对着毛驴儿说："佐藤君说了，如果是假情报，死拉死拉的。"

毛驴儿一下变得强硬了，他似乎有瞬间勃起的本事，身子站硬了，猛地一推几个日本武士，大声说："你们就这么对待我吗？"有一个日本武士还被他推了一个趔趄。毛驴儿抖了一下衣服，大模大样地说："我要亲自跟佐藤谈。"

日本武士对着话筒说："佐藤君，他要求跟你讲话。"

日本武士把话筒给毛驴儿，毛驴儿说："有个情报，关于龙脉图的。我可以告诉你，但是，你必须给我一百块大洋。"毛驴儿说完这话，他紧张得手直出汗，然后他把电话递给一个日本武士，日本武士嘿的一声，又把电话放下，一会儿，他抱着几卷大洋出来。

"给你！"日本武士恶狠狠地说。

毛驴儿惊喜道："都是我的？"他幸福地把钱装进口袋，压得衣服都变形了。

日本武士把话筒递给毛驴儿，"快点讲。"

毛驴儿用手捂住装大洋的口袋，对着话筒讲："刘牧之要用龙脉图跟马云龙做交易！"

那边突然大声问："用什么做交易？"

毛驴儿摇头说："不知道。"那边突然大骂一句："八格。"吓得毛驴儿扔了话筒，一个日本武士上前捡起话筒，听了一句，转过身来给毛驴儿脸上狠狠地一巴掌，吓得毛驴儿死命地抱住大洋，瞪着眼盯着那个日本武士。

日本武士恶狠狠地说："你这个情报不完整，佐藤山木说，如果是假情报，就要了你的命。"毛驴儿信誓旦旦地说："这是千真万确，刘牧之亲口对我讲的。"

日本武士说："佐藤山木需要更新的情报。"

毛驴儿的双眼狡猾地一转："那这些钱？"

日本武士说："现在归你了，如果是假情报，就要拿你的命来还。"

毛驴儿幸福地说："真是感谢你，太君，真是太君，你就是我亲爹亲娘，我怎么敢骗佐藤太君呢。"

毛驴儿从鬼怒川公司出来，感觉天已经变了，那是一个爽呀，如今毛驴儿我也是挣大钱的人物了。去哪呢，去澡堂找个窑姐儿？抽几口？还是先去置办房子吧。

不过，毛驴儿想清楚一点儿，必须把刘牧之的话传到马云龙那里，这个情报才算有效的情报，否则，佐藤山木真会要他的命。

毛驴儿快速地跑回巡防营，先把自己的大洋藏起来，他的那两个士兵正靠在墙根打盹，毛驴儿给他们每人一盒香烟，两个士兵幸福地说："毛驴儿二爷，你这是咋了？"

毛驴儿很有领导气质地挺挺胸膛，说："好好跟我干，不会亏待你俩的。"

两个士兵抽上烟，美美地品一品，幸福地点头。

佐藤山木放下电话返回司令部的会议现场，他看了一眼马云龙，马云龙正在认真琢磨城防布置。按照之前酒井的布置，比武那天，会有大量的观众前往罗山观看比武，现场秩序由巡防营派人维护，日本兵营将派出一个小分队协助联防。县城里的防卫，还是由马云龙的巡防营来承担，日本兵营同样会派出一个小分队的人马协助值勤。

按照之前酒井的规划，刘牧之与柳生比武的时候，所有人的注意力都集中在比武现场，此时，玲珑背金矿的矿区里，佐藤山木安排汽车连的士兵，开始运输金矿石到龙口港，共有十辆汽车，每辆车上有一个班的兵力，并配备一挺轻机枪，这些士兵藏在汽车的篷布里，除非遇到共产党游击队的袭击他们才现身。除了这十辆车里，另有一辆车运输的是一万两的成品黄金。

山岛带领一个快速反应机动车分队，约有一百多人，主要以摩托车和卡车作为机动工具，只要一发现共产党的游击队，他们就伺机打击。

日本兵营里约有一个整编中队的士兵，以步兵为主，他们已经提前准备好，只要有情况，就会从兵营里出动。

酒井根据从各方面搜集来的情报统计，长期活动在罗山里的共产党游击队的实力有二百多人，如果莱阳和蓬莱那边的共产党游击队也过来助阵的话，至少有三百多人，另外，大刀会的人员，可能会有一百多人，再加上刘家的人，有四五十人。也就是说，酒井将要面对的对手是一个将近五百人的混合编队，共产党的装备虽然一般，但是，他们的战斗力不容小觑。马云龙在山里的矿区，有一支队伍，至少有三百人，这些人平时主要在山里组织开矿，担负矿区的警戒。酒井要求把这支队伍拉出来，参与这次围剿的战斗。

马云龙以自己的这支队伍没有作战经验为由，拒绝参加这次围剿。

酒井大佐大为光火，他要求马云龙的队伍必须参加围剿。马云龙仔细地端详着沙盘，最终他妥协了，他安排在矿区的直系队伍，可以在金蛇谷以西的地方负责警戒，如果共产党的游击队进入那块区域，将由他的队伍出面打击。

经过一下午的磋商，最终的作战方案确定下来，假设共产党的游击队在玲珑背金矿下山的公路偷袭的话，兵营里的步后迅速出击，将游击队拦截在罗山里，然后，抓住机会全部歼灭。

酒井看看时间，太阳已经偏西，便宣布会议结束，各个分部回去准备。大家起身散会，马云龙带上通信员离开日本军营。佐滕山木并没有离开，而是跟着酒井来到办公室，酒井问："佐滕君，您有什么高见？"佐滕山木谦虚地说："谈不上高见，我接到一个最新的情报，刘牧之要以龙脉图为条件与马云龙做交易。"

酒井听了，瞪着眼，摘下白手套扔在桌子上，大骂："马云龙，脚踩两只船，难道要背着我们大日本帝国与共产党的人做交易？"佐滕山木纠正："是与刘家的人，不是共产党，马云龙这个人平时作恶多端，共产党是不会放过他的。"酒井喘了一口气说："刘家的目的是什么？要用龙脉图换取什么？这龙脉图应该是属于我们大日本帝国的，马云龙休想独吞。"

佐滕山木笑道："这个立场咱们是一致的，酒井大佐，你没有发觉这个情报有些蹊跷吗，为什么偏偏在这个时候，马云龙要与刘家做交易呢，并且是用龙脉图，这应该是一个离间计。"

酒井歪着头看着佐滕山木，疑问地嗯一声，带了一个弯弯的曲调。

佐滕山木眯着眼，说："这刘家已经意识到自己是秋后的蚂蚱，活不了几天了，他们想尽最大的努力，拉拢别人，这说明他们快完蛋了，哈哈，他们也不想想，跟我们斗，太不知天高地厚了。"

两个老日本浑蛋都骄傲地点点头，目前来看，他们稳操胜券。

佐滕山木接着说："马云龙毕竟是土匪出身，人品不怎么好。"

酒井气愤地说："我看这个马云龙越来越不像话了，只要有战斗任务，他就要提条件，并且，这次的围剿他消极怠战，如果贻误战机，我一定拿他是问。"

佐滕山木笑着说："酒井大佐，您仔细想呀，他消极对待，这说明他是正常的，正好符合他这个土匪的特性，他才不愿意拿着自己兄弟的性命与共产党的游击队去拼命呢，死一个人他得损失多少钱哟。所以，他不积极配合我们大日本皇军的行动，我觉得是正常的，可以判断他并没有跟刘家达成背地里的交易。反过来，如果他要求积极参战，那就值得怀疑，假设关键时刻他调转枪口，那我们可就吃大亏了。"

酒井听了这话，打了一阵冷颤，说："还是得落实一下，看看那个马云龙到底跟刘家达成协议没有，马云龙就是根墙头草，哪边风吹他就哪边倒。"

佐滕山木点点头，说："我这就安排，让百灵鸟再去调查一下。"

佐滕山木以外面喊："来人。"进来一个日本武士，他低语了几句，然后那个日本武士出去了。

酒井大佐用手捧打着白手套，负气地说："总之，这次围剿，我们对马云龙的人不抱有太高的期望，只要他的人马把县城看护好就行了。"

佐滕山木赞同地点点头，贴心地说："要靠我们自己人。"

这时，进来一个日本武士，他要跑到佐滕山木的耳边说话，佐滕山木瞪了一眼，说："大声说，让酒井大佐也知道。"

这个日本武士大声说："有马云龙的情况。"佐滕山木点点头，示意他继续说。他接着说："马云龙回到巡防营的司令部以后，没有去刘家大院，他去了李三的澡堂子。"佐滕山木问："刘家的人去澡堂么？"日本武士说："没有发现，刘牧之还在刘家大院。"

207

佐滕山木听了阴险地一笑，说："一定要盯着，看看他何时与刘家的人当面交易。"

话说马云龙回到司令部之后，毛驴儿正在等着他。

毛驴儿笑嘻嘻地凑上来："马司令，马司令，好消息，刘牧之说有事情找你。"马云龙吃惊地看着毛驴儿，把手枪往桌子上一扔，扑通一声，他厌恶地说："操，这个二百五，现在找我，早干什么去了，日本人要拿他的小命了，他知道找我了。"

毛驴儿垂着双手，站在旁边，等着马云龙问话，他心里说，马司令，你今天怎么脾气变了呢。

马云龙坐在椅子上，把腿架在桌子上，然后看了一眼毛驴，鼻子里不满地哼一声，那声音长长的。毛驴儿这才醒悟过来，笑着前来给马云龙敲打肩头。马云龙闭着眼，命令："继续说。"

毛驴儿一边敲打一边说："司令，刘牧之说要用龙脉图跟你做交易。"

马云龙一听这话，双腿一蹬，人一下子仰面跌在地上，吓得毛驴儿大叫："马司令，马司令，你……"

马云龙从地上爬起来，给了毛驴儿一耳光，说："你娘的，跟谁学的，说话大喘气。"

毛驴儿还想考验一下马司令，会不会给赏钱呢，没有想到赏了一个耳光，委屈至极，撅着嘴不说话。

马云龙背着手在屋里来回走，像一只猴子被圈在笼子里那么不安分，他骂着："他娘的，刘牧之这个浑蛋，他这是陷害我。"

毛驴儿在旁边开导着马云龙，"马司令，刘牧之给了你龙脉图，你拿到之后，再贡献给日本人呗。"

马云龙瞪着毛驴儿，说："你说的什么浑话，让我献给日本人，我愿意吗？我让你把你的娘们让给我，你愿意吗？算了吧，跟你打这个比方没有用，反正你没有娘们。"

马云龙突然不走了，安静下来，把手枪挂在腰间，说："走。"

毛驴儿问："去刘家？"马云龙说："你个驴脑子，刘家现在是个马蜂窝，我才不去捅呢。去澡堂，毛驴儿，今天你看好哪个窑姐，你随便点，司令给你出钱。"毛驴儿喜颠颠地侍候马云龙出行，趁机说："司令，你看我也老大不小了，总得找个可靠的娘们，总不能老是找窑姐吧，我想置办个房子，也算安个家呀。"

马云龙嗯了一声，说："毛驴儿，好好干，跟着司令我，没有错。"

毛驴儿说："司令，你也不赏我点儿？"他笑着用手比划，那意思是钱。

马云龙生气地说："就知道要钱。"他顺手掏了一个银元给毛驴儿。两人一前一后去了李三的澡堂，此时天已经大黑了。

马云龙来到澡堂，要了一个上好的房间，立刻进来七八个土匪，马云龙美美地躺进热水里，吩咐毛驴儿："你派人去刘家大院的四周，好好地盯着，每隔半个小时，给我汇报一次刘家大院的情况。"

毛驴儿立刻安排小土匪们行动。

这样，每隔半小时，就有人来报。毛驴儿站在一旁打着哈欠。半夜过后，已经是第二天四点左右的时候，一个土匪来报："刘家大院有情况了。"

血祭

那天下午，武冬梅和刘牧之骑着马返回刘家大院。大院里所有的人都在认真地准备。刘爱冬得知刘牧之与武冬梅返回来了，过来商量事情。

明天比武就要开始，上午九点，比武双方的人准时到达罗山的金顶。刘爱冬安排，一些老人和小孩不要去观看比武，在刘家大院留守。刘牧之想了想说："不管比武结果如何，先安排孩子们撤走，留得青山在，不怕没柴烧。"刘爱冬说："好的，二少爷，我尽量安排孩子们转移到乡下去。"

武冬梅问艾草准备得如何。刘爱冬说："已经准备了大量的艾草，凡是与刘家关系好的人家，都已经把艾草送到。"

武冬梅点点头。刘爱冬接着说："山里的道观，我们也送去了艾草，他们会准时请山里的守护神蛇灵和狗灵降临。"武冬梅点点头。刘爱冬说："你要的大水缸也准备好了。"刘爱东站起来，领着二人来到院子里。那里摆了两口大水缸，水缸的口部已经用绑紧的牛皮蒙了起来。刘牧之顺手拿起鼓槌，在上面敲打了两下，它发出低沉的声音，扑扑地响着。

武冬梅说："这种声音，在地底下，会传出很远。"

刘牧之问："我们用它，可以唤醒山里的蛇灵？"武冬梅说："我妈留下的制蛇术，上面是这么讲的，需要把这个大水缸的一半埋在地下，然后让人不停地敲打。"武冬梅也敲打了下，然后吩咐刘爱冬："二叔，你现在就安排人，把这两口大缸埋进比武的现场。"

刘爱冬立刻安排几个人去山里准备，过来了几个强壮汉子，把水缸抬走，他们扛着工具进山了。

一切都安排妥当了，就等明天天亮一战。刘牧之又到院子里走动一番，所有的人都在为明天的比武准备，他们看到刘牧之前来巡视，都停下手中的活计，向刘牧之问好，刘牧之有礼貌地还礼，他禁不住心中有些酸楚，不知这一战之后，是否还能够见到这些人。

巡视一番之后，回到屋里，已经掌灯了，刘牧之问武冬梅："马云龙还没有消息？"

武冬梅说："我也派人去巡防营打听了，马云龙正在日本兵营开会，还没有回来。"

刘牧之喔了一声，想了一下，说："如果马云龙不配合的话，我们就孤注一掷。"

武冬梅说："那么，你吃完晚饭，抓紧时间休息，为明天准备。"刘牧之点点头。

晚饭过后，刘家大院大门紧闭，刘牧之在自己的屋里打坐。武冬梅则与刘爱冬在堂屋里督促大家进行比武前的准备工作。晚上九点左右，武冬梅派出去的人回来汇报，马云龙还躺在澡堂子里，没有来刘家大院商谈的意思。武冬梅吩咐来人继续盯着，然后安排大家早点休息，并让值夜的人提高警惕，一夜灯火通明。

第二日凌晨四点左右的时候，刘家大院的大门打开了。进来了几个汉子，他们是武天浩的朋友。这些人进了刘家大院深处。刘牧之已经起来了，来到堂屋。堂屋的案桌上，已经摆放了三件红绸子上衣。刘牧之拿起一件，穿好，系紧了。武冬梅也拿起一件，穿好，系紧了。刘爱冬也过来要拿一件，刘牧之伸手拦住，说："二叔，你是当家人，就不要去金顶了，在家里照顾好大院里的一切。"

这时，刘牧栋过来，拿起一件，看着刘牧之说："二哥，我也穿一件。"刘牧之点点头。

院子里，几个下人已经把供桌摆好。刚才的几个汉子冲着刘牧之抱拳，刘牧之也回礼。刘牧之来到供桌前，有两个青年男子抬着金龙刀放在供桌上，然后把刀架好，让刀刃朝上。

刘爱冬是仪式的司仪，他对下人说："把人都叫来吧。"

有几个下人奔跑着去各个院子叫人，小声地喊："都到堂屋这里来。"

约有几分钟的时间，大家都到齐了。站在最前面的是刘家的护院，有的人手里还提着刀。刚才的几个汉子站在前面。刘牧之对着北方，对着金龙刀深深地行礼，然后转过身来看着面前的汉子们，说："日本人侵略我们的国家，毁了我们的社稷，掠走我们的黄金，我刘牧之誓与日本人不共戴天，决一死战。"

所有的人都用低沉的嗓音喊着："决一死战。"

刘牧栋站出来说："大家看好了，我们三个人衣服都是红的，只要我们还活着，就一定会与日本人打下去。"

刘牧之带头在金龙刀一抹手指，一股鲜血涌了出来，刘牧之把鲜血滴进旁边的海碗里，然后他让开，武冬梅上来，也用几样的方式把鲜血滴进海碗里，紧接着，他们的人轮流把血滴进海碗里，这个仪式进行了将近有半个时辰，最后的一个汉子把血滴进海碗，刘牧之把众人的鲜血淋在金龙刀上，然后用旁边的红绸布把金龙刀裹好。

仪式已经举行完毕，刘爱冬吩咐众人，把艾草随身携带，休息一下，吃完早餐，大家一同进山，到罗山金顶为刘牧之助威。

刘牧之返回屋里，进来一个下人，低声说："二少爷，有个人找你。"

刘牧之一愣，问："是谁？"下人说："没有看出来。他要见你和二少奶奶。"刘牧之说让他进来。

过会儿，进来一个彪形大汉，用帽子低低地压住了自己的上半边脸，穿着一个大大的呢子大衣，衣领竖起来挡住了脸。刘牧之问："你是谁？"

来人把帽子摘了，露出庐山真面目，他是马云龙。

刘牧之说："马司令，你可是姗姗来迟呀。"

马云龙把帽子扔在桌子上，一撩军大衣，坐在椅子上，说："我看你们刘家是走投无路了，这才想起我来。"

武冬梅在一边冷笑道："马司令，前一段时间，你不是上门求着合作吗？"

马云龙冷笑，说："此一时非彼一时。咱们也别斗嘴了，你说吧，如何交易？你们让我做什么？"

刘牧之说："在这个时刻，我提出用龙脉图跟你做交易，只有一个目的，你的枪口不要对准我。"

马云龙哈哈大笑，说："日本人让我对准你，我不对准你行吗？"

刘牧之说："所以，这是一笔交易，日本人许给你的好处，有龙脉图大吗？"

马云龙听了，反问："我的枪口既不对着你，也不对着日本人，你看，这个条件可以吗？你的龙脉图在哪里？"

刘牧之只好让步，说："它挂在卧龙居的墙上，如果明天上午你带着人于十点之前到达卧龙居，我会让人把卧龙居的机关关掉，你可以看挂在墙上的画。"

马云龙笑了，说："那就是龙脉图？你别蒙我了。"

刘牧之说："我后背上的龙图你已经掌握了，唯一剩下的，就是这张地图，你想办法把两张图合在一起，就得到了完整的龙脉图。"

马云龙忍不住站起来，走了两步说："我先走了。"

刘牧之送他出门，这时，刘枚栋进来，说："二哥，不能把龙脉图给马云龙。"

马云龙听了，哈哈大笑，说："刘家二少爷，你看怎么办？"

刘牧之苦笑一声，没有说什么。马云龙立刻转头对刘牧之说："明天看情况。"马云龙说完对着刘牧栋嘿嘿一笑，说："三小姐，你多保重，有什么困难，别忘了找我。"

刘牧栋生气地说："你快点走，离开我们刘家，反正卧龙图我不会给你的。"

刘牧之不高兴地对着刘牧栋说："老三，你回屋去，不要在这里胡闹。"刘牧栋气呼呼地走了。

刘牧之看看天色，此时东方已经泛亮，他用深深的语气说："告诉大家，出发，去罗山金顶，决一死战。"

前一天晚上，佐藤山木从兵营里返回，命令所有的日本武士严加警戒，小心中国人来偷袭。然后，他坐在屋里喝了一口茶，这时，听见外面咚的一声响，外面的门上有一个匕首，上面有信，佐藤山木取来，上面写道："还没有发现马云龙与刘牧之谈交易。"落款为百灵鸟。

佐藤山木长长地喘了一口气，站起来，来到张铁桥住的那个屋子，张铁桥正在屋里看着图纸，一会儿思索着走来走去。佐藤山木挥挥手，一个日本武士跑过来，佐藤山木低声说："一定要看好他。"之后，佐藤山木来到柳生住的房间，柳生正在打坐，他微微地睁开眼，扶着榻榻米站起来，向佐藤山木行礼，佐藤山木伸手示意表示免了，柳生请佐藤山木落座，佐藤山木说："这次比武，让你劳累了。"

柳生说："为帝国比武是我一生的荣幸。"

佐藤山木说："这次的刘牧之，是善者不来，你一定要想办法战胜他。"

柳生说："佐藤前辈，这次对于刘牧之来说，是一场生死决战，并且，他已经寻求高师获得指点，我并不能保证一定战胜他。"

佐藤山木想了想说："如果不能通过比武战胜他，一定想办法伺机杀了他。"

柳生问："难道你不要龙脉图了？"

佐藤山木有些负气地说："我们已经得到了张铁桥，并且大部分地质资料已经掌握在我们手里了，如果刘家不友好的话，我们就没有必要向他们伸出友谊之手了。"

柳生说："好的，为了帝国的利益，我可以丢弃我作为武士的荣誉，伺机杀死刘牧之。"

佐藤山木满意地点点头，这时，柳生郑重给佐藤山木施礼，说："佐藤前辈，在下有一事相求，请您务必答应。"

佐藤山木正色道："请讲，我一定照办。"

柳生说："如果我死了，无论我是否杀死刘牧之，请您将我安葬在罗山，无论是我的耻辱还是我的荣耀，都让它紧紧地镌刻在这座山里。"

佐藤山木说："我答应，我会让人将你名字刻在罗山的石头上，让未来的人，都记住你。"

柳生深深地一拜，说："谢谢前辈。"

佐藤山木看看时间，说："你抓紧时间休息，我还要去矿上安排一下。"

佐藤山木走出房间，几个日本武士把车开过来，佐藤山木坐上车，于是，两辆黑色的小车开向玲珑背金矿。

玲珑背金矿此时灯光通明，七八个大碉堡上的探照灯旋转着照射四周。山岛正在值班室里部署防卫，一个日本军官进来汇报："报告，晚饭点名时，发现失踪了两名士兵。"

山岛扔下手里的铅笔，沉吟一下说："今天发现附近有共产党的游击队活动吗？"

日本军官回答："没有发现。"

山岛生气地骂："笨蛋，没有共产党的游击队活动，我们的人员怎么会失踪？"

山岛来到沙盘前，指着北面的那片山区说："这些共产党，被我们赶跑了，看来他们又回来了，还是佐藤山木分析得对，他们一定想趁大比武的时候，出来捣乱，哈哈，我们都准备好了，你们就来吧，看我如何将你们一网打尽。"

那个日本军官走上前问："如何处置？"

山岛说："加强巡逻，从铁丝网以外一百米的距离的地方，都要认真地巡逻，发现游击队的，不要惊动他们，等到明天，全军出动，咱们抓大鱼。"

日本军官嘿地一声，出去布置任务。

山岛布置完毕，立刻打电话给兵营的酒井大佐，报告在玲珑背金矿可能发现了共产党游击队的活动，酒井命令山岛按照计划行事。

山岛挂了电话，听到汽车的声音，只见两辆黑色的轿车停在门口，他走出去，看到佐藤山木下了车。佐藤山木说："我有一个临时决定，请你把金库的钥匙给我。"

山岛说："不行，我必须汇报给酒井。"

佐藤山木说："可以，你把电话打通，我给他讲。"

山岛把电话打通了，对酒井说："大佐，佐藤君跟我要金库的钥匙。"山岛把电话放了，请佐藤山木接电话，佐藤山木对着山岛说："请你和卫兵暂时离开一下。"山岛带着卫兵离开，佐藤山木对着电话悄悄地讲了几句，然后，对外面喊："山岛，你进来接电话。"

山岛进来接电话，嘿地点头。之后，山岛从腰间取出一把钥匙。佐藤山木说："请你配合我的工作，集合所有重要工作人员，到会议室开会，传达明天的行动计划。开会的时候，任何人不得走出会议室。"

山岛嘿地点头，佐藤山木继续说："给我派一辆军用卡车，只需要有一个司机，不用押车的。"山岛安排一个汽车兵将车辆准备好。佐藤山木对山岛点点头，山岛向下传令，矿区的所有的工长以及工程师都到地面的会议室开会，传达明天的行动安排。

一会儿，杨少川与那些日本工程师和工长来到地面的会议室，由山岛安排开会。

佐藤山木让汽车兵把大卡车停到金库门口，他拿出山岛的钥匙，又拿出自己的钥匙，两把钥匙插进去，打开了锁具，过来四个日本武士，使劲推开水泥门，里面堆放着四个箱子。佐藤山木挥了一下手，四个日本武士把四个箱子抬到大卡车上，然后，又搬进来四个箱子。之后，佐藤山木让人把水泥板推上，把门锁上。他暗暗地一笑，拍拍手，向会议室走去。

山岛讲到一半的时候，佐藤山木走了进来，山岛朝佐藤山木有礼貌地点头。佐藤山木微笑着朝大家说："你们可能都已经知道了，明天是一个特殊的日子，中国的代表刘牧之要与我们大日本帝国的代表柳生比武，出于安全的考虑，你们就都不要离开玲珑背金矿，因为，我们得到消息，共产党的游击队有可能会袭击我们的金矿或者运输队，但是，我们不会因此而停止运输矿石，我们要配合军部的行动，想方设法引蛇出洞，把共产党的游击队一举歼灭。"

所有的人都点头表示配合军部的行动。

佐滕山木讲完了，然后要离开，他与山岛打招呼的时候，顺手把钥匙给了山岛，山岛大大咧咧地把钥匙拿在手里。杨少川借机走过来，向佐滕山木说："佐滕君，我需要回鬼怒川拿一些衣服。"

佐滕山木停下，回头看看杨少川说："今天不行，你过几天再说吧，今天车不方便，有重要的物品。"佐滕山木上了自己的小汽车，一个日本武士过去把汽车兵换下来，然后，佐滕山木的小汽车跑在前面，大卡车跟在中间，又有一辆小汽车跟在后面断后，这三辆车轰叫着下山了。

杨少川问山岛："佐滕君有什么事情吧？"

山岛摇摇头说："军事机密，不能告诉你。"那把钥匙被他高高地抛一下，又抓在手里，他再抛一下，杨少川抢先抓在手里，山岛笑着说："少川，还给我，这是金库的钥匙，怎么能随便给你呢。"杨少川笑着把钥匙还给山岛，然后说："我去挖掘现场了，有什么事情派人去洞里找我。"

杨少川来到矿洞里，刚才由于佐滕山木开会，大家停止了工作。杨少川催促劳工抓紧时间干。他偷偷地看一下图纸，还有一米左右的样子，然后对那几个工人说："我来替你们一会儿，你们干了一天了，休息一下。"

那几个劳工当然很乐得休息，快乐地收拾了一下上地面休息去了。

杨少川看了一下时间，已经12点多了，再不抓紧干，天亮之前就打不通了。于是他拿着钻头开始干活，但是毕竟不熟练，干一会儿，停一会儿，累得他大喘气，当他停下来休息的时候，听见那来传来有节奏的敲打声，他知道快打通了，又信心大振地干起来。

天快亮的时候，打开了一个半人大的洞口，孟德兴奋地从那边钻过来，小声说："我真服你了，杨少川，你真有一套。"

杨少川已经累得喘不上气，趴在钻头上喘气，说："你先派几个人，去把那边的洞口封上，山岛已经派人抓紧巡逻，别让他发现那个洞口。我得赶快上去看看，有什么意外。"

孟德立刻派人去把那边的洞口隐藏起来，然后他们钻到这边，又用石头垒了一个隐蔽的洞穴，这些人藏起来，抓紧时间休息一下。

孟德刚刚打了一个盹，杨少川就来敲醒他们，说："你们两个人穿上日本士兵的衣服，其他人装作劳工，跟我来地面上，日本士兵正在将矿石装车，按照计划，有一辆车运输成品黄金。"

孟德点点头，他和地老鼠把日本士兵的衣服穿上，其他人化装成劳工来到地面上。此时天已经大亮。

矿区的停车场里，排满了十辆大卡车，劳工们正背着矿石往大卡车上装矿石。

杨少川正在指点孟德注意事项，告诉他哪辆车是运输成品黄金的。这时，山岛突然大声喊："少川一郎，你带着那些人在干什么？"

吓得孟德紧紧地握住了长枪。

第15章
大比武

金顶论剑

杨少川吓得一身冷汗，他想不到这个恶魔已经盯上他，他根本不敢回身去看山岛。

山岛站在几十米远，两手拄着指挥刀，一副不可一世的样子，还在监督着其他人干活。

孟德两眼紧紧地盯着杨少川雪白的脸说："别紧张，就说你让我们干活。"杨少川的大脑细胞似乎瞬间启动工作了，突然对着孟德等人大声吆喝："你们给我好好地听话，给我把那些箱子搬走。"他的大声吆喝为自己壮胆，然后，他转过身去对山岛喊："山岛，我有一些矿样装在箱子里，太沉了，让这些人帮助我搬到车上，你今天不是有汽车下山吗，一块把我的箱子运回鬼怒川公司。"

山岛问："这件事情很麻烦，为什么昨天晚上不让佐滕山木给你捎回去呢？"

杨少川向山岛走近了说："佐滕山木昨天晚上拒绝了，本来嘛，他可以顺便让人给我捎回去的。"

山岛嘿嘿一笑说："昨天晚上他肯定不会给你拉的，好了，你随便找一辆车，干脆你就用11号车吧。不过你要小心，今天说不定共产党的游击队会拦截我们的运输车。"

杨少川吓得瞪大眼，说："那可不行，共产党会要了我的命。"

山岛哈哈大笑，说："你躲在车里不露头就行了。我们已经做好了充分的准备，保证游击队有去无回。你放心吧，你要相信我们大日本帝国的军队。"

杨少川点点头，山岛说："你要抓紧时间，只要比武一开始，我们的汽车就要行动了。"

山岛正在说话，一个日本士兵从碉堡上跑下来，喊："报告，中国人已经进山了，他们可能是去金顶观看比武的。"山岛立刻一提指挥刀，跟着那个士兵去碉堡上观看。

杨少川深深地吸了一口气，急忙跑回去安排孟德这些人假装给他搬运箱子。

山岛站在碉堡上，用望远镜观察山间行走的人员，他们排着队，沿着山路向金顶进发。这些人有的拿着小纸旗，有的挎着篮子，还有一些人，抬着红漆大鼓。山岛用望远镜一个人一个人地观察，妄想从里面找出熟悉或者可疑的人员，但是，他的愿望没有实现。

山岛看了一下时间，已经接近上午八点了，他说："你们守着瞭望台，仔细观察，一有可疑情况就向我汇报。"然后，他噔噔地跑到作战值班室，给兵营的酒井打电话："酒井大佐，山里已经出现了观看比武的中国人，他们正在向金顶靠拢。"

酒井大佐命令："继续观察，我们要发现游击队的动向。"

巡防营的士兵已经出现在了金顶之下的开阔地带。毛驴儿带着约有一百多名二鬼来到金顶之下，另外，日本兵营还派出了两个加强班的兵力前来配合，约有二十多个日本士兵，外加一名军官。

从县城里来的中国人陆续增加，这些人，都随身携带了艾草。

毛驴儿让二鬼子们将金顶之下的开阔地带分成两部分，中国人和日本人各占用一部分。上午快接近九点的时候，刘家的人来了，他们带了酒、食品、糖块等，还有人把桌几摆放在中国人的前面。

鼓架子已经支好了，十几个壮汉把两面大鼓架起来，有好玩的人，先用鼓槌敲打几下，低沉的鼓音传出很远。还有几个人，来到事先掩埋好的大水缸旁边，使劲地敲打牛皮，只有扑扑的响声，但仍然感觉到一丝丝的震动绵绵地传出去。

武冬梅和刘牧栋是刘家的带队，她们俩人拿着小食品和糖果向前来观看的人分发，这些人都不说话，他们朝这二位女士暗暗地点头，有喜欢喝酒的，拿起碗喝下一口烈酒，然后张着嘴啊地一声，大喊："好酒，有劲。"

武冬梅和刘牧栋的外衣，都是普通的衣服，她们的红绸衣穿在里面。

二狗子翻译和佐滕山木带着一群日本人出现了。佐滕山木穿着黑西服，他的身后跟着几十个日本武士。

刘牧之带着十几个壮汉过来了，他身后的两个人，抬着金龙刀，金龙刀用红绸带包裹着。刘牧之穿着一身黑色的衣服，一言不发，两眼平静地看着前方。

所有的中国人都不言语了，他们看着刘牧之走到桌几旁边，刘牧之抱起酒坛，倒出一碗白酒，然后，转过身体，对着那些中国人高高举起，接着，一口一口地将这碗酒喝下，之后，平静地将碗放在桌几上，又转过身，朝着众人抱拳。

此时，毛驴儿带领的二鬼子持着枪，站成一队，形如楚河汉界，将中国人和日本人隔开。日本士兵则站在后面，紧紧地握着枪。

二狗子翻译来到中央，站在桌子上，用一个扩音器喊："日本高手柳生与中国高手刘牧之比武现在开始，比赛规则：两人上金顶，生死由天定。"

柳生站了出来，朝日本人行了礼。

刘牧之站了出来，朝中国人抱拳。

中国的鼓手立刻敲响了红漆大鼓，咚，咚咚，咚咚咚，咚，大鼓的声音振奋人心，所有的中国人都挥起了拳头，随着鼓点挥动着。

柳生哈哈冷笑了一声，转身向金顶上攀爬，几个飞跃，他已经来到了金顶上。

刘牧之取过金龙刀，快步走向金顶，然后凌空一跃，跳在石头上，再一跃，又跳上去，转眼，他站在金顶之上。

佐滕山木看到刘牧之也上了金顶，微微地一笑，扭头冲野村点点头，野村带着十几个日本武士绕到金顶的另一侧。

这时，二狗子翻译拿着扩音器大声解说："大家看，两位高手已经踏上金顶，柳生看来果真名不虚传，是日本第一高手，他的轻功天下无双。"

所有的二鬼子士兵和日本士兵，暂时忘记了自己的任务，纷纷转身仰头向山顶上观看。

金顶之上，柳生来到几日前佐滕山木祭拜的地方，朝着东方深深地弯下腰，默默地祈祷几句，他听见刘牧之的脚步声，然后轻轻地转过身，冷冷地看着刘牧之。

刘牧之怀里抱着红丝绸包裹的金龙刀，一脸正义地看着柳生，说："柳生，你向你的祖先祷告也没有用处，今天我们俩决一死战，你们日本人在中国作恶太多，上天也不会饶恕你们的。"

柳生伸长了脖子尖笑，问："刘牧之，作为手下败将，你有信心战胜我？"

刘牧之看看自己的金龙刀，说："我有，天下的中国人都有。这把金龙刀也有，它是我们中国人用鲜血蘸出来的，我们用血的力量来战胜你。"

柳生仰天长笑，说："太愚昧了，你们这些中国人，你们就是一个愚蠢的民族，你以为你以一个人的力量，甚至以上百人的力量战胜了我，就能拯救你们这个民族，拯救你们这个国家？大错特错！这都无济于事。即使这次比武你赢了，你们中国还是一个落后的国家，你们这帮人还是一个落后的民族，你们招远的金矿还将牢牢地掌握在我们日本人手里。你还是投降吧，或许你还会过得舒服些，多活几年。"

刘牧之冷笑，说："我相信我们中国会强大的，从我开始，从现在开始，它会一步步强大，你就死心吧，我不会投降的，我们刘家人也不会投降的，哪怕中国就剩下我一个人，我也要战斗到底。"

刘牧之说着脱掉了黑色的外套，露出了红色的衣衫，然后，他抖开包裹金龙刀的红绸布，一股血的腥味四处飞扬，他飞手一扬那块红绸布，它似一条红蛇蹿向天空，这是告诉金顶之下的中国人——我要开战了。

刘牧之的脸，瞬间变得无比严肃，双眼如电，他一只脚猛地一踢地上的黑色外衣，那个外衣飘荡在空中，刘牧之将金龙刀伸向空中，缠住衣服，顺势一拧，那衣服缠住金龙刀。刘牧之的另一只手飞速地把衣服扯下来，金龙刀身上的血渍被擦得一干二净，在阳光下发出闪亮的光芒。

柳生哈哈尖叫："今天，不会有人活着走下金顶。"

此话的余音尚在空中萦绕，刘牧之感觉杀气已经逼近。

只见柳生伸手一指，他的身形暴起，他胸前的刀已经控制在手里，一道银白色的电光，快速地射向刘牧之。刘牧之快速地旋转身体，侧身让过这一刀。那柳生的身体如同飞行的炮弹与刘牧之擦身而过，这白驹过隙的瞬间，两人的眼神经历了一次火力的碰撞，都看到对方不是你死就是我活的决心。

柳生的速度之快，甚至让刘牧之无法用眼睛捕捉，只见他的刀影如同万道光芒在刘牧之身体的四周向刘牧之进攻。一切全靠直觉，一切全靠条件反射，刘牧之的金龙刀与柳生的日本刀如同放了鞭炮一般劈天盖地地响过之后，突然，两人的身体分开。静，特别安静，两人默默地注视着对方，似乎刚才柳生先发制人的进攻奏效了。

柳生的刀尖依然指着刘牧之，刘牧之身上的衣服已经被他的刀刺了几刀，但是，并不能判断刘牧之是否受伤。柳生盯着刘牧之的脸色，大声说："看来你的武功有所长进。"

柳生希望听到刘牧之的回答，用来判断这轮疾如暴雨的进攻对刘牧之的打击如何。

刘牧之长吁一口气，说："我等着你再来一次。"

柳生哈哈一笑，身体一蹲，如同一只黑猫趴在地上，突然两只手各有一把刀，一把刀砍向刘牧之的下身，一把刀砍向刘牧之上身，两刀的方向正好相反，形成一个巨大的剪刀，他呼叫着冲向刘牧之。

刘牧之看出这一招，完全是不防守的进攻。他猛地一扬金龙刀，只听轰的一声，三把兵刃撞击在一起，这是两人比试以来，第一次硬碰硬的撞击，只见柳生立刻身体向后退却。

刘牧之借机扑上去，金龙刀一招龙出海，带着刀风呼啸而至，砍向柳生的面门。

当刘牧之的金龙刀砍出去之后，他这才明白，柳生的退却，实际是一个圈套，眼看着柳生的身体向后倾斜，但是他手里的快刀却飞了出来，如同雷电飞向刘牧之的胸口。

刘牧之向下砍的力道已经狂奔而出，没有办法停住，他只能右手从金龙刀上撤出，身体向右一侧，看见那把日本刀一道亮光从自己的胸前划过，胸口的肌肉感觉一凉，他知道中了一刀，只是刚刚划破皮肤，好在柳生的这一刀只是仓促应对，招式凶险，刀气不足。

金龙刀向下砍的刀势并不停止，轰隆隆一声，砍到地面的山石上，只见那金龙刀猛地劈开地面一尺多深，那些被击打的山石如同爆炸一般跳了起来。刘牧之借机一掌推过去，这一掌，扫中了跳起来的石头，那几块石头飞速打向柳生，柳生大叫不好，一个空中后翻身迅速地向后疾退，但是，仍然有两块石头打中了他。

两人相隔十米，再次冷静地对视。

此时，天空湛蓝，阳光强烈。这是第三轮了。刘牧之明白，双方真正的进攻都没有开始。不会再有更多的机会了，金龙刀的重量过大，将会过分地消耗他的力量。他知道，必须在第三轮中决一胜负，只有力量充足，才会发挥金龙刀的强大威力。

刘牧之猛地一举金龙刀，迎着阳光，他把阳光射向柳生。

只有那么几微秒的时间，或者说根本就没有时间。两人同时进攻了。或许刘牧之更快了一点儿。

刘牧之最简单的一招，龙在野，他的身体前倾，金龙刀猛地砍出来。这一刀，他运足了气力，那刀自身的振动发出嗡嗡地声音，与风声呼呼地裹挟在一起，形成了一个巨大的合唱，柳生这是第一次看到真正的金龙刀法发挥到如此威力，刘牧之的内力将金龙刀的鸣叫激发出来，那鸣叫，时而尖锐，时而低沉。尖锐之声震得柳生耳膜发疼，低沉之音如同万只蚂蚁让柳生皮肤发痒。

柳生的进攻，并没有金龙刀的龙吟而迟缓半步，他的日本刀，如同一声尖哨，一道白线刺了过来，而金龙刀的刀气如同一张大网盖过来。他的刀，如同一鱼，被巨大的刀网包围了，再加上金龙刀的龙吟，先声夺人。

刘牧之的这一刀，凝聚了他多日的修炼，将他的内力与刀式完美地结合。

刘牧之一刀接一刀地砍出，每一刀采用龙在野的心诀，每一刀的砍出都发出极强大的威力，而这一心决运用得无比顺畅，在外人看来，他快节奏地砍出每一刀，就像大厨师在案板上飞快地切菜，那熟练程度完全不必经过大脑的控制，只依赖于肌肉简单地一收一缩。

柳生惊讶于刘牧之刀法的熟练，看来无论刘牧之砍出哪一刀，都朝着他的上身砍来，不管这一刀的招式如何变化，那金龙刀所发出来的刀气都同样的逼人。

砍来的无数刀，在柳生的周围织成了刀网。

柳生啊地长吼一声，他使出了最致命的一招，这一招他是模仿武冬梅的追魂三剑，他的第一刀径直地刺向刘牧之的眼睛，似乎刘牧之没有躲闪的意思，因为金龙刀的招式还是龙在野，金龙刀的呼叫依然慑人心魂。

快，还要更快。柳生命令自己。他的身体一边躲闪着金龙刀编织的刀网，一边更快地刺向刘牧之的眼睛，当然，他刺向的目标也随着他身体的起伏而变化，一会儿可能是眼睛，一会儿可能是鼻子。

两个高手的拼杀，终于丢弃了更多的招式，而是采用最简洁有力的进攻。

柳生无数次刺向刘牧之面部的行动可能奏效了，因为刘牧之的金龙刀突然朝着柳生的日本刀劈来，而柳生的日本刀是一条垂直的线刺向刘牧之的面部。两把兵刃的相碰几乎是不可能的，但是，刘牧之拼命打法就是要用他的金龙刀砍中日本刀。

可怕的事情就这样发生了。只听得喱的一声，两把兵刃相撞了。只见柳生的身体像树叶一样飘了出去。那金龙刀攻击的势能太过于强大，瘦小的日本刀哪里经得起金龙刀狠命的一击，正如同一把铁锤猛地击中了一把水果刀。

柳生感觉胳膊发麻，再看手里的日本刀，已经剩下了半截。

此时，刘牧之再次攻了上来。

柳生一扬手那半截日本刀飞向刘牧之。刘牧之根本就不去格挡飞来的暗器，而是猛地向空中一跳，那日本刀从他的脚下飞过，他双手握着金龙刀狠命地劈下来，这一招正是龙在天，那身体向下降落的力量连同金龙刀的力量，一同奔向柳生……

柳生急忙抽出另一把日本刀来格挡，但是，这把日本刀很快像一根木棍被金龙刀削断了。柳生的身体像断线的风筝向后退去，但是，他不能再退了，再退就是山崖，唯一可行的办法，就是控制刘牧之的金龙刀。

刘牧之的身体又弹跳在空中，龙在天这一招再次使出来，感觉像一条龙飞出来，直奔柳生的身体。

柳生绝望了，他瞪大双眼看着那逼近的金龙刀，猛地一跳，身体向空中射去，他身体的高度远远地超过了金龙刀，然后，他的身体旋转着朝下降落，双手再次伸出，两根铁刺从小臂上探出，他准备最后一拼，与刘牧之同归于尽。

柳生向下降落的过程中，他的蚕丝网再次吐出，他准备缠住刘牧之的金龙刀。

万万没有想到刘牧之先发制人，他一招龙卷风，使劲地搅动飞下来的蚕丝网，然后，就地一滚，再一招龙在天，他的身体与金龙刀再次融为一体，呼叫着砍向柳生。

柳生看到被蚕丝网包裹的金龙刀，像巨大的铁锤砸了下来，刘牧之的身体，也像炮弹一样，呼叫着扑向柳生。

柳生只得硬着头皮用两根铁刺格挡金龙刀，却听见当地一声，他的铁刺断了，金龙刀雪白的刀刃切透了包裹它的蚕丝网将铁刺砍断了。

就势而来的金龙刀飞扑直下，一刀斩断了柳生的一只胳膊，只见柳生两眼瞪得圆圆的，他知道自己必死无疑了。

刘牧之上前一脚踢中柳生的胸口，再一刀砍中柳生的大腿。

柳生在地上挣扎的时候，刘牧之上前高高地举起柳生，然后来到山崖边，奋力地向下一扔，柳生的脸对着天空，他努力地向东方一笑，然后，他的身体像一个黑包袱，被抛到山下，发出沉闷的响声。

柳生的那一笑，是有原因的。

正当他身体向下坠落的过程中，他剩下的一只胳膊抬起来，一只钢针射出来，它射中了刘牧之的大腿。

刘牧之并没有因此而停止自己的动作，他扯下自己红色的衣衫，向山下挥舞着，大声喊："我们赢啦，中国人赢啦。"

金顶之下的中国人并不能看到更多的细节，但是，他们知道自己赢了，战鼓的声音敲响了，那声音震得地动山摇。

佐藤山木一看柳生输了，这可能是他意料之中的，他一转身，带着两个日本武士跑了，跑到一个拐弯的地方，那里有一个班的日本士兵在守着，他说："走，跟我去道观。"

刘牧之忽然感觉腿部发麻，他蹲了下来。这时，野村带着十几个日本武士冲上来，正要靠近刘牧之，武冬梅带着十几个人也上来了，武冬梅扯掉自己的外衣，露出了红衣服。武冬梅大喊："兄弟们，报仇雪恨的日子到啦。"

野村首先抽出日本刀，靠近武冬梅，武冬梅从背上出一把剑，那把剑颜色灰暗，似乎有无数的锈迹。野村大笑，说："你就用这样的剑跟我打？"

武冬梅不说话，突然一指野村的眼睛，这野村已经吃过武冬梅的亏，知道她的剑法厉害，但是他小瞧了这把怪异的宝剑。没有想到他用刀一格那把剑，那把剑上有一股刺鼻的味道，他一愣，正在这瞬间，武冬梅的剑迅速一偏，刺中了他的肩膀，那剑一接触到他的血液，立刻冒起一股白烟，野村大叫："这把剑有毒。"

武冬梅冷笑道："这就是毒龙剑。"

野村一挥手，其他日本武士扑来上，两帮人丁丁当当地打起来。

这时上来四个道士，趁着别人不注意，迅速地背起刘牧之，向金顶之下跑去。

金顶之下，刘牧栋跳到桌子上，穿着鲜红的衫子，大声喊："中国人赢啦。"

负责维护秩序的二鬼子围上来，他们不知如何是好。刘牧栋大声呼喊："巡防营的兄弟们，如果你们还是武天浩的徒弟，如果你们还是中国人，就勇敢地站出来，把枪口对准日本人！"

突然，日本士兵抢先开枪了。

由于刘牧栋站在高处，她的衣服被风吹了起来，那一枪没有打中她。

刘牧栋一下子从桌子上跳下来，上来几个壮汉围住了她。这些人从随身携带的篮子里抽出短枪，有一个人一枪打中了刚才射击的日本士兵。这时刘牧栋再次大喊："兄弟们，刘牧之已经赢了，你们还是中国人吗？不要把枪口对准中国人。"

有一巡防营的士兵是武天浩的徒弟，突然他大声喊："金龙刀已经赢啦，我们也反啦！"然后，他举起枪朝着一个日本士兵就是一枪，其他巡防营的士兵约有三十多人，一看这情况，立刻朝日本人打枪。

那二十多名日本兵一看这情况，立刻转身撤去，有一挺轻机枪，突然架起来，向这边的中国人扫射。

"趴下，都趴下。"刘牧栋大声喊。

众人都趴下，能够藏身的都找石头躲了起来。毛驴儿一看巡防营的老兵都反了，吓得他早就找地方趴着，原来有几个人是在山里做土匪的，跟着马云龙下山的，此刻跑到毛驴儿身边，着急地问："毛驴儿二爷，这情况也太复杂了，这是几派呀，我们跟谁是一伙的？"

毛驴儿给他一巴掌，说："你他妈的脑子让驴踢了，我知道咱们跟谁一伙，我还躲在这里干什么，保命要紧，只要没有马司令发话，咱们哪边都不是，咱们就是土匪。"

那兄弟抱怨："怎么混了半年，又当土匪了。"

刘牧栋一看已经有巡防营的老兵调转枪口了，急忙把他们拉到自己的队伍，从刘家的护院里找到一个枪法好的，命令他把日本士兵的轻机枪手打掉。只听砰的一声，那个日本士兵一命呜呼，立刻，中国人这边的枪都打响了，如同排山倒海般扫向日本士兵的地盘，那二十多个日本士兵很快被打得四处逃跑。

金顶之上，野村一看巡防营的士兵有一半人临时反水，知道情况不妙，大喊一声，"快点撤。"说完，他忍着痛，带着日本武士快速地离开金顶，向另外一个方向跑去，直奔玲珑背金矿。

武冬梅从金顶上撤下来，看到日本士兵已经撤了，正要组织大家返回卧龙居，这时，听见嗖嗖地几声响，紧接着轰轰两声响，是日本士兵向这边开炮了。

这是玲珑背金矿的山岛命令士兵向这边开炮的。

阻击日本军车

山岛在玲珑背金矿的碉堡上，用高倍望远镜向金顶上看来。

此时比武还没有开始。

矿区的日本士兵，正持着枪，监督着那些中国劳工将矿石装车。一辆卡车的车厢上印有11的数字，它缓慢地开到金库的门口，一个士兵跑到碉堡上请山岛下来开门。山岛来到金库门口，拿出两把钥匙，把金库打开，然后，山岛冲着杨少川喊："让你的人过来把箱子搬到车上。"

杨少川让孟德和地老鼠先站到一边假装放哨，他带着几个游击队员装作劳工前去搬箱子。他的箱子是几个大木头箱子，搬起来确实挺沉，需要两个壮汉吃力地抬着。

几个游击队员刚刚把箱子抬到汽车的跟前，山岛拦住，说："先把那些箱子搬到车上。"

杨少川探头往里一看，正是装成品黄金的箱子，他问："山岛，你真的让我们用拉黄金的汽车？"

山岛点头，说："不要问那么多了，其他车都拉满了矿石，这辆车有空间。"

杨少川说谢谢。正在这时，碉堡上的哨兵大声喊："比武要开始了。"

山岛急忙跟杨少川摆一下手，说："我去看看，你们快点装车。"

于是，杨少川带领几个游击队员进了金库，将那四个铁皮箱子搬到汽车上。然后，又把他的木箱子也搬到汽车上。这些工作花费了二十多分钟，此时，山岛趴在碉堡的最上层，用高倍望远镜认真地观看金顶那边的情况。

杨少川感觉情况比较蹊跷，为什么山岛如此毫不介意他的东西放在11号车上呢，难道仅仅是因为他们已经做了充分的准备，不怕共产党的游击队进行拦截。

他正在琢磨，孟德跑过来，兴奋地问："那边比武是不是开始了？"

杨少川说："刚才有个哨兵说开始了。"

孟德激动地向那边观看，但是什么也看不到。

正在这时，山岛向这边喊："汽车兵，准备登车。"于是，院子里的士兵开始跑动起来，每辆装矿石的卡车爬上七八个日本士兵，有一个日本士兵还抱着轻机枪。而11号卡车只上来两个士兵，杨少川挥了一下手，带着孟德他们爬上11号卡车。

山岛正趴在望远镜上观看，此时，刘牧之已经抽出了金龙刀，柳生正全力以赴地刺向刘牧之，山岛撅着屁股狠命地跺着脚，旁边的一个哨兵用手遮着阳光，也使劲地看去。这时另外一个士兵过来汇报："队长，汽车兵已经准备完毕，请下命令。"

山岛只得扔下望远镜，转过身去，对着院子里的调度兵喊："出发。"那个调度兵甩着小彩旗，开始放行，大院的门打开了，轰隆隆一阵响，那十一辆汽车慢慢地开出矿区大院。

山岛一看汽车已经出发，又返回去观看比武，但是，那个哨兵已经占用了高倍望远镜，他生气地扒开哨兵，自己趴在望远镜上。

后来，他看到刘牧之将柳生从金顶上抛了下来，他的头部迅速离开了高倍望远镜，晃了一下头，让自己保持清醒，然后，他再一次把头靠近高倍望远镜，这时，金顶之下的中国人都狂欢了，他们高呼着，举起了振奋的胳膊。

"不，不。这不是真的，柳生，柳生，你不能死。"山岛疯狂地吼叫着，突然抽出了指挥刀，挥舞着大声嚎叫："我要替你报仇，我要替你报仇。"

山岛把刀扔在地上，跪着号啕大哭，然后，一边抹着眼泪狼一般叫着跑到作战值班室，他抓起电话打给酒井："报告大佐，柳生牺牲了。"

山岛拿着电话，带着哭腔。

酒井大佐在电话里大骂："柳生为帝国捐躯，那是他的荣耀，山岛，你是军人，请你振作，不要因为一个人的生死而乱了方寸。"

山岛拿着电话，嘿地立正。之后，他放下电话，低下头思索一会儿，又咚咚地跑上碉堡，趴在望远镜上看，这次，他发现了巡防营的士兵把枪口对准了日本士兵。

"迫击炮，迫击炮。"山岛站在碉堡上对着院子里大声喊叫。

在玲珑背金矿只有两门迫击炮的编制，一会儿四个日本士兵拿着迫击炮跑过来。山岛命令一个哨兵下去指挥。两门迫击炮很快调整到位。山岛在碉堡上大喊一声，"放。"

嗖，嗖，几枚炮弹飞向金顶之下。

山岛趴在高倍望远镜上，看到那些中国人被炮弹打中了，两个穿着红衣服的女人，在人群中穿梭。

这两个女人，正是武冬梅和刘牧栋。

武冬梅虽然有一身武功，但是并不懂得现代化的排兵布阵。山岛的几番轰炸，让她失去了理智，一下子乱了手脚。她让那些中国人躲起来，但是，无论是躲在石头后面，还是躲在树后面，总有炮弹袭来，难道炮弹长了眼睛？她并不知道，炮弹是从玲珑背金矿打开的。

巡防营的士兵，现在已经分成两股力量，一股是原来的巡防营的老兵，一股是由土匪改编过来的，毛驴儿领着那些土匪，躲在金顶之下，那里是一个射击死角。

武冬梅和刘牧栋带着刘家的人躲在石头后面，这时一个汉子拿着手枪过来，问："武冬梅在哪？"武冬梅站出来，看了一眼，说："王迎春？你怎么过来了。"王迎春说："炮弹是从玲珑背金矿打来的，你们快快跟着我们撤离这里。"

武冬梅问："去哪里？"

王迎春说："我们的队伍准备袭击日本人的军车，眼看就要打响了，你跟我们去。"

武冬梅说好。刘牧栋说："想办法让那些百姓离开这里。"王迎春说："我来安排，你们快速撤离。"

王迎春跑到巡防营的士兵那里，大声喊："你们这些人，跟我走。"这些士兵撕去衣服上的徽章跟着王迎春向山下跑去。

武冬梅和刘牧栋立刻对着自己的人喊："跟着他们走。"

山岛又放了几炮，通过望远镜找不到中国人的影子了。这时，山下传来枪炮的声音，山岛哈哈大笑，说："游击队，你们终于出现了。"他放下望远镜，咚咚地跑下碉堡。

山岛来到作战值班室，抓起电话要到兵营的司令部，酒井大佐接了电话："大佐，游击队已经出现了，我听到枪声了。"

酒井大佐一只手拄着军刀，胸有成足地说："不要着急，等他们的大部队出现，你到电台那里，随时准备待命。"

酒井来到院子里，已经有两个中队的士兵荷枪实弹，站在院子里等待出动。酒井来到一个作战指挥车里，里面的电台在不停地嘀嗒响。酒井坐好了，这时，他听到了山岛在呼叫："大佐，我们已经准备好了。"

山里的公路上，十一辆卡车已经停下了。山路已经被游击队的地雷炸开了几个坑。车篷里的日本士兵并没有着急下车，而是静静地等着。约有四五十个游击队员向卡车扫射了一阵，发现没有什么动静，十几个游击队举着枪奔跑着冲向前面几辆卡车，当他们离卡车几十米远的时候，卡车的车篷突然打开了，所有的步枪和轻机枪向着冲上来的游击队员射击。这些游击队员急忙卧倒。此时，山上的游击队员也开始射击了，轻机枪，步枪一同射击，暂时把敌人的火力压制了。

刚才冲上去的游击队员，再次冲锋，他们点燃了汽油瓶扔向前面的几辆卡车，轰轰地几声巨响，几辆卡车被点燃了，几十个日本士兵从车上跳下来，向山上的游击队射击。

突然，山上的游击队员发起了总攻，一百多人同时冲了下来，他们投掷着手榴弹冲向日本军车。刚才的一些日本士兵迅速向后撤去，围绕着后面没有起火的卡车组成阵地，数挺轻机枪同时向游击队射击。游击队一边射击，一边接近大卡车，并利用地形掩护。

11号车里，几个日本士兵丝毫没有动静，他们并不参与这样的战斗。杨少川问：

"你们为什么不打？"一个日本兵说："我们是保护这些箱子的。"

这时，山岛带机动小分队冲下来了，他们的摩托车鸣叫着，冲向前方，日本士兵火力立刻加强了，全力以赴反攻，游击队员的第一轮进攻受挫，急忙往回撤。

刚回阵地，王迎春和武冬梅带着四五十人赶到了，大家急忙上阵，一阵乱枪，打得日本士兵向后撤退。

王迎春看着日本士兵的人数，说："看来鬼子早就有所准备。"王迎春命令所有的人，准备好手榴弹，准备第二次冲锋。

且说刘牧之中了柳生的暗器，被四个道士救走，他们抄小路来到了道观的后院，进了屋子，很快阳明子道长过来了，道长号了一下脉，说："没有关系。"他从随身携带的小瓶倒出一些药粒，用水溶化。然后打开刘牧之腿部的衣物，那根针正扎在大腿上，明阳子道长把针取下来，然后又点着一个火罐，猛地扣在刘牧之的伤口上，一会儿，那污血就被吸了出来。之后，又让一个道士把刚才的药给刘牧之喝了。

只一会儿，刘牧之就醒来了，手脚活动自如。阳明子道长说："我刚才给你吃了增强体力的药，此时你会感觉精力充沛，但不可过于透支，否则会大大损伤你的身体。"

刘牧之活动了一下腿，有些麻木之外，不影响行动。他赶紧谢谢阳明子救命之恩。

阳明子道长说："不用谢，我不得不救你。"

刘牧之问："为什么，难道道长有难言之苦？"

阳明子道长一笑说："因为你不能死，死了就会泄露秘密。"

刘牧之疑惑不解，阳明子道长凑在刘牧之的耳边说："事到如今，我把秘密告诉你吧。"他轻轻地说了几句，刘牧之听了脸色大变，紧接着眼泪掉下来。

阳明子道长说："你必须用你的生命来保守秘密。"刘牧之长叹一口气。

阳明子道长说："你快点离开这里，道观的秘密已经泄露了，日本人已经知道了这个地方。"刘牧之背起大刀，从后门出去，他听到山下的枪炮声，急忙提气，快步跑向那里。

阳明子道长令人快快收拾了刘牧之刚才的痕迹，这时，有一个小道士跑过来，大声喊："道长，日本人来了。"阳明子道长淡淡地一笑，命令几个道士快去后山把水渠打开。之后，阳明子道长对其他的道士说："你们都找地方躲起来吧，我去应付。"

阳明子道长抖了一下衣服，向前面的大殿走去。佐滕山木已经带了四个日本武士站在大殿里，大殿外面有一个班的日本士兵在那里守着。

佐滕山木看着阳明子道长，笑着说："道长，二十年前，我们就应该见面的，没有想到等到今天。"道长笑道："我们不见面为好。"

佐滕山木说："由不得你，老天爷安排我们今天在这个地方见面。我听说你会算，那你给我算一卦，你就算我的命。"

阳明子道长哈哈大笑，说："近在眼前，还用我算吗？"

佐滕山木说："看来你是敬酒不吃吃罚酒。"佐滕山木一挥手，外面的士兵冲了进来，用枪指着阳明子道长。

佐滕山木说："我看咱们也用不着啰唆了，你直接带我去你们的地下金库看看吧。"几个日本士兵用枪指着阳明子道长，道长没有动。这时，一个日本武士把地面上的毯子掀开，又把木板打开，一个班的日本士兵押着道长向地下走去。

来到地下，是一个地道，斜着向下走了不知多远，感觉一阵阴森森的。阳明子道长问："佐滕君，你还打算下去吗？很危险的。"

佐滕山木笑道："再危险我也要去，金蛇谷我都去过了，还怕这里。"阳明子道长问："难道你真不怕金蟒蛇？"佐滕山木冷笑道："我才不怕你们中国人的那些装神弄鬼的。"

阳明子道长笑了一声。前面的通道有一个石门，几个日本士兵上前把门推开，众人进了一个大厅，这里灯火通明，四壁点着长明灯。大厅的中心放着一个炼丹炉。旁边有几个柜子，用黑色的绸布蒙着。

佐滕山木上前把绸布扯掉，然后打开柜子，看到了整齐摆放的金条。

佐滕山木哈哈大笑，然后，他止住了笑，看着阳明子道长说："关于龙脉图的秘密，还是由我来说吧，二十年前，杨忠山根据这里的地质资料，分析勘测出罗山有几条品位奇高的金脉，有两条比较重要的金脉，一条在道观这里，一条在金蛇谷。"

道长没有回答，只是笑一下。

佐滕山木得意忘形，说："金蛇谷那里有金脉，自古就有人知道，但是没有人敢去开采，因为那里有蛇和野狗。道观这里的金脉，实际上很多年以前，你们这些道士就已经开采了。"

道长笑一下。

佐藤山木接着说："许多年以前，道士在开采的过程中，利用地形建立了地下金库，几百年以来开采的黄金，都保存在地下金库，而恰恰是杨忠山发现了这个地下金库。"

道长没有笑，侧耳听着什么声音，有一阵咕咕的声音。

佐藤山木继续说："你们没有想到我派了张铁桥跟踪杨忠山，同样，他发现了一些关于龙脉图的秘密，结果你就想办法加害了张铁桥。"

佐藤山木一边走，一边在山洞里四处看，还不停地演说，他发现大厅连着四五个洞口，他指着一个洞口问："这里连着哪？"

道长说："地面的水库。"

佐藤山木愣了一下，警惕地看着道长。道长说："杨忠山不仅知道这里的金脉，还知道这里的水利系统。"

佐藤山木噢地点一下头，说："我对那个不感兴趣。"

道长对着那些士兵和武士说："这些黄金，你们随便拿吧，都是你们的了，而且其他屋子里也有。"这些士兵和武士立刻高兴地将黄金往往口袋里装，很快，把衣服的口袋压得向下坠。佐藤山木看看，微笑了一下，说："谢谢你的大方，也不枉他们跟我来此一趟。"

道长问："你不要？"佐藤山木说："我当然要，我要所有的。"

道长哈哈大笑，说："贪心不足蛇吞象，你听说了吧。"佐藤山木说："那是你们中国人的谚语。"

道长说："这里有蛇，你信吗？"佐藤山木的脸抽了一下，看着道长，哈哈大笑："笑话。"

道长继续说："黄金，这里也很多。你看看这个屋子。"道长推开一个屋门，佐藤山木向里一看，道长闪了进去，佐藤山木再看，突然一条碗口粗的蟒蛇扑了出来，一头将佐藤山木顶了出来。"有蛇！"佐藤山木大声喊，他根本就没有看清那条蛇有多大，一屁股坐在地上。其他日本士兵一看，立刻开枪向蛇打来。佐藤山木忽然醒悟什么，大喊："快跑，把黄金都扔了。"可是那些日本人怎么舍得扔下黄金，紧接着听见轰隆隆一声响，从四个山洞里喷出水浪，那些日本士兵和武士想跑，却被黄金压住了身体，很快水满了，他们的身体根本就没有办法浮出水面，又见水里有巨大的蛇状的影子，很快把这些人卷入水底。

佐滕山木借着山洞涌出来的水浪，快速地向前扑腾，很快到了大殿的地面，他爬出来，那水恰好不再向上翻涌。地面之下，已经变成水的世界。

佐滕山木打了一个冷颤，摸出自己的手枪，把枪机打开，道观里没有一个人。他恶狠狠地冲天放了一枪，大声嚎叫："别说你把黄金藏在地下，就是藏在海底，我也要给你挖出来。"

佐滕山木朝天发了誓言，虽然损失了些人，但是总算知道了那些黄金藏在什么地方，那点水算什么，肯定来自山里的小水库，找个抽水机几天就抽干了，至于那几条蟒蛇，也可以想办法捉住，如果是活捉，还可以送到动物园里。

佐滕山木信心百倍，来到道观的门口，开上摩托车向玲珑背金矿驶去。他听到了那边的枪声，他知道是共产党的游击队在拦截军队，他一定要亲自看着日本士兵把游击队干掉。

王迎春组织第二次进攻的时候，野村带着一队武士过来支援山岛。山岛问："矿里有情况吗？"野村说："没有。"山岛说："我觉得这是游击队的主力呀，为什么酒井还不出兵？"

他们正在商量，游击队首先发起了进攻，约有二十多人向这边冲过来，眼看到了射击距离，山岛下令："给我狠狠地打。"

日本士兵的机枪刚响，那些游击队员就藏了起来，紧接着，游击队的机枪也响起来了。山岛哈哈大笑，"你们这些中国人也敢打阵地战？"他把战刀抽出来，猛地一挥，大喊："给我冲！"立刻有三十多名日本士兵端着枪冲上去。山岛接着再一挥战刀，大叫："迫击炮。"

只听嗖嗖几声，那边阵地上响起了炮声。日本士兵再次从地上爬起来向前冲锋，与游击队员的先锋排只有十几米远了。日本人和中国人同时跳了起来，他们开始拼刺刀了。

野村向山岛请战："让我们武士上。"说完，他一挥手，几十名武士举着刀，大叫着扑上去。这些武士训练有素，他们腰里还别着手枪，必要的时候他们就开枪。

游击队的先锋排有的用刺刀，有的用大刀，他们没有想到日本武士会扑上来。很快，有七八名战士被日本武士砍伤，日本士兵同时开枪追上来。这时，武冬梅对着自己的人大喊："大刀会的兄弟们，两人一组，跟我上。"她跳了起来，挥舞着长剑，带头冲下去。

大刀会的人，每两人一组，一人持长刀，一人持宽刀，冲向日本武士。野村大喊："武冬梅，你休想逃走。"他一挥手，四名日本武士扑向武冬梅。武冬梅毫不畏惧，一剑横向一划，那四个武士向后一退，突然同时掏出手枪，向武冬梅射击，武冬梅只得几个空翻，躲过子弹。

　　正在这时，从山坡上跑来一人，他挥舞着金龙刀，大声叫："金龙刀来了。"只见刘牧之跳到武冬梅的前面，大刀猛地向前砍出，正是一招龙在野，只见两个日本武士被轰地砍倒。另外两个日本武士还想开枪，武冬梅飞手一扬，几根钢针飞过去，他们一愣神，刘牧之一招龙卷风将他们两人扫倒在地。

　　野村被金龙刀的威风吓怕了，转身要跑，刘牧之哪里肯放过他，一纵身，跳了过去，两个日本士兵持着长枪扑上来，刘牧之一招龙在天，跳起来向下砍，那日本士兵大胆地用枪一架，只听轰地一声，他的长枪被砍成两段，脑门一段红印，直直地向后倒去。

　　"大刀会的兄弟，给我冲呀！"刘牧之一挥金龙刀，再一跳，纵身追上野村，一招龙在野，劈下去，野村绝望地回头，他只有一只胳膊能够使用，挥刀前来格挡，只听吧嗒一声他的刀断了，他那惊恐的表情，永远地留在了脸上，然后不情愿地倒在地上。

　　山岛一看，猛地一挥手，所有的轻机枪架了起来，他等着那些中国人冲上来。

　　日本士兵和日本武士开始节节后退。

　　孟德坐在车里，浑身的肌肉都在颤抖，他对其他几个人说："金龙刀来了。"几个都点点头。有一个日本士兵听到了孟德的话，用不熟练的中文说："你说中国话？"孟德突然一笑，说："我是中国人。"那个日本士兵还没有醒悟过来，孟德一掌插在他的心窝，他的眼睁得大大的，没有叫出一声来。其他三个士兵还没有出手，就已经被几个游击队员干掉了。他们把枪都压上子弹，偷偷地掀开车篷布，日本士兵已经准备进行反扑，约有五十多人蹲在那里，怀里抱着枪。

　　王迎春看到日本士兵节节败退，他大喊一声："给我冲呀！"所有的人都跳了起来，向马路上冲来。山岛猛地一挥手，大喊："机枪射击！"

　　十几挺机枪同时开火，没有撤下来的日本兵和日本武士都在目标范围之内，吓得他们都趴下了。游击队员被一道子弹的铁墙挡住了，几个队员在地上扭曲着，挣扎着。

　　山岛再次下令："继续打。"嗒嗒嗒，日本士兵的机枪子弹如同水泼。

"步兵，给我上。"山岛喊道。

有二十个步兵持着长枪猫着腰向前摸。

孟德再也忍不住了，指着那些机枪手，说："咱们同时开枪。"孟德喊一声："打。"

突然，七八支步枪同时从侧面射向日本的机枪手。立刻有几个日本士兵趴在那里不动了。

山岛正在组织步兵冲锋，突然听到几挺轻机枪哑了，命令一个士兵："快，去看看。"

那个士兵刚跑几步，就被一枪打倒。紧接着，又是一排子弹打向机枪阵地。突然有一个日本士兵喊："后面有游击队，我们被包围了。"

正在这时，几颗手榴弹投了过来，轰轰地爆炸了，立刻有几人被炸翻了。

而那边的王迎春喊："冲啊。"他们再次扑下来。

山岛一看，大喊："给我撤。"

山岛的突击队立刻启动摩托车，他带头跨上摩托，拿起电台大声喊："大佐，我们遇到了游击队的主力，现在撤退，请你们包抄。"

酒井沉着地说："共产党的部队还没有全部出现，另外，还有重要目标没有出现，你们可以后撤到矿区，保护金矿，找准时机，再次出击，把他们咬住。我们正在缩小包围圈。"

王迎春带着队伍冲上来，有人喊："这里还有日本鬼子，活的！"

只听孟德举着手喊："我投降，别开枪！""是队长。"大家跑过来，武冬梅和刘牧之也围上来。孟德喊："快点，把公路清理出来，把这辆车开走。"王迎春说："这些是黄金？"孟德大手一挥，说："快点。"大家一起上手，把路上的车推开，能够启动的，就启动。王迎春说："咱们把这些矿石和黄金，现在就运到金蛇谷的地洞里藏起来，然后再想办法通过地洞送到后山。"

于是，那几辆没有损坏的汽车启动了，开起来向前走。

突然，天空中传来嗖嗖的声音，随即轰轰地炸响了，原来是山岛又反扑回来。王迎春命令："快点撤，每人多带点矿石。"

游击队员们背着矿石向金蛇谷撤退，明显，有了负重的他们，速度大大减慢。

山岛的突击队再次追过来，看着游击队撤走，他拿起电台喊："报告大佐，游击队正在撤离，我们派人跟着。"

酒井命令："派兵追打，缠住他们，最后一网打尽。"

佐滕山木追上山岛的时候，公路上只有几辆破损的车停在那里。他问："游击队呢？"

山岛说："他们向金蛇谷方向逃去，我们正在围剿。酒井的大部队从外围向里拉网。"

佐滕山木问："那辆运输黄金的卡车呢？"

山岛说："被他们抢走了。"佐滕山木快乐地哈哈大笑，说："太好了，太好了。"山岛发现佐滕身上的衣服是湿的，问："你的衣服？"

佐滕山木大笑，说："我发现了更大的金矿。好，这里的共产党交给你们了，我有更重要的任务，请你给我派一个班的兵力，跟我去鬼怒川公司。"

很快，一个班的兵力调集过来了，佐滕山木忽然问："你们看到马云龙的队伍了吗？"

山岛说："他的队伍的调动，由酒井大佐负责。"佐滕山木立刻拿起电台问："呼叫酒井大佐，请问马云龙的去向，请问马云龙的去向。"

酒井对着电台说："按照计划，他的队伍在金顶及金蛇谷西线行动。"

佐滕山木说："金顶没有发现他，只见过毛驴儿。"

酒井说："那么有可能在金蛇谷西侧，我们不要指望他的部队有什么战斗力，他们只是做做样子。"

第16章
决战

马云龙的去向

早晨，马云龙并没有去金顶。

刘牧之与柳生比武的胜负，与他没有更大的关系。

与他关系更大的是：龙脉图。所以，金顶那里维护秩序的事情，他交给毛驴儿去办理。毛驴儿带领的队伍，大部分是原来巡防营的老兵，只有二十个人是从山上的土匪改编过来的。那么，马云龙的那些个土匪兵在哪呢？他有一个警卫排的兵力，在县城里，这些人没有出动，留在他的身边。

上午，他派出的探子回来报："佐滕山木带着柳生他们出发了。"

马云龙把腿从桌子上收起来，然后，拿上他喜欢用的长刀，又把手枪别好，来到院子里，那些个土匪兵围过来，马云龙没有说话，只是微微地点点头，这些人就知道有行动了。

这些真正的土匪出身的士兵，他们说话办事不张扬，时刻保持着一种神秘的匪气。

马云龙问："人都在？"

土匪说："司令，人都在。"

马云龙说："去鬼怒川几个人，把张铁桥弄出来，记住，不要惊动任何人，要神不知鬼不觉。"

"司令，您放心。"几个土匪低声地说。

马云龙调皮地一笑，说："得谢谢佐滕山木，替我们把张铁桥的病治好了。"

鬼怒川公司的门口，来了四五个人，这些人带着各种生猪、面粉。他们敲打鬼怒川公司的大门。出来一个日本武士，给他们打开大门。这些人吆喝着将食物放到了厨房，唯恐别人不知道他们洪亮的嗓门，之后开始跟武士要钱，由于语言不通，他们交流起来很困难，日本武士不知道关于钱的事情，摇着头表示不能给钱，几个人吵起来了，一会儿其他武士也过来看热闹。

鬼怒川后院的墙头上，迅速地爬进两个人，他们快速地钻进屋里，推开一个房间，张铁桥正在看地质图，手里还拿着一支铅笔。张铁桥惊讶地看着来人，那人一猫腰转到他的背后，捂住张铁桥的嘴，张铁桥睁大眼睛说不出话。另外一个人低声说："我们是马云龙的人。"

张铁桥伸出右手，指着桌子上的那张地图。

一个人抓起地图，把它卷起来插在后背上，张铁桥又指指一个工具箱，那人又把工具箱提上。两个人拉着张铁桥快速地从后院的院墙上爬出去，喘着气向山里跑去。

山岭上有一片小树林，三十多个匪兵携带着枪支或坐或立，马云龙头枕双手仰面躺在一床军用地毯上，两眼看着天空。他眼前的天空有一片白云。两只黑色的大鸟在空中滑过。

一阵杂乱的脚步声，张铁桥和几个土匪跑过来了。

马云龙盘腿坐起来，挥了一下手，两个土匪把肉和白酒端上来。"过来坐。"马云龙说。

张铁桥不屑一坐，斜着眼看马云龙。马云龙把酒倒上，问："卧龙居到底有什么秘密，你我都清楚，但是，你不挑明，我不敢下手。"

张铁桥问："咱们如何分配？"

马云龙说："二八分，我八，你二。"

张铁桥冷笑，说："五五开。"马云龙说："笑话，我一大堆兄弟呢，哪一个不得照顾。"

张铁桥说："佐滕山木答应跟我五五平分。"马云龙说："佐滕山木跟你平分，你的那一半最终也是他的，因为他早晚要杀了你；你跟我合作，只要你少要点儿，我不会杀了你，我说的是实话。"马云龙笑了笑。

张铁桥也笑了，说："你这句话是实话，那我就少要点。"

马云龙说："那就喝酒吧。"张铁桥拿起酒一口干了，啊地张开嘴，马云龙给他一块肉。张铁桥打了一个哆嗦，忽然两眼愣愣地看着马云龙问："你是谁呀，跟我一起喝酒。"

马云龙哭笑不得，冲一个土匪说："给他两耳光，长长记性。"

上来一个土匪，吧吧两耳光。张铁桥醒悟过来，又一本正经地说："咱们刚才说到哪了？"马云龙说："你打算把所有的秘密都告诉我，你知道卧龙居的矿脉。"

张铁桥说："不可能吧，我怎么会随便答应你呢？"马云龙眨了一下眼，笑着说："因为，我答应你，咱们二八分，你拿大头，你八，我二。"张铁桥说："不错，你比佐滕山木厚道。"他伸了一手，问："地图呢？"一个土匪把地图拿过来，张铁桥从口袋里掏出口铅笔，说："龙脉图有一个起点在卧龙居，那是杨忠山发现的，这是一条狗头金的矿脉。"

马云龙问："佐滕山木知道吗？"

张铁桥说："他问过我，我没有告诉他。"

马云龙问："你没有告诉他？"张铁桥说："我当然没有告诉他。"马云龙很怀疑，冲旁边的土匪使一个眼色，那个土匪上前给张铁桥倒了一杯白酒，让他喝下去，然后，吧吧两耳光，张铁桥莫名其妙地看着马云龙，摇摇头，又似乎恍然大悟，问："咱们说到哪了？"

马云龙问："你把卧龙居的龙脉的起点是否告诉了佐滕山木？"

张铁桥肯定地说："没有告诉，他是日本人。"马云龙点点头，问地上的地图："这是你画的？"张铁桥说："我把数据修正了一下。"马云龙点点头说："我们去卧龙居。"

大家收拾东西，准备出发，张铁桥靠近了问："马司令，你答应了分给我多少黄金？"马云龙随便说："五五开。"张铁桥点点头，说："不错，我有了那么多黄金，也招集一帮人，带枪的，我让他们打谁，他们就打谁。"

刚才负责扇耳光的那个土匪，低声问马云龙："司令，他的脑子还没有全好啊？只有揍他才恢复正常。"

马云龙幽默地说："有一种人，奴才，天生欠揍。"

马云龙带着人刚走了几步，就听见金顶那里传来枪声，立刻吆喝大家停下。"过来一个人，你去看看那边怎么了。"马云龙安排一个探子前去打探，他和匪兵们或坐或立地就地等消息。那边的枪声很激烈，后来还响炮了，看来还挺热闹的。马云龙焦躁不安等着，坐在石头上用马刀敲着鞋帮，一个匪兵把酒和肉送上来，马云龙喝了一口，对张铁桥说："来点。"张铁桥说："算了，不喝了。"马云龙撕了一口肉，说："你家里还有什么人？"

张铁桥想了半天，说："我应该还有一个女儿。"马云龙说："如果挖出金子，你可以给你的老婆孩子。"张铁桥想都没有想，说："你会让我活着出去吗？"他长长地叹了一口气，说："你要是能够让我跟我的女儿见面，我可以给你干到死。"

马云龙不耐烦地说："什么婆婆妈妈的，这样你也得干到死。"

这时那个探子回来了，说："司令，刘家跟日本人打起来了。"马云龙说："好，打吧，你们使劲打吧。对了，是不是刘牧之赢了？"探子说："好像是。马司令，巡防营的那些老兵反水了，把枪口对着日本人开了，是不是投奔共产党了？"

马云龙不屑地喊一声，骂："投奔共产党，他们脑子进水了，投奔共产党，那有什么油水呀，还不如跟着我呢，上山开矿挖金子。"

马云龙为那些巡防营的老兵改投他人而愤愤不平一会儿，但似乎在他的意料之中，说："这些人跟咱们不是一路货色，走吧，我们去金蛇谷。"马云龙踢了一脚还坐在地上的一个匪兵，然后喊："快点。"

马云龙带着队伍快速地向金蛇谷进军。翻过一道山岭，就看到了通往金蛇谷的山路。路的两边长满了树，从树边经过的时候，一个匪兵高声喊："司令，土蛇出来了。"只见一边灰黑色的蛇，约有两米多长挂在一棵树上，看到马云龙的人，吐着长长的信子。

马云龙看到那蛇，毕恭毕敬地拍一下衣服，给蛇行了一下礼，然后对众人说："不要动，给它让路。"那条蛇看看马云龙等人，游走了。

马云龙沉思一会儿，说："我就觉得刘牧之不会这么轻易地交出龙脉图。"一个匪兵上来问："司令，怎么办？"马云龙说："让我想一想。"正在这时，听见一阵杂乱的脚步声，马云龙急忙看去，只见毛驴儿带着二十多个匪兵跑过来。

"司令，司令，我是毛驴儿。"毛驴儿跑过来，说："我可找到你们了。"

马云龙用马刀敲击着鞋跟，问："刘家有什么新情况吗？"

毛驴儿说："刘家的人，去拦劫日本人的卡车去了。"

马云龙得意地点头，说："去吧，酒井等着他们呢。"毛驴儿颇有体贴人的好意，说："司令，让他们打吧，咱们等着看热闹。"马云龙摇摇头说："这热闹可不好看。对了，毛驴儿，你没有发现刘家的人有什么异常？"毛驴儿兴奋地说："有啊，我发现了，他们把水缸埋在地上，蒙上牛皮敲打。"

马云龙长喘一口气，说："怪不得呢，这些歪门邪道的东西，一定是武冬梅搞的。"

毛驴儿问："司令，他们这么做是为什么呢？"

马云龙说："这是一种制蛇之术，他们通过敲鼓，唤醒在地下生存的那些蛇类。"

毛驴儿说："有那么神奇吗？"马云龙说："我也不知道，我只是听说过。"马云龙站起来走了几步，对众人说："大家一定要小心，刘家的人一定是使了什么歪门邪道的妖术，把地下的蛇给唤醒了，你们见了蛇千万不要打，卧龙居这里，他们一定有阴谋。"众人说好。

马云龙带上张铁桥和十几个匪兵先进卧龙居试探一下，命令毛驴儿带着一部分匪兵守在树林里，如果发现什么意外，及时前来接应。安排妥当，马云龙带着人从山岭上下来，直奔卧龙居。

卧龙居的大门虚掩着，马云龙的脚步声惊动了里面的狗，狗的叫声越来越激烈，马云龙朝两个匪兵点点头，两个匪兵一人一扇门，把门推开，这时，看见狗是被拴着的。

马云龙微笑地点点头，说："看来刘牧之是真诚待客的啊。"马云龙大大咧咧地进来，其他人都挤进院子里。一个匪兵把堂屋的门推开，只见里面的东西摆放整齐，八仙桌上的水壶还温着，看来守卫的人故意让开了。桌上有一张纸，马云龙识字不多，让人来看，上写："马云龙，墙上的画，你可以拿下来看，但不要带走。"

马云龙笑笑。他贴近了画，仔细地看一会儿，又看看画的四周，确信没有机关，让人把画取下来，让人举着，他看了看。然后，他用手使劲摸了摸了画，对身边的一个匪兵说："把舌头伸出来。"那匪兵把舌头伸出来，马云龙用手摸了摸匪兵的舌头，过了片刻，他说："看来没有毒。"

他向后挥了一下手，张铁桥走了过来。马云龙说："你看看这里面有什么门道？"

张铁桥站在画前看了一会儿说："这应该不是杨忠山留下来的，但是里面有杨忠山要传达的信息。"他用手指了一下画上的卧龙居和道观。

张铁桥说："当年，杨忠山把总图纸分成两部分，这两部分如若合成一张图，需要有两个基点，这两个基地就是卧龙居和道观，你看，这图上都标注了这两个点。"

马云龙说："这些我们都清楚了。多年以前，我爹就已经有了一份龙脉图，据说，杨忠山的所有勘测就是在那张图的基础上进行的。"

张铁桥沾沾自喜地说："外行人不懂，过分夸大了龙脉图的神秘，如今我也把矿脉图重新标绘了一下，照样也能找到罗山的黄金嘛。没有必要过分地抬高杨忠山嘛，他已经死了。"马云龙点点头，说："是，老张你的水平不在杨忠山之下，只在杨忠山之上。"

张铁桥满意地点点头，大声说："这还差不多，来人，把我的那张图打开。"

两个匪兵把张铁桥的那张图纸打开。几个人将图纸与卧龙居的那幅画重叠在一起，放在阳光下，背对阳光，影影绰绰的两张图的一些信息显示出来，张铁桥大声笑道："我画的这张图嘛，可以顶替杨忠山的龙脉图。"这时，马云龙隐隐约约看到了那张画上的线路，说："怎么还有这些线条？"张铁桥这时说："刘牧之还算可以，让你看到了这幅图，其他信息对于我们来说没有什么太多的用处，我们只要找到龙脉就行了，也许其他信息是故意误导我们的，你想一想，他们怎么会把秘密轻易告诉你呢？"

马云龙听了这话，哈哈大笑，说："老张啊老张啊，我看你比以前更聪明了，脑子更清醒了。"张铁桥奇怪地问："我以前脑子不清楚吗？"旁边那个负责扇耳光匪兵说："这个傻瓜。"张铁桥怒不可遏地转过头，怒瞪着匪兵，大声质问："你个王八蛋，你是干什么的？"

那个匪兵想不到张铁桥会如此发怒，说："你小子欠揍。"

马云龙过来给那个匪兵一脚，骂他："你招惹他干什么？"那个匪兵后退了一步，朝马云龙陪笑。张铁桥指着那个匪兵骂："你是干什么？"马云龙笑着对张铁桥说："老张，咱们继续说。"张铁桥看着马云龙，一副茫然的样子，问："咱们这是在什么地方？"

马云龙气得脸都青了，低下头，忍无可忍地命令刚才那个匪兵，说："两耳光。"

那个匪兵上前使劲地两耳光，把刚才马云龙踹他的冤屈都发泄了。张铁桥晃了晃头，看着马云龙，用力地回忆，想不起来。马云龙说："你不用想了，我们说到如何找到龙脉之首。"张铁桥低下头走了几步，然后说："那个龙脉之首，我也不知道在什么位置。"他开始打量房屋的构造。

马云龙看看这房子的四壁，说："恐怕，我们还不能在这里大动干戈，我们总不能把这卧龙居拆了吧。"张铁桥笑笑说："他们武家、刘家都是有智力的人，不会轻易让你找到龙脉之首的。走，去院子里。"

张铁桥来到院子里，得意地一伸手，说："把设备箱打开。"

几个人帮助他把设备箱打开，里面是一个经纬仪，又有一个匪兵，帮助他把地图打开，他们有条不紊地开始测量，这时，卧龙居的狗狂叫起来，马云龙警惕地说："不好，可能有人要来了，快点。"

一个匪兵嫌那只狗叫，跑过去喊："别叫了，别叫了。"然后从墙角捞起一根棍子挥舞着打过去，那狗惨叫着，后退在墙角，那匪兵再一棍，狗拼命地撞墙要跑，突然一根暗箭从墙上射出来，扑地扎在那匪兵的腿上，他噢噢地叫起来。马云龙过来瞪他一眼，说："自作自受。"马云龙一使劲把箭拔出来，匪兵又噢地叫一声。

那匪兵受伤嚎叫，丝毫不影响张铁桥的测量，他趴在那里观察一会儿，突然指着习武台命令："把那些砖扒开。"

几个土匪看着马云龙，不敢行动，马云龙指着一个匪兵命令："你去。"那匪兵害怕再有机关，小心翼翼地拿着镐头扒下一块砖，没有看到什么。

"快点扒，这里肯定有东西。"张铁桥着急地说。很快，那个习武台最外层砖扒开了，还是没有看到什么。"再扒。"张铁桥命令。几个人又扒去一层，这时，看到里面的砖垒得跟外面的有区别，是用青砖交错垒搭起来的，有许多缝隙。

张铁桥等不及了，抢起镐头使劲一撬，几块砖掉下来，看到一个面盆大小的黑洞。他弯下腰探头一看，突然大叫一声，身体向后弹去，紧接着听到嘶地一声，一条孩童胳膊粗的蛇头弹了出来，那蛇的速度极快，弹出后，又立刻缩了回去。

张铁桥双手向后撑着地，两眼发直，看着那黑洞，呆了一会儿，猛地跳起来，大声叫："有长虫，有长虫。"挥舞着手跑出卧龙居。

马云龙也愣住了，不敢向下进行，不知是否还要刨开这个习武台。马云龙下了狠心，说："把这条神虫请出来！""司令，真的？"几个匪兵犹豫着，马云龙骂道："快点。"他们又拿起镐头去刨砖，突然听见轰轰地几声炮响，那炮弹正落在卧龙居的外面，马云龙知道只有日本人才有迫击炮，伸着脖子听了一下，说："快点撤，日本人来了。"

卧龙居诱敌

游击队从公路上向金蛇谷撤离。山岛的摩托车队伍返回来咬住游击队，他不停地用电台跟酒井大佐联系："大佐，游击队撤向金蛇谷的方向。"酒井命令："跟住他们。"

孟德和杨少川坐在11号卡车里，他乐不可支，说："杨少川，这次你可立了大功了。"杨少川皱着眉毛想了一会儿，说："孟德，咱们是不是太轻松了？"孟德说："这怎么就轻松了，你看我们的人出动了多少啊？"杨少川没有说话，指着那四个铁皮箱子说："打开看看！"孟德立刻醒悟了，说："快点看看。"他掏出手枪，一枪崩掉了车锁，打开铁箱子一看，是矿石。连续打开四箱，都是矿石。

孟德一拳砸在铁箱上，就是一个坑，大呼："上当了。"

车依然向着金蛇谷方向开去，杨少川的脑子快速回放昨天晚上发生的事情，他看见佐滕山木把钥匙还给山岛，他忽然醒悟：佐滕山木提前把一万两黄金转移了。

杨少川噌地站起来，拍打驾驶舱的窗户，大喊停车。孟德急忙问："杨少川，你要干什么？"杨少川说："我要去鬼怒川公司，查清楚那些黄金的去向。"

孟德说："你要小心，佐滕山木有可能杀了你。"杨少川说："不会的，必要的时候我用卧龙居的秘密跟他交换，他一定会铤而走险去卧龙居的，只要他到了卧龙居，就有办法。"

孟德一想只有这样，让卡车停下，杨少川跳下去，向着鬼怒川公司跑去。

杨少川一路奔跑，来到鬼怒川公司，快速去屋里寻找，没有发现佐滕山木，他又推开张铁桥的房间，发现没有人，他焦急地来到纯子的屋里，纯子正在抚琴，她抬起头看着杨少川，杨少川说："母亲，张铁桥不见了。"纯子吃惊地站起来，说："那可能要出大事情了。"杨少川接着问："佐滕山木呢？"纯子说："他应该在旁边的军营，他打算去青岛，行李已经收拾好了。"

杨少川来到后面的车库，一辆黑色的小轿车已经加满油，旁边站着几个日本武士。杨少川问司机："你们要去青岛？"他掏出烟给司机，司机把烟接了，杨少川说："帮助我去青岛市里买点东西。"司机摇头说："可能不行，佐滕社长要去机场，不进市里。"

杨少川问："你们何时出发？"司机说："等佐滕社长的命令，去兵营拉上东西，立刻出发。"杨少川说："你们这是拉的什么东西，这么紧张？"司机说："肯定是黄金啦，昨天晚上从金矿拉下来，不敢放在公司里，存放在兵营里。"

他们正在说话，出来一个日本武士，说："佐滕社长有命令，把车开到兵营，他正在那里办手续。"日本司机冲杨少川打了个招呼，开着车出发，几个日本武士跟在后面跑。

黑色小轿车出了鬼怒川公司，来到兵营，他们把车靠近司令部的门口，佐滕山木带着一个班的士兵站在司令部门口，佐滕山木挥了一下手，那些士兵抬着四个箱子，来到小汽车旁边，日本武士将车门打开，把箱子放在车上。

佐滕山木拉开车门仔细检查了一番，然后转身来到一个日本军官跟前，接过交接单在上面签字，并说："谢谢。"

开过来一辆敞篷汽车，十个士兵和几个武士爬上去，日本士兵把轻机枪架在驾驶舱顶上，佐滕山木过来看了一眼，返回小汽车里，命令："出发。"黑色的小汽车带着军用卡军开出军营。按照佐滕山木的计划，他的路线是穿过县城，向西南直奔青岛机场，只要天黑之前赶到机场，这些黄金就可以在午夜之前运回日本，这也是对他几年来的精心谋划作一个完美的交代。

他们向着县城的方向，开出不到两公里的路程，竟然听到县城的方向发出剧烈的枪声，佐滕山木大为惊异，共产党的游击队都到了山里，还有谁会在这里作乱，但是，不容得忽视。他命令汽车停下，急忙派出人前去打探。

佐滕山木坐在汽车里焦急地等待着，这时一个日本武士过来敲车门，说："社长，百灵鸟要见您。"佐滕山木惊奇地嗯一声，说："她怎么来了？"武士说："她说有要紧的事情要向您汇报。"佐滕山木点头。片刻一个黑衣女子进了汽车，还喘着粗气，着急地向佐滕山木说："社长，我有一个情报，关于刘牧之与马云龙的。"

佐滕山木疑惑地问："他们还有什么新情报？"

百灵鸟说："今天清晨，马云龙来到刘家大院与刘牧之见过面。"佐滕山木疑惑地问："难道他们会谈龙脉图的事情？"百灵鸟说："我偶尔听到刘牧栋发牢骚，说刘家的人就是死绝了也不能把龙脉图的秘密泄露给马云龙，我猜，他们会谈的内容就是关于龙脉图。"

佐滕山木听了，狠狠地拍了一下汽车，大骂："八格牙路。这个马云龙当面一套，背后一套。"佐滕山木想了一下说："我有很重要的事情，先去办理，日后再处理马云龙的事情，咱们先说到这里。"

百灵鸟下了车，消失在远处。这时，派出去的几个日本武士和一队日本士兵跑过来，这些日本士兵是协助马云龙的巡防营守护县城的。一个日本武士过来趴在佐滕山木的车窗前说："社长，不好了，县城的西门，有中国人的部队进攻，约有两个连的兵力。"

佐滕山木吃惊地问："中国人的部队？哪的部队？这里除了共产党的游击队，没有什么部队呀，再说了，共产党的游击队给他们个胆，也不敢来这里攻城呀。"

日本武士说："不是共产党，是国民党。"佐滕山木吓了一跳，问："不是有巡防营嘛，他们不可以抵挡一阵吗？"日本武士说："巡防营的许多兵临阵逃脱了，跑回家了。"佐滕山木痛恨地骂："那么，马云龙呢？"

佐滕山木这才想起百灵鸟的情报，气得大发雷霆，"马云龙，你这个土匪，关键时刻，你坏了老子的事情。"日本武士劝说佐滕山木："社长，前面的路咱们不能走了。"

佐滕山木用手敲打着脑门，看来这事情难办了，如果国民党的军队出现在从招远到青岛的线路上，那样的话，危险可就太大了，不能再走青岛，但是如果走龙口港的话，必须派人把黄金送过去，那里的舰艇不可能正好有班次发回日本，需要等待，最好还是走青岛，但是，如若国民党的部队占领了招远城，那情况就很危急。

佐滕山木终于下了决心，返回。于是，两辆车调头，向鬼怒川公司跑去。约有十分钟，车停在了鬼怒川公司门口，佐滕山木从汽车上跑出来，进屋抓起电话打给日本军营的作战值室："请快点联系酒井大佐，招远城受到国民党军队的进攻，马云龙的巡防营临阵逃脱。"

佐滕山木气得在屋里转圈子，走路的样子十分暴躁，像一头被猎人打了一枪的黑熊。这时，纯子和杨少川进来了。佐滕山木惊愕地看着杨少川，问："少川，你不是被共产党的游击队劫持了？"

杨少川冷静地说："游击队进攻的时候，我跳下车躲起来了，他们把车抢走了，还有我的一些矿样。"

佐滕山木点点头，并没有过多地分析杨少川的话，他正头疼于如何处理车上的黄金。

这时，军营作战值班室打来电话："佐滕山木，酒井大佐有令，中国军队正在进攻招远县城，军营附近有可能发生战事，请将黄金送往玲珑金矿。"

佐滕山木想了想，说："好。"

佐滕山木挂了电话，看来需要暂时取消去青岛的计划。这时，纯子说："佐滕君，张铁桥失踪了。"佐滕山木怒不可遏地大骂："你们怎么看守的？"他过去就给身边的一个武士一巴掌，然后，气呼呼地跑到张铁桥的那个房间，看到地图不见了，经纬仪也不见了。

佐滕山木大叫："不可能，他自己一个人不可能拿走这些东西。是谁把他弄走了？"佐滕山木狂噪地大呼小叫。杨少川用平静地语气说："佐滕君，现在唯一有时间和有能力抢走张铁桥的人，只有马云龙。"

佐藤山木咬牙切齿地说："我终于明白了，一定是刘牧之告诉了马云龙关于龙脉图的秘密，马云龙趁我们与刘牧之比武的时候，抢走了张铁桥和我们的地质图、经纬仪。他们一定是为了找到龙脉的起点。"

佐藤山木反问杨少川："他们能够找到吗？"杨少川说："他们带走了经纬仪，只要测量一番，找到并不难。"佐藤山木低下头推敲了一番，说："百灵鸟从刘家那里偷来的所谓的金钥匙，实际上是龙脉龙首的坐标。你说，马云龙会不会知道这个秘密？"

杨少川说："张铁桥或许能够猜到。"佐藤山木思考了一会儿说："我们不能再等了，必须现在就去，让酒井派军队把卧龙居铲平，一定把马云龙铲除，以免后患。"

杨少川说："酒井大佐不是让你把黄金送往玲珑金矿吗？"

佐藤山木说："没有太多的时间了，不能让马云龙得到龙脉图，再说，去玲珑背与去金蛇谷顺路，那里有我们的军队，丝毫不用担心，最重要的是，我们需要在酒井跟前揭穿马云龙，不能让酒井再信任这个土匪，这个土匪，一点儿都没有道德。"佐藤山木的嫉妒终于战胜了理智，他不能眼睁睁地看着马云龙从他的手里抢走胜利果实，再说，本来一切都在他的控制之中，都是这个马云龙在偷偷地破坏他的如意算盘，并挖他的墙脚。

"所有的人都跟上我，带上武器。"佐藤山木大声吆喝着，其他日本武士把枪和刀具带着，跑到门口，爬上大卡车，佐藤山木坐进小汽车里，快速地向山里进发。

马云龙的人马快速地从卧龙居中撤出来，爬到小山岭上，毛驴儿跑过来问安："司令，找到黄金了吗？"马云龙气急败坏地说："操他娘，张铁桥被长虫吓跑了。你们见他跑哪去了吗？"毛驴儿说："我看他舞着手，往金顶那边跑了，是不是让人把他抓回来？"马云龙无可奈何地说："算了吧，我估计这次他又得疯了，先看看日本人跟共产党打到什么程度。"

正说着，一辆日本的大卡车开过来，在卧龙居的门前停下，一些汉子从车上跳下来，从车上搬运矿石。紧接着王迎春、刘牧之、武冬梅、刘牧栋带着一队人马从山岭上跑出来，指挥众人将矿石搬进卧龙居的院子。

刚刚搬运一会儿，孟德带着的车也赶到了，他从车上跳下来，大声叫："王政委，鬼子已经追上来了，你们快点儿。"正说着，一颗炮弹落在旁边，轰的一声。王迎春说："老孟，咱们俩组织队伍拦截敌人，让他们赶快去隐蔽。"

刘牧之带领人迅速进院子，看到习武台已经被人拆了，走过去看了一眼，没有发现什么异常，这时地下室里跑出来一个护院，告诉说是马云龙干的。武冬梅和刘牧栋跑进来，吃惊地问："难道秘密在这里？"刘牧之说："算了吧，赶快搬矿石。"

刘牧之带领大家进了柴房，打开地道的入口，人们快速地钻进去，来回奔跑着把矿石搬进去。

王迎春抽出手枪，对着游击队员喊："兄弟们，跟我来。"孟德带着五十多个游击队员跟着他向着前面的公路跑去，他们利用地形很快地隐蔽起来。山岛带领的摩托快速反应小分队已经追过来了。众游击队员已经准备好，孟德大手一挥，喊："给我打！"

砰砰砰一阵枪响，日本军的摩托车停下来，有两辆摩托车一歪撞到路边的树上。接着又是一排手榴弹扔下去，轰轰轰，把日本鬼子的先头小分队炸个人仰马翻。受到袭击的日本士兵立刻跳下摩托车，利用地形组织反击。毕竟，这些日本士兵都是训练有素的正规军，他们用最短的时间观察了地形，几十支步枪同时向山岭上射击。有一个军官抱着电台，躲在石头后面向山岛报告："我们已经追上游击队，并且交火。"

四百米开外，山岛命令："拖住他们，报告他们的方位。"山岛放下电台，坐在摩托车里命令："迫击炮准备。"十个日本士兵从车摩托车上跳下来，架起五门迫击炮，一个军官喊："预备，放！"只听得嗖嗖一阵响，山岭上被炸的硝烟滚滚，碎石乱飞。而日本人的先头小分队已经完全恢复战斗力，有三四个士兵找到了掷弹筒，同时架了起来，躲在沟里朝着游击队里的阵地发射，短短的几分钟内，十几枚小炮弹打到游击队的阵地上，虽说那玩意打得不准，但是也炸得尘土飞扬。

刚才的一轮炮轰，许多游击队员都趴下了，让人吃惊的是，日本兵并没有趁着迫击炮的火力压制而发动进攻，依然借着地形隐蔽向游击队零星地开枪。孟德从尘土里钻出头，仔细地观察敌人的阵地，明显，敌人并不着急消灭对手，而是做好了长久打的准备。

山岛又接到了前锋小分队发回来的战报，要求增援。山岛命令轻机枪小组靠近对方。而后，他也带着队伍慢慢向前逼近。

日军小分队的轻机枪组很快选好了地形，五挺轻机枪压满了子弹，就等射击的命令。负责瞭望的日本士兵用望远镜看了一会儿，喊："打！"瞬间，密集的子弹泼向游击队的阵地，周围的树枝及灌木如同被狂风刮过，倒伏一片，立刻有几个游击队员中弹了，缩回身子挣扎。孟德弯着腰爬到王迎春跟前，说："王政委，敌人的火力比我们强多了，不能这么硬打。"

王迎春说："抓紧时间清点人数，看看刘牧之那里的情况，我们抓紧时间撤。"

孟德随即派出一个人去看看卧龙居的情况，命令大家再次向日本军队射击，压制敌人的前进。日本士兵的先锋小分队知道游击队近距离作战勇猛，不敢贸然冲锋，只让掷弹筒从远处投弹，那玩意儿准确度不够，两阵地之间相隔一百五十多米远，偶尔能够扔到游击队的阵地里，也无法构成杀伤力，倒是日本士兵的轻机枪组，十分麻烦，不管打得准与不准，只要让它们发现了游击队员的射击点，立刻毫不留情地扫射过来，日本人的子弹多得打不完啊。

通信员过来报信，刘牧之等人已经转移完毕，王迎春冲孟德点点头，说："老孟，我先撤，你断后。"俩人一点头，同时大喊："给我打！"孟德从身边的战友手里抢过一支步枪，瞄准了日军轻机枪阵地的那个指挥员，相隔两百多米远，用普通的步枪瞄准那个指挥员有些困难，只能估摸着打。那个指挥员偶尔上半身探出一会儿，不过，他很快又缩回去。孟德的准星压住了那个家伙的上半身，他正在用望远镜向这边观察，砰的一声，一枪打去，那个家伙趴在地上，不敢起身。

孟德无法判断是否打中，本来想探头看看，但是，雨点般的子弹报复性地打回来，证明那个家伙没有死。孟德躲在战壕里，对自己的战友埋怨："你的枪不能好好校正一下，根本就打不着鬼子。"那个战友回答："队长，你给我换个三八大盖，保证你百发百中。"

孟德冲旁边喊："你们同时开枪打敌人的机枪，压制火力，我抬不起头了。"于是身边的几个战友同时向敌人的轻机枪阵地射击，敌人暂时趴下躲子弹，孟德大声喊："同志们，再打一轮，掩护政委向后撤。"砰砰砰连续地一阵枪响，王迎春一挥手，首先带着伤员和一部分战士猫着腰向金蛇谷跑去。孟德又打了几枪，看到日本士兵都趴在那里，哈哈大笑一声，说："老子没有心情跟你们藏猫猫，你们自己玩吧。兄弟们，你们快快撤。"他看到有一个战友手里有三八大盖，说："你的枪，我用一下。"

孟德持着那支三八大盖，静下心来瞄准一个敌人的上身，只听砰地一声，打中了，那个鬼子翻身挣扎身子，接着敌人的子弹打过来。孟德趴在地上爬出几米，随即又有几个掷弹筒投出的手雷也飞了过来。孟德左躲右闪地跑出去，追上前面的战友，一起撤向金蛇谷。

金蛇谷之战

游击队撤了，日本士兵冲上山坡，迅速地清理现场，让人把道路清理干净，日本军官一挥战刀，"给我追。"日本士兵的摩托车队向着金蛇谷冲去。他们的行军速度相当快，只有几分钟的时间，就追上了游击队，冲在前面的日本士兵用机枪向游击队扫射。

"游击队进了金蛇谷！"前锋小分队向山岛报告。山岛哈哈大笑，说："游击队看来慌不择路。给我联系酒井大佐。"

酒井大佐接到山岛的汇报："我们已经追到金蛇谷。"酒井大佐命令："咬紧了，我们随后到。"

酒井坐在步战车里，命令："左右两侧快速突进，包围金蛇谷。中间一线快速逼近卧龙居，与山岛汇合。"

酒井的命令下达完毕之后，左右两侧的步兵爬上山坡，以最快地速度向金蛇谷两侧的山岭上突进。很快，他们占领了高地，向酒井放出了信号弹。酒井命令步战车提速，几分钟，他们的队伍接近了卧龙居。山岛的前锋小分队已经插入了金蛇谷，他留在谷外面等待酒井。

酒井把步战车的天窗打开，拿起望远镜向金蛇谷看去。这时，身后传来汽车的声音，只见佐滕山木的黑色汽车开过来了，一队日本武士也跟着跑过来。佐滕山木的汽车经过步战车的旁边并没有停下，而是向着卧龙居的门口开去。酒井大声呵问："佐滕山木，你要干什么？把他的车拦下！"几个日本士兵冲上去，拦住佐滕山木的汽车，佐滕山木生气地打开车窗，问："为什么拦车？"

酒井大声问："佐滕，卧龙居有危险，刚才有游击队撤离。请你暂且不要接近，先让士兵清理一番。"佐滕山木气急败坏地喊："我要找到马云龙，这个偷机倒把的家伙，他骗取了我们的信任，他私自跟刘牧之合作，窃取了龙脉图的秘密。"

酒井不屑一顾地说："你给我冷静，他一个马云龙算什么，我们先把共产党的游击队收拾了，你最好把黄金先运回玲珑背金矿的金库。"

佐滕山木无可忍耐地说："我要亲自活剥了马云龙的皮！"酒井冷笑道："佐滕君，这里是战场，请你先忍耐一下，马云龙有枪有人，他要是杀你轻而易举。"

佐滕山木一肚子怨气，说："有你们这么多士兵在，怕他么？"酒井懒得跟他解释，说："佐滕君，你先找个地方避一下子弹，我们要开战了，等打完了，卧龙居归你，你先到步战车里，那里安全。"酒井说完从车里出来，请佐滕山木上车，说："等我指挥完了，咱们再谈。"

酒井转身下令："山岛，开始进攻。注意，共产党的游击队是想把我们吸引进金蛇谷，利用地形与我们作战，我们可以将计就计。"

轰轰轰，日本士兵的迫击炮同时开炮，射向金蛇谷内。山岛战刀一挥，步兵持着步枪，冲向金蛇谷的石阵。而已经占领了金蛇谷两侧山岭的日本士兵，则依然按兵不动，静悄悄地藏在树林里。

金蛇谷的石阵，巨石林立，适合隐蔽。游击队员进入石阵之后，转化成最小的战斗编组，每个战斗编组四至五人，有人拿刀，有人拿长枪，他们或者藏在巨石之后，或者隐蔽在洞穴之中。孟德的藏身之处是一个狗窝，原来肯定是野狗的居住之所，一股子骚气。

日本敌人的一轮炮轰之后，石阵里的石头被炸飞无数，但这很难伤及游击队的战士。第一批摸上来的日本士兵，是山岛的尖子士兵，他们灵活地借地形掩护，向金蛇谷的内部深入。有的游击队员已经爬到石头顶上，居高临下冲着日本士兵开枪。此时的射击距离只有几十米，游击队战士步枪的威力得到充分发挥。瞬间，冲在前面的几个日本士兵被放倒了。但是，这些日本士兵都是经过强化训练的，经历了不少战斗，素以顽强著称，他们就地掩护，利用石头做掩体快速还击。

这些日本士兵很快组成了双尖形进攻队形，每四五个人一组，组与组之间呼应，快速接近游击队。眨眼间，有四五十个日本士兵接队了游击队员。

"打！"孟德大喝一声。他的嗓门十分洪亮，游击队员们已经准备好了手榴弹，像冰雹一样飞过来。伴随着爆炸声而来的，是一排点射，毕竟游击队员的枪械与日本军队的相差很远，难以组织密集的火力。日本士兵很快地找到时机，迅速反击。几个行动快的日本士兵插入了游击队的阵地。"大刀，上。"孟德大吼一声，首先跳了出来。他的身体像一只巨鹰，从一块巨石上跳到另一块巨石上，然后，借着向下跳的重力，猛地劈向一个日本士兵，那个日本士兵举枪一架，只听咔嚓一声，枪被劈开，吓得那日本士兵啊啊大叫，孟德哪里容他逃跑，追上去一招龙出海，一道亮光划过，那日本士兵扑在地上。

其他游击队员有人持着刺刀，有人挥舞着大刀，从石头上跳出来，大声呼叫着拼杀，只见血光四溅，有十几个鬼子受伤，纷纷退回去。

第一轮进攻，山岛损失了一个班的兵力。酒井把旁边的二狗子翻译叫过来，说："你的，告诉山岛，带领几个士兵绕过石阵，从后面打。"二狗子翻译跑颠颠地来到山岛跟前，偷偷地说了几句，山岛高兴地点点头，叫来过一个班长，跟他说几句，让带着一个班偷偷地从树林边绕过石阵。看到那些士兵钻进林子里，山岛得意地一笑，虽然损失了一些兵，但是游击队也有伤亡，并且他的士兵已经撕开了一道口子，有七八个士兵还躲在金蛇谷石阵的石头后面，只要一有机会，就会伺机向游击队进攻。

山岛再一挥手，又有两个班的兵力补充上来。"给我打。"他命令。于是又是一阵枪响，他的这次进攻，是为了掩护派出的小分队从后面袭击孟德他们。

孟德和王迎春隐蔽在山石之后，孟德问："政委，我师弟他们会不会已经把矿石送走了。"

王迎春说："如果走了，他们就回来接应咱们了。再坚持一会儿。"

看到山岛的突击队进攻不力，酒井终于忍不住，带着卫兵跑到前面，说："山岛，后面还有一个小分队的兵力，都归你指挥。"

山岛算计了一下时间，估计他派出的小分队到了指定的位置，于是拔出战刀，喊："大佐，我亲自上。跟我来。"山岛带领着队伍逼近了金蛇谷的石阵，"掷弹筒，上！"跑出来十几个士兵，他们架好了掷弹筒，山岛狂叫着："把你们的手雷统统地给我扔过去。"立刻，像一群麻雀飞进了石阵，一阵轰轰地乱响，炸得石头乱飞。"步兵上！"山岛再次发威。

"守不住了，估计刘牧之他们已经把矿石送走了。"王迎春跟孟德喊。孟德说："你带着兄弟们向后撤，我带人阻挡一会儿。"

"不，咱们一起撤。"王迎春喊。孟德大叫："兄弟们，跟我向金蛇谷撤退，翻过山岭就安全了，鬼子就追不上咱们了。"所有的人收起武器，正准备向金蛇谷的树林里撤去。突然，旁边的树丛里跑出来几个日本士兵，向着这边打枪，那些日本士兵，竟然带了一挺轻机枪，架在一块石头上，快速地点射，一下子封锁了从石阵撤出的路口。

"不好了，我们被包围了。"王迎春大叫。孟德立刻组织了三支步枪，同时向敌人的轻机枪射击，但是，轻机枪的位置要高一些，敌人的枪手躲得十分隐蔽，游击队员很难找到一个合适的角度打中他，只能暂时压制一下火力。

而前面，山岛再次挥舞战刀，日本士兵又一次逼近。

突然，从金蛇谷的上面，冲下来一支队伍，约有四五十人，他们拿的武器五花八门。是刘牧之带着大刀会的人来了。

酒井站在远处的山岭上看着刘牧之的人马出现，得意地哈哈大笑，对着身边的佐滕山木说："佐滕君，看到了吗，一切都逃不出我们的手心。"他伸出手掌，狠狠地握了一下。

佐滕山木着急地说："酒井大佐，你的士兵已经稳操胜券了，我立刻带人去卧龙居看看。"

酒井得意地看着佐滕山木问："你难道不想观望一会儿？"佐滕山木摇头说："不了。"他说着下了山坡。

酒井对着身边的电台指挥："中国人都出来了，收网。"隐藏在金蛇谷两边树林里的日本士兵，从左右两个方向迅速向金蛇谷靠近，他们似乎要断掉金蛇谷的后路。

酒井得意地放下望远镜，说："一网打尽。"他的卫兵立刻把水送上来。就在这时，一条瘦小的野狗从旁边的灌木丛里轻轻地爬出来，它几乎是四肢着地爬行的。所有的日本士兵都在向前看，根本就没有人注意这只野狗会从后面的树丛里跑出来。它悄无声息地接近了酒井，此时，十几个日本士兵及军官，都在关注金蛇谷的战况，伸长了脖子。这只小野狗鼓足了劲，身体向前一弹，准确无误地咬住了酒井的后腿肚子。

"啊，啊，啊。"酒井惊恐地喊叫，所有的人看去，那只小野狗的牙齿穿透了酒井的高筒皮靴，狠狠地咬住了酒井后腿肚子上的肉。

酒井一边嚎叫一边甩，但是，那只小野狗似乎已经长在了酒井的腿上，无论如何也甩不掉。一个士兵上前抱住了小野狗乱蹬的后腿，酒井掏出自己的手枪，对着狗肚子就是一枪，那野狗再次挣扎几下，嗓子眼里发出嚎叫，但是并没有松口，过了一会儿，它咽气了。

"卫生兵，卫生兵！"一个日本军官大声喊叫，一会儿，两个日本军医跑过来，他们把野狗从酒井的腿上拉下来，酒井的腿肚子已经被咬穿了，血流不止。酒井气急败坏地喊："老子要用火烧了，吃了你。"当他说完这话的时候，他惊愕得无法再说出话，因为金蛇谷两边的山坡上，不知何时，已经聚满了几十条灰色的野狗，几头身形巨大的野狗带头向着金蛇谷的石阵扑去。

此时的石阵，已经是一片混战，中国人的大刀会、游击队与山岛的队伍搅在了一起，大刀的砍剁，刺刀的拼杀，形成了一副血腥的场面。而野狗的参战，更使这场肉搏充满残酷。

野狗的厮杀，充满兽性，面对日本士兵的射击，毫不躲闪，前面几只野狗，进攻的速度飞快，日本士兵的步枪，根本就无法打中它。它们跳起来，或蹲在巨石上，从空中扑下来直接咬日本士兵的脖子，或者藏在石头后面，猛地蹿出咬日本士兵的腿部。野狗的袭击并非是一招致命的，但是它们的扑咬让日本士兵鬼哭狼嚎。

日本士兵的进攻一下子乱套了。孟德一看，大声叫好，"快，我们快点后撤。"

游击队员快速地转身向后跑。刘牧之大喊："大师兄，快点儿，矿石已经运过去了。"他们刚刚过了那块大的界石那里，负责打伏击的那些日本士兵突然开枪猛烈射击。孟德意识到他们被包围了。"快点隐蔽，找树林藏起来。"孟德带着王迎春、刘牧之躲在一棵树后，感觉好像有人摸了他的头一下，抬头一看，一条碗口粗的金蟒蛇从树枝上滑过，孟德不敢说话，用手指了指那条蟒蛇。

刘牧之悄声地问："艾香都带了吗？"孟德说："都带了。"刘牧之说："告诉大家，有艾香的，都点着，没有艾香的，把艾草点着，熏一下衣服。金蟒蛇已经出洞了，千万不要碰它们。"刘牧之说，把自己的艾香拿出来，吹燃了，一股白白的烟冒出来，飘着淡淡的清香。

那条金蟒蛇回头看了看刘牧之和众人，吐了一下信子，悄无声息地滑走了。

所有的人都松了一口气。刘牧之把耳朵贴在地上，仔细地听，听到一阵有节奏的扑扑声。他知道，有人在敲鼓，通过大地将声音传过来。孟德看见刘牧之的动作，问："师弟，有什么情况？"刘牧之拍拍手上的草屑说："有高手正在敲击大鼓，唤醒金蟒蛇。我猜可能是云中飞。"孟德点点头，问："师妹呢？"

刘牧之说："她带着刘牧栋藏在山洞里，以应万变。"

孟德笑着说："师弟，我跟你商量件事情，你不用跟我们一起打鬼子，你把龙脉图给我就行了，这卖命的活我来干。"

刘牧之一听这话，苦笑道："大师兄，你要龙脉图，就等于要了我的命。"

孟德说："师弟，你真会开玩笑。"王迎春也说："刘兄弟，我看您也是位爱国人士，不妨把龙脉图给我们，我们用它开采大量的黄金，支持抗日。"

刘牧之一本正经地说："只有我死了，你们才能拿到龙脉图。"

孟德和王迎春尴尬地看看，不知如何接下话，只有嘿嘿一笑。

此时，在金蛇谷的上游，云中飞正在敲击一面鼓，鼓的下半部，埋在地里。他旁边的一棵树上，系着一根绳子，绳子一端系着张铁桥的脖子。张铁桥坐在地上，脸上脏乎乎的，手里握着一根鸡腿，幸福地啃着，边吃边问："你是谁呀，对我这么好，给我鸡吃。"

云中飞说："那么，你还记得自己是谁吗？"

张铁桥摇头说："不知道。"云中飞叹口气说："把一切都忘了吧。"

酒井被几个日本士兵抬回步战车里，这时电台接到日本兵营的紧急呼叫："报告大佐，中国人的军队袭击我们的兵营，请求支援。"酒井生气地喊："让他们顶住，探明对方的情况。命令山岛，发起总攻，速战速决。"

酒井懊恼至极，眼看把游击队逼到死胡同里了，却被野狗咬了一口。

山岛已经接到了指示，向金蛇谷里的游击队总攻。但是，眼前需要解决的问题是这群野狗，山岛命令，突击队所有的士兵并排站在一起，枪口对着野狗，一阵猛扫，有几条野狗跳跃着扑上来，身体在半空中已经中弹，跌倒在地上扭曲着身体挣扎着，哀嚎着。带头的野狗再次长嚎，所有的野狗突然掉转方向，朝两边的山上跑去。

看见那些野狗逃命而去，山岛气得发疯，清点人数，发现有十几个士兵已经被咬伤了，真是窝囊透顶。他带领着士气大大受挫的突击队小心翼翼地向前逼近，前面就是蛇的领地了。

山岛已经不是第一次来金蛇谷了，对于里面的金蟒蛇早有所知，但是看到游击队在里面穿梭自如，他心中有些不服。他用电台通知指挥部："报告大佐，我们已经顺利到达指定地点，请通知其他两个中队同时发起进攻。"

山岛汇报完毕，命令迫击炮和所有的掷弹筒都准备好，形成交叉火力向金蛇谷中的树林开火。顷刻之间，树林中的许多灌木和小树被炮弹和手雷炸了起来，无数残枝烂叶在空中乱飞。山岛看到眼前的景象恨恨地说："狠狠地炸，把那些蟒蛇什么的都炸死。这些中国人打仗的不行，就知道靠这些妖魔鬼怪来吓唬人。"

一阵劈头盖脑的轰炸，有的游击队员被击中了，大家忙乱地抢救。王迎春问孟德："我说孟德，你师妹的那张地图，不是说金蛇谷的山洞连着吗？可以通到山的另一边，赶快找出来，咱们进去躲起来。"

孟德急忙摆手："我跟你一样，都是第一次看到那张图，以前根本没有见过，再说，这些山洞里，住着大长虫，我们进了山洞，就等于进了蛇肚子里，还不如跟日本鬼子大干一番呢。"王迎春说："咱们三面有敌人进攻，只有顺着金蛇谷向北的方向没有敌人进攻，我们想办法向北突破。"

"好，就这么办。"孟德说。刘牧之说："金蛇谷的地形我了解一些，日本人虽然包围了这里，但是想在这条山谷里消灭我们也不是那么容易的事情。"他们正在商量，前面的游击队员报告："左侧的鬼子摸过来了。"孟德想了想，说："师弟，你带着大刀会的人，先把左侧的日本鬼子干掉一部分，这片树林里，用枪不方便，咱们的刀管用。"刘牧之点点头说："好，兄弟们你们把艾香都点着了吧，好，先把身上熏一下。"大家都照办了，他朝几个弟兄一挥手，指指那个方向，他们立刻按照四人一组的，每组配有长短大刀和快枪，快速地向前跳跃，很快隐身在树丛里。

摸过来有二十几个日本士兵，他们猫着腰躲避树枝，这些士兵有的已经吃过亏，被挂在树枝上的蛇咬过，所以他们很小心。地面上落叶很厚，湿乎乎的，有一尺多厚，踩在上面软绵绵的。

突然，地上伸出一只手，狠狠地扭住一个日本士兵的脚腕，那日本士兵摔倒在地，一把尖刀狠狠地刺进他的喉咙。前面的那个士兵回头，刘牧之从树上倒挂金钟飘下来，金龙刀一闪，那日本鬼子身首分离。然后他从地上拉起那个战友，两人迅速贴在一棵树上。

"有人，有人！"一个日本士兵发现了情况，大声用日语呼叫，随即十几个日本士兵聚在一起，形成一个圆圈，统一枪口对外向前移动。一个日本士兵脚下踩到什么东西，那东西一滑，日本士兵脚一歪，差点绊倒，他生气地一踢，这下闯祸了。那东西蠕动了起来，地上的枯枝烂叶哗啦啦一阵抖去，像是地震了一般。几个士兵同时转身回头看，突然眼前一花，一阵枯草飞起，刚才的那个士兵被甩起一米多高，又跌在地上，看到一条黄色的蟒蛇抖落了身上的树叶，尾巴猛地一抽另外的一个士兵，那人被扫中，身体啪地撞在一棵树干上，痛苦地扭动着身体。

又有一个士兵终于看清楚了那条金蟒蛇，扣响了扳机，没有想到那蛇扑上来，一下子把他卷起来，惊恐的日本士兵用眼睛向同伴表达了恐惧……

"撤，撤。"日本军士长下令。他们转身就跑，没有想到树后跳出来几个人，他们砰砰地一阵乱枪，又有几个日本士兵倒下。

"报告：树林里发现金蟒蛇。"日本士兵一边后退一边向指挥所汇报。

此时酒井突然发起高烧，军医在一边给他打退烧针，并提醒酒井："大佐，您需要及时治疗，否则无法控制。"酒井大佐此时保持着一定的清醒，对于目前的战况有些耿耿于怀，虽然已经消灭了数名游击队员，但是还不能做到斩草除根，是撤呢，还是继续作战，他拿不定主意。这时，军营留守的士兵再次呼叫指挥所："呼叫酒井大佐，呼叫酒井大佐，我们已经探明，是国民党的军队，约有一个营的兵力向我们兵营进攻，请大佐立刻支援，否则会丢失兵营。"

酒井大声叫着："八格牙路……"他已经不清醒了，只知道叫骂，不知道指挥。

旁边的一个军医提醒作战参谋："酒井大佐无法保持清醒，请你迅速替大佐做决定。"只有极短的时间供他考虑，他拿起电台的对讲机呼叫："所有的部队请听令，我是作战参谋，我是作战参谋，酒井大佐被野狗咬伤，神志不清，现由我负责指挥，前方的部队请迅速撤出金蛇谷，用最快地速度返回兵营，那里受国民党军队的进攻。"

"听到，听到，我们迅速撤回。"

"听到，听到，我们迅速撤回。"

负责包抄的两个中队迅速答复。而山岛却对着电台大喊："不，我不撤，我要替酒井大佐报仇。"作战参谋考虑了一下说："山岛，山岛，我是作战参谋，我是作战参谋，你可以带着你的突击队继续与游击队作战，我们要迅速撤回兵营，请你小心。"

山岛对着话筒喊："我一定要把游击队消灭。"

作战参谋大声命令："所有部队听令，迫击炮、掷弹筒都准备好，同时向金蛇谷内开炮，然后，两分钟内撤离。"

"准备完毕。"

"准备完毕。"

作战参谋对着话筒大声喊："预备，放！"

顷刻之间，日本军队的迫击炮弹、手雷如同黑色的飞鸟从三个方向射向金蛇谷，爆炸声此起彼伏，远远看去，一团团灰色的气浪腾空而起，一块块树枝在空中飞舞，一棵棵大树歪斜着慢慢地倒下。

山岛看着眼前的景象兴奋地大叫："就是掘地三尺，也要把你们挖出来。"

山岛抽出战刀，命令所有的士兵按上枪刺，机枪手端着机枪进攻，同时命令两个喷火器操作手跟在后面。

被轰炸过的金蛇谷，到处硝烟弥漫。虽然经过此轮轰炸，但是仍有大量的灌木林立，没有受伤的游击队员和大刀会战士，就藏匿在这里面。"杀！"山岛一挥战刀，第一梯队的日本士兵有二十多人，再次摸进金蛇谷，一步步逼近树林。这里像春耕被翻过的土地，到处是枯枝烂叶，地面上看不到人。

日本士兵仔细地盯着树林间的松土，他们知道对手就藏在土里或者树上。但是，没有任何动静。山岛在树林外面看到没有动静，就再派出一个梯队。这样，就有四五十个士兵进入了树林。

日本士兵十分谨慎，他们没有一个人放枪，拨开树枝，轻抬腿，慢落脚，一步步接近想象中的目标。

"打！"孟德突然顶着枯草站起来，一枪击中一个日本士兵，其他战士也跳出来，举枪向日本士兵射击。日本士兵迅速隐蔽，同时还击。有个机枪手抱着轻机枪向游击队员猛扫，王迎春躲闪不及，被打中了腿部，一声惨叫，窝在草里。

孟德一看急了，一枪打向那个日本机枪手，那个家伙胳膊中弹，扔了机枪就跑。孟德大喊着，挥舞着大刀扑上去，一刀结果了那日本士兵的性命。其他游击队员也抽出大刀，跳跃着砍向日本士兵，这时，听见几声尖锐的哨声，所有的日本士兵都向后跑去。

孟德喊："快点向后撤。"他扶起王迎春，快速地向金蛇谷深处跑，身后的爆炸声已经追上来。大家在树林里躲闪着跑，这时，刘牧之跑过来，"大师兄，两侧的日本兵已经撤了。我们需要改变策略，向卧龙居方向打，冬梅还在那里呢。"

孟德把王迎春放下，让人给他处理伤口，观看了一下地形，说："看来日本兵只有山岛的一个突击队，已经死伤过半，我们有把握跟他们拼一把。"

王迎春在旁边咬着牙包扎伤口，说："快快清点我们的人数，恐怕也是伤亡过半。实在不行，我们就撤。"

孟德说："不行，必须去卧龙居。"刘牧之点点头，也支持孟德。孟德看看周围的地形，命令所有的人迅速隐蔽，形成一个布袋阵，他则带着几个身手好的战士去吸引山岛上当。

山岛带着士兵已经摸过来。前面是几棵大柳树，有一人多粗。它的枝桠歪歪斜斜地伸展着。他们摸过去，山岛害怕游击队有埋伏，让四五个士兵过去侦察。这几个倒霉蛋来到树下，猫着腰仔细地搜查，但是他们忽略了树枝。山岛在旁边看见一个士兵被凌空吊起来了，连喊叫都没有发出来，只看见他背对着山岛在空中蹬着腿。

山岛立刻意识到什么，用日语说："喷火器。"

而另外一个士兵似乎发现了什么，突然大声喊叫："蛇！"只见前面的柳树抖动了一下，那个士兵被一条碗口粗的蟒蛇缠住了，这次，他发出了惨叫。

山岛大声喊："放。"两挺喷火器突突地喷出火焰，扑向那几棵大柳树，火苗立刻把一棵大树吞住，一条四五米长的蟒蛇从树上翻滚下来，立刻又被喷火器的火焰包围。

愤怒的金蟒蛇在地上挣扎抽打着地面，发出噼噼啪啪的声音，一些枯枝烂叶被它甩在空中，燃烧着变成火星。约有几分钟，金蟒蛇停止了挣扎，它身上的火苗轻轻地跳跃着。山岛冷冷地一笑，说："这就是中国人的龙，看看吧，只不过是一条被我们烧死的蛇罢了。"

砰砰几枪，旁边的树林传来枪声，几个日本士兵倒地，山岛立刻隐蔽好，看到孟德带着几个人向这边开枪。他一挥战刀，命令机枪手射击，嗒嗒嗒，机枪手几个点射过去。孟德带着人向后跑去。山岛精神大振，命令所有的人乘胜追击。

山岛向前追了有一百多米，前面的树林浓密，草丛有半米多高，那些游击队员眨眼间消失了。狡猾的山岛命令所有人就地隐蔽，他找了一棵树，藏在后面，仔细地观察，之后得意地冷笑，朝身边的一个士兵勾一下手指头，那个士兵靠近他。山岛轻轻地指了一下，那个士兵举起狙击枪，用瞄准镜找到目标，砰的一枪，一百米远的树上掉下来一个人。

山岛转身朝后打着下蹲的手势，然后又作出一个进攻的动作，所有的士兵都趴下身子，隐藏在草丛里，向前匍匐前进。突然，一个日本士兵尖叫着蹦起来，因为他被一条蛇缠住了脚脖子，那蛇在他的小腿上狠狠地咬了一下，竟然是一条带牙齿的蛇，这是一条毒蛇。

紧接着，一阵密集的子弹扫射过来，那个日本士兵被打死了。近距离的肉搏就这样开始了。附近的树枝上突然伸出黑洞洞的枪口，打向山岛的突击队。

山岛的士兵，早就盯紧了附近的树木，他们用轻机枪快速地点射，周围的树上陆续有人掉下来。日本士兵一边搜查游击队的踪迹，一边向前逼近，双方的距离越来越近。孟德将大刀向空中一举，大喊一声："杀。"此时刘牧之早就按捺不住，扑了出去，几个日本士兵还没有思想准备，刘牧之一招龙出海，那刀风劈开草丛，向前顶去，只一刀，一个日本士兵就被砍倒。山岛用手一指刘牧之，两挺轻机枪立刻扫向他。

孟德飞手一扬手枪，一个日本机枪手中弹，但是山岛抢过轻机枪，猛地扫向孟德和刘牧之。刘牧之几个鹞子翻身，躲过子弹，快速冲向山岛。山岛已经意识到刘牧之的意图，大喊："给我打！"几个日本士兵立刻集中火力向刘牧之射击。刘牧之躲过日本士兵的射击，利用草丛的掩护，快速地接近。

大刀会的成员，迅速地跟进，他们学着刘牧之，躲闪着接近日本士兵，山岛命令："拼刺刀。"几个身材高大的日本士兵迎着大刀扑上去。

"给我杀。"孟德带领着游击队也冲上来。刹那间，树木林立的金蛇谷变成了古罗马的角斗场，他们的血拼完全失去了章法。有人爬到树上跳下来砍，有人拿着枪到处乱追。山岛挥舞着指挥刀砍倒了几个游击队员，看到孟德连挫几个日本士兵，丧心病狂地抱起轻机枪，朝着孟德的方向扫射。没有想到孟德正战在兴头上，他刚好向旁边一跳砍杀另外几个日本士兵，山岛的扫射打中了自己的士兵，山岛气急败坏地大喊着，又调转枪口追着孟德。

"大师兄小心！"刘牧之发现了失去理智的山岛，一手捡起地上的一把日本军刀，甩向山岛，山岛身体一歪，军刀扎中了他的胳膊，他并没有放弃轻机枪，又朝着刘牧之扫射。

刘牧之快速地移动身形，山岛打中了几个日本士兵和游击队员。

王迎春大声喊："让开。"他拖着一条腿扑上来，举起手枪射击，或者是因为太着急，只打中了山岛的腿部。山岛立刻向他扫射，刘牧之一看情况不妙，猛地一推王迎春，奋力将金龙刀投了出去。但是，山岛的枪机已经扣响。刘牧之的胸部中了几枪。

山岛似乎忘记了躲闪，金龙刀一道金光闪过，他的左胳膊被金龙刀活活地砍掉。但是他仍然用右胳膊夹着机枪，要向孟德射击，只听吧嗒一声，没有子弹了。

孟德一看，迅速地跳起来，狂跑几步，要砍向山岛。山岛此时已经慌不择路，向后一退，被绊倒在地，顺手抄起一支步枪向着孟德一枪，竟然枪里有子弹，砰地一声，打中了孟德的腿部。孟德一停的瞬间，山岛转身爬起，用单臂掏出手枪向后跑。

其他日本士兵一看山岛跑了，也跟着逃跑。

游击队员和大刀会的战士急忙捡起有子弹的武器，向逃跑的日本士兵开枪。孟德咬着牙，把受伤的腿扎好，大声喊："快点，把政委和我师弟找到。"

虽然刘牧之挡住了山岛机枪的扫射，还是有一发子弹打中了王迎春腿部，他两条腿都受伤了。刘牧之仰面躺在王迎春的身上，嘴里吐着血泡。

"快点，抢救。"孟德大声呼喊，"师弟，你不能死，还有龙脉图呢。"孟德急得大哭，"师弟，我替你死都可以。"

王迎春身上全是刘牧之的血，他提醒孟德："快点，让兄弟们乘胜追击，保住卧龙居。"

孟德抱起刘牧之，让人把金龙刀带上，快速地向前跑。"大师兄，快点，我要见冬梅，快点。"刘牧之轻声说。

孟德哀泣着说："师弟，你不要死，我有办法的，请你相信。你一定要活下来，革命需要你，知道吗，你一定把龙脉图给我啊。"

刘牧之苦笑："大师兄，我死了，你就会得到龙脉图。"

孟德说："求你了，别开玩笑了。"

山岛逃命一会儿，看到跟他的日本士兵有的丢了武器，喘了一口气，命令："停下，游击队也快完蛋了，大家整理一下，准备反击。"他刚下完命令，忽然看到身边的草丛抖动了起来，有个日本士兵突然大声喊："有蛇。"

山岛冷静地看看四周，大声说："先撤。"他们快速地跑出树林，不过，前面的石头处，让他目瞪口呆，几十条野狗立在那里，伸长了脖子，一声不吭地看着日本士兵。

山岛的手里只有一支小手枪，他慌乱地向一条狗开枪，于是，日本士兵与野狗的搏杀再次开始。只听得一阵阵惨烈的嚎叫，地面上再也看不到一个站着的人，只有日本士兵的衣服碎片和军靴，那衣服的碎片已经变成红色和黄色相间的色彩。

孟德带领队伍赶过来的时候，野狗们已经结束了战斗，几只幸存下来的野狗正在为受伤的野狗舔拭伤口，不时传来野狗痛苦的呻吟。

孟德带着队伍绕过去，继续向卧龙居中跑去。前面，传来阵阵枪声，这枪声是佐滕山木与武冬梅交火的枪声。

佐滕山木带着他的人马走进卧龙居的院子，他看见了已经扒开的习武台。

佐滕山木围着习武台转了几圈。跟随他一个班的日本士兵，在院子里开始搜索，用枪刺一阵乱捅。佐滕山木用手指了指习武台，命令几个日本武士把它扒开。其他几个日本士兵到屋里搜索。佐滕山木想了一下，甚是可疑，然后带着几个日本士兵来到卧龙居院门口，向四周观看，他在潜意识里认为一定有问题，为什么马云龙扒了一半就跑了呢。

他正在猜测，忽然听到院子里轰地响了一声，原来是一个日本武士触发了炸药，被炸死在习武台上。紧接着卧龙居四面院墙上的机关启动了，扑扑一阵响，短箭发了出来。有的日本士兵被射中了，挣扎着跑出来。

佐藤山木看到自己的人受了暗算，生气地大骂。这时，突然响枪了，只见武冬梅带着几个人，向这边开枪。佐藤山木命令幸存的几个日本士兵进行抵抗，他则带了几个日本武士朝小汽车跑过去。

刚转过一道弯，佐藤山木看到杨少川向这边跑过来，两人撞了个正着。佐藤山木大声喊："少川，少川。"杨少川只有来到他跟前，佐藤山木和蔼地问："少川，你说卧龙居龙脉的龙首在哪里？"

杨少川仔细地看着佐藤山木的表情，思索了一下说："就在卧龙居的习武台。"

佐藤山木问："你是不是早就知道了？"

杨少川说："我也是刚刚知道的。"佐藤山木说："你是怎么知道的？"他一边问一边把手伸进口袋，手握着枪，但是面部表情依然和蔼可亲。杨少川口吃地说："我看到我父亲留下的地图上有标记。"他似乎已经注意到了佐藤山木在口袋里的手枪，转身就要跑，砰地枪响了，他一下子倒在地上。佐藤山木发现没有一枪毙命，又补一枪，只听砰的一声，却传来一个女人凄惨的叫声。

原来纯子趴在了杨少川身上，她挡住了佐藤山木的子弹。佐藤山木惊愕地看着纯子，大喊："让开，让开，他是中国人。"纯子用尽力气喊："他是我养大的，我是他母亲，求你了，佐藤社长，你打死我吧，我替你干了一辈子，用我的命换他的命吧。"

佐藤山木正在犹豫，一条小狗带着锁链冲上来，它正是卧龙居的那条小狗，它汪汪地叫着，朝着佐藤山木冲上来。佐藤山木急忙向它一枪，它停下了，仰着脖子长叫，然后，一步一步地逼向佐藤山木。佐藤山木准备再开枪射击，这时，一个日本武士喊："快跑，野狗。"

扑扑扑，一阵响，七八条野狗冲了上来，佐藤山木一转身朝着小汽车跑去。

小汽车的门竟然打开着，佐藤山木冲上去猛地一拉驾驶位的车门，然后一声尖叫反弹回来，一条三米多长的金蟒蛇把司机的上身紧紧地缠住了，司机像是被包扎的木乃伊，两只眼瞪得鼓鼓的。佐藤山木急忙朝着死去的司机身上开枪，几枪之后，那条蛇溜跑了，司机的身体僵硬地从车上翻滚下来。

佐藤山木喘了一口气，从地上爬起来，快速地钻进汽车里，打着火，汽车轻微地震动起来。

一阵风，呼地刮过来，树林突然辣动。

佐藤山木拼命地一踩油门，汽车轰轰响，但是并没有向前跑，而是歪歪斜斜地晃动着，佐藤山木看到前挡风玻璃上一只巨大的眼睛，圆圆的，发出凶狠的光芒。紧接着，佐藤山木看到他的汽车被高高地举起来，像一只小玩具在空中飞舞，他没有办法看到那条金蟒蛇的全貌，他只是通过汽车玻璃看到了金色的鳞片。之后，汽车发出被挤压的声音，咔嚓嚓一阵响，佐藤山木在恐怖之中睁大双眼，但是，他不可能，也永远不可能再看到什么，包括那条他从来没有看到全貌的金蟒蛇。

孟德抱着刘牧之向卧龙居奔跑，刘牧之血流不止，"师妹，师妹，快点过来，师弟有话要说。"孟德大喊着。武冬梅带着刘牧栋跑过来，一群人手忙脚乱地把刘牧之抬进院子。武冬梅哭着喊："牧之，有什么话快说？"

刘牧之对着武冬梅的耳边说："龙脉图在我的后背上，我死了，它就会显出来，把它交给共产党。"

武冬梅惊愕地睁大双眼，刘牧之微微一笑，说："我为咱们的祖国尽力了，没有给祖宗丢脸。"然后，他轻轻地合上眼。

众人都沉默着不说话。孟德问武冬梅："师弟有什么交代？"

武冬梅看着孟德，说："大师兄，你把牧之的上衣解开。"孟德剥去刘牧之带血的上衣，再看他的后背，是一副龙图腾的刺青。

孟德没有看出什么门道，他疑惑地看着武冬梅。武冬梅说："你等等。"她蹲下身子，摸摸刘牧之冰冷的身体，他的血液已经完全停止了流动。再看他的后背，那副龙刺青的线条渐渐发生变化，一些装饰性的线条变淡，逐渐消失，只剩下一些粗线条。武冬梅抹了一下眼泪说："这就是龙脉图。"

"哈哈哈！"几声洪亮的大笑，破坏了众人的哀伤。马云龙带着毛驴儿出现了，几十个土匪把卧龙居团团围住。王迎春举起手枪，对着马云龙，马云龙哈哈大笑："就你们现在的几个人，我灭了你们不费吹灰之力。"

"你想干什么？"武冬梅问。

"请你们离开这里，卧龙居归我了。"马云龙玩世不恭看着武冬梅，说："可惜了，这么年轻漂亮的寡妇，还有你，好水灵的丫头。"马云龙顺手摸了一下刘牧栋的脸。

这时，两个土匪把受伤的杨少川抬进来，马云龙指挥人说："快点，把习武台刨开。"

几个土匪卖力地干起来，只有几分钟，地面上显露出一块矿石，在阳光下闪着金光，马云龙哈哈大笑："这就是龙脉的龙首啊，太谢谢你们刘家，谢谢日本鬼子。"

马云龙突然转过身说："不过，我现在改变主意了，这么多人知道龙脉图的龙首，我必须杀人灭口。先杀了你这个共产党。"他突然举枪对着王迎春，砰的一声打中了王迎春的肩部，他准备再开一枪，没有想到一声枪响之后王迎春没有中弹，他的胳膊却被打中了。原来是有人打中了马云龙。接着又是一阵枪响，马云龙捂着胳膊，来到门口，只听外面的人喊："马云龙，你快点滚出来。"马云龙一听是国民党军队的人，急忙喊："你们不要开枪，我撤出去。"

马云龙撤出院子，温玉带着一个装备精良的小分队进来，孟德激动地说："谢谢。"

温玉说："我们来晚了，你们赶快撤，日本人还会返回来的。"

大家来到外面，杨少川过来靠近孟德说："大师兄，黄金在小汽车里。"孟德惊喜过望，带着人来到小汽车旁边，它已经严重的扭曲变形，众人拿着刀具把车撬开，佐滕山木已经窒息而死，他的怀里还紧紧地抱着一块成品黄金。

王迎春被两个游击队员抬着，他捂着伤口对孟德说："孟德队长，这些黄金需要快速地送往延安。"

孟德问："我去？"王迎春说："请刘家人吧。"他看着刘牧栋。刘牧栋表情严肃地看着王迎春。王迎春说："刘牧栋，给你一个新任务，你化装一下，将这些黄金运往延安。"

刘牧栋问："我行吗？"

王迎春说："只要你去，我相信，你大哥会帮助你的。"刘牧栋点点头。王迎春说："经过这次血与火的考验，我相信你已经成长为一名合格的共产党员，我决定正式替你申请加入中国共产党。"

刘牧栋眼里含着泪，表情神圣。

在旁边的一个树林里，站着一个长衫男子，他是刘牧国，温玉走来，他问："有什么情况吗？"温玉说："三小姐要加入共产党了。"

刘牧国长舒一口气，说："想办法护送他们走出招远和莱州，中国还得靠他们。"刘牧国哽咽着对着天空说："爹，娘，二弟跟随您去了，他不辱使命。老三也参加战斗了，我们刘家，要跟日本人打到底的。你们放心，就是打到最后一个，他们也不会屈服的。"他再也忍不住，涌出热泪。

（完）